麥　田　人　文

王德威／主編

麥田出版

The Making of the Modern, The Making of a Literature: New Perspectives on 19th- and 20th-Century Chinese Fiction

Edited by David D. W. Wang,
Professor of Chinese Literature, Columbia University.
Published by Rye Field Publishing Company,
(A division of Cité Publishing Group)
11F, No. 213, Sec. 2, Hsin-Yi Rd., Taipei, Taiwan.

麥田人文25

如何現代，怎樣文學？
——十九、二十世紀中文小說新論
The Making of the Modern, The Making of a Literature:
New Perspectives on 19th-and 20th-Century Chinese Fiction

作　　者／王德威(David D. W. Wang)
主　　編／王德威(David D. W. Wang)
責任編輯／林志懋　黃秀如
發 行 人／陳雨航
出　　版／麥田出版股份有限公司
發　　行／城邦文化事業股份有限公司
台北市信義路二段213號11樓
電話：(02) 2396-5698　傳眞：(02) 2357-0954
郵撥帳號：1896600　城邦文化事業股份有限公司
香港發行所／城邦(香港)出版集團
香港北角英皇道310號雲華大廈4／F，504室
電話：25086231　傳眞：25789337
新馬發行所／城邦(新、馬)出版集團
Penthouse, 17, Jalan Balai Polis,
50000 Kuala Lumpur, Malaysia
電話：(603) 2060833　傳眞：(603) 2060633
印　　刷／凌晨企業有限公司
登 記 證／行政院新聞局局版臺業字第5369號
初版一刷／一九九八年十月一日
售　　價／三八〇元

ISBN 957-708-672-1

如何現代，怎樣文學？

十九、二十世紀中文小說新論

王德威／著

作者簡介

王德威　國立台灣大學外文系畢業，美國威斯康辛大學麥迪遜校區比較文學博士，曾任教於台灣大學及美國哈佛大學，現任美國哥倫比亞大學東亞系及比較文學研究所教授。著有《從劉鶚到王禎和：中國現代寫實小說散論》（時報，一九八六）、《眾聲喧嘩：三〇與八〇年代的中國小說》（遠流，一九八八）、《閱讀當代小說：台灣、大陸、香港、海外》（遠流，一九九一）、*Fictional Realism in 20th-Century China: Mao Dun, Lao She, Shen Congwen*（Columbia, 1992）、《小說中國：晚清到當代的中文小說》（麥田，一九九三）、*Fin-de-siècle Splendor: Repressed Modernities of Late Qing Fiction, 1849–1911*（Stanford, 1997）、《想像中國的方法：歷史．小說．敘事》（北京：三聯，一九九八）；譯有《知識的考掘》（米歇．傅柯著；麥田，一九九三）。

目錄

序

十九世紀中葉以來，中國歷史、文化的建構發生空前裂變。因應這一「千年未有」的變局，「如何現代」成為學者文人念茲在茲的課題，而「怎樣文學」往往被視為通往現代的主要門徑之一。**現代**與**文學**間微妙而複雜的對話關係，大自國家神話的形成與意識形態圖騰的描摹，小至文類秩序的重組與象徵體系的搬演，在在可見端倪。時序到了另一個世紀初，由文學所銘刻、體現的各種現代及後現代經驗，依然值得我們仔細思考。

本書以小說為重點，試圖為現代文學研究的理論與實踐，提出個人的看法。自清末以降，小說成為文學現代化最重要的表徵，不僅形式實驗推陳出新，更憑敍事虛構見證、介入現代中國公私領域的蛻變。藉著研讀十九、二十世紀的中文小說，本書觸及了下列主題：文學與歷史的辯證，國家及個人主體論述在現代文學中的表徵，「現代」、「現代化」、「現代性」、「現代主義」的中國化進程，流派、典律及典範間的互動關係等。所徵引的例證，從十九世紀中葉的《品花寶鑑》、《三俠五義》到後現代的《豐乳肥臀》、《狂城亂馬》，不一而足。大題小作，以偏概全，但無礙作為我們探討一百五十多年來，「如何」現代、「怎樣」文學的起點。

*

在當代敘事理論裏，文學與歷史的交錯關係，早已是辯論不休的課題之一。傳統學者面臨歷史與文學的分野時，往往傾向視歷史爲求證或評析過往實人實事的總合紀錄，而相對的，文學則於史實之外，平添或空幻、或玄奇的虛構層面。此一二分法其實掩蓋或誤導了文學及歷史敘述中的諸多交會點。近年西方評者自懷特(White)到傅柯(Foucault)❶，對此已有種種不同角度的批評。

文學與歷史的對話關係，因「文學史」的寫作，平添又一層複雜意義。顧名思義，文學史意在串連文學創作的時空人事，以及創作本身的成果，完成一信而有徵的實證敘述。但我們可以質問，如果文學作品以虛實掩映爲特色，因而不足以盡信，那麼以文學創作流變及評閱爲經緯的「文學—史」，是否亦兼有此一「徵信」危機呢？由此我們更可進一步辯論，如果「文學史」內含以虛證實的敘述危機，那麼一般「正宗歷史」的寫作，是否也同樣受制於修辭想像、遺文造句、編排情節的文學動機呢❷？

文學史文義辯證上的弔詭，在我們述寫「現代」「文學」「史」的過程中，達於高峯。如前所述，「文學」與「歷史」間的緊張關係，牽涉到我們想像、界定知識空間的問題；而「現代」與「歷史」間的對話，則引領我們重審知識時間的問題。誠如論者如卡里耐斯古(Calinescu)所謂，現代之所以爲現代，正因其否定了自身與傳統(歷史！)的有機衍生關聯❸。現代以對時間的割裂、讓渡及變幻，重申其新與異的立場。但另一方面，解構學者如德曼(de Man)亦已提醒我們「現代」在「時間性烏托邦」上的盲點：「現代」必須藉由(先)重述歷史才能打倒歷史；而「現代」的歷史意義又建立於抹銷記憶，忘卻歷史的無償行動上❹，當現代文學急於為自己樹立具有歷史意義的里程碑時，我們不能不三思整個論述過程的洞見與不見。

對於中國現代文學的「歷史」評估，早自一九二〇年代(「現代」文學剛剛展開時)，即已開始。胡適的《五十年來中國之文學》，對晚清非現代及現代文學，首作時期性劃分。其後錢基博的《現代中國文學史》、王哲甫的《中國新文學運動史》，以及周作人的《中國新文學之源流》等，分自極不同角度，定義中國現代文學的來龍去脈。而此一第一階段的現代文學史寫作，在一九三五年趙家璧主編、出版《中國新文學大系》時，達於高潮。如前所述的兩種寫作方式——以編排寫作事件、史料來形成敍述；或由羅列虛構作品來完成歷史——均在此出現。自此以後，這兩種述寫文學史形式交互為用，時至今日，仍方興未艾。

但仔細爬梳現代「中國」文學史時，我們應可發現更多特色。論者早已指出，儘管文學史的編纂，古已有之，「中國文學史」的觀念其實是相當現代的文化產物，且與十九世紀以來的國家主義興起，頗有關聯。藉由文學史的時代起落、文類盛衰，文學史家已兀自編寫一有機的家國神話。而「中國現代文學」成為國家敍述的樞紐，絕非偶然。一九四九年以後，人民共和國出版現代文學史總是歷經周折，才勉強出版，不只因事關國家文學史話的建立，也更因事關國家神話的建立。而八〇年代以來，兩岸的學者作家競相推出台灣文學史及大系，又何嘗不飽藏對國家歷史敍事所有權的爭奪？當文學史話變爲文學神話時，前瞻的烏托邦意義與回顧的本源論(ontology)意義，一樣重要。

在此一觀照下，我們在此時此地對台灣文學百年發展作史，才顯得特別值得討論。從大陸中國的角度來看，台灣或台灣文學「不可以」另有歷史。然而自一八九五年以來，台灣與母國的數度割裂及重合，卻無不映照現代中國經歷及「敍述」歷史的種種波折與缺陷。我們審視大歷史或大文學史的現代性危機時，台灣正可成爲一極佳座標。徘徊在歷史分合的必然與偶然，敍述的可能與不可能，意義的恆久與渙散等種種挑戰間，台灣文學史的建構，將前述「中國」、「現代」、「文學」、「史」的合法或合理性漏洞，表露無遺。邇來獨派版本的文學史儘管政治訴求絕不妥協，但在敍述、編織文學史的方式上，那種起承轉合、「一」以貫之的憧憬，較諸彼岸的統一版本，並無不同。如果我們都能體會文學史的虛構層面，進而承擔台灣觀點游移的、駁雜的特性，則或能在簡化的二元對立(文學)史觀外，開拓有關現代的對話空間。

*

以往我們敍述現代文學流變的過程中，多半依循了一進化論式的情節軸線：五四的文學革命；胡適、魯迅的開拓之功；三〇年代左翼文學的興起與「污染」；四二年毛的延安談話影響；以迄四九年國共(文學及政治)的分裂。由此向前，彼岸文學史要強調「百花齊放」與「反右」、「大寫十三年」等運動；文革的反挫及傷痕文學的崛起；還有「新時期」的種種突破。相對的，此岸版本則演述反共文學；現代、鄉土之爭；「退出」(聯合國)、(中美)「斷交」，及本土認同的衝擊；後現代與解嚴意識的交錯等主題。儘管意識形態頗有不同，雙方秉持的敍述模式及(單一直線)時間觀念其實遙相呼應。以政治事件作爲文學發展分期的關鍵，中西均不乏先例。而對照過去數十年中國文學與政治的緊密關聯，尤其無可厚非。反諷的是，如此紊亂變動的政治歷史，非但不曾讓我們正視文學歷史多面向的事實，反而將其簡化爲更劃一的劇本。

我們只要爬梳文本史料，即可發覺現代文學的興起與發展方向，遠較現有敍述複雜。五四作爲一戲劇性的起源，早已有學者辯難。原因無他，清末以來，由梁啓超、嚴復等所倡的「新小說」運動，實踐成績也許有限，但在話語(discourse)論證模式上，已預擬未來半世紀的方向。所謂的「欲興一國之民，不可不興一國之小說」之論，一方面徹底扭轉傳統文類的高下，但另一方面又隱隱呼應「文以載道」的古訓，正是徘徊新舊關口的寫照。而晚清知識分子，面對家國變局所興的救亡與啓蒙觀念，也要由五四諸君子發揚光大。以往學者喜用文學形式的變化(如〈狂人日記〉的文白對應，狂人意象的運用，及框架式結構)，強調五四棄絕傳統的決絕。但「新」瓶裝的未必是「新」酒；形式的改變也有可能形成文字障。除了「新小說」外，晚清作者的創新實驗，所在多有。從狹邪到科幻，無不透露對情欲主體，對眞理知識的求變意圖。五四以後主流文學傾向其實越走越窄，比起「前朝」文學的五花八門，毋寧說明現代性與進化論式史觀間的矛盾。

而從比較文學的觀點，我們不得不說目前文學史對中國文學「現代性」的理論，難脫東西時差問題。五四啓蒙運動全盤西化的呼聲，固然開啓一代作家迎向新潮的勇氣，卻也同時設下許多機制，窄化「現代」的多重潛力。新文學最重要的貢獻，寫實主義，基本承自歐洲上一世紀的流風遺緒；一新中國讀者耳目之餘，難謂石破天驚的前衞之舉。更何況中國傳統說部，不乏可資類比的先例。而寫實（或現實）主義卻要持續影響作家讀者的視野，久久不衰。

五四以來的學者視寫實主義爲小說現代化的關鍵，這卻不意味時過境遷，我們依然得奉行不違。近年來學者對三〇年代新感覺派愈益重視，主要即在於這一運動雖小雖短，但作家對題材的挖掘，形式的實驗，本身寫作境況的思考，在在異於主流。施蟄存以故事新編手法，發掘情欲暗流（〈石秀〉、〈鳩摩羅什〉），穆時英糅合電影意境，速寫都市頹廢生涯（〈夜總會裏的五個人〉）、劉吶鷗專注生命或暴虐無明、或虛矯流蕩的苦悶（〈兩個時間不感症者〉），都使我們驚訝一代作家在感時憂國之餘，可以以極不同的敍述方法，想像中國的現代經驗。至於作家所**同步**接收的西方現代主義訊息，反猶其餘事了。

一九四九年代表又一文學轉變的關口。這是口號文學狂飆的年代；兩岸文宣機構莫不傾力製造文字彈藥，以達反共或擁共的目的。如今回顧，我們也許要發現彼時兩岸文學竟有甚多雷同之處！這不是說反共或親共的意識形態可能相互混淆；而是說文學生產機制的運作，從國家史觀的編製，到寫作發行的策進，均分享了類似結構。所不同者，國民黨的文宣機構畢竟「技遜一籌」，卻也反諷的留下足夠空間，爲六〇年代文學黃金時代預作準備。

而隨著歷史的分合變動，「現代」的文學史觀也必須充滿時間的反思意義。最明白的例子，是我們對「傷痕文學」的解釋。「傷痕」原意指文革後，大陸老少作家回顧文革暴行的作品，兼對共產黨的毛記文學，提出質疑。我們在隔海浩嘆之餘，不妨引申「傷痕」一詞，來重審「第一代」控訴共黨暴虐的文學——反共文學。如此兩岸文學史的敍事又增添一向度。與此同時，我們還要問，銘刻傷痕是否就代表了一劫後餘生式的權威述寫姿態？大陸傷痕文學的口氣與視野，往往讓人聯想霸氣十足的毛文體，不是偶然。而此岸的反共牌傷痕文學，又是以什麼代價來鞏固其合法性？最近數年有關二二八及白色恐怖時代受難作家的「傷痕」報告層出不窮，閱之可以思過半矣。

上述討論，引領我們重審文學的典律(canon)問題。典律當然是文學史各時期揮之不去的現象。它不只代表一時一地的文風品味與評論好惡，也代表政教機構權力的運動結果。但「現代」既是一充滿時間危機意識的觀念，其最基本的特徵是破除權威，打倒傳統。有鑑於此，我們又怎能輕易談論現代文學裏不可撼搖的典律？除非我們視現代文學爲一化石式的歷史(！)時期，否則對大師的崇拜，對經典的認定，對「現代性」主題或形式的描述，必須較其他時期的研究更加預設反思、對話的層面。

＊

在方法學上，本書延續了我前一本論文集《小說中國》(麥田，一九九三)的立場。我企圖運用不同的文學理論及批評模式來閱讀晚清到當代的小說，而作品的選擇，也盡量超越主流或典律的局限。如果我們正視文學史的千變萬化，在閱讀、評析的過程裡，又怎麼獨沽一味、畫地自限呢？

本書共收有二十一篇論文，分爲六輯，也代表我觀看現代小說史的六個面向。輯一「被壓抑的現代性」辯論中國小說現代歷程的多元面向，自晚清以來，已可得見。歷來學者囿於狹義的五四傳統，不能對小說衆聲喧嘩的面貌，細加考察。在又一世紀末的交口，重新發掘「被壓抑的現代性」，正是此其時也。輯二「小說政治‧政治小說」處理現代小說與政治(理念與運作)的對話。這是中國現代文學史的重頭戲之一；本輯論文分從政權(反共小說)、國族(鄉土文學運動)、法治(正義論辯)等角度，評價小說表現的得失。相對於輯二政治小說對公領域的觀照，輯三「現代『性』的現代性」描述一個半世紀以來，小說的現代「性」之路。分辨國體與身體、政治與情色、公領域與私領域的錯綜互動，其實每有抽刀斷水之虞。而小說「不可思議」的力量，正在於它不斷跨越彼此的畛域，引發更多對話。輯內〈三個饑餓的女人〉恰可作如是觀。

輯四「小說、歷史與空間想像」討論在小說與歷史敍述的時間層面外，其空間向度的意義。此一空間可以虛擬形式(如烏托邦)或寫實形式(如上海、香港)來表達。不論虛實，空間的想像與時間的描摹構成敍事動機的根源。輯五「作者‧流派‧典律」以張愛玲爲重心，參看「海派」小說到「張派」小說的一頁傳奇。我的用心，不在重提張的成就，而在藉此思考一個「非主流」的流派——海派小說，及一位拒絕典範的作者——張愛玲，如何因時應運，移向文學史的中心。由張所示範的寫作姿態及風格，恰爲「現代」小說內蘊「現代性」之多樣，作了最佳說明。輯六「小說創作與文化生產」則將小說史研究的上游(創作)與下游(出版、編選、傳布)因素合而觀之。藉小說選集、報紙副刊、評論的互動，描述小說作爲社會象徵資本的流通與地位。

本書各篇論文的完成，要感謝許多師友在資料蒐集及方法應用上的協助和批評：台灣的齊邦媛教授、柯慶明教授、張淑香教授、陳芳英教授、李孝悌博士、陳永發博士、彭小妍博士、梅家玲教授、胡曉眞博士、爾雅出版公司隱地先生、《聯合文學》初安民先生、《聯合報》瘂弦先生及陳義芝先生、《中國時報》楊澤博士、《自由時報》許悔之先生；大陸的陳平原教授、夏曉虹教授、汪暉博士、王曉明教授；香港的陳清僑教授、陳國球教授、王宏志教授、黃子平教授、許子東教授；美國的夏志清教授、劉紹銘教授、李歐梵教授、劉再復教授、鄭樹森教授、高全之先生等。已故《中央日報》副刊主編梅新先生生前對我一直鼓勵有加，本書內有數篇論文都是在他的督促下完成。他在盛年遽逝，令我懷念不已。〈未被伸張的正義〉一文由中國社會科學院宋偉杰博士翻譯，謹此致謝。麥田出版公司發行人陳雨航兄主催本書出版；黃秀如小姐及林志懋先生擔任責任編輯，亦在此敬致謝意。

---

❶ Hayden White, *Metahistory*(Baltimore: Johns Hopkins UP, 1973)；傅柯(Michel Foucault)《知識的考掘》，王德威譯(台北：麥田，一九九三)。

❷ Paul de Man, "Literary History and Literary Modernity," in *Blindness and Insight* (Minneapolis: U of Minnesota P, 1983).

❸ Matei Calinescu, *Five Faces of Modernity* (Durham: Duke UP, 1987), pp. 13-94.

❹ de Man，見註❷。

輯一

被壓抑的現代性

輯一　被壓抑的現代性

中國現代文學的研究，歷來以五四傳統作爲典範。「感時憂國」、「涕淚飄零」等觀念，一方面指稱作者的情懷抱負，一方面也預擬了敘事的方法結構。但中國文學現代化的歷程遠較此豐富複雜，而現代化的源頭也毋須僅溯及五四。經過近百年的流變，二十世紀末小說衆聲喧嘩的面貌，尤其促使我們重思十九世紀以來，說部種種的奇想與實驗。

我以「被壓抑的現代性」一詞描述清末至五四階段，小說界求新求變的軌跡。面對西潮東漸，有心之士如何因應對話，又如何自起爐灶、翻新花樣，在在值得正視。五四以來的那套典範常將這期間的成就斥爲沒有章法、不夠「現代」，其實頗有畫地自限之虞。本輯中〈沒有晚清，何來五四？〉一文企圖爲晚清小說的「現代性」，提出理論及方法學的新方向，並以四種文類——狹邪、譴責、公案、科幻——作爲舉證的依據。〈翻譯「現代性」〉處理中西小說語彙、修辭、文類及理念傳譯的問題，並觀察「現代」觀念渡海東來後的變貌。

另兩篇論文，〈未被伸張的正義〉重讀《三俠五義》、《老殘遊記》等說部，不僅著眼俠義小說在晚清的巨大變化，也思考「正義」觀念的微妙轉換。此一議題在輯二〈罪抑罰？〉一文中續作發揮。〈跨世紀的禁色之戀〉則轉向晚清作家對情色領域的發掘，以十九世紀中的《品花寶鑑》對照二十世紀末的《世紀末少年愛讀本》，益見現代「性」譜系的曲折輾轉，正是〈說來那話兒也長〉（見輯三）。

沒有晚清，何來五四？

——被壓抑的現代性

有關中國文學現代化的問題，近年已屢屢被提出討論。五四文學革命的典範意義，尤其引起衆多思辨。而其中最值得注意的，當是晚清文化的重新定位。傳統解釋新文學的「起源」，多以五四爲依歸；胡適、魯迅、錢玄同等諸君子的努力，也被賦予開山宗師的地位。相對的，由晚清以迄民初的數十年文藝動盪，則被視爲傳統逝去的尾聲，或西學東漸的先兆。過渡意義，大於一切。但在世紀末重審現代中國文學的來龍去脈，我們應可重識晚清時期的重要，以及其先於、甚或超過五四的開創性。

一

我所謂的晚清文學，指的是太平天國前後，以至宣統遜位的六十年；而其流風遺緒，時至五四，仍體現不已。在這一甲子內，中國文學的創作、出版，及閱讀蓬勃發展，眞是前所未見。而小說一躍而為文類的大宗，更見證傳統文學體制的劇變。但最引人注目的是作者推陳出新、千奇百怪的實驗衝動，較諸五四，毫不遜色。然而中國文學在這一階段現代化的成績，卻未嘗得到重視。當五四「正式」引領我們進入以西方是尙的現代話語範疇，晚清那種新舊雜陳，多聲複義的現象，反倒被視為落後了。

晚清文學的發展，當然以百日維新到辛亥革命為高潮。僅以小說為例，保守的估計，出版當在二千種以上❶，其中至少一半，今已流失。這些作品的題材、形式，無所不包：從偵探小說到科幻奇譚，從豔情紀實到說教文字，從武俠公案到革命演義，在在令人眼花撩亂。它們的作者大膽嘲弄經典著作，刻意諧仿外來文類，筆鋒所至，傳統規模無不歧義橫生，終而搖搖欲墜。以往五四典範內的評者論贊晚清文學的成就，均止於「新小說」——梁啓超、嚴復等人所倡的政治小說。殊不知「新小說」內包含多少舊種籽，而千百「非」新小說又有多少誠屬空前的創造力。

而從文化生產的角度來看，晚清文人的大舉創造、或捏造與製造小說的熱潮，亦必要引起文學生態的巨變。這是一個華洋夾雜、雅俗不分的時期，而讀者不論有心無心，也樂得照單全收。中國現代文學的大規模量販化、商業化，非自今始❷。稱小說為彼時最重要的公眾想像領域，應不為過。藉著閱讀與寫作小說，有限的知識人口虛擬家國過去及未來的種種，而非一種版圖，放肆個人欲望的多重出口。比起五四之後日趨窄化的「感時憂國」正統，晚清毋寧揭示了更複雜的可能。

晚清的最後十年裏，至少曾有一百七十餘家出版機構此起彼落❸，照顧的閱讀人口，在二到四百萬之間[4]。而晚清最重要的文類——小說——的發行，多經由四種媒介：報紙、遊戲、刊物、雜誌與成書。中國最早的報紙《申報》(一八七二—一九四九)於一八七〇年，即有名爲《瀛寰瑣記》的文學專刊出版，發表詩文說部創作或翻譯[5]。到了一八九二年，由韓邦慶(一八五六—一八九四；《海上花列傳》作者)一手包辦的《海上奇書》出版，是爲現代小說專業雜誌的濫觴[6]。同時，在標榜「遊戲」及「消閒」的風月小報上，小說也覓得一席之地。這些刊物可查者仍有三十二種之多；晚清紅極一時的作者如吳趼人(一八六六—一九一〇)、李伯元(一八六七—一九〇六)，都是由此起家[7]。而在梁啓超提倡「新小說」的熱潮後，更有三十餘小說出版社[8]，以及二十一種以「小說」爲名的期刊出現[9]。其中最著名的，即所謂《新小說》、《月月小說》、《繡像小說》、《小說林》等「四大」小說雜誌[10]。

晚清也是翻譯文學大盛的時代。阿英早已指出晚清的譯作不在創作之下[11]；近年學者陳平原就此統計一八九九至一九一一年間，至少有六百十五種小說曾經譯介至中國[12]。狄更斯、大小仲馬、雨果、托爾斯泰等均是讀者耳熟能詳的名字。至於暢銷作家，則有福爾摩斯的創造者柯南道爾、感傷奇情作家赫格德，以及科幻小說之父凡爾納[13]。

但我們對彼時文人「翻譯」的定義，卻須稍作釐清：它至少包括意譯、重寫、刪改、合譯等方式。學者如史華慈(Schwartz)、夏志清，及李歐梵曾各以嚴復、梁啓超及林紓爲例，說明晚清譯者往往借題發揮，所譯作品的意識及感情指向，每與原作大相逕庭[14]。不僅此也，由著這些有意或無意的誤譯或另譯，晚清學者已兀自發展極不同的「現代」視野[15]。以此類推，晚清作者對傳統古典的新奇詮釋，也是另一種以志逆意的「翻譯」。

西洋文學的影響，一向是中國文學現代化的主要關目。此一方面的研究，亦猶待加強。但就在作者、讀者熱烈接受異國譯作，作爲一新耳目的藍本時，傳統說部早已產生質變。當《蕩寇志》（一八五三）成爲太平天國時期，清廷及太平軍文宣戰爭的焦點時，小說與政治的主從關係，邁入了新的「技術」模式。當《品花寶鑑》以男女易裝的觀點，混淆異性及同性戀愛的界限時，小說與情色主體的辯證，也變得益發繁複。幾乎所有經典說部均在此時遭到諧仿。這也許是作者自甘頹廢、憊懶因襲的徵兆，但更可能是他們不耐傳承藩籬，力圖顛覆窠臼的訊號。

不僅此也，清末重被發掘的稍早作品，沈復的《浮生六記》，及張南莊的《何典》，更具有在文學傳統以內另起爐灶的意義[16]。《浮生六記》描摹情性自主的嚮往、《何典》誇張人間鬼域的想像，對二十世紀作家的浪漫或諷刺風格，各有深遠影響。《何典》依循以往話本小說生鮮活潑的世俗敍述，並點染極具地域色彩的吳語特徵，自然可視爲五四白話文學的又一先導[17]。凡此皆說明「新小說」興起前，中國說部的變動已不能等閒視之。西方的衝擊並不「開啓」了中國文學的現代化，而是使其間轉折，更爲複雜，並因此展開了跨文化、跨語系的對話過程。這一過程才是我們定義「現代性」的重心。

二

晚清小說的豐富性既如上述，則顯然與過去多年來學者投入的心力，不能成爲正比。呼應八〇年代的《晚清小說大系》（台北：廣雅），九〇年代的《近代中國小說大系》（南昌：百花洲）及《中國近代文學大系》（上海：上海書店），在資料上漸已補正以往之不足。但研究方面，則仍不脫以往「四大小說」（《官場現形記》、《孽海花》、《二十年目睹之怪現狀》、《老殘遊記》）的窠臼；阿英、魯迅、胡適等以五四爲視角的理論，依舊被奉爲圭臬。

這牽涉到我們怎麼定義「現代」中國文學的問題。五四運動以石破天驚之姿，批判古典，迎向未來，無疑可視爲「現代」文學的絕佳起點。然而如今端詳新文學的主流「傳統」，我們不能不有獨沽一味之嘆。所謂的「感時憂國」，不脫文以載道之志；而當國家敍述與文學敍述漸行漸近，文學革命變爲革命文學，主體創作意識也成爲羣體機器的附庸。文學與政治的緊密結合，當是現代中國文學的主要表徵，但中國文學的「現代性」卻不必化約成如此狹隘的路徑。我無意在此大作翻案文章；在這個劉再復所謂「放逐諸神」、「告別革命」的時代，高唱「推翻」典範，「打倒」傳統，也無非是重彈五四的老調。要緊的是重理世紀初的文學譜系，發掘多年以來隱而不彰的現代性線索。

「現代」一義，衆說紛紜。如果我們追根究柢，以現代爲一種自覺的求新求變意識，一種貴今薄古的創造策略，則晚清小說家的種種試驗，已經可以當之⑱。別的不說，單就多少學說創作，書籍刊物，競以「新」字爲標榜，即是一例。從《新石頭記》到《新中國未來記》，有心作者無不冀求在文字、敍述、題材上揮別以往。誠然，刻意求新者往往只落得換湯不換藥，貌似故步自封者未必不能出奇制勝。重要的是，無論意識形態的守舊或維新，各路人馬都已驚覺變局將至，而必須採取有別過去的敍寫姿態。

有心者可以反詰，這種傳統之內自我改造的現象，以往的文學史不是已屢有前例可循？晚明時期詩文小說的中興，只是其中之一。何以我們不稱之爲「現代」呢[19]？我的回應，是將晚清文學重新放回歷史語境之中。晚清之得稱現代，畢竟由於作者讀者對「新」及「變」的追求與了解，不再能於單一的、本土的文化傳承中解決。相對的，現代性的效應及意義，必得見諸十九世紀西方擴張主義後，所形成的知識、技術及權力交流的網絡中[20]。

但有心者仍可反詰，以往中國的文學，不亦曾有異邦因素的融合介入？六朝以降，西域佛學母題及敍寫形式的傳播；唐代中亞音樂模式的引進，對古典中國的詩詞敍述，均造成深遠影響。即便如是，我們仍須體認清末文人的文學觀，已漸脫離前此的中土本位架構。面對外來衝擊，是捨是得，均使文學生產進入一國際的（未必平等的）對話的情境。「國家」興起，「天下」失去，「文學」也從此不再是放諸四海的藝文表徵，而成爲一時一地一「國」的政教資產了。準此，我們不妨複習文學史家所一再傳述的中國現代文學現象：民主思維的演義，內在心理化及性別化主體的發掘，軍事、經濟、文化生產的體制化，都市／鄉村視景的興起，革命神話的建立，還有最重要的，線性歷史時間感的滲透。這些現象既是作家創作的條件，也是他們描摹的對象。但只要把眼光放大，我們則知所有現象均可見諸西方，而且經過長期實驗，方底於成[21]。當它們移入向清末中國這樣的非西方文明中，卻失去時間向度，產生了立即性的迫切感。它們散發符咒般的魅力，催促一代中國人迎頭趕上。識者稱現代中國文學建立在一種「虧欠的話語」上，不是虛言[22]。作者讀者覺得我們總已難償歷史進程的時差，如果不繼續借鏡，或借貸西方的文化及象徵資本，更是無以爲繼。

以上的描述，也許已說明現代中國文學產生的環境或條件，卻不能說明中國文學的現代性到底有什麼與衆不同之處。文學的「現代性」有可能因應政治、技術的「現代化」而起，但並無形成一種前後因果的必然性[23]。讓我們再思前述「現代」一詞的古典定義：求新求變、打破傳承。果如是，「現代」總要衝毀歷史（時間！）網羅，自外於成規典律[24]。假若我們對中國文學現代性的了解，僅止於遲到的、西方的翻版，那麼所謂的「現代」只能對中國人產生意義。因爲對「輸出」現代的原產地作者讀者，這一切都已是完成式了。五四之後作家狂熱推展寫實及現實主義，卻要被視爲撿取十九世紀西方的遺唾，即爲一例。（而另一方面，我們也強調西方評者讀者對中國的現代文學發明，不應局限於東方主義的奇觀心態上。因爲這裏所謂的「新」，同樣是來自雙方的隔膜，而非不斷的對話與比較。）[25]

就這樣的說法，我絲毫無意回到理想主義式的位置（中西機會均等，世界百花齊放！），也不因此玩弄解構主義式正反、強弱不斷易位的遊戲。對理論市場上，衆家學者要將現代性研究落實於歷史「實相」中的呼聲，我其實拳拳服膺。但不能令人無惑的是，在**歷史化**的大纛下，他（她）們的步調竟是何其之緩！許多的議論似乎並不正視現代性出現的迂迴道路，也乏對歷史前景坐標不斷改換的警覺。他們並不求將「現代性」放入歷史流變中，而是持續追逐主流論述的蹤跡，複製出形異實同的小小花果。「現代性」終要成爲一種渺不可及的圖騰，在時間、理論及學術場域的彼端，吸引或揶揄著非西方學者。而同時，因爲總陷在「遲來的現代性」[26]的陷阱中，一股怨懟之氣，油然而生。

近年來，不少自然及社會學科對進化、直線歷史及生物突變的探討，或許有助我們對文學現代性的再思[27]。我們毋須視文學的現代進程——不論是在全球或地區層次——爲單一、不可逆的發展。現存的許多現代性觀念都暗含一個今勝於昔（或今不如昔）的時間表。相對於此，我以爲在任何一個歷史的關鍵上，現代性的顯現都是許多求新求變的可能，相互激烈競爭的結果。然而這一競爭不必反映優勝劣敗的達爾文鐵律；其結果甚至未必是任何一種可能的實踐。歷史已一再告訴我們，許多新發明、新實驗儘管有無限樂觀的承諾，卻竟然是時間無常因素下的犧牲。這裏所說的「無常」（contingency），純粹是就事論事，而不指任何天意或命定論的閃失[28]。

我無意暗示文學的現代化是一種無目的盲動，或缺少任何可資解讀的軌跡。恰恰相反，在每一革新階段，我們都可以看出前因後果的邏輯。然而這些因果或邏輯之所以清晰可解，正在於它們出於「後」見之明。即便如是，我們仍須認識兩點：㈠現代性的生成不能化約爲單一進化論，也無從預示其終極結果；㈡即使我們刻意追本溯源，重新排列組合某一種現代性的生成因素，也不能想像完滿的再現。這是因爲到達現代性之路充滿萬千變數，每一步都是牽一髮而動全身的關鍵。歷史的進化過程不像錄影帶，可以不斷倒帶重播。即使是同樣的元素無一不備，歷史不會重演。用生物史學家高德（Gould）的話說：「只要稍稍改變事件起初的任何一個關鍵，哪怕是微不足道的一點，整個物種進化的過程將會形成截然不同的途徑。」[29]

放在中國文學的情境裏，這一觀點有什麼意義呢？我們要說如果晚清眞是現代化的關鍵時刻，那是因爲有太多的蛻變可能，同時相互角力。從晚清到五四，再到三〇年代以迄現在，我們大抵可依照史料，勾勒一個(或數個)文學由舊翻新的「情節」。但這一信而有徵的「情節」卻既不能印證任何歷史宿命論，也不能投射任何未來目的論。如上所述，多少契機曾經在時間的摺縫中閃爍而過。有幸發展成爲史實的，固屬因緣際會，但這絕不意味稍稍換一個時空座標，其他的契機就不可能展現相等或更佳(或更差)的結果。劇烈而龐雜的進化法則，無法由達爾文或馬克思來預告；以西方爲馬首是瞻的現代性論述，也不必排除中國曾有發展出迥不相同的現代文學或文化的條件。一味按照時間直線進行表來探勘中國文學的進展，或追問我們何時才能「現代」起來，其實是畫地自限的(文學)歷史觀。

我們也許不能回到過去，重新扭轉歷史已然的走向。但作爲文學讀者，我們卻有十足能力，想像歷史偶然的脈絡中，所**可能**卻**並未發展**的走向。這些隱而未發的走向，**如果**曾經實踐，應使我們對中國文學現代性的評估，陡然開朗。我的想像借鏡自日本的芥川龍之介、俄國的貝里(Bely)、愛爾蘭的喬伊思及捷克的卡夫卡等作家；他們各自爲其國家文學，寫下新頁，而且相較於同時期他國的文學成就，也要令人眼界大開，直承前所未見。是在這一跨國界、語言及文化範疇的前提下，二十世紀文學的現代性才成爲如此深具魅力的課題。而尤其值得注意的是，上述這些作者從事創作時，他們國家現代化的程度，未必與他們對現代性的深切感受，形成正比或對等關係。

魯迅一向被推崇爲現代中國文學的開山祖師。但歷來評者讚美他的貢獻，多集中於他面對社會不義，吶喊彷徨的反應。魯迅這一部分的表現，其實不脫十九世紀歐洲寫實主義的傳統之一：人道胸懷及控訴精神。擺在彼時世界文學的版圖上，算不得眞正突出。據說是受果戈理(Gogol)啓發的〈狂人日記〉成於一九一八年；卡夫卡的《蛻變》成於一九一四年，而夏目漱石的抒情心理小說《心鏡》則於一九一六年推出。我們多半已忘記晚淸時的魯迅，曾熱中於科幻小說如《月界旅行》(凡爾納著)的翻譯；而那位曾寫過散文詩《野草》以及滑稽諷刺小說《故事新編》的魯迅，也是八〇年代以來才漸爲學者認知㉚。我們不禁要想像，如果當年的魯迅不孜孜於《吶喊》《彷徨》，而持續經營他對科幻奇情的興趣，對陰森魅豔的執念，或他的尖誚戲謔的功夫，那麼由他「開創」的現代文學，特徵將是多麼不同。在種種創新門徑中，魯迅選擇了寫實主義爲主軸——這其實是承繼歐洲傳統遺緒的「保守」風格。魯迅的抉擇，已成往事。但所需注意的是，以其人多樣的才華，他的抉擇不應是唯一的抉擇。後之學者把他的創作之路化繁爲簡，視爲當然，不僅低估其人的潛力，也正泯除了在中國現代文學彼端，衆聲喧嘩的多重可能。

對我而言，中國作家將文學現代化的努力，未嘗較西方爲遲。這股躍躍欲試的衝動不始自五四，而發端於晚淸。更不客氣地說，五四菁英的文學口味其實遠較晚淸前輩爲窄。他們延續了「新小說」的感時憂國敍述，卻摒除或壓抑其他已然成形的實驗。面對西方的「新穎」文潮，他們推舉了寫實主義——而且是西方寫實主義最安穩的一支，作爲頌之習之的對象。至於眞正驚世駭俗的現代主義，除了新感覺派部分作者外，在二、三〇年代的中國乏人問津。如前所述，我們可以憑著後見之明，爲五四以來的現代小說鋪陳起承轉合的邏輯。但與此同時，我們必得捫心自問，在重審中國文學現代性時，我們是否仍沉浸在五四那套典範，而昧於典範之外的花花世界呢？

三

所謂「被壓抑的」現代性，可以指陳三個不同方向。㈠它代表一個文學傳統內生生不息的創造力。這一創造力在迎向十九世紀以來西方的政經擴張主義及「現代話語」時，曾經顯現極具爭議性的反應。而且衆說紛紜，難以定於一尊。然而五四以來，我們卻將其歸納進腐朽不足觀的傳統之內。相對於此，以西學是尙的現代觀念，幾乎壟斷了文學視野——儘管這渡海而來的「現代」觀念不脫時間上的落差。㈡「被壓抑的現代性」指的是五四以來的文學及文學史寫作的自我檢查及壓抑現象。在歷史進程獨一無二的指標下，作家勤於篩選文學經驗中的雜質，視其爲跟不上時代的糟粕。這一汰舊換新工作的理論基礎，當然包括(卻未必限於)佛洛依德式的「影響的焦慮」或馬克思式的「政治潛意識」影響㉛。佛、馬二氏的學說，在解放被壓抑的個人或社羣主體上，自有貢獻。但反諷的是，這些憧憬解放的學說被神聖化後，竟成爲壓迫或壓抑主體及羣體的最佳藉口。於是中國文學現代性的發展反愈趨僵化。㈢「被壓抑的現代性」亦泛指晚清、五四及三〇年代以來，種種不入(主)流的文藝試驗。從科幻到狹邪、從鴛鴦蝴蝶到新感覺派、從沈從文到張愛玲，種種創作，苟若不感時憂國或吶喊彷徨，便被視爲無足可觀。即便有識者承認其不時發抒的新意，這一新意也基本以負面方式診斷。

但在現代文學發展已近百年的今天，我們對「被壓抑的現代性」的挖掘，極有必要。既名「壓抑」，上述的諸般現象其實從未離我們遠去，而是以不斷滲透、挪移及變形的方式，幽幽述說著主流文學不能企及的欲望，迴旋不已的衝動。

準此，我們可以回到五四的前身——晚清，觀察中西文學擦撞出的現代火花。晚清小說，類別繁多，但我以為**至少**有下列四類，最能凸顯一代中國文人與未來對話的野心。

第一，自十九世紀中葉以來的狹邪小說，雖為五四學者所詬病，卻在開拓中國情欲主體想像上，影響深遠。這些作品雜糅了古典情色小說的二大傳統——感傷及豔情，而能賦予新意。如《品花寶鑑》（一八四九）總結了古典以來餘桃斷袖的主題，竟向《紅樓夢》、《牡丹亭》借鑑，敷衍成一大型浪漫說部。假鳳虛凰，陰陽交錯。男歡女愛的至情從未如此大規模的被顛覆過。又如《花月痕》（一八七二）反寫才子佳人的素材，因成就「才子落魄、佳人蒙塵」的淒豔故事。其中的男女主角以赴死之心「言」情「說」愛，而少及於其他，儼然以文學想像的愛欲，凌駕生理原欲的愛欲。至於小說為男主人翁營造的落魄畸零形象，必曾影響下一代郁達夫等人的頹廢美學。《海上花列傳》（一八九二）寫歡場猶如情場，又視逢場作戲為真情流露的最佳時刻，出手即不凡。作者韓邦慶為百年前一羣上海妓女作「列傳」、兼示預言上海行將崛起的都會風貌。以素樸之筆寫繁華之事，白描功夫要令五四寫實主義大家們相形見絀的。《孽海花》以花榜狀元賽金花豔史為經，以庚子前後三十年歷史為緯，交織成一政治小說。賽金花以淫邪之身，傾倒八國聯軍統帥，扭轉國運，是二十世紀中國最曖昧的神話之一。國體與女體、政治與欲望，相生相剋；日後多少時新的女權議論，自此得到靈感。識者每詬病狹邪小說誨淫誨盜，卻忽略在歷史危機中，一代中國人的欲望與恐懼，如何流入對一己身體的放肆想像上。其極致處，連敍述方式的本身也變得枝蔓渙散，少有節制。

第二，我們也需再思公案俠義小說的熱潮，實已暗暗重塑傳統對法律正義(legal justice)與詩學正義(poetic justice)的論述。像《蕩寇志》、《三俠五義》（一八七八）般的作品，寫江湖俠客，保皇勤王，一向被視爲《水滸》以降俠義說部的末流。魯迅般的學者由此看到了清室衰頹，民心寄望清官豪俠扭轉乾坤的幻想。但換個角度，我們又何嘗不可說這是晚清作者及讀者最犬儒的自嘲？當廟堂與江湖、執法者與玩法者混淆不分時，所有關於正義的演述面臨崩解危機。劉鶚的《老殘遊記》進一步質詰此問題。我們一般不將《老殘遊記》放在俠義公案小說中閱讀。但書中老殘的任俠尚武背景，是有案可查的。只是時不我予，當年一心仗劍治天下的老殘落得以筆代劍，成爲浪跡江湖的郎中，而非俠客。即使如是，他與官府周旋，力申「清官比贓官可恨」論，無疑逆轉公案說部的底線。

劉鶚心中的俠已淪爲治病的大夫。就在《老殘遊記》一紙風行的同時，旅日的醫科學生魯迅正要捨醫就文，以作家爲專業。以筆代劍，以墨水換取血水，魯迅的抱負或許來自他老師章太炎的「儒俠論」？這且不提，世紀初有革命心懷的作者爲自己造像時，卻自然援引了遊俠刺客的原型。海峽兩岸的學者如陳平原、龔鵬程等對此已各有發揮[32]。看看清末另一型俠義革命小說，如《東歐女豪傑》、《女媧石》、《新中國未來記》等，則可知民主鬥士去古未遠。早期左派文人自膺俠骨柔情者，頗不乏人。在小說或在現實裏，他(她)們毀家紓難、亡命法外，為的是一伸助弱鋤奸的大志。

第三，譴責小說，如《二十年目睹之怪現狀》、《官場現形記》等，一向被奉為是晚清小說的研究樣本。小說的作者吳趼人、李伯元諷刺時事，笑謔人情，確是辛辣油滑。然而這類作品遭到魯迅「辭氣浮露、筆無藏鋒」的苛評。我們毋須為譴責小說的缺點文過飾非。比起祖師爺吳敬梓的《儒林外史》，晚清作者未免失之輕浮、毫無深度。但此一現象不僅在於作者個人的自我期許，而更在於整個文學市場機制(！)的劇變。吳敬梓可以以笑中有淚的筆觸，寫一個儒生文士生產過剩，一介功名難求的悲喜劇，基本不失對學優則仕的鄉愁，或禮衰樂頹的喟嘆。李伯元、吳趼人沒有工夫感受儒林內外的冷暖；他們的時代已經是個學術價值四散分崩的時代。寫作不只是寄情託志，更是謀生之道。他們諷刺世道不彰，自己卻也得為這樣的世道負責。吳、李是近代中國第一批「下海」的職業文人。

魯迅一輩對晚清譴責作家的失望，其實洩漏出他們的正統儒家心事。對他們而言，寫作是事業，不是企業；是文以載道，不是言不及義。相形之下，晚清那批「無行」的文人，對文學、象徵資本的挪移運用，反較五四志士更有「現代」商業意識些。而在一片插科打諢下，譴責小說家是極虛無的。他們的辭氣的確浮露，大概因為自己也明白，除了文字遊戲，再無其他。魯迅謂其「譴責」，實是以一老派道學口氣，來看待一批末代玩世文人。吳、李作品最重要的感情標記是笑

——嘲笑、苦笑、冷笑、訕笑。這笑在「涕淚飄零」的五四典範裏，難得聽聞。老舍、張天翼、錢鍾書的部分作品，算是聊勝於無。此無他，笑其實比淚更有道德顛覆力。一直到八〇年代，晚清的種種笑聲，才重現於兩岸文學中。

第四，科幻小說曾在晚清風靡一時。藉著翻譯作品所得的靈感，作家搬演飛車潛艇，上天入地，更雲遊太空。古典中國小說，不乏志怪神魔佳作。但仙魔鬥法、騰雲駕霧之餘，殊少對器械發明，產生實證興趣。晚清作家承襲凡爾納、威爾斯(Wells)、貝勒彌(Bellamy)的影響，展開虛構的科學論述，行有餘力，更擷取神魔小說菁華，下筆成篇，令人眼界大開。吳趼人的賈寶玉漫遊時光隧道(《新石頭記》)、徐念慈的法螺先生航向太陽系諸星球(《新法螺先生譚》)，正是最明白的例子。由此，小說家對傳統或西方構成「知識」及「眞理」的論述，展開系列對話。

晚清科幻小說儘管想像高緲，卻仍有其現實根源。作者對歷史困境所不能已於言者，盡行投諸另一世界。烏托邦小說，從《新中國未來記》、《月球殖民地》、《烏托邦遊記》，到《新石頭記》，設計理想國度、假託世外桃源，是爲空間的位移。而更重要的，晚清作者自西方科幻小說裏借來「未來完成式」的敍述法，得以自未來角度倒敍今後**應可**發生的種種。《新中國未來記》成於一九〇二年，卻以一九六二年爲時間座標；《新紀元》則更遙想公元二千年大中華民主國的蓋世盛況。這種瞶回歷史，典借將來的敍事策略，竟也有言中的時候。

我以晚清小說的四個文類——狹邪、公案俠義、譴責、科幻——來說明彼時文人豐沛的創作力，已使他們在西潮湧至之前，大有斬獲。而這四個文類其實已預告了二十世紀中國「正宗」現代文學的四個方向：對欲望、正義、價值、知識範疇的批判性思考，以及對如何敍述欲望、正義、價值、知識的形式性琢磨。可怪的是，五四以來的作者或許暗受這些作品啓發，卻終要挾洋自重。他(她)們視狹邪小說爲欲望的汚染、俠義公案小說爲正義的墮落、譴責小說爲價值的浪費、科幻小說爲知識的扭曲。從爲人生而文學到爲革命而文學，五四的作家別有懷抱，但卻將前此五花八門的題材及風格，逐漸化約爲寫實主義的金科玉律。

然而那些被壓抑的現代性豈眞無影無蹤？在鴛鴦蝴蝶派、新感覺派，甚或武俠小說裏，潛存的非主流創作力依稀可辨；而即使是正統五四典律內的作品，作家又何嘗不有意無意洩漏對欲望尺度以外的欲望，對正義實踐的辯證，對價值流動的注目，對眞理／知識的疑惑？這些時刻才是作家追求、發掘中國文學現代性的重要指標。在二十世紀末，從典範邊緣、經典縫隙間，重新認知中國文學現代之路的千頭萬緒，可謂此其時也。而這項傅柯(Foucault)式的探源、考掘的工作，都將引領我們至晚清的斷層。撫摸那幾十年間突然湧起，卻又突然被遺忘、埋藏的創新痕跡，我們要感嘆以五四爲主軸的現代性視野，是怎樣錯過了晚清一代更爲混沌喧嘩的求新聲音。即使前文對晚清小說四個文類，僅作點到爲止的回顧，我們應已了解那不只是一個「過渡」到現代的時期，而是一個被壓抑了的現代時期。五四其實是晚清以來對中國現代性追求的收煞——極匆促而窄化的收煞，而非開端。沒有晚清，何來五四？

❶阿英的《晚清小說史》曾估計百日維新至辛亥革命期間，有一千種以上的小說出版。但此一估計近年已為學者重新檢討。賴芳伶推測此一時期的出版，應在二千種以上，見《清末小說與社會政治變遷》（台北：大安，一九九〇），頁六二。日籍學者樽本照雄則以更精密的估算方式，推論一八四〇至一九一一年間小說出版計二三〇四種，其中創作一二八八種，翻譯一〇一六種，見《清末民初小說目錄》（大阪：大阪經大，一九八八）。

❷Perry Link, *Mandarin Ducks and Butterflies* (Cambridge: Harvard UP, 1980), pp. 149–155.

❸時萌《晚清小說》（台北：國文天地，一九九〇），頁一一。

❹Andrew Nathan and Leo Lee, "The Beginning of Mass Culture," in David Johnson, Andrew Nathan, and Evelyn Rawski, eds., *Popular Culture in Late Imperial China* (Berkeley: U of California P, 1991), p. 372.

❺陳伯海、袁進《上海近代文學史》（上海：上海人民出版社，一九九三），頁一三八—一四〇；亦見時萌，頁三；袁進《中國小說的近代變革》（北京：中國社會科學出版社，一九九二），頁二六—二七。

❻時萌，頁三—四。

❼李伯元初抵上海時，曾任《指南報》編輯，後來創立或主編《遊戲報》及《世界繁華報》。吳趼人及其他晚清作者如歐陽鉅源也是這些遊戲小報的經常撰稿者。見魏紹昌編《李伯元研究資料》（上海：上海人民出版社，一九六二），頁五—一〇；吳趼人曾主編《消閒報》及《采風報》、《奇新報》等刊物，見魏紹昌編《吳趼人研究資料》（上海：上海古籍出版社，一九八〇），頁四。亦見 Link, pp. 140–149。

❽時萌，頁九。

❾賴芳伶，頁九〇—九一。陳平原估計一九〇二至一九一六年曾出現五十七種文學雜誌，見《二十世紀中國小說史》第一卷（北京：北京大學出版社，一九八九），頁六七—六八。

❿見賴芳伶，頁八九—九七；Shu-ying Tsau, "The Rise of 'New Fiction'," in Milena Doleželová-Velingerová, ed., *The Chinese Novel at the Turn of the Century* (Toronto: U of Toronto P, 1980), pp. 25-26。

⓫時萌，頁一一。

⓬陳平原，頁二八—二九。

⓭同上，頁四三—四四。

⓮Benjamin Schwartz, *In Search of Wealth and Power* (Cambridge: Harvard UP, 1964); C. T. Hsia (夏志清), "Yen Fu and Liang Ch'i-chao as Advocates of New Fiction," in Adele Austin Rickett, ed., *Chinese Approaches to Literature from Confucius to Liang Ch'i-ch'ao* (Princeton: Princeton UP, 1978), pp. 221-257; Leo Lee (李歐梵), *The Romantic Generation of Modern Chinese Literature* (Cambridge: Harvard UP, 1973), chaps. 1-3.

⓯最近的討論，可見Lydia Liu, *Translingual Practice* (Stanford: Stanford UP, 1996)。

⓰袁進，頁一八。

⓱見范伯羣〈從通俗小說看近代吳文化之流變〉，熊向東、周榕芳、王繼權編《首屆中國近代文學國際學術研討會論文集》(南昌：百花洲文藝出版社，一九九四)，頁二九二。

⓲Matei Calinescu, *Five Faces of Modernity* (Durham: Duke UP, 1987), pp. 13-94.

⓳或者可再思唐之於六朝及隋；元之於宋金的關係。

⓴我們必須注意晚清的「新」是相對於明清以來的傳統流變；但另一方面明清的文學「發明」或於晚清已屬陳腔，對晚清同時的西方讀者，卻屬聞所未聞。

㉑有關西方現代性崛起的書籍繁多，見Marshall Berman, *All That is Solid Melt into Air* (N. Y.: Penguin, 1983)。

㉒見John Zou, "Travel and Translation," paper presented at the conference, *Literature, History, Culture: Reenvision-*

ing Chinese and Comparative Literature, Princeton U, June 26, 1994。

㉓八〇年代的中國文學，儘管深受西方現代及後現代的思潮衝擊，卻衍生出獨樹一格的現代及後現代性，不能置諸西方文學進化論時間表觀之。

㉔Paul de Man, "Literary History and Literary Modernity," in *Blindness and Insight* (Minneapolis: U of Minnesota P, 1983).

㉕《趙氏孤兒》被介紹到十七世紀歐洲，即是一個例子。

㉖見Gregory Jusdanis, *Belated Modernity* (Minneapolis: U of Minnesota P, 1991)。

㉗我的理論依據，可見William Paulson對混沌理論(chaos theory)的討論及其文學史研究的意義，"Literature, Complexity, and Interdisciplinarity," in Katherine Hayles, ed., *Chaos and Order* (Chicago: U of Chicago P, 1991), pp. 37–53・・Stephen Gould對進化論的重新評估，見*Wonderful Life* (N. Y.: Bentham, 1993)・・Cifford Geertz對北非及東南亞「多重現代性」的觀察，見*After the Fact* (Cambridge: Harvard UP, 1995)・・以及Charles Taylor對多元文化及現代性的省思，見*Multiculturalism and "The Politics of Recognition"* (Princeton: Princeton UP, 1992)及 "Inwardness and the Culture of Modernity," in Axel Honneth et. al., eds., *Philosophical Interventions in the Unfinished Project of Englightment* (Cambridge: MIT P, 1992), pp. 88–110。Paul Cohen的*Discovering History in China* (N. Y.: Columbia UP, 1984)強調中國現代化的因由須自中國的傳統內找尋，而西方的衝擊僅爲因素之一。此說近於我的論點，但未強調「現代性」本身的多元可能。

㉘Gould, p. 51.

㉙同上。

㉚如李歐梵的研究，見Leo Lee, *Voices from the Iron House* (Bloomington: Indiana UP, 1987)。

㉛見Harold Bloom, *The Anxiety of Influence* (N. Y.: Oxford UP, 1973); Fredric Jameson, *The Political Unconscious* (Ithaca: Cornell UP, 1981)。

㉜陳平原〈論晚清志士的遊俠心態〉，收於淡江大學中文系編《俠與中國文化》(台北：學生書局，一九九三)，頁二二七—二六八。龔鵬程〈俠骨與柔情：論近代知識分子的生命型態〉，《近代思想史散論》(台北：三民書局，一九九三)，頁一〇一—一三六。

翻譯「現代性」

晚清時期見證了各種翻譯：出版和閱讀西方小說的方式，其花樣之繁多，在中國文學史上可謂空前。阿英在《晚清小說史》中指出，晚清超過一千部的出版小說裏，有三分之二是翻譯作品❶。在樽本照雄最新編訂的目錄裏，確認了四百七十九部創作小說，六百二十八部翻譯小說❷。其他學者亦有相近的評估。例如陳平原的最新統計顯示，一八九九至一九一一年期間，共有六百一十五部外國作品的中文全譯本❸。其中狄更斯、小仲馬、雨果和托爾斯泰的作品廣受讀者歡迎，而柯南道爾、赫格德(H. Rider Haggard)和凡爾納的作品則穩據暢銷小說前三名❹。

然而，晚清文人對於何爲翻譯工作，並沒有一個嚴謹定義。當時的翻譯其實包括了改述、重寫、縮譯、轉譯和重整文字風格等做法。嚴復、梁啓超和林紓皆是箇中高手。多年以前，史華慈(Benjamin Schwartz)、夏志清和李歐梵就曾分別以上述三人爲例證，指出晚清的譯者通過其譯作所欲達到的目標，不論是在感情或在意識形態方面，都不是原著作者所能想像得到的。他們甚至指出，這些譯者對原著或有心或無意的誤解，不知不覺間衍生出多個不同版本的「現代」觀念❺。翻譯作爲一種人類溝通的形式，總是難免取決於歷史上的偶然因素。而晚清的譯者隨意地玩弄著各個「現代」的文本，正如晚清的小說家任意地玩弄各個「傳統」的文本一樣。

以下我將以實例來探討翻譯和晚清「現代」話語之間的種種關係。我的討論，並不局限於從一個語言翻譯到另一個語言時所產生的局部問題，而是要專注一些超越語言以上的做法，例如晚清譯者怎樣把西方的敍述模式、文體特質、感情語境和意識形態的概念「移植」到中國來。換言之，我將焦點集中於翻譯怎樣「再」（不是「改」）造出晚清作者和讀者對現實的憧憬，從而構成了中國追尋「現代」過程中最蓬勃的面向之一❻。我以三部晚清小說爲例，作下列三點辯證：第一，李伯元的《文明小史》（一九〇五）絕妙地描繪了在二十世紀之交，人們怎樣把翻譯挪用或者濫用，以致發展一種名爲「文明」的現代職業；第二，梁啓超的《新中國未來記》（一九〇二）借鏡日本和西方烏托邦作品中「未來完成式」的敍述方法，結果創立了二十世紀中國政治對話中一種最重要的修辭策略；第三，吳趼人的《新石頭記》（一九〇八）套用西方科幻小說模式，據以改換成一個中國奇幻歷險故事，並進而將傳統哲學概念，例如「天」、「仁」等，「翻譯」成新的知識性對話。

一

李伯元的《文明小史》第十四回中記有三兄弟：「賈」子猶、「賈」平權和「賈」葛民，由江蘇的吳江啓程往上海。賈氏三兄弟雖然出身自保守家庭，接受傳統教育，卻十分嚮往新潮，決心要與時並進。他們訂閱上海的報章雜誌，研讀現代思想的書籍，又與開明人士爲伍。不僅此也，他們更是進口貨和所有新產品的忠實用戶，從洋服到電燈都不錯過。他們越來越渴望跟上時代，最終決定要去上海——現代文化的聖地——「朝聖」一番。

賈氏兄弟的上海之行，正如晚清時的譴責小說公式一樣，只帶來一連串使人捧腹大笑的結果。他們遇到的「新女性」原來是一羣妓女；他們拜訪了一所西式學校，校長據說是孔子一百二十八代傳人；他們進西餐廳大開洋葷；而他們碰到的革命人士其實是一羣無恥的騙子。

賈氏兄弟的行程高潮，是來到了一間專賣西學譯作的書坊。這家書店的暢銷書是《男女交合大改良》和《傳種新問題》之類的東西❼，讓他們歎爲觀止。他們也有幸認識了一位著名的譯者和編輯辛修甫先生。據說辛先生有一本祕笈，裏面蒐集了所有他從外國書籍上學到的詞彙名稱，分門別類記錄下來。無論一篇原著或者他人的翻譯是多麼晦澀難解，辛先生總能想出一個漂亮清楚的譯本。辛先生在處理文章時，「刪的刪，改的改，然後取出他那本祕本來，一個一個字的推敲」❽，結果一篇流暢易懂的作品就誕生了！辛先生從來不讓任何人一睹他的祕笈，他的出版人對於這一點可有一套道理：「賽如生肉已經煮熟了，然而不下油鹽醬醋各式作料，仍舊是淡而無味。（辛先生）那本書，就是作書的作料。其中油鹽醬醋，色色俱有。」其中一個賈氏兄弟評道：這本祕笈「大約同我們作（八股）文章的《文料觸機》不相上下」❾。

在一個開明知識分子莫不渴望得到西方書本裏奧祕知識的年代，譯者所扮演的角色幾乎像是神諭傳授人。通過譯者神奇的闡釋，陌生奇怪的字辭章句都得以一一解碼，外國的知識似乎由此豁然開朗。辛先生那本祕笈正代表了一代中國知識分子最想得到的啓蒙法寶。可是問題在：辛先生是如何學到這些奇妙的技巧呢？他一個人怎麼可能不管事物的範疇或語言的根源，學貫中西新舊，樣樣精通呢？最使人困惑的是，難道世上眞有一本祕笈，能夠輕易地把**所有**新的詞彙、觀念、知識轉換成我們習以爲常的話語的嗎？

這裏的關鍵，並不是翻譯技術的問題，而是翻譯竟被用成一種似是而非的詮釋手段，通往神祕的「現代性」的捷徑。李伯元了解西學是進入現代世界的關鍵，熱切希望能學到手。但賈氏兄弟的好奇心僅止於幾本最新的出版物，特別是換湯不換藥的性愛、傳種之類的新書，還有就是辛先生的那本神奇祕笈。李伯元是個開明保守的作者，但這無礙他對現代性複雜意義的推敲。西學眞的就這麼簡單、唾手可得嗎？也許李伯元是從一個消極立場提出這個疑問，可是在晚清一古腦的西學聲中，他比筆下那些自命「維新」人物，頭腦要實在淸醒得多。

賈氏兄弟和那些西學出版商及譯者自以爲張開了雙手，迎接現代的學問。李伯元卻懷疑他們所製造和流傳的，可能不過是他們「已經」居之不疑的東西，如今換上個誘人的外國標籤而已。沒人知道辛先生的祕笈裏究竟寫著什麼，不過賈氏兄弟給了我們一條重要的線索。像舊的「八股文守則」那樣，這本新的祕笈提供了另一套字庫和措辭法，對新的東西，不管是哪個範疇、哪個場合都一律適用。這本祕笈告訴我們外國的事物並不格外稀奇，其實可以方便的「拿來」就用，而新學亦只是像舊學一樣，又是一套之乎者也的八股。移植知識的工作，只不過是重新命名一番而已——查到了準確的字典，把事物安上正確的名稱，就大功告成了。「現代」和西方思想來到了中國，卻被轉化成消費者固有思想的最新版本。

李伯元看似保守的批評，其實隱藏著對「現代」極具挑戰的思考方法。翻譯的過程，正如「現代性」的追求一樣，充滿變數，而且沒有人可以預知箇中究竟。原文裏面也許充滿深文奧義，也許只是一派胡言。透過翻譯，我們也許一無所獲，也許學得嶄新的東西，從而改變思維方法和敍事形式。譯文拮据的文筆、怪誕的修辭、陌生的用語、不連貫的辯證，也許只是譯者能力限制的表徵，也許更指證外來及本地語言、知識等系統間的差異及斷裂。跨越這一斷裂是譯者的天職，但過分信達雅的翻譯，則不免令人懷疑是否有一本「辛先生的辭典」作祟，化難爲易，更新爲舊。而這一切不正是翻譯對讀者在知識和語言上的挑戰嗎？

李伯元暗示他筆下那些鼓吹變革者，其實壓根兒**不想**有所變革。他們呼來喝去，以萬變來掩飾他們的不變。他們崇尚維新、推動文明，骨子裏卻對西學既無知又無趣。他們以爲要建立與外國知識、話語的中文對應，是輕而易舉的事：反正每個外國概念都該有一個相應的中國想法，經由翻譯，就可頭頭是道的挪用。原因無他，一切不過就是中國舊有概念的轉手而已。只要按照手中祕笈，「現代性」跟「傳統」都一樣可供複製、重述或重建。也許賈氏兄弟是可笑的，但是在小說或歷史裏，追隨他們的人可謂比比皆是，以爲只要有祕笈在手，外國的文化系統、政治結構和意識形態便可以「翻譯」到中國的文脈裏。從這方面看來，李伯元比那些自稱爲現代化倡導者更能明白，現代化的進程遠比想像複雜；對現代化的追求，何止於一本祕笈而已？而二十世紀的中國歷史、政治，卻似乎被這樣一種「祕笈」式的現代觀所局限了。

同樣有趣的例子，可見諸故事中另一個人物勞航芥。勞曾受日本和美國的法律訓練，並在香港執業(第四十四至五十回)。安徽的總督當時正須找一名傳譯員，以助其處理洋務。鑑於勞先生的語言能力和法律知識，他被提名擔當這個職務。對於總督來說，勞先生代表了一個能有助解開西方奧祕的專家。對於勞先生來說，他負笈、執業國外，成就有限，到頭來中國才是他最終一顯身手的地方。雖然勞航芥在國外與洋人打交道的經歷並不愉快，但是回到了中國，他又渴望假洋人以自重。勞先生自命對於西洋文化，無論是食衣住行或者革命思想，都已培養出一套優雅的品味。可是他一到了上海，卻迷上了個「愛國」的妓女。由於後者曾誓言永不款待外國(樣子)的客人，勞航芥竟可輕易地放下自己所有的洋玩意以求一親芳澤。

當總督收到一封英文信的時候，勞先生得以初顯身手。他不費吹灰之力就能夠代總督回信，使人刮目相看。可是後來有個德國商人來跟總督磋商，勞先生卻顯然因爲不懂德語吃了個鱉，這使他跟他的老闆都尷尬之極。勞先生的困窘之境還不止於此，適時有一個法國副領事去安徽訪問，勞航芥因爲也不懂法語，只好硬著頭皮把領事說的話瞎猜一通。最終那位法國先生將自己的話先譯成英語，勞先生才明白他的意思。

乍看之下，勞航芥的故事也許只不過是一幅諷刺畫。它描繪一個自以爲全盤西化的中國人，被困在自己國家裏一個落後的省分，進退兩難——這是一個典型的喜劇處境。可是這個故事應另有意義，因其反射中國人對西方的想像，無論在語言或知識方面，是如何的駁雜混亂。總督聘請勞航芥爲超級傳譯員，背後實假設西方跟中國在地理上、語言上都是一個統一的整體。所以誰要是在外國生活多年，都可以用洋文跟洋人交談，至於那個洋人是來自哪個地方並不打緊。這也可能是爲什麼前面辛先生的例子裏，作爲一名「翻譯人」只要保有一本西方詞彙祕笈就可以吃遍天下。然而勞航芥的無助處境，清楚地交代了「神祕」的西方語言文明，參差多元，有賴不同與不斷的翻譯，才能露出端倪。

經過這次蒙羞的經歷以後，勞航芥可能比誰都更感到大惑不解。跟小說中比比皆是的「假洋鬼子」不一樣，勞先生並非一個小丑式的人物。他是少數在海外生活多年、獲得西方知識的人。他在外國工作得不愉快，於是回到中國。奇怪的是，他一回到自己的家鄉，卻又不禁懷念起那個不怎麼友善的外地來。事實上，勞航芥的生活之道就是要自己看上去、聽起來都像洋人一般；他之所以受到重用，正因爲他有著模仿西人的能力。可是勞航芥最根本(而可笑)的缺點，在於他身邊的人，包括那個總督，都急於找到一個無所不能的超級傳譯員，而勞居然自以爲就是那樣的人。

西方的衆多語言參差不一，其實暗示出西方的科學、風格和價值系統也是多元和駁雜的。我們由此可以推論，也許單一的「現代性」並不存在。像勞航芥這類渴望「現代化」的人，肯定對此一多元「現代性」的想法感到不悅，因爲裏面並沒有他們期待的祕方，可以讓他們輕易、簡捷地達到現代性。勞不能理解文明發展的每一個階段，並不只限於單一的思潮及語境，而是充滿各種可能性。多種互相競爭的對話性體系重疊在一起，往往帶來矛盾和衝突；最新的可能未必就是競爭下最好的結果。沒有人能夠寫一本關於**所有**外語的祕笈，正如我們無從找到關於「現代性」的祕笈。翻譯、書寫「現代」的人如不能尊重、開拓其他的現代性(和其他的語言)，又怎能不流於以偏概全之弊呢？

如果到了今天，我們還對勞航芥的笑劇感到毫不陌生，也許是因爲像他這類人物還常在眼前遊走。基於被人歧視、自卑感等各種原因，這些人在海外處處不如意。可是他們的不滿甚至仇外的情緒，並不自動翻譯成對自己祖國的嚮往。事實上，他們一回到中國，自卑感便一掃而空，因爲他們終於可以通過洋人的雙眼來看東西，指點自己同胞的迷津，並爲自己高人一等的能力要求報酬。身爲一種陌生語言和文化的代言人，勞航芥之流正充當了文化買辦的角色。然而，他與他的同胞一樣，一廂情願地把西方想得太過簡單；不僅如此，他更沒料到中國本身其實同樣複雜萬端。結果他只落得不中不西，進退失據。小說並沒有交代勞航芥的下場，要是他能等到後殖民主義論大盛時期，他也許可以回到海外，心滿意足地向外國觀衆講講（簡化了的）第三世界政治吧。

二

「未來」，作爲一種敍述形式和小說主題，是晚清科幻文類中最引人的題目之一❿。中國傳統小說的敍述形式，非常依賴歷史性的語境來達到其存在的合法性和逼眞的效果。這個語境將任何主題——無論是歷史事實或玄奇幻想——放在過去的文脈裏，以鞏固其若有其事的眞實感。通過此一歷史話語所引發的「過去性」，小說與歷史產生密切的關係，也才能被讀者明白並信以爲「眞」⓫。可是在晚清時期，這種歷史話語失去了力量，因爲過去的「過去性」已經不能再爲敍述提供存在的理由。

晚清時的知識分子開始接受進化論的說法，他們相信萬物都以直線的方式推衍，甚至朝著單一自明的結果前進，而萬物本身有著自然的法理和道德規範。嚴復和他的朋友所提倡的進化論、康有爲關於大同社會的文獻，以及孫逸仙激進的革命思想，儘管意識形態的座標有別，卻都提供了一個直線式、前進式的時間觀，與傳統的循環（或直線而後退的）時間觀相對⓬。

晚清社會的「大敍述」(master narrative)在時序上的蛻變，可由小說敍事方法中得到有力證明。尤其是科幻說部，提供了我們一個重新理解時間方向和時間性的文類。看看部分科幻小說的題目，例如《新中國未來記》（一九〇八）、《未來教育記》（一九〇五）、《世界末日記》、《新紀元》（一九一〇）、《新中國》（一九一〇）和《光緒萬年》（一九〇八），我們就可了解彼時作者在想像中國時，不只描寫已經發生的事，更有興趣想像將會發生的事⓭。

一個最明顯的例子就是梁啓超的《新中國未來記》（一九〇二）。這本小說一般被視爲梁啓超對自己政治小說理論的現身說法。可是要完全明白其中的政治道理，必須先探討書裏敍述的時間進程。在一篇名爲〈中國之唯一文學報《新小說》〉的文章中，梁啓超評論了政治小說的形式設計：「政治小說者，著者欲藉以吐露其所懷抱之政治思想也。其立論皆以中國爲主，事實全由於幻想。」⓮在《新中國未來記》中，其政治思想是在以未來爲基礎的幻想形式上上演。

《新中國未來記》一開卷時，介紹一九六二年中國的盛況，也就是小說出版後六十年的事。書中描述大中華民主國的公民正慶祝政治改革五十週年紀念。在上海博覽會上，備受尊敬的學者孔宏道——孔子第七十二代後人——應邀講解中國民主如何被締造。他的講座吸引了數以千計的熱心聽衆，包括全球數百個地區的留學生。這一幕講座的構想是如此莊嚴盛大，夏志清甚至將其與《法華經》開場佛祖說法的場景相比⑮。

不少學者論及《新中國未來記》深受日本末鐵廣腸(Suehiro Tetcho)《雪中梅》(一八八六)的影響⑯。《雪中梅》的開卷描寫了二〇四〇年十月三日，日本國會在東京開議後的一百五十週年紀念⑰。除了這部日本小說外，愛德華·貝勒彌的《百年一覺》(或《回首看》)的影響，亦相當明顯。《百年一覺》講述一個叫朱利安·威斯特的男人在一八八七年被催眠，經過了一百三十年的沉睡後，到了二〇〇〇年才被一個李德博士喚醒。威斯特是美麗新世界的陌生人，在李德博士的帶領下到處參觀。其間他向學識淵博的李德博士提出各種問題，從政治到社會福利都有。通過他們的對話，未來烏托邦得以以一個回顧的形式呈現出來⑱。

英國傳教士李提摩太將《百年一覺》翻譯成中文縮簡本。《百年一覺》在一八九一至一八九二年以連載方式在《萬國公報》上發表，在一八九四年由廣學會出版成書。該部作品在一九〇四年由《繡像小說》再版，重新命名為《回首看》。《百年一覺》的出版，標誌著晚清時西方科幻小說首次來到中國，繼貝勒彌後，凡爾納和威爾斯(H. G. Wells)這類作家亦被引入中國，以《月界旅行》至《第一個登上月球的人》等作品，贏得讀者歡迎。貝勒彌提倡的思想，例如民族國家、社會福利制度、中央官僚制，以及「工業大軍」等，一定給晚清改革者留下了深刻的印象。梁啓超和其老師康有為都提到他們受到《百年一覺》的形式和思想影響⑲。

我要強調的是，《百年一覺》對梁啓超這類晚清作家的影響，主要在於此書示範了一種新的修辭語法——未來完成式敍述。這一敍述時式使作者不處理未來可能將會發生的事，而直接描述未來「已經」發生了的事。梁啓超本來的計畫是寫一套三部曲來處理中國未來不同的可能性：《新中國未來記》、《舊中國未來記》和《新桃源》。《舊中國未來記》描述一個不求改變的中國所必然導致的災難，《新桃源》描述一羣被流放的華人，如何於二百年前在一個島嶼上建立了一個烏托邦，後來又如何幫助他們的同胞重建中國[20]。當然這三部曲並沒有完成。事實上，《新中國未來記》也只寫到第五回就倏然而止。但至少藉著小說的倒敍方法[21]，我們可以略知小說可能的發展方向。孔宏道在第二回的講座提到了一九〇三年到一九六二年間的中國歷史。這爲我們提供了線索，告訴我們要是整個中國現代化過程得以完成的話，將會發生哪些事。根據孔先生所說，新中國的「未來」可以通過六個階段來達到：首先是準備期，接著是區域自治期、統一期、生產和建造期、國際競爭期，最後以超級強大期爲結尾[22]。眼前的小說停止在該時間表的第一個階段。

有很多因素迫使梁啓超要放棄寫作這部小說，包括寫作途中他個人對新中國應如何建設的看法也有了變更[23]。晚清小說半途而廢的例子，我們已經屢見不鮮。《新中國未來記》特別之處，在於其未完成的形式，使其敍述時間的進程變得複雜了。這個進程一定曾觸動當時的讀者，使他們覺得興奮。《新中國未來記》以未來完成式的敍述方法**承諾**如何在六十年間，中國會達到光明的未來。在梁啓超的小說中，「未來」是一種動力兼目的，隨著時間流程，展示出隱藏其中的詮釋終極目標。按照小說目前的情況看來（通過未來完成式的敍述），未來的中國已經預先來到了。隨之而來的則是「現在」與「未來」中間那段歷史空檔，而這段歷史空檔正是小說敍述未能企及的部分。

小說在第五回突然終止，留下了一個神祕的時間躍進，我們一開始就知道了故事的開首與結尾，卻找不到中間應連接兩端的橋梁。

我把這部小說的未來完成式敍述視爲梁啓超與一個新時間觀念協調的跡象。在他的「未來完成式」敍述中，起碼隱藏著三種不同的時間表。第一，未來像是在歷史另一端的神奇時刻，歷史前進動力的終極。預先規劃好的時間表一旦完成，未來並非是各種歷史動力互相碰撞後凝結成新的關係，而是超越時間的神話性一刻。這樣的未來不妨視爲儒家思想中的終極理想，也反映出梁啓超歷史觀的本體論。

第二，正如前文所述的政治議程大綱，中國在小說中被設計成一個世界超級強國，使人不禁懷疑這不過只是當時歐洲列強模式的翻版。從比較歷史的角度看來，一九六二年新中國的這個「未來」，將只不過實現了一九〇二年歐洲「曾發生過」的事情。問題是，要是對晚清讀者來說，新中國的「未來」只是當時歐洲現狀的翻版，那麼新中國的未來將永遠慢歐洲一步，不斷重蹈西方過去(政治和經濟上)覆轍而已。困於西方意識形態／政治的強權，中國所能作的，似乎總是要趕上時間前進的列車。

第三，梁啓超對未來的看法，也可能是要完成一個單一的、直線式(卻不一定是革命性的)時間發展。這種直線式的模式，在儒家思想和傳統歐洲思想中相當普遍。它使像梁啓超這樣的小說家無法進一步想像未來各種不同的方向以及進化過程本身的變數。我們可說就算過去可以被視作是一條已經實現了的歷史線索，這並不意味未來也一定就得按照預設情境，逐步實踐。小說的名稱雖然是指「新中國的未來」，卻應諷刺地理解成「新中國沒有未來」。「沒有未來」，不單只是因爲小說根本沒有完成，也是因爲在嘗試敍述未來的意識形態和概念的模式時，小說包含了對時間延展嬗變的一種根本敵意。

梁啓超的小說藉未來的創造，使彼時中國作家得以站在一個新的時間脈絡裏，想像中國。但這在晚清的文脈裏，引發了又一重弔詭。我在別處已舉例說明過，晚清作家對未來注入了如此多的熱誠，以致想搶先占有未知之數，爲歷史預訂前景。當遙遠的未來變得如此熟悉，當神祕的大預言只不過是今日新聞，晚清作家很可能已註銷了未來的動力。因爲他們對未來的觀點只不過是昔日或現時情懷的重現而已。邁向未來成了「回到」未來。他們的作品並未眞正的發現一個新地帶，而是中國傳統時間、歷史觀的復辟；他們探訪未來的祕密行程表，是通過對過去的幻想來進行的；甚至他們所新發現的直線進行式時間，也可能只是傳統時間循環論上的障眼法：也就是說，晚清文人對歷史及未來的總結，只是一廂情願，其結果只能是把現在的文化、道德觀、目標和幻想投射進未來。正如我們對歷史的記憶只被減化成一種——就是多個可能性中被實現了的那一種，未來也被縮減成單一的整體。

在此我願以一個寓言式的閱讀方法，稍微再引申梁啓超這部未完成的小說。「未來完成式」一經梁啓超的開創，以後數十年間流行不輟。倒不是在小說敍述中流行——至少表面上不是——而是盛行於政治話語中。其所隱含的緊迫性，比所有其他社會話語形式都來得明白。

五四時期以後，出現了各種不同的意識形態，也都爲中國的未來銘刻了一片美好前景，其中中國馬克思主義更是一幅最具說服力的圖像。在如何建設新中國的想法上，梁啓超和毛澤東也許有天淵之別，可是在敍述話語的層次上，梁啓超以「未來完成式」所作的（社會／政治上）的敍述，實爲中國共產革命的時間表塑造了一個原型。共產革命曾經吸引了千萬中國知識分子爲其獻身。而上述梁啓超的《新中國未來記》裏所包含的三個時間表，在毛澤東的神話中都有跡可尋，輪流捍衛著革命的目的論㉔。

把一九四二年至一九七七年的中共文學說成是以「未來完成式」的烏托邦形式寫成，其實是低估了中華人民共和國文學／政治的力量。仔細看來，滲透於社會每個階層的國家敍述，其實都是按照這一形式執行。在梁啓超半途而廢的《新中國未來記》這個小說敍述中，有過去，有未來，而由過去如何過渡到未來的「現在」部分，獨被犧牲。毛澤東思想的領導者暗自沿襲了這種未來完成的敍述模式，並將之轉化成國家政策的指南。當小說敍述法則被轉化爲施政方針時，我們所見的已經不再是簡單的敍述花招，它的代價是千萬人的身家性命。有什麼事比「大躍進」或者「超英趕美」的口號、政策更加惡名昭彰呢？兩個運動都只是以烏托邦理想爲依據，預先透支了「新中國的未來」。但在「回到」未來的過程裏，毛及他的追隨者卻從沒有顧及時間進程所需的實際歷史經驗。

三

烏托邦是晚清科幻小說的主要類別之一。通過一個理想境地的發現，晚清作家得以介紹科技發明，將社會政治的各種議程戲劇化，並放肆個人的玄奇夢想。在烏托邦的幻想中，不同的時間可以混在一起，互相比拼；在現實中不受歡迎的政教姿態，也因此得到實踐。更重要的，烏托邦的科學幻想，可把一個失敗的國族空間設置在烏有鄉中，重新建構其理想情境及合法性。

晚清作家也許多少受到了傳統中國烏托邦原型的啓發，如《詩經》、《老子》、《桃花源記》或者《水滸傳》等。但更重要的，他們也在小說、政治理論和科學發明這幾方面吸取了許多的西方模式來建立自己的觀點。凡爾納的探險小說和赫伯特·史賓沙的社會達爾文派文論都使中國的文人深受啓發。晚清雜誌裏也連載過大量的西方科幻小說[25]。然而，我們不應忽略了「惡托邦」。晚清作家創作不少這類與烏托邦相反的黑暗天地。如果說烏托邦掃盡一切不理想的事物，惡托邦則恰恰相反，幻想惡法當道後的情況。與當時西方的烏托邦敍述一樣，晚清的烏托邦產生了自己負面的文本。

不少晚清小說以介紹烏托邦或惡托邦的境貌爲開場白，例如梁啓超的《新中國未來記》想像一九〇二年政治改革後六十年的中國；頤瑣的《黃繡球》（一九〇五）以一個自由村作爲理想的背景，讓小說中的女主角黃繡球得以展開其改革大計。相反的例子則有曾樸的《孽海花》。小說以介紹奴樂島開始，述說島上的子民墮落愚昧，國家將亡，猶不自知。陳天華的《獅子吼》（一九〇五）亦藉一個華民島說明類似的場景。在侶笙寫的《癡人說夢記》高潮部分，一羣改革者占領了一個落後的仙人島，在那裏生聚教訓，推行科學工業化、教育和君主憲制，將其轉變成一個現代社會。

雖然這些例子都反映出其作者烏托邦或者惡托邦的想像，卻都只不過權充小說的引子而已；小說正文多是關於政治現實的。

蕭然鬱生的《烏托邦游記》（一九〇六）則處理一個航向理想行星的旅程。小說開卷頗有吸引力，形容探險者如何準備探險、建造飛船以開始第一次的旅程；在這方面，作者必定受到西方小說的啓發。遺憾的是，這部小說並沒有寫完。我們的太空人還沒有到達目的地，小說就停止了，彷彿這幾位太空人的烏托邦之旅將永遠吊在空中，懸而不決。

無論從任何觀點來看，吳趼人的《新石頭記》（一九〇八）都稱得上晚清時期最引人入勝的烏托邦小說。晚清小說讀者對吳趼人的名字絕不陌生。他常跟譴責小說，如《二十年目睹之怪現狀》（一九一〇），或是感傷豔情小說，如《恨海》（一九〇六）聯在一起。《新石頭記》一書展示了吳趼人尚未被肯定的天才，也進一步證明了他是晚清作家中最多才多藝的一位。

正如該書的題目所顯示，這本小說以曹雪芹的《石頭記》續集形式出現。在吳趼人著手寫《新石頭記》之前，這部經典小說已經有不少續集流傳，大都是爲賈寶玉和林黛玉的愛情悲劇作翻案文章。吳趼人《新石頭記》則與此不同，低調處理了其他續集常見的那套感傷主義。在多數的續集中，女主角林黛玉要麼復活過來，要麼有一個新的化身。吳趼人的《新石頭記》可沒有這些東西，更遑論寶黛大團圓之類的結局了。吳趼人把賈寶玉塑造成一個時空中孤獨的旅行者，他先來至晚清時的中國，再去到一個未來的烏托邦。以往寶玉對大觀園中衆女子的癡情，如今成了對中國人民的同情；昔日怡紅公子的浪漫風流，如今讓位給急切的務實思想。

吳趼人改寫《石頭記》，也許有剝削這部經典小說、一遂自己的目的之嫌。但我認爲他之如此做卻是精心策劃的結果。這部續集的中心，依然是曹雪芹《石頭記》筆下那塊靈石的神話冒險。曹雪芹把他的家族興衰，置於女媧補天神話中觀之。據說，當年黃帝跟蚩尤大戰，撼動宇宙，連上天也出現裂縫。善良的女媧便煉了三萬六千五百零一塊石頭作爲材料，彌補青天。補天之後，竟有一塊石頭剩了下來，而且經過女媧提煉，已有靈氣。既然未能「補天」，那塊石頭總有一份失落之感，千百年後，終得以到紅塵一遊。寶玉和黛玉的愛情悲劇由此開始㉖。在吳趼人的重述中，靈石——也就是寶玉——爲了完成「補天」的壯志，再下紅塵俗世。這次他遊歷的是晚清時期的中國，距離《石頭記》的結局，又不知已過了幾世幾劫。

《新石頭記》有四十回，平均分爲兩部分。在第一部分裏，寶玉經過數個世紀的隱遁，再下凡塵。他來到「野蠻世界」（一看就知道是指中國），從南至北旅行，見識了各種新事舊物、奇人怪譚。在寶玉的旅行中，他與僕人茗煙重逢，兩人結伴上路。他也再遇了寶釵的哥哥，那個無所事事的薛蟠，後者依然還過著放蕩的生活。寶玉甚至目擊了義和團的暴行。他最後因鼓吹民主思想的異端邪說而被捕。

吳趼人是寫譴責小說的老手。他善於用各種嬉笑怒罵的人事，來刻畫中國的腐敗混亂。吳把賈寶玉塑造成一個像伏爾泰(Voltaire)筆下的戇第德(Candide)般的人物。通過他天眞的觀感，舊社會的政治惡相得以重新呈現出來。賈寶玉來到亂世，他天眞無邪、誠實正直的個性在在受到考驗，也不禁使人想起吳趼人的《二十年目睹之怪現狀》中的主角兼敍述人「九死一生」。吳趼人亦加插了寶玉初睹西方文明的幾幕喜劇。火柴、蒸汽船、電燈泡、西餐和報紙都使寶玉受到文化震撼。最有趣的一幕發生在第二回，寶玉在一間小酒館裏，有人介紹了一部流行小說《石頭記》給他；故事情節竟跟他自己的家族史如此脗合，使寶玉大吃一驚。他表露了自己的身分，卻只換來了衆家小說迷的哄笑，以爲他是個無聊的冒牌貨。在原著裏，空空道人因爲閱讀過刻在靈石上的生平故事而悟道。吳趼人循此再添上了一層後設小說(metafiction)的敍述趣味，只不過他的讀者眞能受到啓發嗎？

在故事的第二部分開卷，寶玉因傳播異端被捕入獄。他後來逃出，遠離了「野蠻世界」。他來到一個神祕的國家：「文明境界」。打這兒起，吳趼人的烏托邦想像開始凝聚。吳趼人如此敍述寶玉的神遊天外，一方面可能是受到了傳統中國故事的影響，如李公佐(七七〇—八四八)的傳奇《南柯太守傳》。另一方面，貝勒彌的《百年一覺》的影響顯然可見[27]。

吳趼人的「文明境界」並不像古典桃花源那樣，呈現一個小農式的洞天福地。「文明境界」也不是《老子》中所憧憬的「小國寡民」。「文明境界」無論在軍事力量、政治結構、科學發展、教育制度或者道德培育方面都壯大強盛，儼然是個超級科技帝國，在各個方面都領先時代。

對寶玉而言，印象最深刻的是「文明境界」裏的科技發展：人工調控的氣候，使農夫一年有四次收成；各種機械人打理日常家務；神奇的藥物可以提高腦部功能；溫室式的花園，全年提供四時蔬果；改良通訊的設備，包括電腦化的「時光機」、「千里儀」和「助聽器」。文明境界還有著最先進的運輸工具：「飛車」像大鳥般在天空飛翔，而「遁地車」就在地下互相接駁。這些車輛都有獨立的特別磁牆保護，無論你怎樣駕駛都不會擦撞損毀。另外還有「水靴」，旅行人穿了可以隨意在水上行走，不會下沉。寶玉還拜訪了現代工廠。寶玉對所見所聞嘆爲觀止，其天眞歡喜之情恰如《石頭記》中劉姥姥逛大觀園一樣。

另外，通過兩次由「文明境界」官員安排的探險活動，亦可以看出寶玉（或者是吳趼人）對新奇事物的熱中。寶玉和他名叫老少年的導遊（吳趼人曾用「中國老少年」的筆名）一起坐飛車到非洲中部狩獵（第二十六、二十七回），又乘一艘鯨魚狀的潛水艇在海底漫遊。在由南極至北極的行程中，寶玉和他的朋友捕捉了各種珍貴奇特的海洋動物，例如美人魚、有百呎長的海鷲、像小雞般的鰷魚，共有「三尾、六足、四目，其聲如鵲」[28]。寶玉坐潛水艇探訪海底通道、收集深海的奇珍瑰寶。這些科學技術躍進和神奇探險，並非只是商業噱頭或者個人狂想。我們進一步要分析小說中「物質」的層面如何成爲理解吳趼人（和其他有同樣想法的文人作家）的道德和哲學視野的關鍵。

在構想那些飛天入海的旅行時，吳趼人很可能受到了西方流行科幻小說譯本的啓發，特別是凡爾納的作品，例如《環遊世界八十日》（一八七三年；中譯本一九〇〇年）、《月界旅行》（譯於一九〇三年）、《海底歷險兩萬里》（一八七〇年；中譯於一九〇二年），以及《地心遊記》（一八六四年；譯於一九〇二年和一九〇五年）[29]。凡爾納的《海底歷險兩萬里》在《月月小說》中連載，正是由吳趼人和其友人共同經營的月刊。更有意思的是，吳趼人能將傳統中國典故中的狂想因素融入新的故事情節中。例如寶玉去非洲坐的那輛飛車，據說在李汝珍的《鏡花緣》（一八二八）第六十六回中已經出現。上述的一些海洋生物，亦可在《山海經》中找到有關記載。而寶玉在非洲狩獵捉到的那隻大鳥，原是屬於《莊子》中所說的大鵬那個品種。

寶玉和他的朋友驚嘆這些發現竟全都可以在中國典籍中找到依據，不少讀者也應會覺得心有戚戚焉。寶玉的探險記引發起似曾相識的感覺：無論多新奇多刺激的事物，原來都是人們舊有熟悉的東西的變相。可是細讀之下，《新石頭記》似乎要講的是另一回事。誠然，吳趼人把寶玉所見的珍奇異事都跟中國遠古的那一套扯上關係，但他在下結論前必定也曾反覆思考。在第二十五回裏，寶玉看過了飛車軍事檢閱後感嘆道：「那小說上的騰雲駕霧，想來也不過如此。」㉚其中一個護使答道：「本來創造這車的時候，也是因爲古人有了那理想，才想到這個**實驗的法子**。可笑那歐美的人，造了個氣球，又累贅又危險，還在那裏誇張得不得了。怎及得這個穩當如意呢？」㉛。文明境界的飛車是一項新的軍事發明，經過了長期的試驗和改良才製成。也許早在數百年前，各先輩的心中已有飛車的雛形，可是這個意念的實行，必須要經過長期不斷實驗，才能掌握到必備的技巧。一個狂想的意念萌芽後，必須經過演變才能在科學方面得以實行。小說這一幕以及其他的章回都表達了進化論的訊息。

寶玉「文明境界」之旅的高潮，在於拜訪了一位明君東方強。這使人想起黷第德與愛多拉多的聖王相遇的情況。通過東方強所形容出的「文明境界」政治系統，吳趼人表達了他心中的烏托邦藍圖（第三十八回）㉜。照東方強的描述，「文明境界」實行君主立憲，這也暗示吳趼人的政治理想。東方強將他的疆土分成八個區，各以中國八德（忠、孝、仁、愛、信、義、和、平）命名，他的三個兒子東方英、東方德、東方法和女兒東方美，分掌各區行政事務，而他自己就隱居在「仁」那一區內。不用說，東方氏家族中各個統治者都有「經天緯地之才、安邦定國之志」[33]。

寶玉和東方強對話的重點，在於後者向寶玉解釋，「仁」才是統治最根本的原則。據東方強所說，只要心中有「仁」，統治者不但可以改善民生，也可以將仁人之心推廣到其他國家，使在暴政下受苦的人民受惠。所以東方強總結謂：「至上天至仁之心視之，何一種人，非天所賦？此時紅、黑、棕各種人，久沉於水火之中，受盡虐待……同是人類，彼族何以獨遭不幸？」[34]

東方強關於仁的精髓所作的講話，與吳趼人擁護儒家政治思想的立場不謀而合。在放肆科學探險和烏托邦治國的幻想之餘，吳趼人把他的改革計畫建基於固有的政治理想上，強調以仁義治天下。有趣的是，東方強一方面教誨內聖外王之道，另一方面也不避諱世俗的物質收穫和生活標準的精進，例如諸多的科技發明和海外探險等。仁義禮智與科學發展這兩者似乎並不連貫。究竟在文明境界裏，什麼是維繫德行和科學的關鍵呢？道德提升究竟是有助於世俗的科技發展，還是成爲後者的妨礙呢？最重要的，吳趼人這種烏托邦想法，其理論基礎究竟何在？

吳趼人把德行與科學等量齊觀，將形而上和形而下的追求一視同仁，這跟傳統上道重於器、精神貴於物質的看法頗有不同。我認爲作爲一個開明的保守文人，吳趼人對「仁」注入了新的理解。這並非吳趼人的個人特殊見解，而是晚清時儒家思想急劇變化的一端。要進一步解釋吳趼人獨特的烏托邦理想，我們必先得看看這部小說的知識背景。

吳趼人對當代的政治改革並不陌生，無論是理論或者實踐都頗有經驗。他深受康有爲和譚嗣同的「新思想」影響，並曾積極參與君主立憲等維新運動。歷史記載中亦提到吳趼人曾廁身譴責一九〇五年美國反華裔勞工的法案㉟。與此同時，吳趼人亦寫了不少有關的政論文章。一八九七和一八九八年間，他發表了六十篇文章，闡述中國應如何改革的宏圖，總名爲《繭囈外編》。這些文章所涉及的範圍極廣，從軍事訓練、法律改革、外交策略、經濟策劃、科學試驗到農業改造無一不備。通過政治文章，吳趼人展示出一個理想國的藍圖，而我以爲《新石頭記》中的文明境界正是建立在這個藍圖之上。

在這六十篇政論文中，我最感興趣的是〈格致〉(早期對「科學」的譯名)一文㊱。對吳趼人而言，他的理想世界充滿宇宙動能和道德活力，永遠生生不息。他附和流行說法，認爲世界瀰漫一種無形特質，傳送光波、聲納及電力，永遠生生不息。而將這些個別能量形式統一起來的特性就是「愛力」。「愛力」是由形而上和形而下兩界中的元素所形成的混合物，是推動地球和宇宙的根本動力㊲。

> 愛力者，蓋即吸力之別稱。水乳之交融，膠漆之相投，愛力爲之也。愛力之最大且久者，在地心，萬物之附於地而不散漫者，愛力爲之也。㊳

愛力和文明境界又有什麼關係呢？吳趼人的文明境界可以跟康有爲《大同書》中提出的大同世界相比，後者乃是晚清改革派最富戲劇性的烏托邦。康有爲將儒家典籍作了激進新解，並據之以想像大同世界爲一包羅萬有的社會。這個社會已經達到了道德完美、物質豐盛的境界。康有爲的大同世界出自一向未來發展的直線時間觀念，與傳統中國烏托邦理想成鮮明對比。傳統烏托邦的時間觀若不是靜止的就是退化的。在康有爲的理想世界中，政府結構是由一個個小型自治區聯盟組成的，其政治政策是要禁止私有財產，甚至泯除家庭。大同世界同時還嚴格奉行性別和種族平等主義。然而，在這些激進的改革之上，「仁」仍然是治理社會的最主要原則[39]。

有學者指出康有爲的烏托邦其實是晚淸流行思潮的總匯[40]：它至少源自於康對儒家「仁」學的激進詮釋、大乘佛教衆生皆一的理想，以及新教基督徒所倡的平等主義[41]。正如張灝所述，康有爲把正統新儒家典範中「克己復禮」，天理、人欲相剋的緊張關係緩和下來，而且加入了佛家離苦得樂的憧憬[42]。康有爲的佛家觀帶有強烈的「道德、物質和享樂主義的幸福追求意味，特別是有華嚴宗此生可以修持精神涅槃的說法」[43]。華嚴思想中，俗世的進步和物質收穫可以體現內爍的超越性，因此與潛修來世的目標不相悖逆。所以在康有爲的大同世界裏，我們不難看到享樂主義的符號：房屋鑲以「珠寶華物、設計獨特」，運輸有「飛屋飛船」，皆以「電力推動」，食物「足以終生享用」，以及「壽命延長」[44]。

康有爲關於大同世界的最大成就，在於對形而下的事物所作的形而上的思考。作爲西漢儒家今文經的隨人，康有爲追從董仲舒的哲學爲本，發展出自己的世界觀。董仲舒認爲宇宙間充滿了「氣」的物質力量，「氣」乃是宇宙原初的物質。在康有爲的重新理解下，「氣」跟當代西方的「以太」和「電磁場」等概念等同。「氣」或者「以太」在世間可以找到最有力的表徵時，正是「仁」

的體現㊺。

作爲一種理論假設出來的物質，「以太」雖然看不見，卻是無所不在，更是傳送光波和其他能量形態的媒介㊻。這個概念廣爲晚清激進知識分子所接受，其中尤以譚嗣同爲代表人物。鑑於康有爲和譚嗣同在百日維新中密切的關係，我們可以肯定康有爲在《大同書》中關於仁的科學研究方法，影響了譚嗣同《仁學》（一八九六）中的想法。在該論文中，形而下的元素「以太」和道德標準「仁」被視爲可以二元互補的力量，相衍相生：

> 遍法界、虛空界、衆生界，有至大至精微，無所不膠粘、不貫洽、不管絡而充滿之一物焉，目不得而色、耳不得而聲、鼻不得而臭味，無以名之，名之曰以太。其顯於用也，孔謂之仁、謂之元、謂之性，墨謂之兼愛，佛謂之性海，謂之慈悲，耶謂之靈魂，謂之愛人如己，……科學家之愛力。㊼

吳趼人既然同情康有爲和譚嗣同的政治議程，那麼在《新石頭記》中按上述兩人的論點來界定「仁」的概念，也不足爲奇。在愛力的推動下，仁不單只表現在人類互相親愛和彼此關懷的能力中，更表現在生命力量凝聚爲宇宙的動力秩序中。

再回到《新石頭記》：我們可以看出東方強所一再宣揚的「仁」學，並非傳統儒家思想，而是晚清激進儒家學者所理解的道德科學主義。對吳趼人來說，只有在日常生活中實踐科學性的進步，才能確實地體驗出「仁」的眞諦；物質上的現代化是「仁」或者人性內在力量的外爍光輝。換言之，「仁」既是爲政之道的綱領，也是科學進步的立足點；既是倫理的超越內涵，也是物理運作的法則。在當時多數學者埋首於中國的「道」與西方的「器」兩個極端的研究之際，吳趼人的烏托邦確是別開生面；他提供德行即爲科學、科學即爲德行的另類見解。

如果說吳趼人的烏托邦敍述僅僅回應康有爲和譚嗣同的思想，他不過是康、譚「科學」觀念的從人而已。但吳趼人明白通過科幻小說的寫作，他可成爲別樹一格的作家，而不只是意識形態的跟從者。如前所述，《新石頭記》是曹雪芹《石記頭》的續集。與這部十八世紀鉅著的其他續集不同，吳趼人始終依違曹雪芹的幻想架構。他把才子佳人的故事放進了新的科學性烏托邦文脈內，將歷史的沒落編入一幅遠古的創世神話中。這正是吳趼人的小說能成爲二十世紀一個最有趣的烏托邦作品的關鍵所在。

《新石頭記》的始、終都是附託在曹雪芹《石頭記》開端的那個石頭神話中。我們都記得，曹雪芹的小說開卷時，靈石遺憾未能完成補天之志，它下凡遊歷，結果一事無成，終於返璞歸眞。《新石頭記》開始時則講述靈石退出凡塵，又經歷了數個世紀。因一時孤獨所觸而嘆道：「當日女媧氏煉出五色石來，本是備作補天之用，那三萬六千五百塊都用了，單單遺下我未用，後來雖然通了靈，卻只和那些女孩子鬼混了幾年，未曾酬我這補天之願，能夠完了這個志向，我就化灰化煙，也是無怨的了。」[48]故此，爲了要「補天」，靈石再度下凡。

且看吳趼人如何「重新翻譯」了「天」的意思。大體而言，「天」在此仍然意味著盡善盡美，宇宙意義的終極實踐。但「天」既不是宗教話語中神恩的體現，也不是政治話語中的法權象徵。在吳趼人的詮釋裏，「天」成了一個新的未來承諾，即中國對富強的無限期望。更進一步說，《新石頭記》中寶玉要補的「天」，是嚴復譯自赫胥黎《天演論》(一八九八)的「天」[49]。這個「天」傳達了達爾文主義的色彩：「物競天擇」。或者，像康有爲所論，「天」是一個自強不息，精進不已的有機體，饒富意志、目的、感情和創造力[50]。

傳統「天」的概念在轉入本世紀時因此出現了一個大裂縫。隨著內憂外患接踵而至，大清帝國的皇權每下愈況。「天命」的正統、合法性搖搖欲墜。嚴復翻譯的《天演論》像當時衆多議論一般，企圖重新審思「天」的道德和社會意義。正如史華慈指出，嚴復並非不知道中文「天」字的含糊性，但是他依然以「天」來代英文的「自然」(Nature)[51]。吳趼人也許並不完全了解他選用「天」這個字所引起的含糊定義問題，然而，按照他小說中的邏輯，我們可以問：當天的裂縫已經大得無可救藥，還值得我們「補天」的嘗試嗎？天應不應該補？還是應該任由天塌下來，再由其他東西去代替？

就著這些問題，吳趼人將《新石頭記》的時間範圍從神話的空間移動到歷史的空間。二十世紀的大觀園不再是給少數特權分子享用，而是變成像文明境界一樣的烏托邦，讓人民分享。物質改良和精神超越在文明境界或者新大觀園中得以和諧共存。用康有爲的話來說，這就迹近於大同世界。所以寶玉的補天之志，已經有別於曹雪芹《石頭記》中回到神話根源的情懷，而是迎向未來之旅。吳趼人的賈寶玉有著強烈的救國之心，似乎是曹雪芹那個正版寶玉的相反。他尋求補天方法，不是爲了愛情，而是爲了愛國。

但既然吳趼人將他的小說置諸在曹雪芹石頭神話的脈絡裏，他必得涉及夢與醒、幻與眞的交錯關係。正如曹雪芹的《石頭記》一樣，吳趼人的《新石頭記》也該引發自我反射式的閱讀。小說一方面支持康有爲大同世界的理想，創造文明境界，但也同時質疑「文明境界」內蘊的實證、前進訊息；一方面指向歷史，一方面(似乎)回到曹雪芹筆下那石頭神話的世界。

寶玉與東方強談話末了，後者竟以「兄弟」稱呼寶玉，讓寶玉大惑不解。因爲兩人歲數差了一大截：這個稱呼竟使他們看來像同輩一樣。在寶玉快要離去之際，東方強表明了自己的身分。他竟是曹雪芹原版《石頭記》中賈寶玉在塵世的分身甄寶玉！這個發現把我們帶回原著各種類比和幻象的複雜世界中。甄寶玉在外表上是賈寶玉的翻版，可是他在紅塵俗世中所享盡的榮華富貴，卻正是賈寶玉所要敬謝不敏的。在《新石頭記》裏，甄寶玉也被描寫成一個理想人物，他所做到的正是賈寶玉可望而不可即的事。甄寶玉以東方強的化身，比賈寶玉更早完成了「補天」的志願。一如吳趼人安排的劇情顯示，賈寶玉要實行其烏托邦的欲望，可是來遲了一步。吳趼人將「文明境界」放在烏托邦未來完成式的處境中，將賈寶玉塑造成一個理想主義者，不過在他要實現其理想時，已經錯過了時機。當寶玉徘徊在歷史各個時段之際，他只能作爲「未來已經發生了的事情」遲到的旁觀者。

在痛苦的過去和幻想的將來之間，有著一道時間的摺縫，而許多不可思議的變化就是發生在這段時間裏。吳趼人對時間的理解，使他從理想的歷史中異化了出來，也使他不能對實踐理想，抱持奢望。換句話說，中國蛻變過程中有段時間被神祕地「包括在外」了。那塊靈石曾經錯過了女媧補天的最初用場，他在凡世以淚水澆灌的情史也不能償贖彌補恨海情天。如今，他遨遊未來，卻已經預見他將第三度失去「補天」的機會。吳趼人的賈寶玉陷在過去與未來之間，仍然只是那塊悶悶不樂的靈石，一個在歷史以外孤獨、迷惑的旅行者，不知何去何從。

康有爲的《大同書》洋溢著天啓的預言，《新石頭記》卻不一樣。後者是一個在感情和意識形態上都模稜兩可的烏托邦。也許正因爲這份含糊性，這部小說才成爲二十世紀初一部最引人入勝的科幻小說。恰與曹雪芹的小說呼應，《新石頭記》的尾聲，有一連串夢境出現。在夢中，寶玉又再度回到了中國。使他大吃一驚的是，北京即將舉行世界博覽會，而揚子江畔早已工業化了，兩岸工廠林立，船隻亦在江面上往來不斷。寶玉出席了一個關於世界和平的講座，主講者是中國的皇帝。寶玉定睛一看，皇帝不是別人，竟然就是甄寶玉／東方強，一驚之下，寶玉摔下椅子，醒了過來。

吳趼人的小說中，把甄寶玉／東方強描寫成一個能夠改革中國的聖王。可是我們若將這個角色跟曹雪芹《石頭記》中原來的那個甄寶玉對照，難免使人懷疑吳趼人的態度。身爲賈寶玉的「反面」，甄寶玉所體現的理想，到頭來都只能作爲「眞實」的幻影而已。如此推論，東方強／甄寶玉在《新石頭記》中的成功，只不過是一場徒勞，當不得眞。這道出了賈寶玉烏托邦（白日夢）虛幻的本質。吳趼人一方面計畫著新中國的美好未來，一方面卻對其可行性抱有懷疑。既然寶玉「又」錯失了改革現代中國的機會，他只好繼續在時光隧道旅行，將未來夢想付託在他的替身身上。小說的尾聲，出現了模稜兩可、帶有抑鬱的語氣，在在使書中的樂觀預言，大打折扣。吳趼人將古代的補天神話注入了一個相當現代化的訊息，以曹雪芹的諷刺託喻闡明了改革的(不)可能，從這方面來說，這本書也稱得上是晚清時期最複雜的國家寓言之一。

《新石頭記》的結尾與《石頭記》的開場遙相呼應。寶玉離開了「文明境界」，打算到「自由村」終老。臨行他給他的嚮導老少年一塊玉牌作爲紀念。老少年一失手把玉掉下，這玉一掉掉到靈台方寸山的斜月三星洞，而且還原成頑石本相。熟悉《西遊記》的讀者當然要會心而笑，因爲此山此洞正是中國另一著名的石頭神話的發源地——石猴孫悟空的故鄉。之後，老少年重拾玉牌，卻發現上面刻滿新的銘文，寫的就是《新石頭記》的本事，銘文最後有詩一首。石頭藉此詩嘆曰：

方寸之間兮有台曰靈
方寸之形兮斜月三星
……
補天無術兮時不我予
羣鼠滿目兮恣其縱橫

但小說並不就此打住。吳趼人又寫道，只有關心中國命運的讀者才能一睹此詩全文，至於崇洋媚外者只能從石頭上看到一首英文詩：

All foreigners thou shalt worship
Be always in sincere friendship
Tis the way to get bread to eat and money to spend
And upon this way thy family is living will depend
There is one thing nobody can guess
Thy country men thou canst oppress

吳趼人以英文打油詩總結《新石頭記》，堪稱是神來之筆。他讓只通中文的讀者望英詩興嘆，隱隱覺得錯過了什麼。而如果說曹雪芹的《石頭記》就是一部有關破解——翻譯——一段頑石奇文，吳趼人更延續了這一詮釋／翻譯的過程。他彷彿暗示，到了晚清，沒有點西洋語言文化底子，讀者還眞難完全參破《新石頭記》的全貌。但看懂了英詩的讀者，恐怕又要落入自嘲或自省的訕笑中吧？書末引的這首英文詩使得曹雪芹首開其端的石頭文字迷宮，顯得更加複雜。賈寶玉必須穿歷不同時空境界，以求補天之道，而吳趼人的理想讀者何嘗不如寶玉一般，必須穿歷不同的語言境界，好掌握石頭神話的玄機。

❶阿英《晚清小說史》(香港:太平書局,一九九六),頁一八〇。晚清翻譯的詳細資料,見於熊玉之《西學東漸與晚清社會》(上海:上海人民出版社,一九九四),第六—八章。

❷時萌《晚清小說》(台北:國文天地,一九九〇),頁一一。

❸陳平原《二十世紀中國小說史》第一冊(北京:北京大學出版社,一九八九),頁二八—二九。另見於賴芳伶《清末小說與社會政治變遷》(台北:大安出版社,一九九四),頁六七—八五。

❹陳平原《二十世紀中國小說史》,頁四三—四四。

❺Benjamin Schwartz, *In Search of of Wealth and Power* (Cambridge: Harvard UP, 1964); C. T. Hsia (夏志清), "Yen Fu and Liang Ch'i-chao as Advocates of New Fiction," in Adele Austin Rickett, ed., *Chinese Approaches to Literature from Confucius to Liang Ch'i-chao* (Princeton: Princeton UP, 1978), pp. 221-257; Leo Lee (李歐梵), *The Romantic Generation of Modern Chinese Literature* (Cambridge: Harvard UP, 1973), chaps. 1-3.

❻最近的討論,可見 Lydia Liu, *Translingual Practice* (Stanford: Stanford UP, 1996)。

❼李伯元《文明小史》(台北:世界書局,一九七四),頁九二。

❽同上,頁九〇—九一。

❾同上。

❿見 Leo Lee, "In Search of Modernity," in Paul Cohen et. al., eds., *Thoughts across Cultures* (Cambridge: Harvard UP, 1989), pp. 109-136:其中論及在十九世紀末,未來的概念如何傳入中國的問題。

⓫見 Der-Wei Wang (王德威), "History/Fiction," in *Studies in Languages and Cultures* I (1985): 64-76。

⓬李澤厚《近代中國思想史》(台北:谷風出版社,一九八五),頁五三〇—五三一。

⓭以春颿的《未來世界》(一九〇七)爲例，作者雖然聲稱要揭露未來中國社會可能會發生的問題，卻並沒有結構出一個與當時世界不同的境界。我們所見的只不過都是目前的老問題，套以未來的標籤而已。吳趼人的《光緒萬年》(一九〇七)亦有同類的問題。該故事以一一八七五年爲背景，講述實行了君主立憲一萬多年以後，中國繁榮的意況。

⓮梁啓超〈中國之唯一文學報《新小說》〉，引自夏曉虹《覺世與傳世》(北京：北京大學出版社，一九九二)，頁六五。

⓯Hsia, pp. 251-254。另見夏曉虹，頁二二三—二三五。

⓰Hsia, p. 251；夏曉虹，頁二三二。

⓱Hsia, p. 252.

⓲關於《百年一覺》一書，更詳盡的分析見 Kisishna Kumar, *Utopia and Anti-Utopia in Modern Times* (Cambridge: Basil Blackwell, 1991), pp. 132-167。

⓳夏曉虹，頁五三—五四。

⓴同上，頁五九—六〇。

㉑使用倒敍法最有名的例子，是吳趼人的《九命奇寃》。Gilbert Fang, "Time in Nine Murders: Western Influence and Domestic Tradition," in Milena Doleželová-Velingerová, ed., *The Chinese Novel at the Turn of the Century* (Toronto: U of Toronto P, 1980), pp. 116-128。

㉒梁啓超《新中國未來記》(台北：廣雅書局，一九八四)，第一回。

㉓夏曉虹，頁七一—七二。

㉔毛澤東思想對話的興起，見 David Apter and Tony Saich, *Revolutionary Discourse in Mao's Republic* (Cambridge:

Harvard UP, 1994)。

㉕當時所在的主要雜誌，例如《新小說》、《月月小說》、《小說林》，以及《繡像小說》，都有連載科幻小說。

㉖關於《石頭記》中靈石神話的更徹底研究，可參考Jing Wang, *The Story of Stone* (Durham: Duke UP, 1992)。

㉗見⑱。

㉘吳趼人《新石頭記》（鄭州：中州古籍出版社，一九八六），頁二三五。

㉙凡爾納的作品，被譯成中文的還有：*Cinq semaines en ballon: voyage de découverte*（一九〇三）、*Les cinc cents millions de la begum*（一九〇三）、*Ile mysterieuse*（一九〇五）。

㉚《新石頭記》，頁一九三。

㉛同上，頁一九三—一九四。

㉜同上，頁二七四、二八四、二九二。

㉝同上，頁一七五。

㉞同上，頁三〇五。

㉟關於吳趼人參與該次運動的資料，見吳趼人〈序〉，載於《新石頭記》，頁八。

㊱「格致」源於儒家經典《大學》，在「科學」二字正式採用以前，是指科學的概念和實行。

㊲吳趼人〈格致〉，載於《繭囈外編》，見《我佛山人文集》（廣州：花城出版社，一九八八），第八卷，頁一二五。

㊳同上。

㊴康有為《大同書》（上海：人民出版社，一九五六）。

㊵Hao Chang（張灝）, *Chinese Intellectuals in Crisis* (Berkeley: U of California P, 1987), p. 56.

㊶Chang, pp. 25-35。另見金觀濤、劉青峯〈理想主義與烏托邦：大同書中儒家與佛教的終極關懷〉，《二十一世

紀》，第二十七期，頁五三—六一。李澤厚《中國近代思想史論》（台北：谷風出版社，一九八八），頁二二八—二三五。

㊷ Chang, pp. 56–57.

㊸ 同上。另見高振農〈中國佛學與近代哲學〉，《近代中國與近代文化》（長沙：湖南人民文學出版社，一九八八），頁二二九—二四四。

㊹ 康有爲《大同書》，頁三八。

㊺ Chang, pp. 33–35；李澤厚《中國近代思想史論》，頁二二八—二三五。

㊻「以太」這個概念在中國亦有根可尋：新儒家「氣」的概念由以「氣」（物質力量）爲本的單一主義者張在和王夫之的傳統演變而來。見 Chang, pp. 81–89；李澤厚《中國近代思想史論》，頁一〇九—一一三。

㊼ 譚嗣同《仁學》，《譚嗣同全集》（上海：上海古籍出版社，一九六三），頁一二一。見張灝《烈士精神與批評意識：譚嗣同思想的分析》（台北：聯經，一九八八），頁八七—一三〇。另見李澤厚《中國近代思想史論》，頁二二八—二五〇。

㊽ 吳趼人《新石頭記》，頁三。

㊾ Schwartz, pp. 91–139.

㊿ 張灝《烈士精神與批評意識》，頁三六。

51 「天」這個字，可以解作「九重天」、「至高無上的神」，以及「一種不是創造出來的組合物質」：見 Schwartz, p. 96。另見 Hsiao Kung-Chuan, "Kang Youwei's Excursion into Science," in Lo Jung-Pang, ed., *Káng Yu-wei: A Biography and a Symposium* (Tucson: U of Arizona P, 1967), pp. 375–397。

未被伸張的正義

——《三俠五義》與《老殘遊記》新論

對嗜讀晚清俠義公案小說者而言，《三俠五義》（一八七九）可謂此中翹楚。公正無私的清官包龍圖以身涉險，親解疑案，幾名俠客護衛左右，有令則行。這一切使該小說無論在主題上，還是在人物塑造方面，都成爲後世俠義公案小說競相效仿的典範。《三俠五義》的「作者」（或曰編者）通常以爲是石玉崑（一八一〇—七一），道光年間著名的說書人❶。時至今天，包公仍舊是中國大衆文化至高無上的正義化身，而這一形象直可上溯至宋話本與元雜劇❷。包公斷案的說部出現於明朝❸。學術界通常認爲，是石玉崑將前朝流傳的各種包公故事的素材，整合而成一部腳本，並在他本人的「說話」表演中敍述出來❹。《三俠五義》乃石玉崑（及其友人）根據腳本整理成書。

政治動亂與官僚腐敗，通常被視爲驅使晚清聽衆遁入幻想世界的兩大主要動因。在幻想世界裏，清官實施法律，達成秩序，而俠客則以非常手段，鋤強助弱，維護正義。晚清俠義公案小說揭示的，則頗具當代折衷主義審美趣味：《三俠五義》嘗試著將俠義和公案兩個傳統結合起來，其規模與成績在晚清堪稱首屈一指❺。理想上俠客之所爲，是要踐行個人的行爲準則與正義感，而清官則以天子和社稷的名義來執行正義。但我們必須注意，俠客時常被等同於法外之徒，而與俠客針鋒相對的，恰恰是通常作爲法律之化身的清官。

晚清俠義公案小說家意識到，表面上相互排斥的俠義傳統與公案傳統之間，存在著共性。在懲惡揚善的名義下，江湖上的俠客與廟堂裏的清官竟能夠攜手，且的確成爲最佳搭檔❻。他們願意忘卻朝廷命官能被權力腐蝕，法外之徒可被叛逆思想玷污的流弊。因此俠義傳統與公案傳統的合流，對許多批評家來說，要不是平庸的徵兆，就是像魯迅批評所指出的那樣，「樂爲臣僕」，供王前驅❼的信號。然而，清官與豪俠之間這一「墮落」的合流，同樣指出了太平天國之後公衆想像的一種悲觀的轉折❽。俠士與清官的合作，在《三俠五義》中與其說加強了，不如說混淆了在兩個小說傳統中分別闡述的正義觀。當俠客由「法外」走向「法內」，放棄江湖規矩轉而侍奉朝廷王法，傳統的任俠精神，必須重新定義。當朝廷命官倚賴從前的法外之徒或者金盆洗手的俠客來維繫社會秩序，國家權力的合法性也已裂縫叢生了。

與一般論點相反，我以爲《三俠五義》之類的小說所表述的，並非一代中國人對皇權天威的幻想，而是一種深沉的幻滅。在新一代作家(如劉鶚、李伯元和吳趼人等)對晚清司法體制發動全面抨擊之前，《三俠五義》這樣的「保守」之作已經對晚清的政治秩序和社會秩序提出模稜兩可的質疑。倘若清代中葉另一部俠義小說《蕩寇志》(俞萬春作)中對叛匪的掃蕩還殘存一廂情願的勤王效忠理想，那麼《三俠五義》故事中俠客的臣服馴化，就必定標誌著晚清政治中一個更爲曖昧的轉折點，它指向一種相當犬儒的公衆心態。俞萬春至少在國家層面上，還維繫正義與邪惡、官府與強盜之間清晰的劃分，而石玉崑及其編者則泯除了這一劃分。君權衰頹，司法不彰，由此可見端倪。

此處必須重提《水滸傳》對晚清俠義公案小說家經久不衰的影響。我們都記得，足本《水滸傳》以朝廷叛徒「替天行道」起，以他們歸降大宋，卻不得善終止。在《三俠五義》等晚清俠義公案小說中，足本《水滸傳》宋江之流渴望招安式情節，竟得到美滿結局。僅在二十年間，即，十九世紀五〇年代《蕩寇志》中潛藏的悖論（叛逆者永遠不可饒恕；然而如果不借用已招安的叛逆者，就無法平定更多新的叛逆），在七〇年代的小說中竟成爲公然服膺的原則。如果說俞萬春對強盜的過度責難，暴露出他對正統權力的懷舊心態，那麼，石玉崑及其編者對俠客之懷柔的過度稱讚，卻暗暗表達了對正統權力之無望的一種更爲犬儒的看法。

一

我將從石玉崑的《三俠五義》以及劉鶚的《老殘遊記》中抽取兩個實例，以闡述自己的觀點。《三俠五義》第八十四回，包公的得意門生顏查散，被仁宗天子升爲巡按，前往洪澤湖一帶稽查水災，兼理河工民情。在其隨行護駕者之中，最爲突出者名爲白玉堂，此人乃年輕俠客，相貌英俊，武藝超羣，且性格桀驁不馴，連當今聖上都深曉其名。顏大人從水災難民處獲悉，他們連受水怪滋擾，苦不堪言。白玉堂接管此案，識破謎團：水怪乃一羣水寇所扮，夜間滋事擾民。後來，顏大人又經翻江鼠蔣平查明，這些水寇正效力反賊襄陽王。他們不但劫掠船客和居民，而且是水災的直接肇事者！他們拆堤毀壩，俱是有意爲之，以爲襄陽王謀反鋪平道路。

這一節雖非小說最流行的片段，但包含了俠義公案小說情節模式的所有要素：一名臨危赴命的清官，一羣護衛清官的俠客，一次自然災害，一樁謎案，以及最饒有興味的，危及天子權力的一場陰謀。這一節對於白玉堂後來的故事，也是至關重要的。由於其赫赫功績，顏大人、白玉堂以及其他護駕之俠受到天子的擢用，然而新的使命更富挑戰性：他們奉詔探查襄陽王的陰謀。

在這幾回，白玉堂與包公以及顏大人其他四名護衛之間，並無很大不同。綽號五鼠的這五位俠義兄弟，通常是五人並稱，不分軒輊。出於欽慕之情，五鼠相繼歸順包青天。而白玉堂是放棄江湖行俠之所爲，加入包公麾下的最後一人。作爲心高氣傲的俠客，他藐視那些爲朝廷命官俯身效力者，尤其當他的對手，綽號「御貓」的俠客展昭，甘心服侍包公，並因服侍有功而受天子嘉獎之後。驕傲和妒忌驅使白玉堂做出一系列俠義行徑，或者說引人矚目的案件，以炫耀他本人的膽量。他私闖御花園，殺太監郭安，題詩警醒天子(第四十一回)；他施巧計，在太師府戲弄老賊龐吉(第四十三回)；他還在開封府智盜包公的三件寶物(第五十回)。然而，白玉堂性格中還有另外一面。他與青年儒生顏查散萍水相逢，結拜爲友。當顏查散後來受誣牽涉命案，鋃鐺入獄時，白玉堂又私闖開封府，留下鋼刀與柬帖兒，上書四個大字提醒包公：「顏查散冤」(第三十八回)。

既然行動的理由是正義的，那麼「闖」，無論是身體意義上的擅入禁地，還是思想意義上的僭越禮儀，在白玉堂看來，都是俠義行爲的眞諦。當其他俠客相繼被包公收服之時，白玉堂仍舊固守他本人伸張正義的方式。他膽大包天私闖御花園、太師府及開封府，儘管這一切充分彰顯了他本人的武藝和膽量，但也爲正義事業所驅使。然而，「闖」穿梭往來於倫理學的繁文縟節所設置的界限：它既可以是及時到達公共空間，也可以是闖入禁地。小說中「邪惡」的強盜只是一夥全然不知限制爲何物的殘忍無情的闖入者。白玉堂本人卻在「俠」的圭臬與「盜」的規則之間搖擺不定，他的擅闖行爲具有極不穩定的特性；這些行爲也使其結義兄弟陷於窘境，因爲白玉堂之所爲恰恰提醒了他們聲稱摒棄的原有的行爲方式。

「闖」的不穩定性倘若對抗法律的實施，就會變得更爲複雜。如果說「俠」與「盜」是硬行賦予自身以擅闖的權利，那麼清官正與之相反，是法律賦予他們「闖」的資格。俠客一旦被朝廷馴化，便具有了探案者的角色，也就能以國家的名義闖入和探查。理想的做法是，俠客能否有資格成爲官府探案者，取決於他們是否經驗豐富，久闖江湖。然而問題是，俠客的個人規範與法律的公共規範能否在伸張正義的過程中和睦相處？俠客能否在不闖入法律的限制，或者不被法律所闖入的條件下，實行他本人的道德理想？這正是白玉堂的悲劇所在。

胡適在重讀《三俠五義》時，毫無保留地激賞白玉堂這一人物塑造。白玉堂爲人有很多短處：「驕傲，狠毒，好勝，輕舉妄動」，正因爲這些毛病，他最終以死履險，屍骨不全。但正如胡適所見，恰恰由於他無法祛除這些短處，白玉堂超越了那些「全德的天神一樣」的英雄，成爲小說最活生生的人物[9]。此外，無論白玉堂性格有怎樣的缺欠，他畢竟是一位可信的俠義英雄。一名俠客倘若不是出於爭強好勝或者古道熱腸，絕不會挺身犯險。倘若沒有心高氣傲而且報仇心切的性格，俠客怎能容忍充斥著孤獨與敵手的生活呢？在一部講述官府與俠客「大和解」的作品中，倘若考慮的是忠心耿耿於一種不再適用於新世界的俠義規範，那麼，白玉堂堪稱最後一位英雄。這便是白玉堂第五十八回的馴服必須被視為情節設置的轉捩點之原因所在。此一回，白玉堂落入其結義兄弟所設的圈套。當他終於被衆人說服，認識到自己偷盜三寶已近乎觸犯天條時，錦毛鼠身著罪衣罪裙，拜見包相。在石玉崑的作品裏，白玉堂如此感佩於包公的知遇之恩，於是馬上臣服這「好一位爲國爲民的恩相」，搖身一變爲他從前鄙視的開封府護衛的身分。

白玉堂的馴服過程，標誌著《三俠五義》公案層面的勝利。然而，儘管白玉堂盡心盡職護衛包公與顏大人，但他從未曾眞正轉變成馴順的官府雇傭者。潛藏於白玉堂身上的不妥協精神，仍驅策他與同僚爭強鬥勝，試探法律的界限，並按自己的方式伸張正義。正是白玉堂身上這種永無止息的情緒，使《三俠五義》一書的俠義部分生機勃勃。白玉堂行俠仗義的渴望終於找到發洩途徑：他幫助顏大人解開了洪澤水怪之謎，並被朝廷派去查訪襄陽王的陰謀。

對《三俠五義》之類意欲講述執政王朝合法性的小說而言，襄陽王的反叛陰謀，實爲必不可少的片段。作爲最終的惡，該陰謀的功能乃是將形形色色、大大小小的罪惡全部涵蓋到敍事當中。襄陽王是最爲棘手的首惡，他使仁宗的社稷處於危難之中，因此，當這位襄陽王反倒「有助於」鞏固官府與俠客之間締結的聯盟時，反諷意味便呼之欲出。危及社稷將來的一場危機，最終蕩滌了俠義和公案兩種模式之間殘存的最後一點衝突。顏大人及其護衛得知襄陽王正陰謀策畫一場大規模的謀反，而且探聽到簽有謀反者名姓的盟書就藏在沖霄樓。正當羣雄謀畫如何盜取盟書的時候，襄陽王派遣的神手大聖鄧車居然私闖顏府，盜走按院的印信。此事大大激怒白玉堂，他不耐煩羣策羣力，決定鋌而走險，且全然不顧沖霄樓上致人死命的銅網陣，單身一人去盜盟書。白玉堂三探沖霄樓；只是在最後一次方才進入沖霄樓內。正當他試圖拿取盟書之際，「覺得腳下一動……滾板一翻。白爺說聲：『不好！』身體往下一沉，覺得痛徹心髓。登時從頭上到腳下，無處不是利刃，周身已無完膚。」沖霄樓的守衛前來捕人時，只見銅網之內「血漬淋漓」⑩。

白玉堂銅網陣之死理應受到更深的關注。銅網陣依照神祕莫測的道教原理設計而成，歧路密布，有如迷宮，更潛藏致命器械。在《三俠五義》中，銅網陣被描摹成一個無法攻克的機構，一個置人於死地的迷宮，甚至最爲機敏的闖入者，也難逃厄運。誠然，古代歷史演義與神怪小說亦充斥著各色「陣」例，譬如《封神演義》、《水滸傳》，甚至《蕩寇志》所布之「陣」。絕大多數「陣」的操縱，或通過妖術，或借助人力運籌。銅網陣與衆不同的是，它是一個巨型裝置，毋須常人或者超人的中介作用；它也是一個自動裝置，索簧一旦上妥，便可產生致命威力。

雖然機械裝置的意象，很容易引發人們討論機械學的現代性對傳統世界的侵入，但我無意誇大此現代性在《三俠五義》中的意義，畢竟這部小說思想保守，作者無意於此。我想指出的是，倘若銅網陣確有現代色彩，那是在於它象徵性地表達了**社會技術**方面（亦即個體臣民的行爲能被調節的道德／政治的手段方面）的變化。該機械裝置的核心處，是一封絕密的盟書，所有參與反叛陰謀的逆子貳臣之名姓，便赫然書寫其上。正是這一裝置藏匿的機密，令世間秩序危機四伏，並最終蔑視當今天子的權力。倘若遵循小說固有的邏輯，銅網陣必須被一舉搗毀，以完滿上自國家下至敍事的合法性；這一切「熱鬧節目」，俱在續書《小五義》中大見分曉。然而，白玉堂尚無資格破解銅網陣之謎。甚至在遭此慘毒之際，他還全然不知究竟發生了什麼。

白玉堂的一生，從不受任何藩籬的羈絆，以無拘無束的俠客知名；可以說，借助「闖」這一行爲，他展示了自身的心高氣傲，並自願承擔種種使命。在一種以生命作賭注的職業裏，白玉堂遇害銅網陣既令人悲傷，卻也算是死得其所。然而，如果我們再思《三俠五義》的主題——俠客的馴服，白玉堂遇害的方式便出現了歧義。白玉堂擅闖襄陽王領地，並非巡按的指派，而是想以自己的方式踐行使命。換言之，他的行動並非受社稷安危之大業所驅馳，而是個人的心高氣傲和行爲準則使然。甚至白玉堂慘遭屠戮之際，他也未能探明脫身銅網陣機關的方法，一如他未能學會在法律機制中生存的奧祕。

面對白玉堂的銅網陣之死，無論是襄陽王，還是執政的官府，都會拍手稱道：對襄陽王而言，錦毛鼠之死意味著實現陰謀的一大障礙土崩瓦解；而對官府來說，錦毛鼠之死，又是給予那些仍帶有最後一絲古老英雄主義情結的其他俠客一個現成的教訓。銅網陣所披掛的是無所不包的政治機器的象徵形式，面對著爲他們所親設的界限，傳統意義上的英雄倘若以身試法，擅自穿越，這一機器轉瞬之間便可將之剁成肉泥。石玉崑及其編者對官府寬恕法外之俠的做法，顯然並非無動於衷。白玉堂之死打破了完全徹底之正義的理想局面，並且暗示出一個絕對(極權)的官府，有辦法把所有對抗性的懲戒力量收爲己用。

銅網陣畢竟吞噬了一位義士的身軀，這一事實使我們不禁懷疑，它是否也威脅到朝廷委派之探案者的安危。在朝廷授權的司法體制內，包公或者顏大人這樣的朝廷命官只有當官方的權力仍舊不受質疑的前提下，才能踐行自己的使命。銅網陣這一節暴露了清官與俠客通力合作時的一場夢魘，即，他們也無法完全掌握或者摧毀權力機器與司法機器。值得注意的是，銅網陣這一裝置是由襄陽王，即皇室內部的一名成員執掌的。俠客與清官都無法接近這一機械裝置的核心，而該裝置是由極少數遴選出來的、其權威不可觸及的人物所驅使，並爲了他們而驅使的。

我以爲，白玉堂災難性地私闖銅網陣這一事件，是晚清說部第一次直接描述了個人主義英雄與政治機器之間的鬥爭。這一主題迅即充斥於二十世紀的政治小說、革命演義，以及廣義的政黨歷史「大敘事」當中。白玉堂不僅僅是胡適認可的活生生的形象，他還體現了一種個人英雄主義的最後宿命。於是錦毛鼠之死，不禁令人重新思考在政治機器越發精密和自動化的時代，俠客（或者現代時期的革命戰士）等人物之眞諦安在。

就在《三俠五義》冗長的敍述底下，一個憂心惙惙的低音隱約可辨。白玉堂死後，一種疲憊感滋生於羣雄之間，就彷彿他們陡然領悟了古老的英雄主義究竟意義何在。小說行將煞尾之際，襄陽王的陰謀仍方興未艾，銅網陣也兀自巋然屹立，巍峨且不可攻克。《三俠五義》便在此一懸念中戛然而止。古本《水滸傳》的梁山叛逆，甚至當他們被曾經寬恕他們的朝廷背叛時，仍舊接受自身的命運，踐行了悲劇性的輝煌；《蕩寇志》的梁山強盜則以遭遇可怕的覆滅，完成了叛逆的野心輪迴；相形之下，《三俠五義》的主人公僅僅是年邁體衰，相繼退隱。在續書《小五義》中，「後輩繼起，並有父風」，子姪一代接手了平叛大業。雖然邪惡的銅網陣終被摧毀，但那誘使男女羣俠妥協的無形「機器」，卻只是更爲可怕的運轉著，一直延續到二十世紀。傳奇故事仍在繼續，但像白玉堂式的俠客卻再也沒有出現。

二

《老殘遊記》第十六回，縣令剛弼受上方委派，前來訊斷女犯賈魏氏因與人通姦事發，用毒藥謀害其公公一家十三口人命一案。受刑之後的賈魏氏「一絲半氣」的回答，她沒有姦夫，實在無從捏造，剛縣令對此大為惱怒，而悄悄立於差役身後的老殘——

又聽堂上把驚堂一拍，罵道：「這個淫婦，眞正刁狡！拶起來！」堂下無限的人大叫了一聲「嘎」，只聽跑上幾個人去，把拶子往地上一摔，霍綽的一聲，驚心動魄。

老殘聽到這裏，怒氣上衝，也不管公堂重地，把站堂的差人用手分開，大叫一聲：「站開！讓我過去！」差人一閃。

老殘走到中間，只見一個差人一手提著賈魏氏頭髮，將頭提起，兩個差人正抓她手在上拶子。老殘走上，將差人一扯，說道：「住手！」⑪

早些時候，老殘從友人黃人瑞處得知，此案乃一冤案。憤慨於剛弼的偏執與殘忍，老殘凝神命筆，自願寫好一封檢舉信，稟告給剛弼的上司莊宮保和白太守，以解救無辜被告。莊白二人反應積極。鑑於時間緊迫，無法通過正常渠道將莊白之信送交剛弼，老殘便親走一遭，於是在上文援引的核心場景，他不經允許，私闖公堂。老殘的及時闖入，制止了剛弼對無辜賈魏氏的另一次拷打；在下一個場景，剛弼無奈，只得奉諭放了魏謙父女。

老殘親身捲入賈魏氏十三人命案這一情節，構成了劉鶚《老殘遊記》初集的最後一部分。老殘是行走江湖的賣藥郎中，也是不攜刀劍的俠士；他儼然有啓蒙文士之風，骨子裏仍存保守思想[12]。借助老殘在自然景觀與人文場景煢煢孑立的歷險記，他在形形色色的社會環境間的無定漂泊，以及他同友人關於政治問題和哲學問題的辯難，劉鶚展現了大清皇朝行將崩潰之前，晚清社會的一幅浮世繪。

然而劉鶚與其筆下的主人公並不相似，他的一生充斥著衝突與矛盾。鐵雲先生既是自成一格的實業家，又是保守的學者，既是考古鑑賞家，又是外國投資者的中間人[13]。雖然劉鶚從不曾刻意經營小說著述，以之爲主業[14]，但《老殘遊記》足可使他躋身時代最敏感的文學頭腦之列。他的小說捕捉到面臨民族危機時，整整一代文士憤恨與挫折、夢魘與幻想。

《老殘遊記》已被評者解作一篇偉大的譴責小說[15]，一部錯綜複雜的寓言敘事[16]，一篇獨特的冒險小說[17]，一部抒情小說[18]，以及「中國現代第一部政治小說」[19]。雖然這些評定足資證明該小說情感上和思想上的深廣感染力，但尚有一個層面有待討論，即，《老殘遊記》亦爲一篇俠義公案小說。無論是人物塑造還是情節設置，這部小說都受到俠義公案小說慣用手法的啓發。然而《老殘遊記》的創作方式，卻極發人深思地修正了這些手法，並且質疑了該文類的逼眞性（verisimilitude）。《老殘遊記》改寫了這種極爲流行的文類，即，它重新處理了正義、英雄主義以及政治作用等概念，這些概念在後繼數十年中，將是其他中國作家夢繫魂牽的問題。準此，它更接近於現代小說。

《老殘遊記》所深刻關注的是，亂世中公共正義與個人正義的消長辯證，它不再能全然吻合傳統俠義公案小說的話語傾向。譬如，老殘擅闖公堂，乃是見義勇爲之舉，似乎奉行了俠義傳統所尊敬的美德。然而細讀之下便可發覺，所謂的俠義傳統是以自相矛盾的方式被講述出來的。雖然《老殘遊記》引入了一羣「清官」，然而這些「清官」並非傳統的清官——明察秋毫、親民愛物的方面大員——的承繼者。這些清官恰恰因其清廉，比贓官危害社會更甚。小說刻畫的俠義之士老殘，既非身懷絕技，也不具備傳統俠客必定擁有的勇武身軀。那麼在何種意義上，我們仍能稱《老殘遊記》爲俠義公案小說呢？我們又是以什麼方式從老殘的缺欠中，洞察到中國現代政治意識的先兆呢？

《老殘遊記》的付梓，恰值俠義公案小說的繁盛期，儘管其時，菁英文士倡導「新小說」不遺餘力。《三俠五義》之後，各種續書和仿作接踵而至。這些作品孜孜於綠林俠客歸順朝廷、並在更大的戰役中討逆平叛這一主題，而且英雄結義的規模越來越大。略加瀏覽若干小說的篇名，諸如《七俠五義》、《小五義》、《英雄大八義》、《英雄小八義》、《七劍十三俠》與《七劍十八義》等，即可明瞭。當然，俠客羣策羣力，乃諧仿《水滸傳》一百單八將的聯盟；他們站在朝廷合法權力的一邊，而且以兄弟情誼之名羣體行動。但如前所述，他們護國勤王、臣服天子之舉，已使俠義傳統的叛逆精神蕩然無存。而老殘一介走方郎中，煢煢孑立、漂泊無依，卻飽含敏銳的正義感與利他主義精神。他質疑官府權力，拯救社會頑症。就此意義而言，他這一差強人意的獨行俠形象，反更爲傳神的重演了古老俠義精神的原型。

老殘雖爲奔走江湖近二十年的郎中，但對行俠仗義的世界卻並不陌生。第六回老殘回想無私然而酷虐的太守玉賢血淋淋的惡行時，「不覺怒髮衝冠，恨不得立刻將玉賢殺掉，方出心頭之恨。」這刺殺酷吏的念頭，絕非袪除社會隱憂的文明方式，卻流露出老殘根深柢固的俠情義骨。第七回說到老殘二十幾歲的時候，已經看到晚清帝國將來定有大亂。所以他極力留心將才，「談兵」之友頗多。其時「講輿地、講陣圖、講製造、講武功的」，各樣朋友都有。後來他們終於明白，治天下的又是一種人才，須是有政治眼光的技術專家，而他們所講所學的內容，全是無用的。結果「各人都弄個謀生之道，混飯吃去，把這雄心便拋入東洋大海去了」[20]。

然而老殘與這幫各有所長的俠義兄弟從不曾割斷交情義氣。當與縣令申東造密商如何控制盜案，爲民除害，又能使地方安靜、維持社會秩序時，老殘推薦一位莫逆之交，即閒居田園、隱姓埋名的武功高手劉仁甫。老殘預言道，只要劉仁甫移駕申東造所轄之縣，「不消十天半個月，各處大盜頭目就全曉得了，立刻便要傳出號令：某人立足之地，不許打攪的。」[21] 蔣逸雪和劉大杰二人都認爲，劉仁甫指的可能是劉鶚的好友大刀王五，即那位因與百日維新的改良主將交往甚密而聲名遐邇的傳奇人物[22]。

因此，老殘擅闖公堂的行爲，並非如某些批評家所言，是人格的突變，而是其素有的俠義性情之流露。老殘路見不平，救助清白無辜的被告賈魏氏。儘管他與她本人及其一家非親非故，他的義舉折射出傳統俠義無條件利他主義的眞諦。正値老殘設法解救賈魏氏之際，他也同時捲入贖救窯姐翠環一事(否則翠環會被轉賣到更爲凶險的妓院)。「天下事冤枉的多著呢，但是碰在我輩眼目中，盡心力替他做一下子就罷了。」㉓在現實生活中，當劉鶚在義和團事起之後，自發承擔拯救饑民的使命時，他一定懷有同樣的想法。未經清政府允許，劉鶚與侵入北京的俄軍協商，購得太倉儲粟，以賑北京饑困，此一行爲終於使他被清廷以私售倉粟罪逮捕，流放新疆，次年病死迪化(今烏魯木齊)㉔。

然而，儘管老殘身體力行著崇高的俠義規範，他卻並非一個職業俠客。劉鶚創作一位走方郎中擅闖公堂，施行解救之舉，已在自己的小說中注入一劑強烈的反諷藥：老殘身分非文非武，和他所欽慕的俠義之士大相逕庭。而下述事實進一步強化了這一反諷：老殘在公堂與之對抗的官員剛弼，並非經典意義上的「惡」官，而是以清廉有德著稱的縣令，一如前文所論的清官。石玉崑在《三俠五義》盛讚包公的大智大慧與絕對權力，而劉鶚卻用《老殘遊記》揭露了一樁最爲可怕的弔詭，此弔詭恰恰從造就包公之崇高地位的法定思想中脫胎而出。剛弼的角色本於歷史可考的一名眞實人物㉕，他自傲於自身的美德，以致淪爲毫不寬容的酷吏，恰如他的名字的同義語「剛愎自用」所表明的。

劉鶚對俠義公案小說傳統的顚覆可謂昭然若揭：老殘既非大俠，剛弼亦非好官。恰如一個名不副實的清官扭曲了公理的眞諦，一個名不副實的俠士對正義毫無用武之地。李歐梵論《老殘遊記》時，稱老殘爲「文俠，而文俠用頭腦與藥草，而不是憑藉刀劍，來洗雪社會的不公」㉖。但「文俠」一詞卻引發了一種弔詭式的解讀。老殘以筆代劍，匡正謬誤；以墨代血，鏖戰於社會正義的沙場。然而他果眞能以筆墨爲武器，重演古老俠義的凱旋嗎？

在一個錢能通神、視行賄貪汚爲常事的司法體制中，剛弼自命清廉、拒不受賄誠屬罕見，因此確有自傲的理由。然而他在刻意維護自己清廉的形象時，卻將美德變成了邪惡。賈魏氏鋃鐺入獄後，其家人遵循官場慣例，以數量可觀的銀兩打點官府。剛弼非但沒有馬上退還銀兩，反而將之用作賈魏氏有罪的新證：他堅信，清白無辜的被告當然不會行賄朝廷命官。他以種種刑具拷打這一女子，迫使她承認他本人所想像的作案場景。剛弼之所作所爲，令劉鶚本人在十六回末寫下一段有名的評論：

> 贓官可恨，人人知之；清官尤可恨，人多不知。蓋贓官自知有病，不敢公然爲非；清官則自以爲不要錢，何所不可，剛愎自用，小則殺人，大則誤國。……歷來小說皆揭贓官之惡，有揭清官之惡者，自《老殘遊記》始。㉗

剛弼傲慢自持，導致誤判，於是老殘被迫應承作一回私家偵探，查此命案。他仔細巡查了謀殺的跡象，訪談目擊者與賈家控告者，然後設下埋伏，誘捕眞正嫌疑犯的同謀。老殘最終成功地捕獲了眞凶。由於他的智慧與敏銳，敘事者稱老殘爲中國的「福爾摩斯」㉘。然而故事並未就此打住。老殘查悉眞凶所用之「毒」藥「千日醉」並不能致人死命，而只令人長醉不醒；只要找到神奇的解藥「返魂香」，原本以爲命喪黃泉的被害者，便可救活。歷經一系列巧合，老殘終於尋得解藥，使十三條人命起死回生！

從中國的福爾摩斯到中國的奇蹟創造者，賦予老殘身上的能力的遞增，著實令人驚愕。有鑑於此，衆多批評家指斥解藥一節是有礙小說藝術連貫性的一大敗筆[29]。然而細讀之下即可發現，劉鶚本人對此節的反常，並非全然無所知覺，他提及那位大名鼎鼎的虛構的英國偵探，也不是信手拈來。

解讀十三人命案與誤判賈魏氏一節，必須參照上文我只是順帶提及的一個平行（卻幾乎完全被忽略）的情節：老殘贖救妓女翠環的故事。翠環是齊東縣黃河大水災的倖存者。她本生於富庶之家，住在官堤與黃河之間一塊膏腴之地[30]。在黃河即將決口的年頭，山東撫台聽取一名南方才子的建議，放棄官堤之間五里寬、六百里長的沃土，以便拓寬河道，緩解洪峰。然而官堤之間的區域人口稠密，而且當地農人自發修建了民埝，以抗洪水，保全耕地。由於害怕堤裏百姓力抗官府決策，莊撫台被迫保守祕密，直到洪水氾濫一發不可收拾。面對治洪的餿主意，莊撫台「沒法，點點頭，嘆了口氣，聽說還落了幾點眼淚呢」[31]。此撫台莊勤果「慈祥愷悌，齊人至今思之」，換言之，他本是一名「好官」[32]。無奈惟此治河一端，他竟以爲讓數以萬計的百姓家破人亡，乃是最明智也最有效的辦法，結果釀成大禍。

然而後文當中，恰恰是這同一個莊撫台，在最後一刻解救賈魏氏於剛弼之手。他在《老殘遊記》中充當了解圍的神奇人物，得使老殘擅闖公堂。但老殘並未意識到正是這同一個莊宮保，間接戕害了數以千計的黎民百姓。這「慈祥愷悌」之人解救了一個清白無辜的受害者；卻也葬送了十萬無辜的百姓。倘若十三條人命這一奇案當稱殺人重罪，那麼，諸如剛弼這樣在此案之前誤判無數、濫用死刑的「好」官，又作何想？倘若官職卑微的好官（剛弼）因戕害十數良民而遭受譴責，那麼，官高位顯的「好官」（莊宮保）荼毒千萬無辜百姓，又當如何處置？老殘並未轉而譴責莊宮保。他力之所逮，僅僅是從蒙冤受難的上萬百姓裏面，解救爲數戔戔的幾人於水火之中，而他只能借助身居顯位的「好官」（其罪行也更大），來糾舉官職卑微的「好官」。

恰恰在破解命案的緊急關頭，劉鶚對福爾摩斯形象的祈求，產生了另外一個向度。誠如上文所論，《老殘遊記》這部小說顛倒了傳統看法，即只有好官才能重整生活的正義和秩序。劉鶚以精明強幹的私家偵探老殘，取代了剛愎自用的「好官」剛弼，而他心目中英國偵探的形象，是在司法體制之外探明疑案，匡扶正義的。與主流俠義公案小說相反的是，《老殘遊記》的清官顯然不再是能夠洞幽燭微的特殊人物。當「清」官被自己苦心經營的形象翳蔽雙目之際，是一個「走方郎中」幫助他們睜開眼睛。

老殘作爲現代偵探的種種才能，不僅僅局限於破解十三人命案這一功績。早在賈魏氏人命案一節之前，偵探老殘的種種探查已然出類拔萃，而他最爲驚人的發現，無過於清官才是社會動盪之根源。除開揭露流氓惡棍的罪行，老殘更指出了鮮被懷疑的不公的根源：他把過錯歸咎於朝廷命官，尤其歸咎於清官。當眞相大白時，法律與正義的象徵——清官，才是最終的罪魁禍首。還能有比這更為精采的犯罪小說(whodunit)嗎？這才應是劉鶚將老殘置於英國偵探福爾摩斯的水準上的眞正原因之所在。

老殘將翠環從妓院贖出的過程，揭示了社會邪惡的這樣一個奇特的根源，「淸官比贓官更可恨」。然而他剛剛洞察到這一根源，就又轉而求助於它(莊宮保)，以解救被無辜判刑的賈魏氏。儘管老殘的睿智超乎尋常，他對惡的理解畢竟弱於他對善的渴望。我們已然看到白玉堂以銅網陣之死，完滿了自身的俠義理想。而現在我們看到老殘在比銅網陣危險千倍，且血腥千倍的政治機器中進退不得。劉鶚對俠義公案話語的改寫，在敍事層面以及司法層面，都觸及到合法性消失的困境。如果說白玉堂等俠客尙且無法理解呑噬他們的機制，那麼，老殘則是領悟了這一機制，卻無從逃避。

當法律正義與詩學正義一概付諸闕如的情況下，這位「走方郎中」也會訴諸其他的中介。就在老殘洞察了十三人命案的眞相之後，他的故事遁入一個幻想的世界，在那裏，他借助神奇的解藥「返魂香」，令十三個安葬已有時日的屍首起死回生。而在老殘終於將翠環贖救出來後，衆人勸他納翠環為妾，因為這位楚楚可憐、家破人亡的女子實在沒有什麼像樣的前景。這些結局對前文惹出的經驗層面以及敍事層面的困境而言，幾乎算不上什麼令人滿意的解決方案。它們如此敷衍了事，以致讀者不禁會懷疑，這結局可能並不是劉鶚凸顯本人苦澀的道德教訓與政治教訓之規畫的一部分。

老殘決定迎娶翠環，與明朝俠義話本傳奇《趙太祖千里送京娘》中宋朝天子趙匡胤的悲劇性困境，形成了鮮明對比[33]。在明代故事中，宋室江山的開創者趙匡胤從強盜手中救出良家女子京娘，並護送她千里之遙，回至家中。雖然二人一路上相守以禮，卻無法阻止京娘一家及其鄰人的猜疑。趙匡胤爲證明自身清譽，拒絕京娘之父勸他迎娶京娘的提議。他「義正詞嚴」地堅持自己「坐懷不亂」，結果卻是京娘一旦平安歸家，卻不堪忍受三方的汚辱（先是強盜，隨即是趙匡胤以及她自己的親人）而「懸梁自縊」。

合乎人道的解救行爲，卻淪爲慘無人道的悲劇，雖然趙匡胤的故事也許會使現代讀者義憤塡膺，它卻凸顯那些造就了理想俠士的無情律令[34]。在老殘與翠環完婚這一安排中，讀者可以看到，甚至在以自身精神爲驕傲的人物身上，作爲道德風範的俠義之舉所發生的一場變化。劉鶚將一齣本來可以大書特書的道德劇（就像趙匡胤的故事那樣），轉寫爲一齣無可不可（expediency）的喜劇。藉此老殘避免了古代俠士的不近人情，但其代價是一場出人意表的婚姻。

老殘的行程開始時，他爲山東大戶黃瑞和（黃河的象徵）開了一帖藥方，治療他渾身潰爛出洞的奇病。在小說唯一完整的初集的結尾，老殘又創造了起死回生的奇蹟。劉鶚藉此留給後世另一服寓言性的、虛幻的藥方：救治惡官造成的種種不公，需要起死回生般偉大的奇蹟。老殘做到了這一點，但卻顯然只是一種虛構，不能令人盡信，正如他以一個顯見虛構的寓言開始一樣。老殘深知世間有難以計數的不公而又身陷其中，不能自拔，所以他只能體認到他本人或者其他人俠義行爲的不足；這正是知道何爲不公而又不知該如何將不公轉爲公正的痛苦（以及尷尬）之所在。正如老殘解救賈魏氏以及解救妓女翠環的行動所表明的，每一次擅闖之舉同樣也指向一種退避；而每一次干涉行爲亦終將轉變爲一種妥協。

結束對《老殘遊記》的如是解讀，我們不妨回到我所援引的《三俠五義》的第一個例證。在那一節，顏大人受白玉堂以及其他俠客輔佐，前往探查洪澤湖水災。他們終於發現水災與襄陽王的謀反陰謀密切相關。顏大人聽取當地儒生的建議，有效阻止了災情，而白玉堂則受顏大人派遣，探查襄陽王的陰謀。在《三俠五義》的小說世界，即便被敍述的事件揭示的內容應另當別論，至少在話語層面，它是由秩序與正義完好封閉起來的。

相形之下，《老殘遊記》中的黃河水災卻更爲凶險。它既是一場自然災害，亦是一場人爲的災難。《三俠五義》中的水災可被合理地解釋爲精心策畫之陰謀的一部分，最終會被公正無私的清官及其俠肝義膽的護衛所粉碎；相形之下，《老殘遊記》的水災卻成爲統領全書的一個象徵，成爲自然秩序與社會政治秩序必將傾覆的先兆。

每一場水災皆可解讀爲一個**時空型**(chronotope)——一個地形學的形象，用來表明歷史動力的明確形塑(configuration)。每一場水災裏，俠義之士挺身而出，充當黎民的代理人，爲了公衆的正義以及世間的正義英勇奮戰。《三俠五義》中的白玉堂追索到興風作浪、造成水災的強盜，並最終慘死銅網陣；而老殘雖則明辨黃河水災的緣由，卻空富學識，無所作爲。白玉堂和老殘共享著同一種唐吉訶德精神；二者全都踐行著任俠好義的美德，正是這一美德，驅使他們泅游於政治轉型與社會轉型的狂風巨浪中。他二人不同的身體力量(physical power)以及相異的行動方式，表現的正是這樣一種徵候，該徵候越來越明顯的指證歷史洪流的鉅大。

李歐梵以老殘爲「文俠」的論述，提供了中國俠士「現代化過程」一條重要的線索。白玉堂揮舞寶劍，踐行自身俠士的天職，而老殘卻是一名解除武裝的「文俠」，惟以筆墨捍衛個人與社會的實體。白玉堂最終喪生銅網陣，未能破解這一巨型裝置的陰謀設計；而老殘寫下數量甚豐的藥方與指控之後，卻仍求在現已回天乏術的體制中，找尋求存之道。種種藥方與控告一旦遭遇中國的痼疾與病變，便純屬枉然。

然而老殘的困境應予嚴肅對待。幾乎就在劉鶚筆下虛構的老殘重操舊業、行醫江湖的同時，後以筆名魯迅震撼世界的留日學生周樹人卻棄醫從文，認爲文學能夠更爲有效地促使中國走向現代化的進程。魯迅一代承擔了俠義式批判的任務，並成爲俠義公案小說的眞正繼承者。中國現代文學的主流沒有俠士，這並非偶然；因爲這一角色留給了作家自己，即那些新型的、自詡的男女俠客們。他們誓以筆墨之力，洗雪謬誤，懲戒不公。魯迅一代甚至在現實世界扮演俠義公案的英雄人物時，仍舊譴責俠義公案小說爲反動文學。他們並未了悟自身角色的眞諦，因爲他們未能欣賞到他們從中獲得角色的晚清小說深奧的曖昧性。

---

❶郭延禮《中國近代文學發展史》（濟南：山東教育出版社，一九九○），頁四七○。

❷胡適《三俠五義》序〉，《胡適作品集》(台北：遠流，一九八六)，一三：八九—一〇九；黃岩柏《中國公案小說史》(瀋陽：遼寧人民，一九九一)，頁一四九—一六〇。

❸黃岩柏，頁一四九—一六〇。

❹英語世界研究《三俠五義》之源起的著述，見Susan Blader, "A Critical Survey of San-hsia wu-yi and Its Relationship to the Lung-tu kung-an Song Book," Ph. D. diss., U of Pennsylvania, 1977。

❺陳平原《千古文人俠客夢》(台北：麥田，一九九五)，頁四二—四五。

❻較早的學者之所以忽視這一點，原因之一在於，這一現象在現代偵探小說中是極爲突出，似乎是自然而然的；它並不反對走捷徑的私人偵探通常在警察勢力的範圍內有一個朋友，這位朋友有義務遵循法律行事，並且在公務上對私人偵探的行爲十分苛刻，但私下裏卻欽佩私人偵探的破案能力。同樣必定還有一個結構上的原因：甚至私人偵探抓獲罪犯時，逮捕以及懲罰的步驟卻必須由公共權威來實行(然而在偵探小說的近作中，私人偵探卻也能夠執行正義，而警察當局由於受到法律以及法庭條規的阻撓，常常無法做到這一點)。

❼Lu Xun (魯迅), *Brief History* (Beijing: Foreign Language Press, 1979), p. 351.

❽在更早的歷史演義中，譬如《隋唐演義》，法外之徒的確大力支持革命性的力量，去推翻現存的統治，因而成爲新王朝的締造者。當他們通過贊同新的統治來踐行其正義感時，正義既在個人的層面，也在國家的層面上得以完滿。然而，對於俠義和公案這兩套話語相互牴牾的前提所進行的這種極端化的和解，卻不再出現於晚清對於此類主題的處理中。見Robert Hegel, *The Novel in Seventeenth-Century China* (N. Y.: Columbia UP, 1981), chap. 3。

❾胡適《胡適作品集》，三：一一九。

❿石玉崑《三俠五義》(上海：上海古籍，一九八〇)，頁六二一—六二三。

⓫劉鶚《老殘遊記》(台北：聯經，一九八三)，頁一五三。

⑫雖然老殘爲現代技術的引入拍手稱道，視之爲改良中國的一種方法，但他在意識形態上，最多只是個開明的保守派，這一點恰可由桃花山哲學論辯一節證明；見劉鶚《老殘遊記》，第八—十五回。

⑬對劉鶚生平的研究，見胡適〈《老殘遊記》序〉，《胡適作品集》，一三：一八七—二一二；馬幼垣《中國小說史集稿》序言（台北：時報，一九八一），頁八—一五。

⑭按照劉鶚之子劉大紳的說法，其父撰寫《老殘遊記》並在《繡像小說》上連載，乃是爲了將稿酬資助給連夢青。見劉大紳〈關於《老殘遊記》〉，收入劉德隆等編《劉鶚及老殘遊記資料》（成都：四川人民，一九八五），頁三九二—三九三。小說前十四回從一九〇三年八月至一九〇四年一月連載於《繡像小說》。後六回從一九〇五年至一九〇六年逐日發表於《天津日日新聞》。此二十回組成小說的初集，是讀者所熟知的。二集的九回一九〇七年連載於《天津日日新聞》，但劉鶚半途而廢。

⑮Lu Xun, *Brief History*, pp. 361-363.

⑯Donald Holoch, "The Travels of Laocan: Allegorical Narrative," in Milena Doležlová-Velingerová, ed., *The Chinese Novel at the Turn of the Century* (Toronto: U of Toronto P, 1980), pp. 129-149.

⑰Leo Lee（李歐梵）, "Solitary Traveler," in Robert Hegel and Richard Hessney, eds., *Expressions of Self in Chinese Literature* (N. Y.: Columbia UP, 1985), pp. 284-294.

⑱C. T. Hsia（夏志清）, "The Travels of Lao Ts'an: An Exploration of Its Art and Meaning," *Tsing Hua Journal of Chinese Studies*, 7.2 (1969): 40-66.

⑲同上。

⑳劉鶚《老殘遊記》，頁六七、七六。

㉑同上，頁七五。

㉒蔣逸雪〈《老殘遊記》考證〉，劉鶚《老殘遊記》附錄，頁三六二；劉大杰〈劉鐵雲先生軼事〉，《老殘遊記》附錄，頁三二五。

㉓劉鶚《老殘遊記》，頁一七九。

㉔蔣逸雪〈《老殘遊記》考證〉，頁三六二；劉大杰〈劉鐵雲先生軼事〉，《老殘遊記》附錄，頁四〇一—四〇三。

㉕英語世界對作為一名歷史人物之剛弼的討論，見 Hsia, "The Travels of Lao Ts'an," p. 62。

㉖Lee, "Solitary Traveler," p. 286.

㉗劉鶚《老殘遊記》，頁一五四。

㉘同上，頁一七四。

㉙例如 Lee, "Solitary Traveler," p. 285。

㉚此地的黃河河道不足一里寬，由當地農人建造和維護的矮小民埝所圍，不致侵擾他們的土地。而官府所造的兩道大堤則有二十尺高，與河道有三里之遙。兩道官堤之間則土地肥沃，人口衆多，有十幾萬百姓。見 Shadick 在劉鶚《老殘遊記》英文版中的注釋，*The Travels of Lao Ts'án*, trans. Harold Shadick (Ithaca: Cornell UP, 1959), p. 262。

㉛劉鶚《老殘遊記》，頁一一三。

㉜見劉鶚十三回末的評語，同上，頁一一四。

㉝這一故事英譯本的題目是 "The Sung Founder Escorts Ching-niang One Thousand Li"，收入 Ma and Lau, *Traditional Chinese Stories: Themes and Variations* (N. Y.: Columbia UP, 1978), pp. 58-76。

㉞參見 Y. W. Ma (馬幼垣), "The Knight-errant in Hua-pen Stories," *T'eung Pao*, 61 (1975): 267-275。

跨世紀的禁色之戀

——從《品花寶鑑》到《世紀末少年愛讀本》

一

隨著情欲論述的不斷開展，這幾年以同志愛（或同性戀）爲題材的小說，頗有方興未艾之勢。相對於五四以來「感時憂國」的文學主流，這股同志小說的新潮，還眞引人側目。但只要我們把眼光放大，看看傳統說部的流變，就可發現同志愛非自今始，同志文學也並不完全是新鮮事兒。從事性別研究的學者在吸收舶來的「酷兒」（queer）理論之餘，不妨參考明清述作的實例，應可更增加議論的深度。

本文所要介紹的《品花寶鑑》，就是一部很具爭議性的作品。這本小說出現於十九世紀中葉（一八四九），作者是落魄名士陳森（一八〇五？—一八七〇？）。小說描寫彼時官紳名士與梨園童伶的浪漫關係，而以兩對「才子佳人」——梅子玉與杜琴言、田春航與蘇蕙芳——爲這樣一種關係的表率。魯迅在《中國小說史略》中以《品花寶鑑》爲清末「狹邪小說」的始作俑者。對魯迅及同輩學者而言，《品花寶鑑》寫歡場如情場，假男伶爲女色，其頽靡狎弄處，不言可喻。而小說一味模仿傳統異性戀詩文詞章的模式，尤予人東施效顰之感。五四以來《品花寶鑑》屢受批評，也就想當然耳了。

但是風水輪流轉。配合世紀末的性別／情欲論述，我們可以重估《品花寶鑑》的文學史意義。這本小說共六十章，主要人物數十人；以體制論，是晚清頗具規模的長篇。兩對主角中，梅子「玉」與杜琴「言」諧「寓言」二字，當是出自陳森的理想虛構，而田春航與蘇蕙芳則是影射後來做到兩湖總督的畢沅，及其終身知己李桂官。這兩對佳偶有情有義，正是陳森所謂的「知情守禮」、「潔身自愛」。杜與蘇雖出身倡優，但一旦愛將起來，可眞是三貞九烈。事實上他們與二位恩客的關係，基本上是柏拉圖式的。「好色不淫」是愛到最高點的表現。小說中，他們歷盡艱辛，矢志不移，最後有情人終成眷屬——卻是等到愛人同志們先娶了老婆之後。

對如此的情節安排，這一代同志文學的作者或讀者大概要皺緊眉頭了。陳森遊走於情欲、倫理、法律和文學的規範間，力圖寫出個面面俱到的同志小說。或許正因爲他努力過當而又缺乏自覺，《品花寶鑑》反成了個面面俱「倒」的文學雜耍。但「倒」有「倒」的威力；壞小說反而更能凸顯一個時代文學場域中各種話語的尖銳角力。魯迅那輩的讀者雖自命開明，但卻有太多(新的)原道包袱。《品花寶鑑》固然有美學上的缺點，但小說描摹「性」趣與「性」別的越界、舞台與人生的錯亂、法律與情欲的媾合，是如此的放肆不羈，才是他們撻之伐之的眞正原因吧？

小說基本承襲了中國情色文學中三個方向。在人物造型上，它根植於理想化的才子與倡優的愛情故事(如《李娃傳》)，在修辭及敍述方面，它延續了自李商隱、杜牧、《西廂記》、《牡丹亭》以迄《紅樓夢》的感傷豔情傳統，而在情節鋪陳上，它不啻是才子佳人小說的最佳諧仿。在陳森手裏，這三個方向表面相互借鏡，骨子裏卻產生劇烈位移。他筆下才子佳人都是逢場作戲的戲子嫖客，而更可注意的是，他們一幕幕假鳳虛凰的好戲，來自於同性戀攫取、抄襲異性戀的資源。這使傳統情色文學面臨重新盤整的必要。

中國古典文學從來不缺餘桃斷袖的描寫，及至晚明，風氣尤盛。李漁、馮夢龍等名家都有或濫情、或嘲諷的作品。但像陳森那樣正經八百的借用異性戀情色修辭來構製長篇者，未曾得見。小說講的既是晚清優伶兼營副業的現象，戲子恩客把台上的戲演到台下，自是順理成章的事。梅子玉初見杜琴言時，就直呼他比《牡丹亭》裏的杜麗娘還要美上三分。杜琴言比女人還女人，他的一顰一笑林黛玉也相形見絀。就連小說最後梅子玉明媒正娶的夫人見了杜，亦驚爲天人。看來同志當道，女同胞簡直沒得混了。

就此女性主義者應該反駁：文學中的女性本來就是男性沙豬們的想像產品。儘管杜麗娘或林黛玉美得冒泡，連女讀者也爲之傾倒，她們畢竟是男性情色想像的極致。而最不可思議的是，像《品花寶鑑》這類小說竟然「打著紅旗反紅旗」。一面把女性美吹捧上天，一面卻又喜孜孜的揭曉謎底——最美麗的女人只宜由男人扮演。在整本寫「兼美」、論「國色」的小說裏，女性枉擔了虛名，成了無所不在卻又無處可覓的角色。對此我在他處有更進一步的討論(見《小說中國》〈寓教於惡〉)，這裏不再重複。

同志們又要怎麼說呢？《品花寶鑑》雖然標榜同志愛，但這愛也愛得太窩囊了。基本上全書的戲劇情境已暗示同性愛情似眞似幻的前提。男伶們下了裝以眞面目周旋客人間，但客人依然以戲裏的形象來投射他們的身分。杜琴言、蘇蕙芳除了不男不女外，又有不眞不假的問題。陳森（及同道人）企圖以「合法」掩飾「非法」，刻意淡化問題。如果女性要抱怨在書中枉擔了虛名，同志們更可說他們才是「名」不正、「言」不順，遑論虛名。曾陽晴曾在他的《色情書》中論及梅杜大談精神戀愛，把性及身體的必要性一筆勾銷。如此一來，一本讚美同志愛的書是眞「名」、「實」兩失，完全自我解構了。

除此，我們也注意到書中的男伶都是家貧被賣入伶班的。他們未必是同性戀者，也未必有性倒錯傾向，但卻被「訓練」成千嬌百媚的佳人，並藉以謀生。他們是社會經濟制度下的犧牲者。然而陳森的敍述又希望讀者見證像梅、杜這些男伶與恩客的感情是自發的，不帶功利色彩。這到底是弄假成眞的傳奇，還是本性使然的佳話，陳森並未解答。

最後，小說中愛戀童伶的大男人們又該如何自處呢？我們很難以今天的情欲實踐方式，來判定他們是同志，還是叛徒。有清一代紳商狎暱年輕男戲子的風潮並不代表彼時男性「性」趣突然有了逆轉，而竟是出自法律規範的誤導。由於朝廷嚴禁命官紳仕族出入妓戶青樓，慾急了的好色之徒只好轉向美貌的童伶下手。多數尋芳客本來也未見得願意一雙腳踏兩條船，但習慣成自然，一時上行下效，同志愛突然大放異彩。情欲想像及實踐的詭譎流動，眞是莫此爲甚。

我們不難揣摩問題的複雜程度。自詡爲異性戀者的狎客就著這個性／性別遊戲，可能赫然發現自己別有所好。潛藏的同性戀者大可藉著不可嫖妓的名義，一遂自己眞正的欲望。但激進同志們更可能抱怨他們不但沒有得到解放，反而多了莫名其妙的競爭；何況當所有性活動被歸納成男扮女裝的遊戲時，一種新的性機制已然隱隱施行它的約束力。但心裏有數的異性戀沙豬大概要說，他們才是最大的輸家。《品花寶鑑》講的仍是男性情欲至上，但這情欲的本質卻不再能用簡單的男女或男男女女的關係來定義。沙豬們企圖管制欲望，卻暴露了欲望竟暗藏這麼多的變數，隨時有被瓦解置換的可能。這可是男性權威禁止男性嫖妓的律令下，始料未及的後果了。

如前所述，陳森的才情不足以讓他展開更繁複的辯證。但他既已吹縐一池春水，自然要生出陣陣漣漪。《品花寶鑑》也許不能印證目前同志論述的許多嚮往，但我以爲這本小說的意義，不在爲性別戰爭中哪一方助陣或洩氣，而在於以足夠的篇幅人物，呈現了傳統情色文學中諸多特徵與盲點，供有心讀者思辨。也因此，它應該是現代中國情欲論述一個重要的源頭。

二〇年代的女性作家，如廬隱、丁玲等，都曾以女性間的深情爲題，寫出熱情浪漫的篇章。但這些女作家處理的是相濡以沫的姊妹情誼，還是初萌的女同性戀意識，並不明確。六〇年代初期，姜貴的《重陽》以兩位男主角間的曖昧關係，影射國共糾纏不已的鬥爭，算是同志文學一個意外卻豐富的揷曲。而直到八〇年代中期，白先勇的《孽子》才又以長篇形式，彌補了《品花寶鑑》後留下的空白。隨著李碧華《霸王別姬》、朱天文《荒人手記》的問世，以及黃碧雲、郭強生、林裕翼、林俊穎、洪凌、陳雪、紀大偉等的長短篇創作，九〇年代的同志小說似乎越來越熱鬧。而吳繼文《世紀末少年愛讀本》的推出，則在更自覺的層次上，呼應了陳森一百四十多年的同志浪漫傳奇。

二

同志文學這幾年異軍突起，市場的反應從見怪到不怪，算是相當具有包容性。世紀末的台灣文化口味，果然是世故得多。吳繼文的長篇小說《世紀末少年愛讀本》躬逢其盛，也被包裝成一本異色文學堂堂推出。這與作者的初衷也許恰恰相反，因爲小說的主題根本是反情欲的。有心藉此書搜奇獵豔或對照經驗的讀者，應可從部分章節或人物找到樂趣，畢竟這部以清末《品花寶鑑》爲本的小說，讓我們得窺另一個歷史時空中同性戀愛的傳奇。但吳繼文要描述的，更是情色的無常，愛戀的虛空。

《品花寶鑑》是清末的一本奇書。如上所述，作者陳森以《紅樓夢》爲模式，大作才子佳人、情色兼美的文章。然而陳越是亦步亦趨，越(不自覺的)暴露了他小說的反諷效果：書中男扮女裝的性別遊戲，尤其直指古典男性中心情欲論述的盲點。吳繼文詳讀《品花寶鑑》，並據之借題發揮，不啻是延伸了陳森重寫《紅樓夢》的姿態。吳彷彿要說小說事業無他，移花接木、假戲眞作而已——不正也是一種文字的改裝演出？

吳繼文把《品花寶鑑》裏美少年的情事，看作是文明發展精緻熟爛的一種表徵。他藉兩對同性佳偶的邂逅癡戀，寫盡電光石火般的青春絢爛，以及春夢剎那了無痕跡的悵惘。在這其中吳繼文見證美的極致表現，一種超乎身分、性別、欲望，卻又靈犀通透的憐惜與感知。而吳明白這種耽美情懷也是一種業障。浮生如萍、聚散無常，貪癡嗔怨總歸於空。但在色相與空無間，總有某些令人流連的片刻吧？徘徊在捨與不捨間，吳繼文式的少年美與少年愛如流星閃爍而過。

抽絲剝繭，我們可以從吳繼文的小說看到王國維《紅樓夢評論》般的欲望辯證，普魯斯特(Proust)《追憶似水年華》的頽廢想像，日本「物之哀」的美學觀照。最重要的，當然是他個人對佛學的修持心得。他筆下的梅子玉與杜琴言在繁華盛世中相遇相知，但所有恩義誠如夢幻泡影，緣起與緣滅其實是一體兩面。相較《品花寶鑑》的沾沾自喜，《世紀末少年愛讀本》眞是要深沉得多。

激進的同志作家論者對此書大約是既愛且恨。吳繼文改寫《品花寶鑑》，將一個半世紀前的男色豔史重行推出，確爲目前的酷兒論述提供又一歷史向度。但當他一再敷衍色相輪迴劫毀時，卻又幽幽抹銷任何歷史主體流變的意義，顯得消極被動。對吳而言，色即是空。俗骨凡胎在情山欲海中輾轉翻騰，都是不能看破因果的下場。但如紀大偉、陳雪般的同陣作家或要反駁：他(她)們就是不能，也不願，勘破肉身的執著，於是才有了更多的情欲、更多的書寫。更何況「欲潔何曾潔」，吳繼文切切要重寫「寶鑑」到底彰顯了什麼？又隱瞞、裝扮了什麼？

我倒有另一種看法。吳繼文當然不必隨俗高唱酷異口號；但在思索或嚮往世紀末少年愛時，他若再向酷兒情欲寫作借鏡，或許反更能道出靈欲、神魔間的糾纏。他筆下梅子玉與杜琴言的禁色之戀，驚世駭俗之餘，仍然像是品學兼優、淸潔溜溜的模範生。吳的問題不在於過分耽溺於純美想像，而在於還不夠耽溺。如果最乾淨的愛戀也可成爲一種最狎邪的蠱惑，最齷齪的逸樂也能形成一種涅槃的追求，我們這才看到欲望無孔不入的威脅，以及超拔這種欲望的艱難。我想到杜斯妥也夫斯基《罪與罰》、或湯瑪斯・曼《魔山》這樣的例子。他們小說中的角色從墮落到救贖，不論是經由宗教或美學的媒介，是如此的曲折婉轉，也是如此的驚心動魄。

縱欲還是無欲，情色還是度脫，這該是欲望寫作中最大的挑戰吧！吳繼文的小說題材其實大有可爲，但在面臨寫與不寫的各種可能時，他退卻了。托出情色與宗教相生相剋的弔詭，需要太大的勇氣，我們無權要求作者爲我們「捨身」其間。但就《世紀末少年愛讀本》已有的成績，我們不能不想像作者的潛力。梅子玉與杜琴言的戀愛應是最危險的一種，兩人手都沒拉過幾次，卻愛得欲仙欲死。這是「魔由心生」的最佳示範。由吳處理起來，兩人卻頂多是一對淚人兒，看久了甚至令人生厭。另一對戀人田春航與蘇蕙芳則淪爲邊配人物。小說中最精采的情節反是由次要人物完成。恩客徐子雲寡人有疾，喜歡讓童伶裸身祕戲，他則在一旁滿足偷窺欲望。一次正在高潮時分，徐忍不住欺身撫摸兩個糾纏一塊的絕美男體，赫然發覺他們的肌膚滿生疥癬龜裂。美與醜、天堂與地獄原來近在咫尺之間。

另一場是乾旦林珊枝向梅、杜二人訴說他爲主子華星北按摩的經驗。平日叱咤風雲的主人，此時完全聽任孌童擺布；他的命根只在其手中盈盈一握。在欲望的海洋裏，主與奴、歡樂與痛苦，一起載沉載浮。照映日後人事俱變的荒涼，這些短暫的感官冒險尤其令人無言以對。而也在這頹靡的淵藪裏，啓悟的契機盡藏其中。《品花寶鑑》原作中並不見類似描寫，吳繼文能夠優以爲之，正顯示他個人的創作才情。如果他能讓主要角色也歷練這樣的情色劫數，小說的誘惑(或救贖)力道才眞正可觀。

如吳繼文指出，晚清風月小說的改寫，其實前有來者。張愛玲就曾把吳語小說《海上花列傳》翻成國語版的《海上花》。《海上花列傳》本身已是精緻的作品，張所作的，不過踵事增華而已。除了題材外，我不覺得《品花寶鑑》是部出色的小說，因此以爲吳繼文改寫的壓力要大得多。平心而論，吳的文筆細膩、考證翔實，但在敍事言情的方法上，多少嫌呆板些。他有意在單雙章節經營不同敍述聲音，卻不能有效區隔睹物觀人的角度。凡此都是基本功夫不足之處。小說最後一反陳森原作大團圓的公式，而以繁華褪盡、情愛成空作結，顯然是回到曹雪芹的路數。《世紀末少年愛讀本》是吳繼文初試啼聲之作。選擇這一寫作姿態，懺情傷逝的感觸，想來深在其中。而他沉思緣與孽後的空寂，其極致處，是把小說也當作是一種方便法門，一種訴說色相無常的「讀本」。出入風月鑑、懺悔錄與弘法書間，吳繼文的小說堪稱別具一格，未來的作品值得拭目以待。

輯二

小說政治・政治小說

小說與政治的錯綜關係，是現代中國文學的主要課題之一。歷來對此一課題的討論，多半集中在小說如何反映政治的動盪，或如何演義意識形態的要旨上。這其實是相當狹義的看法。我以爲政治小說的魅力不僅在於作品說了什麼，而更在於作品形式——從情節構造到象徵修辭——本身就是種種權力衝突或互動的場域。晚清文人提倡小說「不可思議」的渲染力量，從而顚覆了傳統文類的高下秩序，就是最好的例子。

本輯的三篇文章處理清末到七〇年代間，小說／政治的三個面向。〈罪抑罰？——現代中國小說及戲劇中的正義論辯〉勾勒晚清、「文學革命」、「革命文學」以迄四〇年代末，小說如何成爲辯證暴力與正義、血水與墨水的媒介。在法制正義分崩離析的時代，「文學正義」如何顯現它的力量及局限？〈一種逝去的文學？——反共小說新論〉處理五〇年代反共小說的一頁消長，觸及小說與政權間合理、合法性的張力。在統、獨聲浪交投的世紀末，反共小說在文學史中的意義，更亟待重新思考。〈國族論述與鄉土修辭〉則分析六、七〇年代台灣鄉土文學的崛起，及其政治化的動機與後果。小說敍述與國族想像間的齟齬與對話，時至今日，依然影響我們的政治辯論。

小說／政治的複雜變化，也可得見於其他輯內的文章，如〈香港——一座城市的故事〉、〈泥河迷園暗巷，酒國浮城廢都——一種烏托邦想像的崩解〉（以上見輯四），以及〈三個饑餓的女人〉（見輯三）。

罪抑罰？

——現代中國小說及戲劇中的正義論辯

暴力與正義的辯證是現代中國文學最重要的主題之一。晚清以來的說部從不乏天災人禍的描述。從饑荒洪水到內戰民變，種種亂象都成爲小說家控之訴之的題材，更不提歷次革命所產生的鉅變。這許多暴虐形式所帶來的創痛，化爲現代小說的一大特色，乃有所謂「血與淚的文學」之說❶。但在談「血與淚」的同時，我們對另一同樣重要的主題——罪與罰——卻殊少關注。

文學處理罪與罰當然非自今始。這裏所要強調的是，晚清以來作家對暴力與正義的認知和描述，如何成爲中國追求現代性的指標。所謂正義，意指社會用以指認與制止自然與人爲暴力的機制；這一機制可以律令法典、行政規範、民意風俗或信仰禁忌等多種方式實踐。相對的，所謂暴力，則意謂那些逾越「公理」、「公義」的自然或人爲力量；這些力量恆常帶給受難者無限身心創痕，進而攪擾約定俗成的秩序。這樣的定義，當然是權宜之舉。下文所要探勘的，正是暴力與正義如何相與混淆，互爲表裏，成爲現代中國文學／法律論述的一大特徵。

現代中國主流文學自始不脫控訴請命的高蹈色彩。晚清、五四作家以筆代劍，力圖匡正時弊，喚醒國魂。爲「被侮辱和被傷害」者而寫作，不過是最聳動的口號之一。而從文學革命到革命文學，寫作愈益成爲表達正義的直接手段。換句話說，作家不只藉文字「反映」不義不公，更冀求創作與閱讀本身「就是」分殊正邪、執行罰則的行動。藉著述寫與閱讀暴力，文學化象徵符號爲社會實踐；詩的正義與法律的正義，墨水與血水，於此匯而爲一。但誠如評者如劉再復等指出，反抗暴力的文學每每形成又一種文學暴力，而控訴不義的創作活動也可能首當其衝，變爲被控訴、迫害的對象。尤有甚者，當作家或因由外在壓力，或基於自我檢查，選擇沉默作爲因應暴力的方式，「寫作」成爲無聲的消磨，一種最弔詭的反抗或認同暴力方式。

我將以實例進一步說明上述觀點。這些實例分屬四個時代：晚清、五四、三〇年代及延安時期。藉此我們得以見證在政治、司法、道德秩序嬗變的年月裏，文學竟成爲社會論辯（甚或執行）罪與罰的場域。每一個實例都以實踐正義爲訴求，但細細讀來，我們不禁驚覺罪與罰的畛域竟可如此混淆，以致違反而非認定表面的政教律法。而文學的寫與讀到底是一種暴力的共謀，還是一種正義的表彰，必須成爲我們一再思辨的課題。

一、權宜的正義

熟悉晚清小說的讀者，不會忘記《老殘遊記》（一九〇七）老殘勇闖公堂的高潮。在第十六章裏，婦人賈魏氏被誣陷爲謀害自家十三條人命的嫌犯。巡撫剛弼認定賈魏氏因姦犯案，立意將她屈打成招。這日正要大刑伺候時，老殘闖入公堂，喝退衙役。他帶來了剛弼上司莊宮保的手諭，命其還押賈魏氏，另緝眞兇。

老殘與賈魏氏素昧平生，自友人處得知她的寃情即挺身相助。他無視剛弼淫威，搭救弱女子的作法，充分顯示其人的義膽俠情。而他擅「闖」公堂重地，更將小說的主題——法治與濫權、政府天命與個人義行、社會正義與詩學正義——發揮得淋漓盡致。如其序言所謂，《老殘遊記》是本涕淚之作❷。著者劉鶚（一八五七—一九〇九）藉老殘遊歷所見所聞，痛述庚子後的亂象。對劉鶚（或老殘）而言，洪水災荒、革命亂黨或使人憂心，但最足動搖國本的，仍是吏治法律的崩潰。

反諷的是，劉鶚認爲吏治法律的腐敗，罪不全在貪官污吏：那些自居上流，一介不取的清官，才是罪魁禍首。以剛弼爲例，他拒不受賄，確是清末官場的特例。但也正因自恃清廉，剛弼讓他的驕傲蒙蔽了他的判斷力：他成了剛愎顢頇的暴吏。賈魏氏入獄後，她的家人迫於「慣例」，打點衙門上下，剛弼卻以此爲賈魏氏做賊心虛的證據。他不問青紅皀白，嚴刑逼供，引來劉鶚有名的一段話：

> 贓官可恨，人人知之；清官尤可恨，人多不知……清官則自以爲我不要錢，何所不可？小則殺人，大則誤國。❸

劉鶚的話自是針對晚清時政，有感而發。但凸顯剛弼之流的暴行同時，他已改寫了傳統公案小說法則❹。剛弼以清官之名濫施刑罰，非但不能伸張正義，反而破壞正義。他所使令的種種酷刑，其殘忍無情處，竟比犯人的罪行有過之而無不及。以法律之名逾越法律，剛弼才是國家的罪人。《老殘遊記》稍早描述了另一「清官」玉賢的治績，而以「寃埋城闕暗，血染頂珠紅」一詩，點出了他的廉政代價。劉鶚指出，剛弼與玉賢在地方上的暴虐，固然可恨，但他們憑清廉之名，上邀皇寵，成爲治國方面大員時，才眞正是爲害天下。剛弼與玉賢皆實有其人❺。庚子義和團事變，兩人都是始作俑者，亂後也皆因此獲罪。以勤王護國始，以禍國殃民止，這兩位清官所演義的政治、道德兩難，適足說明晚清歷史的混沌性。

回到上述情節。當老殘奔走營救賈魏氏時，他也同時贖下一名妓女翠環，並和她成婚。翠環出身農家，原屬小康。某年政府治理黃河，重築堤壩，河道以內數十萬農戶盡被淹沒。翠環一家是受害者之一。主持治黃的官吏正是幫助老殘解救賈魏氏的莊宮保。莊是個愛民的好官，黃河爲患，他採取策士建言，另築堤壩。但唯恐壩外農民反對，竟未事前知會他們，因此造成大難。

老殘得莊宮保之助，救了賈魏氏一命；但比起黃河水災中淹死的十萬生命，賈魏氏的一命，又算得了什麼？莊宮保或許有恩於賈魏氏，但他間接殺死的千萬人，又要何處伸寃？如果剛弼與玉賢因爲百十地方人命爲我們所不齒，那麼莊宮保俯仰之間，犧牲無數百姓，又該獲什麼樣的罪？老殘不可能不了解這些問題，但他卻必須仰賴莊宮保來壓制剛弼，儼然前者是執行正義的要員。往來於絕對與權宜的正義間，老殘的俠義行動其實有曖昧的一面。劉鶚本人的感喟亦自在其中。《老殘遊記》所暗含的歷史裂變訊息，果然是如此詭譎曲折。

在《老殘遊記》二編裏，老殘曾夢遊地獄，看盡善惡輪迴的報應。陰間悽暗恐怖無比，畢竟延伸了陽世懲惡褒善的正義原則。但劉鶚對貪官清官、仁政惡政的曖昧看法，仍不禁使我們質疑，在另一個世界裏，老殘能找到是非賞罰的秩序嗎？對是類問題，另一晚清作家李伯元（一八五七—一九〇六）藉《活地獄》（一九〇六）作了一種回答：人間「即」地獄，正義何處覓！

《活地獄》不是李伯元最著名的小說，但在揭露晚清司法的醜陋上，此書頗可注意。如果說《老殘遊記》仍然流露對傳統清官仁政、俠行義舉的鄉愁式依戀，《活地獄》則以玩世態度笑之謔之。劉鶚對清官贓官的價值弔詭或仍耿耿於懷，李伯元則可能要回應：天下居然有法律和正義這回事？他的世界裏，酷刑成爲馬戲，血腥亞賽奇觀。劉鶚亟亟要質問公義怎麼淪喪，李則是對公義還能維持門面，嘖嘖稱奇。

《活地獄》講述了十四個冤獄酷刑的故事，在其中惡吏唆使人民興訟，從中謀利，盜匪搖身一變，買官賣爵；好人壞人，一樣遭殃。劉鶚感嘆國事不可爲，至少塑造了老殘這樣的唐吉訶德角色。李伯元卻暗示，任何救亡行動都無濟於事。他顯然對傳統公案俠義小說，有更犬儒的看法：清官贓官根本是一丘之貉，而義俠與惡盜也從來不分你我。尤有過之，官員與賊寇其實同出一門，各盡所能各取所需。他每個故事的道德評論皆極盡敷衍之能事，遑論任何想像的救贖。

《活地獄》因此顯示了一種既激進又保守的創作態度。李伯元視人間爲地獄，不脫傳統想像的框架，而他的玩世筆觸，顯然缺少劉鶚那種懷疑批判精神。但李伯元能營造一恐怖「笑果」，使我們在驚懼晚清司法蕩然之餘，居然滋生但觀其變的好奇。由此，他使得我們閱讀的美學及道德距離，產生劇變。小說中一場又一場的酷刑奇觀，充滿頹廢氣息。夾棍站籠哪裏稀奇，「鐵奶頭」、「大紅袍」才算新穎。至於「飛龍過山」、「三仙進洞」、「五子登科」等花樣，簡直把肉身當作實驗劇場，玩弄種種肢體碎裂、劇痛的遊戲。

李伯元仔細記述各種刑罰的工具、過程及效果，幾乎形成一種耽溺。晚清的譴責小說一向饒富僞百科全書式架構，卻少有像《活地獄》般的作品，將刑罰與身體的關聯，描繪得如此淋漓盡致。傅柯(Michel Foucault)的從者會樂於把此書作爲絕佳材料，闡述前現代社會中訓練與懲罰，權力與法令的運作關係❻。如《活地獄》所示，血肉横飛的痛苦與斷斷續續的供詞相隨而來；衆目睽睽之下，刑罰的演出無疑肯定了在位定刑者的權威。但另一方面，李的描述方式，又未必把在位者的權威「放在眼裏」。他挑逗讀者(或觀衆)施虐／受虐的想像，極盡誇張變態之能事。那些血淋淋的場面寫來好像立意要讓我們不忍卒睹，又不願不睹。如此一來，讀者(觀衆)早已發展一套自己的觀刑「美學」。在在要讓統治者罰一儆百的原意，大打折扣。小說因此在最意外的情形下，產生新意。

如前所述，劉鶚藉清官與贓官的異位，點明清末司法及正義價值的變異，但他基本仍想像一個正本清源的秩序，應該存在。李伯元則視善惡罪罰源出一脈，無所謂高下。他對小說世界中的好人與壞人一視同仁，而閱讀與寫作是類文學，也充滿了曖昧動機，成爲一種暴力行徑。由劉鶚及李伯元二作所衍生罪與罰的辯證，並不隨清室亡覆而終止。恰相反的，民國以後的文學將循此作出更複雜的對話。

二、仇衆與恨世；弒父與殺女

一九〇六年，旅日留學生魯迅（一八八一——一九三六）在醫校課堂上看到一張幻燈片。在其中一個中國人正要被日軍砍頭，罪名是日俄戰爭中，爲俄國人作間諜。幻燈片亦顯示大羣中國人圍在刑場四周，等待一睹砍頭的奇觀。魯迅向被尊爲新文學的肇始者；他自述如何受了這張幻燈片的刺激、棄醫從文的經過，自然成了現代文學創作的濫觴。

我在他處已討論過作家對傳統文明內涵暴力的認知，是促成中國文學現代化的重要動力❼。在魯迅的例子裏，砍頭不只是身體的斷裂，也「象徵」家國意義系統的崩潰；寫作在見證文化的病態外，本身已是作家感情及意識形態震顫的症候。描寫砍頭，意味魯迅亟亟尋求、定義中國人「原罪」的焦慮：何以日俄開戰，卻選東三省作爲戰場？何以中國人甘爲日、俄軍隊所役，權充他們的間諜？何以同胞行將被戮，卻有大批中國人圍觀盛況？

對魯迅而言，那名中國間諜之死，並不足惜，而圍觀砍頭的同胞們，也更該殺。這些「看客」冷酷嗜血，正是四千年來中國人吃人盛宴中的最佳來賓。以此類推，日、俄人馬一樣應受懲罰；他們魚肉華人，罪不可逭。但魯迅自己呢？難道他不是觀看其他同胞觀看砍頭的高級「看客」麼？難道他不是靠著人肉盛宴補充營養的神祕食客麼？魯迅必定曾爲這些問題自苦著。到底他是中國良知的守護者，還是中國原罪的共犯？

魯迅的〈狂人日記〉，因此值得再思。這篇小說很有偵探推理意味。狂人不妨看作是個偵察者，追蹤中國社會罪行的眞相。當他驚覺仁義道德的禮教正是吃人的元凶時，他付出慘重代價：禁閉、隔離、「治療」、檢查，終爲社會銷聲、吞噬。〈狂人日記〉充滿了罪與罰的意象，令人怵目驚心。魯迅對眞理及正義復原的可能性，從來持悲觀態度。就算他的狂人眞能公開禮教吃人的眞相，又能怎樣。想想魯迅有名的鐵屋子寓言：一羣睡在密閉鐵屋中的人，行將窒息而死。唯一的清醒者是否該將他們喚醒呢？與其喚醒沉睡者，讓他們爭尋生路，驚恐踐踏而死，倒不如讓他們安靜昏睡而亡吧？換句話說，魯迅必須決定作個知其不可爲而爲之的先知——狂人，或乾脆作個犬儒頹廢的觀衆？不論選擇如何，結果可能相同。

這兩個角色——獨行的先知或隨俗的看客——說明了魯迅作爲「現代」作者的兩難，但其根源可以上溯到晚清。我們還記得，劉鶚的老殘面臨殘敗國事，依然一秉孤憤，行走天涯；而李伯元則以最頹廢的態度，及早頌讚活地獄的慘相。魯迅正好像跨在活地獄門檻的老殘，不能，或不願，前進後退。誠如夏濟安指出，魯迅對中國人生的陰暗面，其實有非理性的迷戀。他就好比《說唐》中那個俠客，自願承負「黑暗的閘門」，讓夥伴們逃得生天，自己卻在力盡氣絕時，被越益沉重的閘門，壓成齏粉❽。

魯迅的任俠精神，其來有自；他的老師章太炎曾力倡「儒俠」說，強調書生亦宜論劍，匡正時弊。此與老殘少年尙武，及長以筆代劍，爲人間抱不平的造型，頗有異曲同工之妙。正如劉鶚一般，魯迅對古典正義世界，懷有不可言說的鄉愁，但另一方面，他又是李伯元的私淑者，難以遏抑「觀賞」活地獄的衝動。他必定曾暗自心驚，那「黑暗的閘門」何嘗隔開傳統與現代、邪惡與正義的世界？恰相反的，這道閘門是連接兩種世界的通道，使其互爲表裏。在魯迅對中國「活地獄」作最嚴厲控訴時，他必定絕望的意識到，他之能作如此生動的控訴，力量泰半竟來自他要控訴的淵藪。充斥他作品中的鬼魅意象，總帶有詭譎的狂歡氣息。他對新世界裏正義的嚮往，是以舊世界的殺氣作底蘊的。

魯迅小說創作裏，至少有二例可作爲這罪與罰辯證的例子。〈祝福〉裏的祥林嫂被貶爲乞丐後，遇見敍述者魯迅的唯一問題是，「人死後有沒有魂靈」。祥林嫂一輩子災星高照，就算贖盡一切，也難逃淪入地獄受罪的詛咒。但這到底是什麼樣的地獄？是《老殘遊記》中懲惡獎善的地獄，還是《活地獄》中玉石俱焚的地獄？我們都記得，魯迅（敍述者）的答覆是「說不清」。祥林嫂終於含恨而死，但她把對地獄的疑惑「傳」給了魯迅。像魯迅這樣的知識分子，注定要活在自責自咎的「心獄」中。他們愧於不能救贖生命的不義，卻也因此耽於無盡罪與罰的想像中，難以自拔。現代中國文學深重的道德負擔，由此而起。而當作家對絕對正義的追求變成難以遏抑的欲望時，一種暴力的蠱惑已蠢蠢欲動。

在《阿Q正傳》裏，阿Q曾受戲劇啓發，夢想成爲江湖好漢，即使「咔嚓」斷頭，也在所不惜。他的志願終未成眞；在革命的混亂中，阿Q陰錯陽差被捕，最後被示衆槍斃了事。從一場砍頭戲劇的看客，到另一場槍斃刑罰的犧牲，阿Q之死可謂不值之至。我們也記得，魯迅曾是砍頭幻燈的看客，卻因此得到天啓式的認知。何以魯迅厚己而薄阿Q？兩場砍頭事件中，有什麼樣的血腥欲望被挑逗，或被昇華？而在寫作阿Q不得好死的「喜劇」時，魯迅是否又眞給了這一個角色——或這角色所代表的中國民衆——一個公道的處理呢？

小說之外，五四作家也曾運用戲劇探討正義的條件與結果。古典的公案劇早自宋元時代，即以演示刑案、審理奸邪爲特色。現代的戲劇要如何自別此一傳統，追求不同的劇場及司法正義表現？歐陽予倩（一八八九—一九六二）的《潘金蓮》（一九二八）及白薇（一八九四—一九八七）的《打出幽靈塔》（一九二八），代表了兩種可能。潘金蓮私通西門慶，藥酖親夫，引來武松殺嫂的故事，是《水滸傳》最爲人熟知的章節之一。歷來戲曲的演繹，亦所在多有。歐陽予倩獨排衆議，不視潘金蓮爲蕩婦淫娃，而視她爲男權社會中，爭取情欲自主的女性犧牲。她的通姦殺夫，無非暗示一絕望環境裏，表達一己欲念的非常手段。

女性主義者就此可以大作文章。我的著眼點是歐陽予倩如何運用劇場觀念，來凸顯傳統公義的不足。在劇中第五幕的高潮裏，武松正要把潘金蓮開膛剖胸，奠祭武大時，金蓮不爲所懼，反歷數自幼的不幸遭遇。她謀殺親夫，固是事實，但張大戶、武松等一干她生命中的男人，才是造成悲劇的眞正禍首。武松聞言怒不可遏，就要挖她的心祭兄。潘卻回說：「我的心早就給了你。」❾

歐陽予倩的潘金蓮與其說是個嫌疑犯，不如說是被害人。當武松的利劍刺入她胸中時，金蓮的控訴似仍縈迴我們耳際。傳統公案劇很少見到兩造辯論的場面，更不提被告挺身糾舉原告的罪狀。罪與罰在此幾乎要主客易位了。但歐陽最可稱道的是，他將劇場化爲鋪陳、辯論公案的所在。傳統那斷案如神、公正嚴明的青天大人不復得見；潘金蓮痛訴男性壓迫時，她的聽衆不可能是台上的人物，而應是台下的觀衆。超越了千百年的時空距離，她是在向二十世紀的觀衆喊話。歐陽予倩彷彿把戲院改換成法院，讓觀衆成了明察秋毫，洗雪沉冤的判官。

《潘金蓮》因此堪稱是五四後，作家重新想像紙上公義的重要實驗。歐陽予倩不僅打破以往公案劇的成規，也質疑傳統(男性是尙)的法律效應。不僅此也，在一個劇變的時代裏，他更向既存的律法機構，提出挑戰。舞台不再只是虛構人生的所在，而可以成爲種種道德公理資源的角力場。如下文將述的，這種新的劇場正義機制，挾著充滿演出意味的罪、罰形式，將在未來文學及政治實踐裏，一再顯現其力量。

在白薇的《打出幽靈塔》裏，另一齣「吃人」的家庭悲劇正要上演。主人翁榮生——奸商地主兼鴉片走私者——強迫養女月林嫁他爲第八名小妾。月林已愛上榮生之子巧明，抵死不從。神祕革命女子蕭森出現，赫然認出月林是自己當年被富戶誘姦後，產下即託給他人撫養的親生女。月林眞正的父親——也就是誘姦蕭森的富戶——不是別人，正是要娶她爲妾的榮生！

我們當然可指出《打出幽靈塔》的缺點：人物平板、故事煽情，對話誇張之至。但正因爲此劇顯得如此的生硬「不自然」，反而大有看頭。白薇本人即是充滿叛道精神的新女性。她寫作《打》劇，意在批判傳統社會仇視輕賤女性的(misogyny)情結，但也不放過左翼革命中類似傾向，這的確是暴力氾濫的一齣戲。強姦亂倫、暴動謀殺、革命反革命的情節此起彼落，但最恐怖的好戲還在後頭。

這齣戲的主要象徵是榮生自一寡婦處奪來的「幽靈塔」。這座塔謠傳鬼魂出沒，實爲榮生用來幽禁女性、一遂獸欲的監獄。白薇很有可能受了魯迅的影響；她劇中曾明白指涉魯迅那篇有名的〈雷峯塔的倒掉〉（發表於一九二六年）。魯迅以白娘子永鎭雷峯塔的傳說爲例，痛斥父權社會壓抑女性情欲的殘酷。而雷峯塔的倒塌，適足象徵自然的正義終久凌駕（男性）人爲的正義。在戲裏，白薇不只讓幽靈塔成爲人人談之色變的禁地而已，更進一步透露榮生才是裝神弄鬼的眞正「幽靈」。他壓迫女性，也壓迫自己的兒子。但在外頭卻是個假冒僞善的社會棟梁，以及阻撓革命的反動奸商。當榮生的兒子巧明堅持向父親表明非月林不娶時，榮生一槍殺了自己的兒子。與此同時，地方革命活動也因榮生的阻撓，岌岌可危。

對白薇而言，榮生的罪惡滔天，不用最決絕的手段不能遏止。她安排女革命者蕭森再次出現，向榮生揭露月林的眞實身分。榮生氣極，舉槍要射殺蕭森，月林爲護母親，持另一把手槍還擊。槍聲響起，父女雙雙死在對方的子彈下。這場亂倫加逼姦的暴行，以弑父及殺女突告結束。在彌留中，月林依偎著剛剛相認的母親，語無倫次的數說不幸的一生，可悲亦可恥。

左翼評者曾大力誇讚《打出幽靈塔》的（女性）解放精神。的確，劇中的地主與貧農，男性與女性，長輩與晚輩的鬥爭，眞是驚心動魄。女性主義者也可提醒我們劇中母女／姊妹的關係，何其親密。但白薇的視野不應爲此所囿。蕭森致力革命，其實無暇顧及女兒下落；而劇中其他的革命分子，顯然也爲各種因素牽累，難稱智勇雙全。更重要的，女主人翁月林個性躁鬱優柔，並不算是個標準「婦解」典型。月林與蕭森的重逢，是前者以生命換來的，而月林就算逃過父親魔掌，一樣要陷入另一種亂倫的陷阱。我們記得她的情人巧明是她同父異母的哥哥。

種種政治、倫理、感情的悖違逆流在劇中相互衝擊，即使是劇終幕落，仍難紓解。這使月林臨死的瘋狂囈語，更有深意。按照劇本的指示，月林最後的控訴，是向觀眾發出的，好像只有在另一個時空語境，她的傷痛，才能得到同情與救贖。瘋狂與死亡是解決一切非理性暴力的僅餘出路，尋求眞理與正義的代價何其慘烈。在這一方面，白薇確是像魯迅一樣心有戚戚焉。

但從(女性)書寫與(男性)暴力的角度來看，《打出幽靈塔》戲外有戲。如白薇自述，此劇原稿完成後，竟爲其男性同事強奪而去，據爲己有。現今的版本是白薇憑藉殘餘記憶，重新補成的。女性對自己的身體與作品的經營保護，何其艱難！最後，《打出幽靈塔》無論是人物或情節，都讓我們想到曹禺的成名作《雷雨》(一九三二)。《雷雨》使曹禺一炮而紅，且被視爲中國話劇史的新頁。白薇也許不如曹禺有才，但《打出幽靈塔》的戲劇張力及話題性絕不在《雷雨》之下。她之不受重視，除了幸與不幸的運氣外，恐怕也是女性與男性遭遇「必然」有別的例證吧？

三、血與淚的文學

在以上的討論裏，我以小說與戲劇爲例，探勘現代文學辯證暴力與正義的種種方式。到了三○年代，這兩種書寫形式——對罪與罰的敍述性申辯；以及對罪與罰的模擬演練——逐漸合流，融為一種新的詩學及社會正義論式。這一論式更因左翼作家對普羅革命的憧憬，而愈益堅實。為了與「被侮辱與被損害」的廣大人民站在一起，為了提倡革命文學改造身心的政治目標，「血與淚的文學」乃成為威力無窮的寫作姿態與象徵。

「血淚」的「文學」，顧名思義，促使我們再思文學敍述與演出的方法。血淚的文學包含如此強勁的展示力量，因而既能呈現題材本身的痛苦與悲憤，更能激發創作及閱讀者，使他(她)們血脈僨張，淚眼婆娑。這類文學絕不意在作品的昇華滌情(catharsis)效應；恰恰相反，它要引生義憤(流淚)，教唆行動(流血)。用安敏成(Anderson)的話說：「新小說的寫實感，是集聚由身體流出的體液形成。而這類體液之所以有意義，是因為身體遭到創傷(血)，精神蒙受震顫(淚)。」[10]

安敏成所未提及的是，「血與淚文學」對五四以來有關正義與暴力的論辯，提供的有力資源。血與淚都是身體情緒反應的特徵，一再為作家援引作為抗議現實的有效方法。他們寫作或求催淚、或求見血，要皆以身體的「演出」來達到抗爭不義的第一步。現代中國文學的「涕淚飄零」現象，早經學者指出。但是將肉身視為劇場，誇張、顯現罪與罰的作風，清末的《老殘遊記》、《活地獄》已有先例。這裏的問題不再是五四後作家敍事技巧是否推陳出新而已，而是他(她)們對刑罰、正義、身體的象徵認知，是否眞正超越前人，堪稱「現代」。

仔細閱讀「血與淚文學」的樣本作品，我們也常發覺作者所訴諸的正義論式，未必就由作品完整表達。在此情形下，罪的歸屬或罰的施行往往更加混淆——而非釐清——某一司法或道德課題。三〇年代重要左翼作家蔣光慈(一九〇一——一九三一)的《咆哮了的土地》(一九三一)就是這樣的例子。小說中青年革命者李傑還鄉進行革命。爲了顯示他的政治赤誠及領導能力，他決定燒毀鄉裏最大地主的房子。李傑的決定是艱難的，因爲地主正是他的父親。而就算他父親死有餘辜，他臥病多年的母親，及未滿十歲的妹妹，是否也罪該葬身火窟呢？作爲左翼作家，蔣光慈的自戀與煽情風格，並不因他倡導無產革命而稍減。他是「革命加戀愛」文學公式的先驅之一，也適足說明他的浪漫傾向，常把大我與小我合爲一談。蔣的多數作品原無足觀，李傑的痛苦決定倒引人深思。

李傑痛恨父親所代表的封建強權，這是五四青年的症候羣。但他與母親與妹妹並沒有什麼過節。爲了革命，他必須以弒父行動證明與家庭、傳統一刀兩斷的決心。但這一行動，有必要犧牲母親和妹妹嗎？在作決定的過程中，李傑輾轉思慮，竟痛苦得昏了過去。當他醒來時，農民弟兄已奉他的名將他的家園燒得一乾二淨。

蔣光慈寫佃農在革命青年的領導下，「自覺」的站起來，燒毀地主莊園的故事，應看作是中共「農民起義」型文學的早期典範。而對李傑這樣的角色而言，唯有經過如此大義滅親的考驗，他才算是黨的好兒女。但是《咆哮了的土地》有些無意(?)的漏洞，讓我們注意到故事底層的惱人問題。別的不說，大火發生前，李的父親早已聞風避到鎮上。設若革命農民有意追索元凶，他們大可循線而往，將李父繩之以他們的新法。但農民並不如此作。熊熊大火燒毀地主的房舍(及家人)，顯然更具有「戲劇效果」，象徵階級鬥爭你死我活的必然。不僅此也，暴動農民一把火殃及無辜的行爲，已接近恐怖主義者的心態。我所謂的「戲劇效果」，不是說失火或死人只是表演而已，而是說這場火的意義在於「彩排」——更激烈、更全面的大革命。反諷的是，一切都是玩眞的，但那「眞實」的革命卻尚是未知數。另一方面，農民的暴力固然表現了他們的苦大仇深，卻也是一種詭異的模擬：他們把地主壓迫他們的那套非理性方式，變本加厲，用來還治其人。而我所謂的「恐怖主義」，指的是恐怖活動所包含的儀式性意義。經過流血（尤其是無辜者的血）暴力，革命者昭告了他們的政治目標，也藉此強固彼此作爲「法」外之民的向心力。

李傑就在昏迷中，被他所領導的農民推向造反的舞台前方。農民們睜大眼睛看這場好戲。李傑讓母親和妹妹犧牲，與其說是大義滅親，不如說是增加自己的政治資本。他的至親如母如妹者，原來未行不義，何至罪及於「滅」？更進一步說，生入地主之家，是李傑的「原罪」；他必須以最殘酷的手段懲罰自己及家人，好尋求救贖。只是這種「一人有罪，誅及九族」的邏輯，不是封建餘孽的思潮麼？爲什麼號稱打倒封建傳統的共產黨，還在用最封建的罪與罰技術，來進行最現代的革命呢？

在評論蔣光慈的作品時，夏濟安懷疑他創作的誠意。蔣的生命及創作的確充滿太多自憐自溺的姿態，使人半信半疑。但如上所述，在《咆哮了的土地》裏，正是因爲蔣的過分誇張及感傷，他反而凸顯了中共文藝及政治論述中的「刑罰劇場」規則。在這個劇場裏，人人都是演員，也是觀衆：互相觀看，也互相監看。而劇場恆以血淚控訴起，以血淚暴力終。隱藏於這一刑罰運作下的，是肉身摧殘的奇觀，是示衆抄家（甚或殺家）的酷戲。蔣光慈所信仰的革命正義容或西化進步，但骨子裏實在去古未遠。

吳組緗是三〇年代左翼作家的佼佼者，他一系列的中短篇小說發揮魯迅以降，抗議禮教吃人的修辭學，細膩深刻處則尤有過之。著名的〈官官的補品〉（一九三二），寫地主少爺官官車禍重傷，輸農民的血，喝農婦的奶，以爲調養，眞正是謔而且虐的黑色喜劇。小說最後，曾經賣血給官官的農民因叛亂被捕，砍頭示衆，則又遙擬《阿Q正傳》式下場。不同的是，阿Q至死莫名其妙，吳組緗則讓被砍的農民死前猶激憤掙扎。鮮血淋漓，令人心驚。

吳的另一作〈樊家鋪〉裏，農婦線子嫂因荒年內戰，生活陷入絕境。線子嫂的母親在城市幫傭，頗有積蓄，寧可到尼庵捨錢，卻不爲女兒的苦處所動。線子嫂向母親告貸不成，丈夫又因搶劫同一尼庵被捕。爲了營救所愛的丈夫，她鋌而走險，某夜偷竊母親私房錢被執。情急之下線子嫂拿起燭台將母親砸死。

這篇小說的象徵豐富，毋庸贅言，夏志清及魏綸(Philip Williams)對其中的逆倫悲劇，也多有闡述⓫。我所要強調的是，從左翼觀點來看，線子嫂弒母雖是滔天孽罪，但情有可原。線子嫂的母親嗜錢如命，無疑已成城市資本主義的附庸；她又迷信神棍，以金錢換取來世救贖。另一方面，線子嫂的丈夫卻認爲，神佛平日接受信徒香火，在他們有難時，自然應該分潤所得——搶劫尼庵是理所當然的。這幾個人物的行動充分說明了不同路數的正義觀念，如何在一歷史臨界點上，相互衝擊。神恩與金錢，母女親情與夫婦恩義，孰輕孰重？線子嫂身陷其中，百難調解，最後只能以血濺五步的殺母行爲，來保持某一程度的「道德清醒」⓬。但代價何其慘烈！

正如《呼嘯了的土地》李傑弒母般，線子嫂必須弒母以衝破傳統價值網羅，呼應革命天啓。李傑的自覺性也許強於線子嫂，但這兩人物不論身分智力高低，犯下同樣的「罪」，卻暗示了共產革命歷史的必然而非偶然。對蔣光慈或吳組緗這些作者而言，在非常的時期，暴力與正義的界線不再涇渭分明。任何有「血性」的人，哪裏能潔身束手，置之事外。換句話說，革命不就是用非常的暴力的手段，扭轉乾坤？在這一方面，他們的前驅者是描寫弒父的白薇。但蔣光慈與吳組緗的作品之所以可讀，在於他們看出了此一「革命正義」的殘酷特質，難以一筆帶過。他們的人物承受了恐怖的自主權，進退之間的痛苦，在在引人深思。這與日後的左翼作家，將革命的目的與手段混爲一談，不可同日而語。

吳、蔣作品也側寫了羣衆暴力歇斯底里的特質。農民長年受到壓迫，揭竿而起，自要一雪前讎而後快。以暴易暴，他們的寃屈憤怒是以最原始的制裁方式完成的。吳組緗的中篇《一千八百擔》就是以荒年農民搶糧暴動爲主線。故事中的地主宋氏家族昏庸無能，饑荒的年月裏猶爲了一千八百擔佃糧如何發落，爭執不休。等在祠堂外的農民再也難耐饑餓，他們一擁而上，搶走了糧食。故事至此，當然是大快人心。但吳組緗細心描寫農民暴動的「技術」，很大一部分來自他們的舊迷信而非新信仰。他們裝神弄鬼，在祈雨戲台上羞辱地方族長。一片喧囂聲裏，傳統的賞罰觀念依然縈繞不去，最古老的舞台依然是革命最重要的場景。吳組緗也許只求忠實反映他的所見所聞，但他的描寫無形中爲未來的革命論述，擲下陰影。

四、重返「活地獄」

一九四二年是國共文藝鬥爭的重要轉捩點。毛澤東的延安談話總結前此左翼文學的種種論辯，並成爲未來人民共和國文化政策的指標。在本文所關心的範疇內，則有兩點值得重視。第一，毛將共產文藝定爲外抗（日寇）帝國主義侵略，內抗（國民黨）階級統治的文藝。「血與淚」的象徵不僅及於社會階級剝削的惡果，也指涉外強壓境，國將破家將亡的威脅。儘管民族主義與無產階級鬥爭的前提，未必完全契合馬列原典的時間表，在中國的環境裏，兩者卻有互補的可能：中國就像國際社會中的無產階級一樣，受盡壓榨，亟待共產革命的復興。

第二，在共黨陣營內，齟齬從未稍息。胡風（一九〇二—一九八五）與毛澤東的辯論，應是最具意義者。胡風及其從者強調主體性的重建，視革命爲恢復「被侮辱及被損害者」的尊嚴及生存權利之不二法門。他們認爲既然歷史的暴虐已將人性摧毀殆盡，個人只有在回歸始原主體後，才能逐步成就社會關係。毛的起始點原與胡風無異，但對前者提倡的主體觀頗不以爲然。在他而言，建立主體的首要條件是「羣」體，是大我。爲了共產烏托邦的建立，個人自我犧牲尚猶不足，何來個人自我的追求？更不提胡風的始原人本想像，已瀕於危險的唯心主義邊緣。

本文當然不能完滿處理胡毛理念之爭。但不妨就路翎（一九二三—一九九四）與丁玲（一九〇四—一九八六）的作品爲例，稍窺這一爭執的焦點。路翎是胡風的大弟子，作品多以中下層人物爲主，寫他們如何成爲環境的犧牲，百難自拔。儘管如此，路翎的人物們有強烈的欲望與怨懟，驅迫他(她)們盲目抗爭，死而後已。是從他(她)們的挫敗裏，路翎反寫受苦靈魂，渴求解放的迫切性。但丁玲從不是毛馴服的追隨者，但她畢竟嚮往意志——而非欲望——作爲個人超拔小我的門徑。但丁玲最好的作品裏，卻一再顯現她折衝於欲望與意志，理想與教條，女性與男性的範疇內，遍尋解決之道而不可得。

以有名的〈我在霞村的時候〉(一九四一)來說吧。農家女貞貞因力爭婚姻自主，爲村人不齒。日軍進犯，貞貞被姦。事後她卻同意「我方」安排犧牲自己，混入日軍營中爲軍妓，套取情報。貞貞的「爲國捐軀」，換來一身梅毒。故事開始時她返鄉求治，卻更爲不知情的村人不齒。對他們而言，貞貞失身，已是可卑，更何況她自願賣身日軍呢？

女性主義者就此可以多談亂世中女性護衛身體的種種難處。誠如梅儀慈指出，貞貞的抗婚，被姦，以及被中日雙方用爲誘餌及玩物，再被村人所唾棄，其中殘暴苦楚，絕難爲男性所能道其萬一⓭。進一步說，貞貞的愛國故事建立於一可怕的弔詭：爲了得回自尊，她必先自暴自棄；爲了愛國家，她必須「離間」自己的身體；她的榮譽要以見不得人的髒病換取。中國及日本男人在此聯爲一氣，剝削貞貞。而貞貞所要服務的「人民」，反過頭來與她畫清界限。

但最令人不解的是，儘管貞貞惡疾在身，她看起來卻是健康紅潤，毫無病容。丁玲的原意，應是以此說明貞貞的愛國眞摯情操，足以克服身體的潰爛；貞貞眞不愧爲婦女楷模。但一路讀來，我們不禁懷疑貞貞的心身、表裏不一，是否正影射了丁玲始料未及的一則寫作寓言。作爲毛治下的解放區作家，丁玲可眞能言所欲言？她的作品豈不就像貞貞的身體一樣，看著明亮健康，卻難說有多少的病毒，正侵蝕著內裏關節？小說最後，貞貞滿心希望的到延安（？）接受治療休養。她還太天眞，未必了解在共黨語彙裏，疾病與治療的隱喻多義。別的不說，我們滿腹心事的敍事者就是因政治部太「嘈雜」，被送到鄉下「療養」的幹部！不再貞潔的貞貞，在一個標榜（卻未必實踐）無欲的社會裏，注定命運多艱。從她的「喜劇」裏，我們看到貞貞如何把外在世界加諸她身體上的暴力，視爲恩寵；如何一廂情願的想像她「失身」的原罪，可由「獻身」革命來補償。貞貞的下落我們不得而知。倒是丁玲在以後的年月裏，要因寫作貞貞的故事而獲罪；她的懲罰將是既苦且長[14]。

一九四三年路翎在重慶出版了《饑餓的郭素娥》。與彼時流行的抗戰題材相較，路翎毋寧更意在剖析戰時卑劣扭曲的人性。小說中的郭素娥因逃荒而隨父離鄉背井，後爲鴉片煙鬼劉春壽買爲己有。郭素娥對生活毫無指望又不甘放棄。她與礦工魏海青及張振山等有染。當她的姦情爲劉春壽發現，郭慘死在他及族人手下。

我要強調的是，郭素娥的悲慘遭遇顯現一種「內化」暴力的恐怖後果。丁玲的貞貞發揮極大的克己功夫，要成爲共產定義下的小聖人。路翎的郭素娥則一任自己狂野的肉欲及怨恨，四處傾洩；郭素娥自己受苦，也要讓周圍的人不得安寧。由這角色放射出來的原始欲力，摧枯拉朽，哪裏是毛主席所能忍受的。作爲胡風的傳人，路翎極力探看中國人靈魂深處的創痕。郭素娥的饑餓，不只是來自對食物及性的需要，也是來自對精神救贖的渴望。在郭素娥的墮落裏，路翎看到了毀滅與重生的力量，而他自己耽溺於施虐與受虐的想像，也顯露無遺。

於是小說中郭素娥死於私刑的情節，平添了幾許曖昧性。郭被劉春壽及劉氏族人綁到一座破廟後殿，受盡凌辱，卻依然桀驁不屈。最後劉把她綁在凳上，用燒紅的鐵鏟把她燙得皮開肉裂。郭素娥被扔在廟裏，傷重凍餓而死。如果這私刑一景讀來竟似曾相識，這是因爲在前述清末《老殘遊記》及《活地獄》的小說裏，令人髮指的酷刑已曾公開上場。不同的是，命令施刑者在那些清代小說中是官吏，而在《饑餓的郭素娥》中卻是民衆——而且是革命者要解放的民衆。路翎拒絕拉抬「被污辱與被損害者」的高貴假象；生命是這樣的兇殘暴虐，受苦的人民並不放棄互相污辱與損害的機會。郭素娥之死一景，竟有些許醜陋的血祭狂歡氣息，也就可思過半矣。

如果共產批評者覺得丁玲的貞貞的健康形象總有可疑之處，郭素娥永不饜飽的欲望就更令人生厭了。郭素娥總算死掉，可以不再惹是生非；她的屍體宜乎作爲舊社會犧牲者的樣板。但路翎以過多的血淚裝點著郭素娥的悲劇，在在使我們意會到他的用心不止於口號文學。郭素娥及她周遭的男女，個個躁鬱悸動，無所安頓。她(他)們所追求的生命寄託，不是毛派革命所能提供；她(他)們所經受的罪與罰也因此難以尋常的正義尺度來衡量。路翎有關暴力的描述，不按牌理出牌，因而不斷顛覆毛及手下經營的革命文學敘事邏輯。即使沒有胡風關係的牽連，他之不能見容於主流左派文學，恐怕也早可預期。

在丁玲「霞村」去來的六年後，她推出了《太陽照在桑乾河上》（一九四八）。這是丁玲歷經延安整風，脫胎換骨的後出之作。小說以丁玲親身參與的土改運動爲背景，寫北方農村經濟及倫理結構「天翻地覆」的改變。一九五一年，丁玲以此作得史達林文學獎；六年之後她卻遭到殘酷整肅，聲銷跡匿。丁玲本人的暴起暴落不論，《太陽照在桑乾河上》倒可以作爲我們探究二十世紀上半段，中國作家處理（文學中的）暴力與正義的一個總結點。

丁玲幾乎擺脫了以往的個人色彩，以中性、謙卑的口氣述說暖水屯土改工作的來龍去脈。中國以農立國，土地所負載的神聖象徵，不問可知。而共產黨人企圖在極短時間內，重新分配土地資源，進而改換農村生產、人際及法律關係，有其深遠歷史意義。梅儀慈稱《太陽》一書傳達一「史詩視景」，不算過譽[15]。但值得注意的是，作爲共產革命的信徒，丁玲心目中的歷史，已帶有天啓神話意味：革命就要開始，解放即將到來！正因如此，她筆下農民要求正義時，是爲了「千百年來」的壓迫討公道；而地主被捉受審時，他們被目爲「歷史的罪人」[16]。人民終要當家作主，眞理就要實現。

劉再復曾以《太陽》一書爲例，解釋中國革命論述的特質。他借用羅蘭・巴特（Roland Barthes）的說法，視法國大革命爲一種「流血祭典式革命」，而俄國大革命則爲「目的先行」式（teleological）革命。中國革命糅合此二特質，既強調血腥大觀的暴力過程，也不少替天行道的天命目標[17]。劉的說法言之成理，但我們毋須忘記中國人自己的本錢。當小說中的公審示衆遊街，清算抄家酷刑，如火如荼的進行時，我們是要發思古之幽情的。羣衆的怒火煽起後，其暴虐不仁處，並不亞於前此壓榨他們的贓官惡霸。究其極，魯迅所憎恐的「吃人」好戲，竟眞一五一十的全本演出。

以小說中地主錢文貴的下場爲例。錢風聞土改隊即將進駐後，先送兒子參加解放軍，再安排女兒嫁給地方幹部，以防患未然。但他的算盤沒有打響，在〈決戰〉一章裏，錢和他的老婆被羣衆糾出公審。一連串的謾罵踢打後，羣衆的仇恨火焰欲罷不能。他們一擁上前，恨不得「用他們的牙齒，把他撕裂」⓲。這樣幾近人吃人的場面，無獨有偶，周立波的《暴風驟雨》（一九四八）也曾描述復讎心切的農民，面對地主，恨不得食肉寢皮的衝動⓳。

丁玲與周立波都可辯說，他們寫的是老百姓受了千百年的罪，「自然」得有冤報冤，有仇報仇。但今天讀這兩本小說的羣衆暴力場面，我們震驚的不是正義該不該伸張的問題，而是正義如何會伸張成這樣不可收拾的後果。前面蔣光慈及吳組緗也描寫羣衆暴動場面，但他們多把這些場面處理成農民忍無可忍的突發性亂局。丁玲（及周立波）與此不同，她的血腥鬥爭非但是情節發展的必然，而且是有組織有排練的精采演出。人民非理性行動的迸發成爲合理且合法的常態。君不見公審大會中，控訴及審判錢文貴的惡行，竟是「人人」有責？法庭、劇院、行刑處所至此合而爲一。

重新回顧《活地獄》中的酷刑大觀，依然不失爲檢視《太陽照在桑乾河上》，罪、罰觀念及技術的好角度。而魯迅及路翎最懷有懼心的「羣衆」，丁玲視作捍衛公理正義的第一線戰士。或有論者要反駁：被解放的人民既非晚清小說中的貪官污吏，也非魯迅、路翎想像的烏合之衆，以上對比，豈非不倫不類。且讓我挪用《老殘遊記》中的名言，試作回答，清官比贓官可怕，「清官自以爲我不要錢，何所不爲？小則殺人，大則誤國。」把「清官」換成「人民」，我們看到了不可思議的弔詭。就因「人民」自恃爲一窮二白的正義之師，他們憑藉「新天命」所作的判斷，尤顯剛愎專橫。所謂以理殺人，莫此爲甚。當人民當家，瘋狂的向地主惡霸濫施刑罰時，儼然是成千上百的劉鶚式「清官」一起出動。當然最令人不安的是，這些「自發」的審判及刑罰演出，幕後其實有人。在這一層面上，我們才能反諷的說，那些看似原始的羣衆暴力行爲，畢竟是經過現代化的管理的。

再用另一角度來看，在描寫酷刑時，不論是李伯元的犬儒玩世，或是劉鶚的義憤悲憫，都傳達了他們不以爲然的心情：法律的手段與目的出現了裂痕，使我們對正義的落實與否，產生懷疑。丁玲(及周立波等)的小說卻要告訴我們，書中刑罰的手段就是目的。丁玲把劉鶚及李伯元要批判或要嘲弄的，視爲當然。如此她的罪與罰的觀念，甚或不如那些晚清作家。

《太陽》一書隱含的暴力，還有另一層面待解。土改不只是重新分配土地而已，也要重新定義內心資源。土改隊員身負重任，即因動員羣衆批鬥他們前所畏懼的地主，絕非易事。對農民作心理再教育，讓他們從懼而不言，到公審會中大鳴大放，其實是精密的革心洗腦(也不乏威逼利誘)過程。唐小兵認爲土改小說的「語言暴力」，來自於作者及人物將語言功能削減到原始欲望及反制刺激上[20]。他可能低估了這些作品。如上所述，共產羣衆暴力的策動，有其粗樸的一面，但也有其精緻的一面。而粗糙的語言竟可能是由有心人精密設計而成的。艾普特及賽區(Apter and Saich)的近作對共黨的「革命話語」形成，有獨到看法，可以作爲借鏡[21]。

談到暴力的象徵化、內爍化，語言的操控還只是第一步。我的觀察最後要落在某些罪的想法與罰的方式，如何「融入」共產正義敍述中，而不再需要酷刑或其他外在形式表達。這裏的例子是《太陽》書中，錢文貴的姪女黑妮與土改地區主任程仁的戀愛故事。土改之前，這對男女已經有情。但黑妮名為錢的姪女，處境不如下人。程仁則因出身低下，不敢高攀。土改發生後，錢為避禍，主動要將黑妮嫁給程仁。這一來，問題反而複雜了。兩人為了避嫌，不能再聚。尤有甚者，程仁壓抑自己感情，彷彿好像犯了罪一般。他怕為了黑妮緣故，減低了對錢文貴的階級敵意。幾經思考，他決定斬斷情絲，為人民犧牲小我。

誠如程仁的諧音所示，在共產天堂裏要成「人」，先得「成仁」——所有作為一個人的欲望都須暫時壓在一旁。或者我們更要說，要成為一個「男人」，也必須再觀後效。〈我在霞村的時候〉裏的貞貞把身體給了國家，程仁又何嘗不是如此？他「嫁」給了共產黨。一個陽剛至上的意識形態，其實充滿了去勢焦慮。封建禮教可以吃人，革命禮教一樣可以吃人。天理——不管是什麼內容——總要監管人欲。

魯迅那一輩的作家，上承清末的文學想像，要為現代中國的罪與罰，重新定義。李伯元及劉鶚分別提供了兩種視景，作為新的正義論辯的開端。而魯迅及其從者終於結論，唯有經過大規模的暴力——革命，正義方能還之於民。但革命在中共論述中，不只是改朝換代而已，尤重意識的重新清洗。自我檢查懺悔，相互監督鼓勵，革命路程的終點，是在方寸之間的大換血、大改造。比起晚清小說中肉刑的展示，中共小說中寫看不見的內心煎熬，摸不著的意識痛苦，所隱含的暴力傾向才真是無所不在。而當像程仁及貞貞等角色，自膺為待罪之身，自求刑罰試煉，並且以苦為樂，以暴力為救贖，半世紀中國作家所追求的新正義，才算達於高潮。

❶鄭振鐸〈血和淚的文學〉，《鄭振鐸選集》（福州：福州人民，一九八四），頁一〇九七。

❷劉鶚《老殘遊記》（台北：聯經，一九八三），頁二。

❸同上，頁二四五。

❹見拙作〈老殘遊記與公案小說〉，《從劉鶚到王禎和：中國現代寫實小說散論》（台北：時報，一九八六），頁五五—六四。

❺見 C. T. Hsia, "The Travels of Lao Ts'an: An Exploration of Its Art and Meaning," in *Tsing Hua Journal of Chinese Studies*, 7.2 (1969): 40-66。

❻Michel Foucault, *Discipline and Punish: The Birth of the Prison*, trans. Alan Sheridan (N. Y.: Pantheon, 1977).

❼見拙作〈從頭談起：魯迅、沈從文與砍頭〉，《小說中國》（台北：麥田，一九九三），頁一五—二九。

❽見夏濟安的討論：T. A. Hsia, *The Gate of Darkness* (Seattle: Washington UP, 1968), p. 146。

❾歐陽予倩《潘金蓮》，《歐陽予倩文集》（北京：人民文學，一九八四），一：九〇。

❿Marston Anderson, *The Limits of Realism* (Berkeley: U of California P, 1990), p. 44.

⓫C. T. Hsia, *A History of Modern Chinese Fiction* (New Haven: Yale UP, 1971), pp. 284-285; Philip Williams, *Village Echoes* (Boulder: Westview, 1993), pp. 82-84.

⓬同上，Hsia, p. 286。

⓭ Yi-tsi Mei Feuerwerker, *The Fiction of Ding Ling* (Cambridge: Harvard UP, 1982), p. 114.

⓮ 見拙作〈作了女人眞倒楣？〉，《小說中國》，頁三二七—三三五。

⓯ Feuerwerker, pp. 136–146.

⓰ 見劉再復、林崗《放逐諸神》（香港：天地，一九九四），頁一三〇。

⓱ 同上，頁一二四—一二五。

⓲ 丁玲《太陽照在桑乾河上》，《丁玲選集》（成都：四川人民，一九八四），一：三〇〇。

⓳ 周立波《暴風驟雨》（長沙：湖南人民，一九八四），頁一七三。

⓴ 唐小兵〈暴力的辯證法〉，《再解讀》（香港：牛津，一九九四），頁一二二。

㉑ David Apter and Tony Saich, *Revolutionary Discourse in Maos' Republic* (Cambridge: Harvard UP, 1994).

一種逝去的文學？
——反共小說新論

到了我們這個年頭還談反共小說，要從何談起呢？那邊要統，這邊要獨。「漢」「賊」早已兩立，「敵」「我」正在言歡。四十年前的神聖使命，成了四十年後的今古奇觀。反共復國文學此時不銷聲匿跡，更待何時？文學律動是有生命週期的，政治文學尤其倉卒難測。觀諸反共小說的一頁消長，信然。

本土派與大陸派的評論者在意識形態上的差距不可以道里計，但論及反共文學的功過時，他們早就統一了。對他們而言，反共文學是一種附庸政策的「墮落」，是一種「歌功頌德」的「夢囈作品」，「令人生厭的、劃一思想的口號八股文學」❶。這一文學潮流「不僅被廣大的台灣同胞所厭惡，而且被他們自己的第二代所唾棄」❷。這樣的評論儘管不是無的放矢，但一再重複之下，已經形成一種批判八股文學的八股，了無新意可言。

不論我們如何撻之伐之，反共文學是台灣文學經驗中的重要一環。它的興起與「墮落」與彼時的政治環境緊緊相扣；它的「八股」敘事學是辯證國家與文學、歷史與虛構的最佳（反面？）教材。在海峽兩岸一片重寫文學史的風潮裏，我們對反共文學的審思不應僅止於猛打落水狗的心態而已。我們要問，反共文學如何主導了一個時代台灣文學的話語情境？如何抹銷周遭的雜音？如何銘記歷史的傷痕？又如何迎向一己的宿命？更弔詭的是，反共文學眞是一種已逝去的文學麼？本文將以小說爲例，對上述問題試作解答。我的討論，當然會引出更多問題，因此不妨視爲我們繼續研究五〇年代反共文學的起點，而非結論。

一

一九四九年大陸變色，國府遷台，數以百萬計的人民辭鄉去國，輾轉流離。多少恨事，因之而起。在這樣一段驚心動魄的歲月裏，寫作何能視爲兒戲？同年十一月孫陵主編《民族報》副刊，率先喊出「反共文學」的口號。之後馮放民在其主編的《新生報》副刊，更提出「戰鬥性第一，趣味性第二」的宣言。以後的十數年間，有成千上百的創作蜂擁出現❸，或控訴共黨暴虐，或緬懷故里風情，或細寫亂世悲歡，或寄望反攻勝戰。不論題材爲何，這些創作的基調不脫義憤悲愴，而作家筆耕的目的，無非是求藉由文字喚出力量——反共復國，既是創作的動力，也是目標。

反共文學因應歷史環境而起，固然有強烈的自發性，但若無政治力量的因勢利導，亦不足以形成日後的氣勢。一九五〇年張道藩成立中華文藝獎金委員會，鼓勵反共文藝，七年之間，發掘不少健筆。作家如潘人木（《蓮漪表妹》、《如夢記》）、端木方（《疤勳章》）、王藍（《藍與黑》）、彭歌

《落月》等，皆是一時之選。另由國防部設立的軍中文藝獎金又號召了一批軍中及軍眷作家，如田原、尼洛、朱西甯、司馬中原、段彩華、郭良蕙、侯榕生等。而各種雜誌及會社的此起彼落，也說明斯時文壇盛況之一斑[4]。至於一九五五年老蔣總統提出「戰鬥文藝」的號召，足可視作整個反共文化的終極意識形態依歸。

作爲一種見證歷史創痕，宣揚意識形態的文學，反共小說蘊藏一套獨特的敍事成規，不是一兩句「夢囈」或「八股」可以一筆勾消的。它至少有三個層面，值得我們思考。第一，反共小說既以戰鬥爲目標、控訴爲職志，作家(與評者)所服膺的審美原則，自有其獨特方向。一反平常文學以曲折婉轉，隱喻多義爲能事，反共小說必須直截了當的劃分敵我，演述正邪。就算是反攻必勝，復國必成的眞理是「不言自明」的，把話說明白了畢竟有益無害。而政治的複雜運作往往亦化約爲簡單的道德選擇題。論者每每詬病反共小說千篇一律，重複累贅，其實正是在其一律性與化約性間，我們得見意識形態文學的重要特徵。

對於策劃、鼓吹戰鬥文藝的黨政機器而言，反共小說既是文宣的「武器」，營造不妨多多益善，以應付在所難免的損耗。這樣的態度與我們習知的文學創作目的，頗有差距。國難當頭，還能提文章是否成爲藏諸名山，以俟百年的大業？歷史的危機意識及意識形態的「環保」觀念，使反共小說「可以」成爲一項用完即棄的文藝產品——推陳出新，無非是重複回收創作資源，以確保政治環境的清潔。評論家每喜攻擊反共文學不能超越時空限制，觀照「永恆」的人性與歷史，殊不知是類文學的「千秋」，正是源於它是否能爭得「一時」的優勢。

我這樣的說法，並無意輕視反共作家的創作熱忱。恰相反的，我希望自不同的角度，肯定他們的存在意義。政治小說的難為，恰在作家必須在政治信仰與個人情性間、教條口號與美學構思間，尋找出路❺。在反共抗俄的前提下，作家如何同中求異，已是值得注意的好戲。但更重要的是，在非常時期寫非常的作品，作家對一己的創作歷程，必有特殊寄託。反共題材未必人人能得而擅之，但這裏的問題不是會不會寫，或寫得好不好而已，而是基於另一種信念：作家若未能為這樣的時代，留下片紙隻字的見證，才是眞正遺憾。換句話說，作品寫得好，自然是反共抗俄的利器，即便寫得不好，不也可成為一種自我犧牲，一種為主義而明志的姿態？儘管預知自己的作品終將流於八股的危險，我以為一批信仰堅定的作家依然會全力以赴。這一為求全而自毀的寫作立場不能僅以「文學為政治服務」一語帶過，而實已帶有荒謬主義意味。這種荒謬意味是現代中國政治小說中，不可忽視的傳統。從早期的批判現實小說到抗戰宣傳小說，都有前例可循。而晚近的各種「傷痕」文學（文革、白色恐怖、二二八等），也可置於其下觀之。

以上的論式，引導我們觀察反共小說的另一截然不同的層面。絕大部分的反共作家，都是四、五〇年代之交，倉卒來台的流亡者。他們有的少小離家，有的拋妻棄子，避亂海角，而對家國命運的憂疑，未嘗稍息。發為文章，故園之思與亡國之痛，竟成互為表裏的象徵體系。五〇年代懷鄉小說的興起，不是偶然。國共意識形態的鬥爭，由時空遽然的分裂睽隔所顯現，而文字可能解釋或彌補這一分裂睽隔的事實麼？

「勿為死者流淚，請為生者悲哀」，趙滋蕃《半下流社會》的開場白，道盡了流亡人士的辛酸。

死者已矣，有幸苟存於亂世者仍需面臨茫茫生路，繼續行進。但對小說創作者而言，趙的話應別具意義。處身這樣慘烈的歷史變動中，小說家有可能盡得其情麼？國家分裂了，家園離散了，僥倖逃脫者眞能一點一滴的寫出「完整」的故事，記敘那分裂、離散、逃脫麼？痛定思痛，生者是可悲哀的。國破家亡，這一切究竟是怎麼發生的？他(她)的每一回憶的姿勢必定指向一歷史記憶的斷層，每一書寫的行爲必定影射文字功能的匱缺。在表面的喧囂與憤怒下，五〇年代的小說難掩一股惘惘的悵然若失之感。

以往作者論及共黨暴行，每喜用「罄竹難書」一語狀其慘酷。暴行之所以難書，不只是因其超乎常情常理的負荷，也因其在犧牲者及倖存者間，畫下了難以逾越的鴻溝。身陷大陸者，或生或死，早已失去了說話的權利。身在自由地區的作家儘可按照自己的經驗代言他們的遭遇，卻不能代表甚或代替他們的苦難。越是虔誠堅貞的反共小說，也因此越難擺脫寫作上的道德兩難：不去鞭撻紅禍、控訴不義，何能一遣國讎家恨？但聲嘶力竭的反共文字徒然提醒我們，不該發生的已經發生，此岸渡不過彼岸，未來能救贖過去麼？

反共小說因此是一種文字的宣傳攻勢，也是一種文字的猶豫失落；它的誇張，來自它的焦慮。作家們一再的重複個人及羣體的痛苦經驗，與其說是臥薪嘗膽，以俟將來，更不如說是自圓其說，重溯安身立命的源頭。他(她)們不斷的在紙上重回鄉土、追憶過去，歸納各種可能的因素，解釋眼前的困境。罪魁禍首當然是那萬惡的共產黨，但如何以文字鎖定亂源，並不容易。如前所述，反共小說如果讀來空洞或空虛，不只是來自文學爲政治服務的動機，更有其歷史及心理的因緣。

而這一點是歷來推崇或譏刺反共文學者，皆所未能企及的。

反共復國小說第三個值得探討的層面，是它對歷史時間的演述與安排。顧名思義，「反」共與「復」國一詞已包含了時間的辯證向度。沒有共黨的坐大，何來反共之舉；不是國土已喪，怎需復國行動？這一反一復，實點出了空間的損失，時間的位移。所謂還我河山，不僅指的是收復故土而已，也更是一種「贖回」歷史的手段。

絕大多數的長篇反共小說都分享了如下的時間架構：共產黨崛起前中國社會的浮動現象；共黨「邪惡」勢力的滲透；國共內戰期的悲歡離合；國府遷台後的復員準備。這基本上是個「失樂園」式的故事。不少作品，如姜貴的《重陽》（一九六二）、潘人木的《蓮漪表妹》（一九五二），或潘壘的《紅河三部曲》（一九五二）都以初出茅廬的青年人由天眞到墮落、從無知到有知的過程出現，也就不足爲奇了。這一認知的過程，也是重新銘刻歷史的過程。正本必須清源，歷史的眞相必予重新發掘。如果當年國民黨治下的中國未必是個安和樂利的社會，那麼強調其法統的正確性，以及歷史治亂相隨的必然性，都成爲作家回顧過去的方法。共黨的邪惡，因此不唯表現在其兇殘無道上，也表現在其「篡奪」了歷史命定的發展上。這一對「歷史」所有權的爭奪，無巧不巧的，也是彼時中共革命歷史小說的特色之一。

但反共小說不是簡單的歷史小說；未來的玄機早已埋藏在過去。無論「共匪」如何猖狂，小說家告訴我們，反攻必勝，暴政必亡。反共小說也因此是一種預言小說。它提示一明白的天啓訊息，從善惡有報到邪不勝正到否極泰來，在在可見端倪。回首過去的後見之明，因此也可以是一種預知未來的先見之明。反共小說之多有光明的尾巴，除了回應現實政治宣傳的需要外，也點出一代流亡作家汲汲於將歷史合理化的欲望。反共小說同時經營了一線性及循環性史觀：迎向未來也正是回到過去。

但反共小說的「現在」呢？擺盪於已失去的以及尚未得到的，歷史的回顧及神話的憧憬間，反共小說裏的現在，成爲一尷尬的環節。它或是歷史隕落的低潮，或是未來升揚的契機。所謂的生聚教訓、枕戈待旦，無非是相對過去與未來的過渡階段。除此，「現在」的其他層面都被有意或無意抹銷了。只有在四十年後，那影影綽綽的「現在」以說部形態出現在記述二二八或白色恐怖的文學中，反共小說在演義歷史上強烈的排他性，於焉浮現。

當然，反共小說最後的宿命是時間本身。設若反共大業眞已完成，反共小說在理論上也完成任務，可以功成身退——它的成功帶來了它自身的消失❻。但更弔詭的是，當那個「共」因內在或外在因素的使然，變成不能反，甚或不必反時，反共復國小說的存或歿，才眞正成爲一場徒然的辯證，一段無奈的遺事。惟從文學史的觀點來看，也只有在急切政治因素沉澱後，我們可以平心靜氣的重估反共小說的意義。

二

根據保守的估計，五〇年代台灣小說創作的字數總量，約有七千萬字，執筆爲文的作者，也有一千五百人至兩千人之譜。反共小說是當時的主要文類之一，也得到最大的回響。這些小說的結論——控訴「匪」禍，宣揚反攻——並無二致，但作家如何運用不同人物素材來彰顯這一結論，永遠值得注意。融合五四以來的感時憂國精神，以及抗戰期間「爲戰爭而文藝」的宗旨，反共小說所顯露的激憤沉鬱特色，可謂其來有自。在情節情境的安排上，我們可見以家族盛衰喩國運消長者，如陳紀瀅的《赤地》（一九五四）與姜貴的《旋風》（一九五七）；以農村鄉土的蛻變寫民生的疾苦者，如陳紀瀅的《荻村傳》（一九五一）、張愛玲的《秧歌》（一九五四）、司馬中原的《荒原》（一九六一）；以匪窟紀實寫政治詭譎者，如尼洛的《近鄉情怯》（一九五八）、張愛玲的《赤地之戀》（一九五四）；以男女愛情的顚仆烘托亂世悲歡者，如王藍的《藍與黑》（一九五八）、彭歌的《落月》（一九五五）；以天眞青年的遭遇探索意識形態的罪與罰者，如姜貴的《重陽》（一九六一）、潘人木的《蓮漪表妹》（一九五二）、《馬蘭的故事》（一九五五）；以軍旅生涯申明反共事業，未有已時者，如朱西甯的《大火炬的愛》（一九五二）、端木方的《疤勳章》（一九五一）等。

尤其值得注意的有趙滋蕃的《半下流社會》（一九五四）、潘壘的《紅河三部曲》（一九五二；後改名爲《靜靜的紅河》），及鄧克保（郭衣洞）的《異域》（一九六一）。三書各以香港、越南、緬北爲背景，確能展現不同的地域風貌及政治關懷。《半下流社會》寫大陸淪陷後，一羣避居香港調景嶺的難民，如何掙扎求存的故事。這些人來自不同背景，卻爲時局生計所迫，形生一「半下流」社會。全書不乏八股說教的篇章，但趙寫其中人物的種種遭遇，從鋌而走險到自甘墮落、從含冤自戕到苟且偷生，確鋪陳一怵目驚心的劫後浮世繪，煽情而不濫情，自有一自然主義特色。《紅河三部曲》則以越南爲背景，娓娓敍述一華僑子弟輾轉愛情與政治間的冒險。架構綿長、辭切情深。作爲一史詩式小說家，潘壘顯然力有未逮，但他能塑造一個有詩人氣質的主角，貫串全局，並點染異國情調，仍可記一功。

鄧克保的《異域》敍述大陸淪陷後，自黔滇撤退至緬北的一批孤軍，如何在窮山惡水的異域裏，繼續抗爭求存的經過。退此一步，即無死所，此書所展現的孤絕情境，扣人心弦；而部分角色知其不可爲而爲之的悲劇意識，此起彼落一片鼓吹反攻必勝的作品，誠屬異數。在反共文學式微之後，此書仍能暢銷不輟，除了得力於討好的戰爭場面及異鄉風情外，恐怕也正因其觸動了一輩讀者難言的隱痛吧？

在我們重審反共復國小說時，至少下列作家如陳紀瀅、潘人木、姜貴、張愛玲、司馬中原的作品，不容忽視。這些作家或以生動鮮明的人物，或以驚心動魄的情節，或以寓意深邃的視景，一抒感時憂國的塊壘。而筆鋒盡處，他們更能針對歷史的劇變、政治的遞嬗，提出一套論式，因此爲反共的前提增加了可資對話的餘地。

陳紀瀅應是當年反共作家的重鎮之一。由於他與黨政的密切關係，許多日後的批評往往因人廢言，其實並不公平。陳的作品雖乏一鳴驚人式的風采，但他經營文字場景，酣暢翔實，爲許多徒以呼口號爲能事的作家所不及。在他衆多作品中，我以爲《荻村傳》、《赤地》、《賈雲兒外傳》（一九五六）最値得一提。《荻村傳》以一北方農村爲背景，寫一憊懶無行的無賴傻常順兒如何藉著亂世發跡變泰，又如何難逃兔死狗烹的下場。此作上承魯迅《阿Q正傳》的傳統，看「小」人物在「大」時代中的升沉。笑謔無奈，兼而有之。陳不如魯迅般尖銳的追究國民性問題。他的關懷側重於市井人物的無知與殘酷；對他而言，這些道德上的缺陷成為共黨得以成事的主因。《赤地》則走的是三、四〇年代家族小說（如《家》、《四世同堂》）的路子。而《紅樓夢》式的人物與場景，每每呼之欲出。此作另安排一羣販夫走卒旁觀書中大家族的盛衰，兼評每下愈況的國事，可見巧思。陳寫東北保衛戰的始末，極見聲勢；而他刻意凸顯家族中靈魂人物二少奶的無力回天，終以身殉的故事，則顯然是搬演反共版的王熙鳳悲劇了。

反共小說（一如大陸的革命小說），每以忠奸正邪的道德尺度，衡量意識形態的左右衝突。陳紀瀅的《賈雲兒外傳》則另闢蹊徑，從宗教（基督教）的試煉與救贖入手，別有見地。故事中的女主角賈雲兒動心忍性，除了顯現亂世兒女的堅毅外，尤其見證了上帝選民的特殊情操。而小說終了，賈雲兒其人其事究是眞是幻，引來讀者作者及書中人物「一齊」追尋，一方面說明反共事業，人（虛構或現實）同此心，一方面已具強烈後設小說風味——我們當代的後設作家果眞其生也晚！

女作家潘人木的三部小說，《如夢記》、《蓮漪表妹》、《馬蘭的故事》都以女性在戰亂中的遭遇爲重心，鋪陳共黨禍國殃民的主題。與六〇年代以後，許多女作家勇於探索筆下人物的內心世界不同，潘人木的角色並不是精雕細琢的產品。她的世界是一正宗煽情悲喜劇（melodrama）的世界，情節曲折離奇，人物錯綜複雜，點題則務求絲絲入扣。而我以爲這正是潘之所長。身陷亂離，女性所可能遭受的痛苦，尤其較男性急迫。以往女性的生活重心，從家庭到婚姻到子女，皆受到重大衝擊。潘對政治的憂思，最後即落實到這些傳統女性活動的領域。以《蓮漪表妹》爲例，潘以一對表姊妹的成長為主線，寫表妹的醉心政治，因之墮落而幾乎百劫不復；寫表姊的安守本分，終於歷盡艱辛而倖存於紅禍。潘的政治觀也許失之單薄，但她能娓娓敍述所見所思，並自其中淘揀出一套明白的道德意義，瑣細中見眞章，是當年女性文學的重要聲音。

姜貴是反共小說中的一項異數。早於抗戰末期，他已開始創作，但要到《旋風》、《重陽》等作品，他才眞正一顯所長。姜貴是忠貞的國民黨員，他為反共而寫作的初衷，殆無疑義。何其反諷的是，他的反共作品最精采部分竟不能見知於當時的讀者。他困頓半生，日後雖得大獎（吳三連文藝獎），不免有事過境遷之憾。

姜貴作品最為人忽視的特色有二，一是他把政治情欲化，或情欲政治化的傾向；一是他營造一鬼魅世界，羣醜跳梁的用心。誠如夏志清教授所言，姜對共產革命者與色情狂一視同仁，因兩者皆有絕難饜足的（政治與身體）欲望，對人生百態，卻殊少同情寬貸。閱過《旋風》的讀者，不會忘記其中恐怖的姦淫及性虐待場景，而《重陽》中寫同性戀、亂倫、穢物狂、窺淫癖、通姦、強暴的情節，更是前所僅見。藉此姜貴寫出了變態情欲的蠱惑與共產意識形態的信仰，如出一轍。另一方面，姜貴將他的反共故事，沉浸在荒謬怪誕的敍述中。他所預期的讀者反應，恐怕不是淚，而是笑——令人慘然，駭然的笑。《旋風》、《重陽》中的角色不論正邪，都難逃墮落醜化的命運。歷史的無常，使所有的暴行或義舉皆沾染血腥的嘉年華魅影。

姜貴的立場，因此望之保守，實則激越。反共小說在醜化敵人的過程中，眞能狀其邪惡者並不多見，姜貴的作品不容輕忽。而他寫革命庸俗的一面，理想齷齪的暗流，代表其人與歷史對話的激進姿態，也間接暴露了五〇年代多數反共或擁共的小說，故作「天眞無邪」的教條眞相。而他何以不受同道重視，亦可思過半矣。

反共小說的作家還應包括張愛玲。我們通常論張愛玲，多著重她寫上海繁華、人世風情的作品。事實上她的兩部反共小說，《秧歌》與《赤地之戀》，均各有可觀。《秧歌》寫農村土改、《赤地之戀》寫城市革命，雖然題材耳熟能詳，張卻能營造屬於一己的世紀末視景：穠麗卻荒涼，嘈雜卻空洞。《秧歌》描述一羣農民在天翻地覆的改革中，盡其所能的適應新的環境，新的人際關係。然而他們的逆來順受終成爲一種荒謬的應景演出，一場黑色的秧歌戲。張雖寫農村，卻不走以往三〇年代作家故作質樸的風格。她盡情鋪張華麗的象徵場景，刻畫人物內心曲折，即對於所謂反派人物，她亦能施予有情眼光。這使全書凸顯一極世故的面貌，因此獨樹一格。

但張所長的，畢竟是都市風景。《秧歌》善則善矣，仍不乏斧鑿痕跡。《赤地之戀》回到了張熟悉的上海——即便是(再度)淪陷後的上海——方才烘托出她所擅長的世派兼嘲弄風格。書中的主角，進行著一場又一場的情愛徵逐，這在一個新紮的共產社會中，不啻是一種絕望的，「美麗而蒼涼」的浪漫姿勢。〈傾城之戀〉的時代已經落幕，面臨一個改頭換面的共和國，張的主角們不能逃避他(她)們的宿命了。當她的男主角成了韓戰戰俘，不選擇去台灣「投奔自由」，而寧願回大陸從事地下反共工作時，張道盡了她獨有的荒涼心事。反共專家固然可藉此大吹此書犧牲小我、完成大我的涵義，但不知張的這樣安排，是否才眞正成就了她的小我徜徉鬼域，極自毀也極自戀的姿勢？張本人是在五〇年代初才倉皇離滬赴港的，《赤地之戀》可曾寫下她個人生命中的另一可能？

近年以談玄說鬼而持續受到歡迎的司馬中原，早期也有如《荒原》般的小說，堪列反共文學的佳作。《荒原》以司馬中原所熟悉的家鄉（蘇北魯南）爲背景，自是懷鄉文學的正宗，但另一方面，他明白的在鄉土之上，架構了一國家興亡的寓言。全作上承三、四〇年代作家如蕭軍（《八月的鄉村》）、端木蕻良的（《科爾沁旗的草原》）敍述農民抗暴的史詩視野，穿插司馬獨擅的傳奇風格，筆觸沉鬱，論者謂之含蘊一股「震撼山野的哀痛」，誠不爲過。司馬將四〇年代中期的歷史空間化，於他的荒原中介紹了日寇、共匪、農民，及流浪的中央軍數股力量，看它們如何相互爭逐，未有已時。時代考驗英雄，司馬的英雄卻不能創造時代。小說結束於日軍偃退、赤禍將起之際。荒原大火，盡焚一切。撫今追昔，確令人油然而生天地不仁的慨嘆。小說最後一章卻以「這是一個結局的結局；另一個開始的開始」破題，正一語囊括了彼時所有反共小說重塑歷史，「回到」未來的主要精神。

三

在海峽兩岸交流日趨頻繁，在統獨爭辯方興未艾的今天，談反共復國文學還有什麼樣的意義呢？我們是否只能對這樣的一段文學經驗故作視而不見，或依賴「反反共」的新八股，斥爲胡言夢囈呢？反共復國小說既爲一種政治小說，自難免因意識形態而興，因意識形態而頹的命運。但口號之外，這些作品裏也銘刻上百萬中國人遷徙飄零的血淚，痛定思痛的悲憤，不應就此被輕輕埋沒。重思反共小說，我以爲它應被視爲近半世紀以來傷痕文學的第一波[7]，爲日後追憶、記述文革創傷，二二八事件、白色恐怖、兩岸探親、乃至天安門大屠殺的種種文字，寫下先例。

「傷痕」一詞，源出於七〇年代末、八〇年代初一段時期，大陸作家回顧文革苦難的作品。十年浩劫，忽焉已過，卻留下無數血淚往事，有待作家勉力寫出。我刻意使用「傷痕」二字來泛指國共隔海對峙後，種種記述政治盲動與劫難的文學，無非是有感於中國人因黨禍政爭所經受的苦難，豈曾因時因地而異。我絕不忽視作家創作環境的差距，及訴求動機的不同。要強調的是他(她)們在浩劫之後，努力藉虛構方式重現那不可思議、也不堪一提的史實，藉敍述力量彌補那散裂的、崩頹的血肉犧牲，其哀矜之情，應如出一轍。傷痕原是不需要專利權的。

在過去數十年的文學史中，傷痕文學式的寫作風潮一再出現，不代表作家創造力的豐沛，而代表歷史對當代中國人的殘酷；不代表文學力量的強大，而代表文字下的血腥氾濫。傷痕文學有其創作上的弔詭。我們要問文字眞能「起死回生」麼？小說眞能讓歷史歸零麼？還有對傷痕的傳述，也需推陳出新麼？猶記魯迅的〈祝福〉裏，祥林嫂喪夫喪子，落得以她悼亡傷逝的「故事」，一博聽者的眼淚，兼亦自遣悲懷。只是當她的故事一再重複後，竟成了鄉里的笑話，旁觀者的奇談。傷痕與表達傷痕的文學間，因此展開最無奈的循環追逐遊戲。

另一方面，傷痕也可以成爲意識形態文學的宣傳利器。所謂血債必須血還，反共八股中一再重複的生死亂離，是要喚起同讎敵愾的殺氣的，可爲一例。但對有心的作家而言，儘管主義口號因此得以申明，他(她)終必須意識到，以文字寫作來見證傷痕，畢竟只能寫出那寫作本身的「不可能」。而我以爲這是我們重估反共文學內蘊緊張性的開端。

在回顧二次大戰期間，納粹屠殺六百萬猶太人所造成的大浩劫時，法蘭克福學派大師阿多諾(Theodor Adorno)曾有名言：「在奧許維茲(Auschwitz)集中營大屠殺後，詩不再成爲可能。」浩劫之後，我們何忍再舞文弄墨，爲殘暴的生命眞相，裝點門面？另一方面，阿多諾也藉此強調任何「事後」的文字書寫，不足以形容「事發」時的情形於萬一；而文學作者如果霸氣十足的以權威自居，企圖爲浩劫下「定論」，非但不能爲受難者平反，反有成爲迫害者的同謀之虞。這並不是說我們無從再判斷歷史是非的歸屬。恰相反的，作家拒絕以文字爲浩劫作定論，正是因爲任何定論都將「賦予」強權暴政一意義範疇，反而歸結、了斷其歷史的罪愆。倖存者不能夠代理受難者的創傷，文學何能補償歷史的錯誤於萬一？浩劫的意義只有在我們一再「不成功」的書寫、敍述中，被不斷的重估與重寫。浩劫文學因此必須以自我質疑、否定其功能的姿態出現。

從反共小說以降的傷痕文學，是有與猶裔浩劫文學可資比附之處，但至少有以下的不同。浩劫文學關係到一亡國滅種的大災難，隱含其下的國族寓意，值得重視。而回頭來看有關反共、文革、二二八、白色恐怖及天安門事件的文學，我們不禁要慨嘆在台灣與大陸的中國人關起門來相煎相殘，眞是何其忒甚。這一場又一場主義與政權的傾軋所造成的血淚創傷，恐較日寇侵華後果，尤爲慘烈。不僅此也，傷痕文學意在療傷止痛，但卻可能以又一場意識形態之爭爲其代價。兩者的糾結，從過去到現在，能不讓人怵目驚心？以反共文學爲例，作家與政府聯成一氣，控訴共黨禍國殃民，固是良有以也。但在反共的大纛下，有多少新的傷痕被割裂？有多少異議的聲浪被消音？八〇年代末期以來，見證二二八及白色恐怖的文學開始浮現，無疑成了針對反共文學遲來的對話。看藍博洲的《幌馬車之歌》、陳燁的《泥河》、陳映眞的〈山路〉這樣的作品，我們更意識到那個時代詭譎陰暗的一面，寧不令人三嘆！

彼岸的文學史論者在痛斥反共八股文學之餘，如不能對共和國文學的類似經驗多所反省，無異是五十步笑百步。罵陣四十年，是該換個調門的時候了。而另有一批以革命建國為職志的作家與評論者，將「傷痕」當作獨門企業來經營。他們儼然把反共老手們賴以鞏固權力，消除雜音的那套寫作、敍事策略，挪爲己用。歷史的嘲弄，一至於斯！

我們在九〇年代讀反共復國小說，因此不只是承認其記錄一個階段的文學及歷史經驗，也更須檢討此一文類所顯現的寫作僵局或契機。如前所述，反共小說是一種意識形態文學，也同時是一種傷痕見證文學。前者強調對政治理念作斬釘截鐵的表態，後者卻藉不斷的「延宕」歷史事件的終極意義，來「延續」我們對傷痕的警醒與反思。兩者都奠基於修辭的重複性，但其道德動機，何其不同。擺動在這兩種不同的訴求間，反共復國小說曾顯現了最好與最壞的可能，而其效應也可不斷的驗證於過去四十年來種種政治文學上。我們可以不(再)認同反共的意識形態，但卻不能看輕因之而生的種種，而非一種，血淚傷痕。明乎此，我們又怎能輕易的認爲這是一種逝去的文學呢？如果我們希望在下一個世紀毋須再見到另一波的傷痕文學或意識形態小說，那麼正視反共小說的功過，正是此其時也。

❶葉石濤《台灣文學史綱》（高雄：文學界，一九八七），頁八八—八九。黃重添等《台灣新文學概觀》（台北：稻鄉，一九九二），頁六九。鍾肇政《台灣作家全集》序（台北：前衛，一九九二），頁三。

❷白少帆《現代台灣文學史》，引自龔鵬程〈「我們的」文學史〉，《中國時報‧人間副刊》，一九九三年十月一日。

❸有關五〇年代反共文學的出現，可參見如司徒衛〈五〇年代自由中國的新文學〉，《文訊》七期（一九八四年三月），頁一三—二四；李牧〈新文學運動歷程中的關鍵時代：試探五〇年代自由中國文學創作的思路及其所產生的影響〉，同上，頁一四四—一六一。

❹李牧，頁同上。

❺如龍應台讚美張愛玲的《秧歌》，謂其反映「人類歷史」的悲劇（《龍應台評小說》（台北：爾雅，一九八五），頁一〇七）。龍的品評當然有其見地。但如果張愛玲的《秧歌》超乎了政治層次，不能緊扣一時一地的意識形態訴求，作爲反共小說而言，其效果豈不大打折扣？又如前引葉石濤的評論，謂「五〇年代所開的花朵是白色而蒼涼的，缺乏批判性和雄厚的人道主義關懷，使得他們的文學墮落爲政治的附庸」。墮落爲政策的附庸，是意識形態文學最惡劣的下場。但這不表示是類文學就缺乏「批判性」及「人道主義」關懷。反共八股對特定人或事的批判性豈可謂不強？而其批判的基礎往往就是標榜一己對「人道主義」、「人性」的關懷！自五四以來，批判、寫實、人道主義之類的字彙已不斷被各類作家及評者所引用，而指涉的對象往往相互衝突。在我們使用這些字彙來「批判」反共小說的同時，能不三思一己的政治立場，以免淪爲又一場政治辯論的附庸？

❻但反共小說也可能擔負新的意識形態任務而得持續存在。中共的革命歷史小說在革命成功後才源源出現，爲毛的繼續革命論吶喊助威，在革命成爲歷史後不斷號召革命，正是一例。見黃子平深刻的討論，〈革命歷史小說〉，《倖存者的文學》（台北：遠流，一九九一），頁二三九—二四五。

❼傷痕文學以盧新華的小說《傷痕》（一九七八）而得名，指稱大陸文革後，作家揭露十年浩劫血淚的作品。本文擴大其意義，用以泛指一九四九年以來，海峽兩岸各時期見證政治動亂及迫害的文學。

國族論述與鄉土修辭

一九七七年的五月，葉石濤先生在《夏潮》雜誌發表〈台灣鄉土文學史導論〉，揭櫫以台灣爲座標的創作方向。在文章中，葉強調「所謂台灣鄉土文學應該是台灣人（居住在台灣的漢民族及原住居居民）所寫的文學」；「台灣的鄉土文學應該是以『台灣爲中心』寫出來的作品；換言之，它應該是站在台灣的立場上來透視整個世界的作品。」❶導論出現的前一年，有關鄉土文學的定義之爭，已經展開❷。但葉石濤的輩分及見識，使他的文章別有分量。以後的幾個月裏，批駁及響應的聲音層出不窮，而且越演越烈，終於得勞駕當時的總統嚴家淦下詔定奪❸。到了一九七八年一月，國軍文藝大會召開，王昇出面提倡「純正」的鄉土文學❹，一場紛爭，暫時落幕。

我們今天回顧這場台灣文學的路線之爭，謂之爲「鄉土文學論戰」。有心之人更早已指出這場論戰對台灣文化、政治的深遠影響❺。經此一役，台灣、本土、甚至獨立建國等字眼都逐漸浮出枱面——當年的禁忌正是眼前的圖騰。談文學與政治的交相爲用，這眞是再好不過的教材。然而檢視（論）戰後二十年的文學生態，我們卻發現以「鄉土」爲名所開出的新局，其實頗有始料未及的發展。當時的數項主要話題如：鄉土與國家的對應；現實主義與現代主義的頡頏；以及文學創作與文學歷史的關係，都呈現峯迴路轉的變貌。憑著這些變貌，我們對鄉土論戰的洞見與不見，或許倒可產生一些後見之明。

一

鄉土文學論戰自始即在國族論述的大纛下進行。而二十年後，獨立建國的呼聲方興未艾，學者從彭瑞金到陳芳明都已點明論戰對台灣自主及自決意識的樞紐意義[6]。話說回頭，一九七一年的保衛釣魚台運動，揭起了又一波民族主義熱潮，也間接觸動我們重新想像鄉土的契機。來年關傑明、唐文標及尉天驄等挾民族文化意識圍剿現代詩，引起廣大回響，畢竟事出有因[7]。一九七八年美國承認中共，中央民代選舉無限制延期。島內異議活動山雨欲來，鄉土論戰的要角紛紛上陣。七九年十月的捉放陳映眞，以及年底王拓、楊青矗因美麗島事件鋃鐺入獄，適足以說明論戰的政治魅力與壓力。

土地與國家的相生共存，是現代國族論述的中心意旨。鄉土文學在七〇年代動見觀瞻，即在於國土與鄉土的所有權及命名權上，產生歧義。葉石濤的〈導論〉強調以「台灣爲中心」的書寫觀點，引來朱西甯的抗議：「這片曾被日本占據經營了半個世紀的鄉土，其對民族文化的忠誠度和精純度如何？」[8]另一方面，陳映眞自左翼立場，抨擊葉「忽略了和台灣反帝、反封建的民族、社會、政治和文學運動不可分割的、以中國爲取向的民族主義的性質」[9]。而王拓則以社會改革者的姿態，宣示「以現實主義」文學取代「鄉土文學」[10]。循此游勝冠區分了三種各有所偏的鄉土文學論述路線：以葉爲代表的傳統台灣文學本土論，以陳爲代表的民族文學論，和以王爲代表的現實主義文學論[11]。

這三種論述路線合縱連橫，衍生的種種支持者及反對者可謂族繁不及備載。無論左右，它們共同的抨擊目標是現代主義文學，但眞正隱而不宣的對頭實是國民黨官方文工機器。果不其然，主流評者作家見招拆招。最有名的是彭歌〈不談人性，何有文學？〉一文，指責王拓、陳映眞等人的論點以階級是尙，沒有「人性」。如此余光中打蛇隨棍上，大呼「狼來了」，咬定鄉土文學就是工農兵文藝：「北京未聞有『三民主義文學』，台北街頭可見『工農兵文藝』。」[12]紅帽子一出，一時人人自危。七七年八月劍潭第二次文藝會談，總統嚴家淦宣示國家三民主義文藝政策；七八年一月國家文藝大會王昇大談「團結鄉土」[13]。官方的聲音沛然莫之能禦，鄉土文學論戰必得偃旗息鼓。

但果眞是這樣麼？論戰十年後，黨禁開放，戒嚴解除。新馬老馬、台獨獨台，百花齊放，好不炫人耳目。那場鄉土論戰如今看來倒好像有點小題大作了。也正因此，我們反能看出歷史的弔詭。人事的浮沉不論，我要說被鄉土主義者拿來當標靶的現代主義，並未從此一蹶不振，下文當再論及。反倒是「鄉土」本身如何重新定義，成爲作家的一大考驗。當論戰已漸被「正史化」，成爲台灣新興民族論述的里程碑，「鄉土」一詞所曾觸發的想像空間反逐漸縮小。這使我再思當年鄉土論者的立場是否與官方那麼涇渭分明；「敵」與「我」的政治前提也許迥不相同，但何以修辭的策略與辯論的架構卻是亦步亦趨？「鄉土」成爲台灣文學史最重要的隱喻，彷彿透過了這個隱喻，國家烏托邦也就儼然在望。

土地與國家的辯證，在十九世紀來西方國族論述中屢見不鮮。法國的何農(E. Renan, 1823–1892)推出選擇論，強調「遺忘」是現代國家的建構本質。經過(創造性的？)遺忘，國家誕生時的暴力、種族社羣、語言及宗教等依歸，乃被透明化。所謂的國家，「是一種精神」。相對於此，巴黑斯(M. Barres, 1862–1923)則提倡決定論，認爲遺傳、環境及種族譜系對國家的必然影響。「血液的音聲」及「鄉土本能」，構成了國家民族主義的兩大核心⓮。而泰納(H. Taine, 1828–1893)早在一八六四年就倡導國家文學史的三大要素：種族、環境及時代⓯。在後殖民主義盛行的今天，這些立論已是老生常談。但擺在台灣鄉土論戰及其後的語境裏，它們不但歷久而彌新，而且竟能凸顯官方及其反對者間的底線，何其一致。

試看林央敏申論台灣民族文學的內涵：「是本著台灣人意識，站在台灣人立場的社會寫實主義文學。這裏的所謂的『台灣人』是台灣民族中的台灣人。」⓰林衡哲則認爲「台灣作家業已建立了自己獨特的新文學傳統，他們的作品都是在反映台灣社會的現實。有一位名小說家……說：『台灣雖然在政治上還未獨立，但在文學上早就獨立了。』」⓱或如趙天儀的說法：「台灣文學不在大陸生根，沒有全中國的生活，如何可以說是中國文學？根本沒有中國的風土和中國的經驗……如何去代表大陸文學？」⓲這些議論成於八〇年代後，卻不妨看作是葉石濤早於一九六五年發表的〈台灣的鄉土文學〉的回響：「由於本省過去特殊的歷史背景，亞熱帶的颱風圈內的風土，日本人留下來的語言與文化的痕跡，同大陸隔開，在孤立的狀態下所形成的風俗習慣等，並不完全和大陸一樣。生爲一個作家不就是豐富的題材嗎？」[19]

我無意反對這些論者的國族政治立場。值得注意的是，在他們熱烈等同鄉土與國土的過程中，鄉土文學如何被抬舉成爲一種召喚國族精神的神祕訊號，又如何被解釋爲反映歷史現實的自然結果——它既是先驗的，也是後設的。夾雜其中，文學作爲一種**社會象徵**媒介的動能性(agency)，反而被忽略了。在爾後一片追逐台灣民族、政治主體性的口號中，鄉土文學首當其衝，被物化爲一種著毋庸議的標記。這倒使我們懷念論戰期間，各路人馬對「鄉土」所投擲的種種欲望座標，及所(刻意)創造的種種詮釋性模糊。

歸根究柢，台灣鄉土／國族論述威權的樹立，國民黨其實是始作俑者。五〇年代的反共懷鄉文學，以千言萬語成就了大量紙上故鄉：海那邊的土地爲寫作的合法及合理性奠定基礎。曾幾何時，他鄉已換作此鄉。鄉愁的位移，正點明了國族法統的今非昔比。但眞正的諷刺是，親官方的話語竟可嫁接到本土派的脈絡中。張忠棟曾疾呼：「鄉土與民族，兩者密不可分，沒有了鄉土的民族，是無根的民族……沒有民族的鄉土，是無人耕耘的鄉土。」[20]王昇則斷言，「愛鄉土是人類自然的感情，鄉土之愛，擴大了就是國家之愛，民族之愛。」[21]如果抹去發言者的身分及發言的上下文，我們大可視爲支持台灣鄉土／國族的宣示。而朱西甯那句「對民族文化的忠誠度和精純度如何」的名言，不也正是今天獨派血統論者念茲在茲的問題麼？

近年來學界對國家建構的討論所在多有，而以安德森(Anderson)「想像的羣聚」(imagined

community）一說，最爲引起爭論㉒。安德森正視組成國家的**人爲**因素，尤其強調國族想像及傳播的重要性。換句話說，國家的建立與成長，少不了土地、政教、族裔或經濟的先決條件，但談到「國魂」、「國格」、「國體」的塑造，我們不能不提想像之必要、文學之必要。循此理路百年前法國何農的「遺忘說」及巴黑斯「鄉土本能說」的對峙，都不妨看作是我們「想像」國家之所以若是的方法㉓。台灣本土派的學者為了撇清與大陸及國、共政權的關係，極力強調外來勢力對這塊土地及（文學）歷史的僭越。按照以上的說法，他（她）們大可以說「中國」作爲政治實體，從來就不能排除想像羣聚的層面；而鄉土與國族間的關係未嘗不可視爲一種「文學」關係。台灣脫離中國因此不必沾染原罪色彩，而是一「創造性遺忘」的開始。但反過來看，如果中國敍述只是個虛構，尚待開啓的台灣國敍述也難逃同一邏輯，也必須接受「想像的羣聚」的國格檢驗。

面對這一兩難，也許察特基（Chatterjee）的意見可以借鏡。我們與其把國族論述中的鄉土「主題化」（thematicize），不如將其「問題化」（problematize）㉔。「主題化」意味著照本宣科，將殖民者、宗主國的鄉土話語套用在另一歷史情境中演義。「問題化」則意味著鄉土想像及論述絕不視爲當然，從而勘破鄉土與國族間的權宜性。八〇年代以來，反統一的學者作家亟亟將台灣鄉土文學晉級爲台灣國土文學時，他（她）們的述作中已形成一種另類一統思想。國家起落的神話，我們見得多了。倒是有「問題意識」的鄉土論者正應反其道而行。台灣論述如何擺脫中國論述的文類及修辭方式？鄉土文學如何避免成爲國家文學的附庸？鄉土文學如何落實在局部化及區域化（localize）的課題上？都是可以持續思考的問題。學者杜贊奇（Duhara）強調「將歷史自國家（霸權論述）中拯救出來」，立意亦即在此[25]。

半個多世紀以前，毛澤東大談「中國氣派、中國作風」的文藝，開宗明義即乞靈於鄉土。今天早已過了戴紅帽子的時代。但如果有一羣倡導「台灣氣派、台灣風格」的作家論者，仍自動自發要爲台灣文學量身訂作一套鄉土教條，那將不啻爲現代中國文學史最大的反諷。

二

鄉土文學論戰中，各派雖有路線之爭，但對文學風格的堅持，卻是有志一同。寫實或現實主義成爲再現鄉土情懷，傳達永恆人性的法寶。與此相對，現代主義則成衆矢之的。如前所述，一九七二年一場現代詩的論戰，現代主義的發展，已經受到挑戰。關傑明在《中國時報》的專文首先發難，指出現代詩自外於傳統，徒以西化爲能事：「一個民族的想像力和藝術都植根於兩處：他們的過去和他們的現在，由此才能產生他們的未來。」[26]其後《文季》中，唐文標指斥詩人爲「帝國主義的文化買辦」，尉天聰則以歐陽子小說爲例，猛批「病態的現代主義」[27]。

現代主義在台灣興起的來龍去脈，已多有學者論之[28]。五〇年代末期以來，現代派作者爲單調的創作環境另闢蹊徑，使台灣文學陡然更新。但到了七〇年代，現代主義已與抄襲西學、自我陷溺以及追求形式等貶詞相互看齊。以階級論出發的陳映眞、王拓，以本土論是尙的葉石濤，甚至打著中華文化復興的官方論著，都對現代主義怒目相向。而征服「現代」的良方，端在「寫實」。

寫實意味著以藝術反映人生，以人性深度凌駕虛浮形式，以鄉土及民族大義召喚個人回歸。

任何對現代中國文學史稍有涉獵的讀者，不會對鄉土加寫實的信條陌生。五四以來，寫實主義就是文學主流，三〇年代後雖由左翼作家改了名號叫現實主義，骨子裏的特色卻有跡可尋。寫實／現實主義作家信仰文字達意表象的模擬功能，並且堅持誠於中形於外的內爍說法。他(她)們力求客觀無我，但一股原道精神——不論是爲人性、爲主義、還是爲國家原道——總是呼之欲出。而與此原道精神相互輝映的，正是原鄉敍述。我在他處已經談過，故鄉以其似近實遠的時間位置，去而難返的記憶渴望，恰爲寫實及現實文學的論式，提供最佳場景。地理上的尋根懷鄉與義理上的探本溯源相輔相成，形成文學史上一次又一次的鄉土熱潮[29]。

鄉土文學論戰以前，本土作家如王禎和、黃春明、王拓已推出不少佳作。青蕃公金水嬸、來春姨阿緞嫂，小地方小人物充斥眼前，好不令人親切。這股熱潮在論戰後依然持續，而且紛紛贏得主流大獎，洪醒夫〈散戲〉、履彊〈楊桃樹〉、廖蕾夫〈隔壁親家〉、詹明儒〈進香〉等皆可爲例。儘管楊照認爲此時的鄉土寫作已被「收編」[30]，事實上見解「獨」到的宋澤萊、林雙不等依然創作不斷，李喬的《寒夜三部曲》也堂堂推出。到了九〇年代，更有像東方白的超級長篇《浪淘沙》問世。這類大河小說隨著時間緩慢的推衍，述說家史國史，有血有淚，眞是對極了鄉土／寫實作家的胃口。寫作與生命至此合而爲一。

但從世紀末的角度回顧，鄉土／寫實型的作品遠不如論戰前引人注目。文學市場的品味及機制改變只是最淺顯的原因。鄉土／寫實主義內蘊的弔詭，恐怕才更值得注意。坐而言不如起而行，原鄉原道的作家由述寫現實到披掛上陣、改革現實，其實是將他們的文學理想推到極致。另一方面，由原鄉及原道所煥發的眞理，也注定與駁雜變易的現實產生齟齬。當鄉土本身已經發生劇變，對某一類型鄉土敍述的執著，反而成爲部分鄉土作家最後的鄉愁。

就此我無意暗示鄉土文學已勢不可爲。恰恰相反，就像寫實主義來到中國前，中國傳統文學已不乏各種寫實方法，鄉土文學在論戰後二十年，我們似乎可以擺脫想當然耳的口號教條，再抒新機。這使我們必須正視鄉土／寫實主義與現代主義間的轇轕。現代主義一向被認爲是舶來的、都會的、個人主義的文學形式，因此不足爲訓。但回顧鄉土文學的重要作者，從黃春明、王禎和、陳映眞，到宋澤萊，無不曾受到現代主義的洗禮[31]。他們日後的回返鄉土，與其說是返璞歸眞，倒更不如說是爲台灣鄉土文學「現代」化歷程，作了最有趣的現身說法。

如果我們把現代文學看作是六〇年代作家思考、定義台灣現代性的嘗試；鄉土文學則不妨視爲七〇年代另一階段表徵。「現代」的定義從來莫衷一是，但基調皆出自對時間斷裂的危機感，對主體失落的曖昧鄉愁。「現代」對時間(傳統)的否定，正出於對道統、意義存亡絕續的焦慮[32]。誠如張誦聖指出，當現代主義落實在台灣土地上，已無可避免的被斯時斯地本土化了[33]。王文興、七等生、歐陽子也許都蒼白而「現代」，卻無礙他(她)們投射一個台灣世代的想像氛圍，與鄉土作家之於七〇年代，一點不多，一點不少。可怪的是，評家論者對文學「現代性」或「現代化」的追求，居之不疑，對「現代主義」卻難以認同。而我們記得，寫實／現實主義原也不全是本土特產，也曾是進口的文學舶來品[34]。

我曾以「想像的鄉愁」(imaginary nostalgia) 一詞，說明三〇年代以來鄉土論述的特色。我以爲文學中的「故鄉」不僅是一地理上的位置，「也更代表作家(及未必與作家誼屬同鄉的讀者)所嚮往的生活意義源頭，以及啓動作品敍事力量的關鍵。」㉟鄉土論述競相標榜寫實／現實風格時，已經內蘊另一種神話。故鄉之成爲「故」鄉，必須透露似近實遠，既親且疏的浪漫想像魅力；閃爍其下的因此竟有一股「異鄉」情調。除此，原鄉主題不只述說時間流逝的故事而已；由過去找尋現在，就回憶敷衍現實，時序錯置(anachronism)成爲照映今與昔、傳統與現代衝突間的必要手段。相對於此，空間位移(displacement)不只指明原鄉作者的經驗狀況——「故鄉」意義的產生肇因於故鄉的失落或改變，也尤其暗示原鄉敍述行爲的癥結。敍述的本身即是一連串「鄉」之神話的移轉、置換及再生㊱。

以「想像」或「神話」來定義鄉土情結，我並不否定歷史經驗的重要性。事實上，恰是因爲特定歷史經驗的使然，使我們必須正視鄉土如何被想像，怎樣神話化。如第一節所述，七〇年代鄉土論戰的焦點，從國族地位的再思到地方意識的塑立，從民情采風到風土特寫，正是台灣追求後殖民現代性的重要表現。如果前述的現代主義強調與過去的斷裂，鄉土論述則亟亟於對過去的贖回或接駁，兩者恰是一體之兩面。問題是，台灣現代主義對傳統的決裂，不論在意識形態或美學方法上，並不徹底，而鄉土論述的接駁工作也同樣是鑿痕處處。鄉土與現代的參差對照，忸怩齟齬，形成台灣現代文學最可貴的經驗。用施淑的話來說：

> 「無根的」現代主義到「回歸現實」的鄉土文學……都誕生於台灣歷史的黑暗時刻，都成長於台灣社會發展的危機階段，而且都是在逐一清除歷史的沉渣，逐一彰顯向現代化走去的台灣的現實難題的同時，發展和建立一個對立於體制，而且不妥協於現狀的文學傳統。這異端的聲音留給現當代台灣文學一個認識上和認同上的難題：現實台灣，是否存在於必須從時間中搶救回來的過去？抑或想像中的未來在現實中的投影？[37]

無獨有偶的，台灣的現代／鄉土／寫實現實主義之爭，在八〇年代的大陸文學中重又出現。彼時傷痕、反思文學固然提供大陸作家、讀者一個反思歷史，控訴不義的機會。但是是在朦朧詩、荒謬劇場以及「垮掉的一代」的寫作中，作家久被禁錮的創作力才得以解放，對歷史、政治大敘述的批判，才更見機鋒。八〇年代初以來的現代主義論述如雨後春筍，終於引起官方作家、主流意識發言者的反彈，也不令人意外。有關現代主義該不該、好不好、要不要的辯論一直要鬧到八八年「偽現代主義論爭」，才告收場[38]。與此同時，尋根文學沛然興起。作家如阿城、韓少功等尋找「我的根」之際，似乎與現代主義分道揚鑣。今天看來，他們卻是秉持了現代主義的精神，與傳統對話。尋根作家描寫的鄉土不僅是他(她)們生長的鄉土，更是他(她)們曾被放逐，被強迫落地生根的鄉土。他(她)們所敷衍的民情風俗、野趣鄉愁，既使我們發思舊之幽情，也使我們猶豫不安：紙上文章與歷史經驗的落差，何以如是！尋根文學看似保守，實則激越。更重要的是，作家各依意識形態及美學觀念的依歸，發展了極不同的出路。張承志日後成了國家／宗教(回教)的原教義派信徒（《心靈史》、《金草地》），莫言則放肆鄉土想像，寫出奇詭瑰麗的狂想曲（《紅高粱家族》、《酒國》），韓少功以寓言形式鑽研楚文化的幽暗面（《女女女》、《馬橋辭典》），李銳則以最露骨寫實方法暴露黃土文明的荒涼（《無風之樹》、《萬里無雲》）。尋根運動與先鋒文學交互接力，不是偶然。明乎此，我們回過頭來看台灣的現代與鄉土文學之爭，或許更能添一層向度。

三

一九三〇年黃石輝在《伍人報》發表〈怎樣不提倡台灣鄉土文學〉，首爲台灣鄉土論述，寫下開宗明義的先聲㊴。比起魯迅在《中國新文學大系》裏對鄉土文學的形式探索，還早了五年㊵。七〇年代以來，本土論者努力建構一套有關鄉土文學的正宗歷史。從大師到傑作、從論爭到血淚，無一不備。映照本文第一段的議論，鄉土（文學）歷史的書寫，成爲國家欲望的熱身運動。寫歷史，不是只記起（或遺忘）特定往事，也更是租賃未來。

所幸文學不必是文學史的總結，作家的心眼永遠超過史家的見識。看看論戰以後的二十年，有哪些鄉土大師的作品產生了可疑的雜音？那些「不像」鄉土文學的作品卻也鄉土得緊，其實比依著四平八穩的歷史記載更爲有趣。觀察這些現象或許使我們對台灣當代鄉土文學何去何從，多所認識。

李喬的《寒夜三部曲》以台灣先民渡海而來，百年墾殖爲經、家族鄉黨悲歡離合爲緯，爲大河小說樹立了又一典範。如前所述，這型小說突出大時代與小人物，漫長的時間、淋漓的血淚，正與國族論述所需的開國史話不謀而合。《寒夜》長則長矣，但比起姚嘉文的《台灣七色記》與東方白的《浪淘沙》，則未免是小巫見大巫。姚嘉文是政治人物，因美麗島事件入獄後，有了小說創作欲望，而又有什麼題材比寫先民開拓史更來勁？東方白長年寄居海外，傾全力經營《浪淘沙》，差點毀了健康。這兩本小說寫得實在不能說好，後起之秀楊照已有評論在案[41]。但值得注意的是，兩作作者將小說政治與身體政治(body politic)的互相爲用，作了最戲劇化表白。姚嘉文身陷囹圄的吶喊、東方白纏綿病榻的演義——「發憤著書」，眞是莫此爲甚。這些作家如何創作，而非創作本身，才應是評者大作文章的對象。大河小說以長取勝，獻身革命運動的同志哪有時間細讀？但是它們的長度，不，體積，已形成紀念碑的意義，早爲下個階段的台灣鄉土／國族書寫，占下一席之地。

鄉土論戰後，王拓及楊青矗投筆從政，並因此付出極大代價。在這一方面，他們的先驅者是陳映眞。前此我已提議，這些作家因政治而放棄文學，與其說是政治的魅力使然，倒不如說是他們的文學信仰必定衍生的結果。爲「被侮辱及被損害者」而寫作，爲現實人生的不公不義而抗爭，文學不過是中介而已。究其極，他們是三○年代「感時憂國」傳統的海外傳人。即便如是，八○年代陳映眞牛刀小試，已寫出極受好評的〈山路〉、〈玲瑙花〉、〈趙南棟〉三部曲。他以抒情格調敍述一代台灣左翼革命分子的崛起與殞落，眞誠撼人。藉此陳寄託他個人的意識形態塊壘，但我仍要說，三部作品之所以與衆不同，除了理念告白外，更是因爲一股淡淡頹廢風格，縈繞不去[42]。

〈山路〉中的老婦厭食而死，〈趙南棟〉中老去的革命同伴力救浪子，既是荒謬的堅持，也是忘我的陷溺。現代主義的幽靈，何曾遠離陳映眞左右？

未來的台灣鄉土文學史一定不會忘掉宋澤萊與林雙不。兩人其生也晚，沒趕上六、七〇年代之交的鄉土創作高潮。那個時候宋澤萊叫廖偉峻，林雙不又名碧竹。兩人的前世今生，已經是極有趣的研究題目。我們今天談宋、林的作品，多集中在〈打牛湳村〉、〈變遷的牛眺灣〉、〈筍農林金樹〉、《黃素小編年》等。但這類作品再怎麼好，也無非重複我們已然熟悉的話題與形式。我以爲宋對鄉土文學的突破，是他所無意(?)流露的鬼魅(gothic)也似的視景，以及充滿精神官能症狀的狂想。《蓬萊誌異》那三十幾個短篇，宋自謂是自然主義的控訴，我卻看到極悲涼也極風格化的台灣怪談——宋選擇「誌異」爲名，正是名實相稱[43]。宋以河洛語寫〈抗暴的打貓市〉，勇於嘗試語言實驗，而他的《廢墟台灣》則是少見的政治科幻寓言。九〇年代的《血色蝙蝠降臨的城市》，誇張一個異象叢生的腐敗社會，充滿天啓及天譴的意象，也提醒我們宋在廖偉峻時代的〈紅樓舊事〉等作。以高標準來看，宋澤萊的作品缺點不少，然而他的異類文類及文字想像爲他的政治視景，提供極有力註解。

林雙不的作品素有主義先行的詬病。在八〇年代鄉土作家徬徨吶喊、涕淚飄零中，他的《決戰星期五》卻是異軍突起。這部以中學爲背景的小說，講外省校長當政、控制師生如廁權的故事，一望即是淺白的政治寓言。但林雙不敷演校內的水肥之戰，眞是異香撲鼻，斯文掃地。吃喝事小、拉撒事大，身體的戰場是政治鬥爭的前哨。林以充滿嘲謔的笑，而不是淚，批評一個新陳代謝有問題的政權。在這方面，王禎和《玫瑰玫瑰我愛你》更上層樓。從六〇年代末，王的作品結合現代與鄉土，屢有佳作。《玫瑰》寫越戰期間吧女苦練英文，迎接度假美軍，爲國獻身，力闖錢線。小說不談高調，專從語言的轉嫁雜交下手，一方面寫出台灣（政經）半殖民的況味，一方面揶揄了國體、身體與文體間的紊亂關係。王禎和不幸早逝，但他嬉笑怒罵的鄉土（?）風格還算後繼有人，吳錦發《春秋茶室》、王湘琦〈沒卵頭家〉都曾受到期待，同是花蓮來的林宜澐則後勁看好[44]。

鄉土傳統裏「偉大母親」的原型角色，到了九〇年代依然健在[45]。蔡素芬的《鹽田兒女》寫得四平八穩，可以爲例。對比之下，陳燁的《泥河》果然就不夠「純情」。小說寫一個台南家族不堪回首的二二八創痕，親人間的誤解與背叛，而故事的焦點就是個言行情性不一的母親。女性作家寫鄉土素材，當然可以別有所圖；女性的議題也不必化約到國族血淚外加母性光輝上。這使李昂的《殺夫》變得問題叢生。小說白描日據末期的小鎮人情，算是夠鄉土了。但李昂的重點顯然是性別而非國族之間的對抗。即使她九〇年代的《迷園》也是在性與政治之間擺動，莫衷一是。九〇年代性別主義大行其道，引來不少老牌作家側目。我要說當「鄉土」終能包容這塊土地上的種種而非一種現象，或「寫實／現實」可以呈現狹隘定義以外的現實，台灣定位的文學才能成其大統。

由此我們對蕭麗紅這樣的作家，也許有更多擔待。蕭一九八〇年的《千江有水千江月》寫盡台灣世家的禮俗，草地兒女的深情。我們讚美蕭的鄉土情懷同時，不會忘記她與三三集刊往來，師事胡蘭成學說的往事。她的「華族」情結隨處可見，而她嚮往的禮樂情緣，溫柔敦厚，恰與李昂那樣的男女關係，背道而馳。九六年蕭麗紅推出《白水湖春夢》，觸及當年不可言說的政治禁忌，而在鋪陳上也多了一分本土政治正確性的自省。但蕭的寄託是她對宗教的啓悟。一心要鬧革命的讀者看了也許不會過癮，我卻以爲蕭的作法無可厚非。女作家有李昂穿刺欲望的政治，就有如蕭麗紅者超拔政治所挾來的色相牽扯。她們所形成的宗教與世俗的對話，其實在當代男性鄉土是尚的作家中，尚不多見。

未來鄉土文學史對原住民文學的定位，也應爲強調本源論及血統論的作家評者，提供一不同思考空間。從瓦歷斯・諾幹到夏曼・藍波安，從《拓拔斯・塔瑪匹瑪》到《冷海情深》，原住民的文學方興未艾，近年孫大川所策劃的原住民各族裔文學選尤見規模[46]。除了描寫迥不相同的生活經驗外，原住民文學在族裔身分的認同、語言使用的流變、以至面對漢化霸權壓力下的因應，其實都是鄉土論述問題具體而微的再現。但除了對「少數族羣」賦予口惠的支持，我們在大談回歸（也許原來並不屬於我們的）本土時，對自己的發言立場，無論統獨，又有多少謙卑的自省呢？

對鄉土文學論述最終的挑戰，還是來自形式。論戰二十年後台灣文學生態丕變，我們由文學解讀歷史的立場也隨之不斷挪移。但不論是創作素材的改換或閱讀方法的更迭，形式（從修辭到「市場包裝」）依然是試探我們品味與史觀的重要起點。所謂現代主義才有的「美學偏執」，其實從未在「鄉土」地平線上消失。推陳出新，原是文學性的本色。當林燿德寫出《一九四七高砂百合》，他是以後現代技巧向鄉土文學致意。小說不寫二二八事件的史實，而寫事件前夕，不同族羣的角色的複雜心事。全作以拼貼、臆想史實爲能事，主要在以後見之明的角度爲事件的前置原因，加以重構。這本小說的成績見仁見智，林的用心不可小覷。又如楊照常被討論的〈黯魂〉，藉魔幻寫實誇張歷史宿命及「原（無）罪」的道義負擔，循徊不已。大河小說常用的三代傳承公式，在此被悄悄解構。至於李渝的〈夜琴〉以詩般文字彌補傷痕敍述的欠缺，舞鶴的〈報告〉嘲仿官方調查、壓抑歷史事件的官樣文章，都是極見創意的作法。而藍博洲的〈幌馬車之歌〉糅合歷史與虛構、報導文學與小說創作，拼湊一代台籍共產志士的革命與就義經過，出虛入實，恰反照歷史事件本身的曖昧性。

比上述更激進的，至少還包括了李永平的《吉陵春秋》。這裏的鄉土背景終成爲一種符號。李的吉陵鎭既有南國情調，也富北地風采；是台灣、是大陸、還是李在大馬的僑居地，讓人摸不清頭緒。而小說背景的「共通」性，不啻暴露各地、各種鄉土寫作的特徵，原本是可以互通有無、是可以習而得之的。舒國治的〈村人遇難記〉則以寓言形式，嘲弄了原鄉情結的純粹性。故事中的陌生人來到一個小村外圍，停駐竟日無所動靜。陌生人的出現，引來村人焦慮揣測、團結分化、攻擊自衛各項反應。因爲陌生人，村人開始思考自己空間的界限、關係及「主體性」。當陌生人悄然消失了，村中又回復往常，但一點不安的自覺，似再難消失。所謂「鄉土」情懷或於焉而起？

葉石濤在《台灣文學史綱》寫道，「一進八〇年代，鄉土文學的名稱已被丟棄，改稱爲台灣文學，呈現了多元和嶄新的面貌。」[47]誠哉斯言。但葉的觀察也無意觸及鄉土文學論戰的痛處。到底鄉土是原鄉者的寄託，還是國族建構者的隱喩？是根深柢固的原型，還是用過即丟的文類？在九〇年代末在在値得重新思考。如果八〇年代後的鄉土／台灣文學的確呈現「多元和嶄新」的面貌，以上一些作品及詮釋，正應是促成鄉土想像多元和嶄新的可能因素。但面對似已成獨沽一味的本土、在地論述，我恐怕不少作品或閱讀方式，像是探親「還鄉」文學、馬華「鄉土」小說及其他另類鄉土寫作，還是要被擠到鄉土邊緣或以外吧？

---

❶葉石濤〈台灣鄉土文學史導論〉，發表於《夏潮》雜誌（一九七七年五月），引自尉天驄編《鄉土文學討論集》（台北：遠景，一九八一），頁七二。以下引文出自本書者，逕以《討論集》名之。

❷葉石濤《台灣文學史綱》（高雄：文學界，一九八八），頁一四四；亦見游勝冠《台灣文學本土論的興趣與發展》（台北：前衛，一九九六），頁二九一—三〇六。

❸同上，葉石濤，頁一四九。

❹同上。

❺如陳芳明〈台灣文學史分期的一個檢討〉，收於《文訊》雜誌編《台灣文學發展現象》，《五〇年來台灣文學研討會論文集》卷二（台北：文建會，一九九六），頁二五—二九。又如彭瑞金《台灣文學探索》（台北：前衛，一九九五），頁二五。

❻見彭瑞金《台灣新文學運動四十年》（台北：自立，一九九一）；又見施敏輝編《台灣意識論戰選集》（台北：前衛，一九八九）；陳芳明〈撐起九〇年代的旗幟〉，《典範的追求》（台北：聯合文學，一九九四），頁二三八—二四〇。

❼關傑明〈中國現代詩的困境〉，收於趙知悌編《現代文學的考察》（台北：遠景，一九七八），頁一四〇—一四五；尉天驄〈對現代主義的考察——幔幕掩不了污垢〉，唐文標〈詩的末落〉，同刊於《文季》第一期（一九七三年八月）。

❽朱西甯〈回歸何處？如何回歸？〉，引自《討論集》，頁二一九。

❾許南村（陳映真）〈鄉土文學的盲點〉，《台灣文藝》革新號二期（一九七七年六月），引自《討論集》，頁九三。

❿王拓〈是「現實主義」，不是「鄉土文學」〉，《仙人掌》二期（一九七七年四月），引自《討論集》頁一〇〇—一一九。

⓫游勝冠，頁三〇〇。

⓬彭歌〈不談人性，何有文學？〉，《聯合報》，一九七七年八月十七—十九日；余光中〈狼來了〉，《聯合報》，一九七七年八月二十日；各見《討論集》，頁二四五—二六三；頁二六四—二七〇。

⓭見葉石濤《台灣文學史綱》，頁一四九。

⓮見Louis Snyder, "Nationalism and the Flawed Concept of Ethnicity," in *Canadian Review of Studies in Nationalism*, 10.2 (1983): 253-265，亦見陳傳興〈種族論述與階級書寫〉，楊澤編《從四〇年代到九〇年代》（台北：時報，一九九四），頁四五—六二。

⓯Hippolyte A. Taine, "Race, Surroundings, Epoch," in Gay W. Allen and Harry H. Clark, eds., *Literary Criticism: Pope to Croce* (Detroit: Wayne State UP, 1962), pp. 481-493.

⓰林央敏〈台灣新民族文學的誕生〉，《台灣時報》，一九八八年五月三、四日。

⓱林衡哲〈台灣文藝百期感言〉，引自游勝冠，頁四二一—四二二。

⓲趙天儀〈論台灣詩的獨特性座談〉發言，引自游勝冠，同上。

⑲葉石濤〈台灣的鄉土文學〉，原收於葉《台灣的鄉土文學》，引自游勝冠，頁一七〇。又見龔鵬程的批評，〈本土化迷思：文學與社會〉，收於《台灣本土化》，頁一一一—三二一。

⑳張忠棟〈鄉土、民族、自立自強〉，引自《討論集》，頁四九六。可以深思的是張忠棟日後加入民進黨，立場恰與為此文時相反，而九七年他又已經退黨。

㉑王昇，引自葉石濤《台灣文學史綱》，頁一四九。

㉒Benedict Anderson, *Imagined Communities: Reflections on the Origins and Spread of Nationalism* (London: Verso, 1991)；亦見 Ernest Gellner, *Nations and Nationalism* (Ithaca, N. Y.: Cornell UP, 1983)。

㉓參見 Homi K. Bhabha, ed., *Nation and Narration* (London: Routledge, 1990)中的文章；尤其是 Bhabha, Timothy Brennan, Doris Sommer 的立論。

㉔Partha Chatterjee, *Nationalist Thought and the Colonial World* (London: Zed, 1986), pp. 38–39.

㉕Prasenjit Duhara, *Rescuing History from the Nation: Questioning Narratives of Modern China* (Chicago: U of Chicago P, 1995), chaps. 1–2.

㉖引自游勝冠，頁二八八。

㉗同上。

㉘見如張誦聖的專書：Shung-sheng Yvonne Chang, *Modernism and the Nativist Resistance: Comtemporary Chinese Fiction from Taiwan* (Durham: Duke UP, 1993)。

㉙見拙作，David D. W. Wang, *Fictional Realism in 20th-Century China: Mao Dun, Lao She, Shen Congwen* (N. Y.: Columblia UP, 1992), chap. 7；又見〈原鄉神話的追逐者：沈從文、宋澤萊、莫言、李永平〉，《小說中國》(台北：麥田，一九九三)，頁二四九—二七八。亦見呂正惠〈七、八〇年代台灣現實主義文學道路〉，《戰後台

灣文學經驗》（台北：新地，一九九二），頁四九—七四。

30 楊照〈從「鄉土寫實」到「超越寫實」——八〇年代的台灣小說〉，《台灣文學發展現象》，頁一四二。

31 見Chang, *Modernism* 中的討論。

32 Matei Calinescu, *Five Faces of Modernity* (Durham, N. C.: Duke UP, 1987), chap. 1.

33 Chang, chaps. 1-2.

34 見拙作 *Fictional Realism*，第二章有關矛盾與寫實與自然主義的討論。

35 見拙作〈原鄉神話的追逐者〉，頁二四九—二五〇。

36 同上。

37 施淑〈現代的鄉土：六、七〇年代台灣文學〉，《從四〇年代到九〇年代》，頁二五八—二五九。

38 對大陸現代主義論戰的解析，參看王瑾的近著，Jing Wang, *High Cultural Fever: Politics, Aesthetics, and Ideology in Deng's China* (Berkeley: U of California P, 1996), chap. 4。

39 引自游勝冠，頁四三。

40 魯迅〈導言〉，《中國新文學大系・小說二集》（上海：良友，一九三五），頁九。

41 楊照〈歷史大河中的悲情〉，收於張寶琴、邵玉銘、瘂弦編《四十年來中國文學》（台北：聯合文學，一九九四），頁一八八—一八九。

42 見施淑，〈台灣的憂鬱：論陳映真早期小說及其藝術〉，《兩岸文學論集》（台北：新地，一九九七），頁一六六—一八〇。

43 見拙作〈原鄉神話的追逐者〉，頁二六一—二六三。

44 林宜澐已出版《人人愛讀喜劇》、《藍色玫瑰》、《惡魚》三作。

45 這當然是國家與後殖民敍事學的主要動機。見R. Radhakrishnan, "Nationalism, Gender, and the Narrative of Identity," in *Nationalisms and Sexualities*, pp. 78–95。又見Rey Chow (周蕾), *Primitive Passions* (N. Y.: Columbia U, 1995)。

46 《台灣原住民系列》(台北：晨星，一九九三)。

47 葉石濤《台灣文學史綱》，頁一五〇。

輯三

現代「性」的現代性

輯三　現代「性」的現代性

中國小說現代「性」的發展，在晚清時期已經可見端倪。五四作家種種衝絶禮教網羅、打破身體禁忌的述作，即使置諸今天的性別論述中，仍有歷久彌新的意義。論情欲主體的重新定義、兩性關係的激進訴求、欲望寫作的逾越技巧，或情色／政治間的衝突媾和，都有突破性的論證。但曾幾何時，有關現代「性」的論述及實踐，竟在「革命」是尚的話語中變質消失。八〇年代以來性別主義的興起，反倒予人姍姍來遲之感了。

本輯〈中國文學的現代「性」之路〉綜論晚清及五四小說的情欲想像。〈叫父親，太沉重？〉追蹤半個世紀父權論述的消長起落。〈三個饑餓的女人〉以路翎的《饑餓的郭素娥》、張愛玲的《秧歌》、陳映真的〈山路〉中的女主人翁爲例，探討共產（及反共）論述中，女性身體、意識形態象徵及物質消費的複雜辯證關係。〈說來那話兒也長〉則觀察九〇年代台、港、大陸情色小說的盛行，並思考所以若是的原因。

本書輯一〈跨世紀的禁色之戀——從《品花寶鑑》到《世紀末少年愛讀本》〉及輯五有關張愛玲及海派文學的數篇文章，也可作爲參考。

中國文學的現代「性」之路

——晚清及五四小說的情欲想像

情欲研究這幾年成爲學院的新寵，無論理論或實踐，均有令人刮目相看的成績。但在一片百家爭鳴聲中，我們對情欲歷史譜系的探索與重建，仍有待努力。古典文學中複雜的情色論述，其實不在今人之下；而由古典過渡到現代的進程中，尤有衆多作品銘刻了一代中國人想像愛欲、演義情色的痕跡。

一

我們通常把中國情欲述作現代化的關鍵，放在五四。新文學與文化運動也的確楬櫫了許多重要課題。像男女性別與權力的再認知；戀愛「自由」；悔婚離婚抗婚的「革命理論化」；乃至於「愛」國邏輯的建立，只是最明顯的例子。凡此課題皆不離情欲主體的定義與解放，今天的論者，依然承其流風餘緒。但什麼又是情欲主體呢？就此五四以來西學是尚的影響，揮之不去。事實上，如果我們把眼光放大，回到五四之前的一甲子，就可發現晚清的欲望地圖，別有一番風景，很難以五四的座標完全涵蓋。面對將去的傳統及要來的西潮，晚清作者以獨特的方式想像情欲，其放縱或保守處，皆有可觀，反而提供世紀末學者重理中國文學(後)現代「性」時不同的出路。

論者每以狹邪小說作爲晚清情欲述作的重頭戲。作家把歡場當作情場，將露水姻緣與曠世恩情混爲一談，令人大開眼界。古典文學寫青樓故事，當然其來有自。但從沒有一個時代有如此多的作家，以如此大的精力，投注其中。而反諷的是，比起晚明的情色文學，狹邪小說既少猥褻描寫，尤乏挑逗情景。我們舉目所見是一羣羣的假才子與僞佳人穿梭應酬，逢場作戲——而這戲卻似未有盡時。狹邪的特色不在淫詞豔景，而在於雜亂的文類交合，冗長的性別、身分表演，還有不斷延滯的高潮。彷彿晚清的作者與讀者一再藉小說來鋪張他們的欲望，他們的欲望敍述卻不想完，也完不了。或是不想玩，也玩不了？這眞是最疲憊的縱欲，最華麗的浪費。然而也因此，狹邪小說卻直指欲望演出的弔詭，不是五四之後「爽了就好」型述作所能比擬。

《品花寶鑑》(一八四九)常被視爲狹邪小說的開卷之作。著者陳森寫士子與男伶的狎戲，用的竟是《紅樓夢》那套木石前緣的章法。眞所謂情色顚倒，男女不分。陳森的心態其實是保守的。但他越是正經八百的寫，就越動搖才子佳人的豔情典律。小說描述菊壇男女易裝、假鳳虛凰的場面，反倒猶其餘事。魏子安的《花月痕》(一八七二)代表另一種典型。這裏的恩客妓女自膺「才子落魄、佳人蒙塵」。他們以赴死之心，熱中「言」情「說」愛，儼然要以詩詞歌賦的愛欲，凌駕肉體原欲的愛欲。魯迅識之爲「溢美」；但隱於其中的頽廢美學，必曾影響下一世紀郁達夫等的情欲觀。《海上花列傳》(一八九二)則首開前例，以都市——上海——作爲風月集散、欲望流轉的象徵所在。作者韓邦慶爲百年前的一羣妓女作列傳，以素樸之筆寫繁華之事；半個世紀後張愛玲寫盡滬上男女的荒涼情事，手法即借鑑於此。

狹邪以誇張歡場爲能事，在禮教防閑的最後年月裏，竟提供作者讀者——想像自由戀愛的園地。但婚約以內的欲望空間，也逐漸改變。沈復的《浮生六記》雖成於十九世紀初，但達至一八七八年始被重新發掘付梓。三白與芸娘的閨房哀樂寫眞，爲前所僅見；封建門第內，原來也有如此浪漫活潑的夫妻。《浮生六記》講眞情的執著犧牲，很難用傳統或現代作截然劃分，也啓發了像《玉梨魂》這樣強調寡婦戀愛，婚姻自主的民初哀情小說。

《孽海花》(一九〇五)是庚子事變後最暢銷的小說。全作以名妓賽金花與狀元洪鈞、八國聯軍統帥瓦德西的戀情爲經，側寫晚清三十年的歷史動盪。賽以蕩婦之軀委身瓦德西，救中國於床上，這應是二十世紀最動人的政治及情欲神話。從禍水亂國到禍水救國，賽金花的造型道盡晚清士子縉紳「一魚兩吃」式的性幻想。而男性面臨國家鉅變的無能醜態，亦暴露無遺。《孽海花》的影響，甚至及於左翼文學。夏衍曾創作話劇《賽金花》，引來一批前進女演員爭演主角。其中落敗的赫然有江青，且三十年後餘恨不消。封建名妓賽金花究竟有什麼魅力，要讓革命女性思之演之？女性、國家與情欲想像在此交錯，托出現代中國文化政治的一個奇觀。

二

五四文學對情色的論述透露重重矛盾。國外性學理論的引入，從謝野晶子、靄里斯到佛洛依德，在在引起中國作家讀者重思性問題。身體成爲文化革新的重要戰場。對女性而言，頭髮的長短，雙腳的纏放，甚至旗袍領子的高低，都成爲男女、新舊欲望的指標，更不提感情及婚姻的挑戰。然而成羣男女「新青年」追求情欲解放的同時，竟可形成了相互因襲的行規。一種新的壓力已然形成，釋放卻也同時規範欲望的激流。其次，在一片改造、革新呼聲中，傳統的情色觀點及實踐被目爲有失人道的墮落之舉。但固守封建陋習也可能是一種欲望或被欲望的形式。一味強調性解放的光明正大，其實忽略了欲望流徙的陰暗面，另有挑逗力量。而最值得注意的是，五四情欲論述接納西方個人主體解放、情欲「理念」及「理性」化的大原則，固然造就了空前的愛欲空間，曾幾何時，這一建立情性自主的手段及其目的卻產生混淆。三〇年代以來隨政治變動，先犧牲小我、完成大我、「再」建立更充實小我的論調，在左右翼陣營日益高張。其極致處，是「愛」國、「愛」黨、「愛」主席可以愛得欲仙欲死。隨著中共文藝霸權的建立，前此的情欲現代化之路條然而止。

五四文學論及情色主題的佼佼者，多能陳述並拆解上述的矛盾現象，而非一味人云亦云——不論是前衛或保守。而女性作者勇於書寫自我及同伴的挫折與憧憬，尤其值得大書特書。她們在作品及生活上的歷練，堪稱女性主義的前驅。馮沅君寫少女對性的渴慕與恐懼（〈隔絕〉），凌叔華寫開明夫婦對婚外情事的試探與猶疑（〈酒後〉），都細膩傳達一個時代的躁動不安。至若廬隱、石評梅互寫女性間極親密的情誼，遊走姊妹愛與同性戀的邊緣，只怕作者本人也深深困惑了。白薇誇張女性憂鬱及憤激的心理及生理反應；白朗質疑母性愛的必然天性，即使置諸今日，也要令人側目。至於蘇雪林〈綠漪〉的寄情宗教，謝冰瑩的投筆從戎，都爲「女性到底想要什麼？」的話題，投下變數。至於蕭紅、丁玲、張愛玲，一寫女性與土地的生死關係（《生死場》、《呼蘭河傳》），一寫革命與戀愛的層層生剋（〈莎菲女士的日記〉、〈我在霞村的時候〉），一寫華麗加蒼涼的世紀末都會傳奇（《傳奇》），討論已多，毋須贅述。

比起女性作者的抵死呼喊，五四以來男作家不免遜色。郁達夫仍是其中的佼佼者。他的作品誇張無可遏抑的性欲與挫折，集暴露癖、懺悔狂、憂鬱症等於一身，已堪爲奇觀。周蕾的研究指稱其人的戀母情結及被虐狂傾向，爲五四男性情欲寫作之最（周蕾，《婦女與中國現代性》）。但在感時憂國的大纛下，像郁達夫這樣露骨自戀的作品，並未得到應有的重視。沿此線索，張資平、葉靈鳳等的色欲小說對亂倫通姦等情節的渲染，一方面譁衆取寵，一方面已在偷渡社會性禁區了。三〇年代新感覺派興起，施蟄存細述宗教、宗法、種族所壓抑的性衝動（〈鳩摩羅什〉、〈石秀〉、〈將軍底頭〉）及變態後果，故事新編，震撼力至今不減。穆時英探勘歡場的慵懶繁華，不啻再現摩登狹邪風味。劉吶鷗則在白描兩性微妙的互動關係上，時有心得。新感覺派的風格僅止曇花一現，已爲我們一窺當年的海派文學風貌，留下重要線索。

左翼作家裏，茅盾最擅描摹革命欲望與性愛欲望的錯綜轇轕。著名的《蝕》三部曲、《虹》等，都突出一位或多位新女性找尋寄託的艱難過程。上下求索，百試不悔。今天的女性主義者，或要視此為男性「偷窺」女性心事的寫作策略，但茅盾最好的作品裏，仍能表現兩性間糾纏不已的依違關係。日後寫政治加戀愛的男女作家，包括今天的李昂和楊照，依然不脫他的關懷範疇。茅盾和他的左翼從者，最終都必須將原欲衝動窄化、馴化為共產革命衝動。倒是「保守」的沈從文，在一系列湘西作品裏，講妓女舟子毫無禁忌或奢望的肉體愛戀，講中蠱瘋癲症狀後的性欲力量，信手拈來，不滯不黏，感懷自在其中。在他貌似靜謹的抒情敍述下，我們容易忽略這位木訥的「鄉下人」眞正前衛激進的性愛立場。

在將清末以來情欲論述理論化的努力上，張競生的貢獻不能不提。早在二〇年代中期，他一篇篇驚世駭俗的性學論述即不斷出爐。引經據典，外加觀察報告，以(偽)科學修辭法將「不可告人」之事昭告天下。而他的《美的組織法》力倡性愛烏托邦，雖仍有男性沙文主義的痕跡，卻已為各樣女男對應關係，預留餘地。這位「豪爽男人」在目前熾熱的情欲論述中不受青睞，也多少反映學者現學現賣，缺乏史觀的缺憾。在一片階級、國家、民族革命的熱潮中，張的性革命論暴起暴落。撫今追昔，不免要讓我們再嘆中國情欲現代化何以發軔如此之早，發展卻如此之遲？

叫父親，太沉重？

——父權論述與現代中國小說敍述

父權論述的興衰與中國文學現代化的歷程息息相關。從五四以來，打倒父權，批判爸道就是新文學一再渲染的主題。時至今日，女性論與酷兒論大行其道，父權更是人人得而撻之伐之的對象。論者早已指出，這是一個「弒父的時代」❶，中國「現代」意識，因此而起。

父權受到打壓，當然與近百年來激烈的反傳統風潮有關。父與權相連鎖，一語道破個中原委。無論從國族、政教、宗法、性別及情欲的角度來看，父親都似乎穩坐象徵或實踐的網絡中心，肆行他的威權。魯迅、陳獨秀那一輩的學者文人，以逆子孽兒的姿態，棄父逃家，反黨叛國。他們的苦心孤詣，發爲文章，自然動人心魄。反諷的是，儘管在世紀之初傳統父權論述已經搖搖欲墜，以後的幾十年裏它卻一再復辟，爲患不已。莫非這弒父的時代還暗藏了「似父」的誘惑？學者如周蕾、孫隆基等人援引佛洛依德派學說，探討現代中國文學文化的恨父戀母情結❷。延伸她(他)們的觀點，我們可說恨父的徵候可有多種。從被虐狂及(自行)閹割焦慮到「彼可取而代之」的模擬欲，父親的陰影，揮之不去。

但現代文學的成就，顯然不足以凸顯這暗潮洶湧的弒父／似父情結。正如小說戲劇中充斥過多的悲情母親，父親形象忒嫌單調甚或缺席。兩者都暗示作家及讀者想像力的匱乏。而這一匱乏到底意味現代中國(父權？)象徵秩序的潰散，還是「著毋庸議」式的潛存，值得有心人繼續追究。下文則僅依文學史的觀點，對小說及戲劇中的父權論述，作初步的勾勒，以期引起更多的對話。

一

早在五四之前，晚清的文人已經開始他們的反父權寫作。《兒女英雄傳》（一八七二）大概是古典小說中，最後一本重申父子綱紀的鉅作吧？作者文康塑造了一對兒女英雄楷模——書生安驥及俠女何玉鳳——讓他(她)們爲父親行走天涯。安驥的父親被誣入獄，急得兒子甘冒性命危險進京救父。何玉鳳則是爲報殺父之仇，學得武藝千里追兇。兩人都是孝行可嘉，也因此結爲連理。這本小說講的是父慈子孝，富貴榮華。儼然奉父之名，倫理、政治、感情的收穫都接踵而來。但我在他處已指出，文康越是亟亟要寫封建家庭的光明，越顯出時不我予的焦慮❸。小說裏父親的死亡、被囚或失散可以成爲另一種閱讀的焦點。而子承父命，妻妾團圓的安排又點出作者對傳統價值可望而不可即的鄉愁。

《兒女英雄傳》三十年後，一批以衝絕網羅爲職志的作家，要以驚世駭俗之筆，向父親及父權叫戰。嶺南羽衣女士(男性學者羅普的筆名)的《東歐女豪傑》(一九〇二)創造了奇女子華明卿。

華的母親處子懷孕，生下無父的女兒由女傳教士撫養。長大後的華明卿無父可尋可救，她的一腔心思端在革命。她去國赴歐，與虛無黨女傑們爲伍，徐圖大舉。此書未完，否則華的行動更爲可觀。海天獨嘯子的《女媧石》（一九〇五）不讓《東歐女豪傑》專美於前，書中的俠女金瑤瑟亦是以革命女俠形象出現。當金暗殺失敗，落難逃到一個女兒國。國中乾坤顚倒，不在話下。爲了生養女兒，這些女士們另闢「公兒院」，眷養男子，以人工授精方式懷孕。有母無父、重女輕男，晚清文人的反傳統幻想，其實令人嘆爲觀止。

諷刺的是，男性作家反父權，卻要幻化或寄託爲女性出馬。這使我們再思秋瑾的重要性。從她的棄夫別子，到易裝革命，再到壯烈就義，這位豪爽女士的行止至今光彩逼人。而她的詩文及彈詞小說《精衛石》所透露的剴切激情，劍及筆及，更毋須過多的理論或姿態裝點。然而像秋瑾這樣決絕的例子畢竟是少數，後之來者仍需面對強大壓力，銘刻血淚經驗。

待到魯迅及其他五四文人登場，與孟悅等所謂的「政父」的對抗，已經一發不可收拾❹。魯迅的家庭背景與創作觀，這幾年是傳記心理學者考證的好材料❺。他的祖父因科場舞弊下獄，他的父親不事生產、久病早逝，都對大師日後陰鬱的風格，產生影響。著名散文〈父親的病〉寫少年魯迅眼見父親撒手的場景，淒涼感人。散文〈我們現在怎樣作父親〉對父親形象及權力的消長，也有發人深省的看法。另一方面，故事新編的〈鑄劍〉重寫眉間尺爲父報仇的故事，則極盡嘲弄恐怖之能事。兒女英雄的時代遠矣。眉間尺爲父讎自刎其頸，由黑衣人獻與秦王以便行刺，結果落得三顆頭顱鼎中大戰，堪稱早期現代文學最怪誕的一景。君臣父子關係的混淆，不言可喻。但還有什麼比〈狂人日記〉人吃人的夢魘，更爲可怖？四千年的禮教竟是爲父母子女相殘作藉口。耐人尋味的是，狂人最後絕望的一句「救救孩子」，是發自父執輩者的良心吶喊。魯迅有名的詩句「橫眉冷對千夫指，俯首甘爲孺子牛」，也彰顯他重新打造父親形象的自許。魯迅想像中的父子關係顯然游移多變，難以簡化爲戀父或恨父的公式。

二

一九二八年女作家白薇推出了劇作《打出幽靈塔》，把新青年一代的弒父情結作了最大膽的揭露。劇中的榮生不但是淫魔惡霸，也是地主反革命。但作爲一個「邪惡父親」，榮生最大的罪過來自他與子女的關係。他原欲強娶養女月林，殊不知月林是他的私生女，而月林又已愛上他的親生子巧明。這樣的父女、兄妹雙重亂倫危機只能以血腥來化解。榮生槍殺了兒子，卻在劇終逼姦一幕爲女兒所殺。你不殺父親，父親就要殺掉你；父親的罪要由子女來償贖及定讞。白薇的劇本也許造作煽情，卻是五四一輩「父親的女兒」們最沉痛的還擊。劇名《打出幽靈塔》呼應魯迅的〈論雷峯塔的倒掉〉；千古父權的桎梏，要由首當其衝的女性來解脫，白薇的用心可見一斑。

與《打出幽靈塔》有異曲同工之妙的，是曹禺的《雷雨》（一九三三）。劇中的父親又是集衆惡於一身的罪魁禍首。是父親的無行，使得他成人後的子女嘗盡苦果，最後皆以身殉。兄妹相姦的亂倫行爲，再次成爲父權墮落的殘酷見證。歇斯底里的家族鬥爭，不見天日的人倫祕密，還有盲無目的情欲暗流，構成此戲的張力，而父親是藏身整個理法倫理迷宮中心的魔王。但我們要問，當劇作家、演出者及觀衆共同指證父親及父權的暴行時，這是否也容易成爲一種新的文化迷思、一種將圖騰化爲禁忌的儀式呢？

弒父的衝動當然不能由女兒獨占。白薇之後，左翼作家蔣光慈的小說遺作《咆哮了的土地》於一九三一年出版。小說中地主惡霸之子李傑率領農民抗惡。爲了凸顯大義滅親的決心，李傑聽任農民火燒父親的莊園，自己卻在行動的前夕，陷入昏迷。李傑的痛苦其來有自：萬惡的父親固然該殺，但長年臥病的母親及年幼的妹妹也該株連麼？李傑的家園結果被焚爲平地，但何其反諷的是，他及農民們要除之而快的父親事前早已跑到鎮上去了。《咆哮了的土地》雖是本教條小說，蔣光慈卻有意無意的透露了一則寓言。我們有兩種方式解讀這一寓言。李傑的家是作爲父權「象徵」而被毀了，但是父親卻仍遠在一方，爲害不已。除惡不能務盡，政父的幽靈反要蠱惑許許多多後之來者。但另一方面，我們也須認知父權的象徵與父親的主體畢竟仍有不同。架空象徵，輕忽主體的歷史、個案面貌與局限，恐怕不只是三〇年代作家的通病。目前的性別論述也有類似傾向。而刻意追求象徵性論述——不管立足點是中心還是邊緣——根本仍是父權思維下的行徑。

就在《咆哮了的土地》推出的同年，青年巴金的《激流》也正式登場。這部小說即是日後《激流三部曲》的首部——《家》。《家》應是五四後反父權最轟動的著作。小說中的高家四世同堂，卻有種種污穢，包庇其中。祖父高老太爺頑固封建，是父系舊社會的最佳代表。高家的三個孫子以不同的方式因應，而以老三覺慧的離家出走，參與革命，作爲高潮。《激流三部曲》在當年不知傾倒多少進步青年，紛紛效法。文學想像與社會實踐的交相爲用，此又一例。

然而三、四○年代對家、對父權的想像，未必獨沽一味。老舍的《二馬》堪稱是現代文學處理父子關係的主要創新。這是一對父子落籍英倫的移民故事。父親是半傳統的閒散文人，兒子則是熱血沸騰的新青年。異國經驗固然使兩人皆嘗失根滋味，反倒是父親，而不是兒子，逐漸適應現狀。與此同時，父子二人已走過一段微妙的關係易位。《二馬》既嘲弄又同情，堪稱是老舍風格最有力的表現之一。小說最後，兒子在一腔義憤中離開英國，轉赴法國。他的前程未卜，而棄父、離家、去國等種種與父權對抗的姿態，已足以令人側目。但兒子眞能貫徹這些姿態到底麼？老舍的猶疑使小說的可看性大增。

相對於巴金的四世同堂小說，老舍於抗戰末期開始寫《四世同堂》三部曲。一反流行的對父祖輩、對家庭制度的批判，小說對傳統社會及風習流露無限鄉愁：抗戰的離亂大概帶給作家不少感慨吧。平心而論，故事中部分父慈子孝的場面，也未嘗不代表一代中國人對五四弑父論述的反證或質疑。

回到前述女性作家的傳統，她們對父權的壓力更有感同身受的痛苦。與白薇同來自湖南的謝冰瑩、丁玲，都有不平凡的遭遇。謝冰瑩逃婚從軍，寫出「女兵」系列作品，與古代讚之頌之的花木蘭「代父從軍」佳話，簡直是天南地北。對謝而言，從軍不是盡孝，反可能是攫取、參與父權(及男權)體制的重要步驟。丁玲則是早年喪父，她的母親母兼父職，立下榜樣。丁玲日後的特立獨行，在在要證明她對「婦權」，而非父權或夫權的堅持。論者每喜討論她早期作品，如〈莎菲女士的日記〉等。實則她在一九三六年赴延安後，至一九四二年見怒於毛澤東前的中期寫作，才更值得細審。像〈我在霞村的時候〉、〈三八節有感〉等，眞是記錄一位女作者與政父間糾纏不已的對抗。而晚年的丁玲復出後，言必稱馬列恩毛，以「戀父」而終，反而是她一生事業的反高潮。

與丁玲及謝冰瑩飛揚跋扈的風格可以對比的，是東北作家蕭紅及上海才女張愛玲。看蕭紅的《呼蘭河傳》等寫祖父的關愛、父親再娶後的淡漠，不難揣測其人心事。蕭紅反父權，卻無礙她對父愛的渴望。〈手〉裏那個不爭氣的女學生及不善言辭的父親，雖非個人寫照，蕭紅的孺慕幻想，依然可以附會。在實際生活中，蕭紅在上海與魯迅的一段過往，則充滿父與女的情誼。張愛玲的例子則又大不相同。她與父親極不愉快的相處經驗，以及她被父親幽禁，最後出走的痛苦，已由她自己、家人及張迷多所披露，毋須贅述。張對父親的恐懼及憎惡，往往成爲小說的動機，如〈茉莉香片〉等，皆可爲例，陳傳興更自精神分析的角度，直指張愛玲的修辭行文，根本是在尋找父系語言之外或之前的一種語言表達方式❻。迷人之餘，尤牽涉女性(及女兒)自我建構主體符號的挫折與憧憬。耐人尋味的是，張兩度婚姻的對象，胡蘭成與賴雅，都年長她甚多。莫非恨父的缺憾，仍需以戀父的儀式來彌補？

毛的延安談話後，四〇年代左翼作家的作品，已日趨公式化。胡風弟子路翎的《財主的兒女們》，應是此期的異數之一。顧名思義，路翎要寫封建家族的腐朽，財主兒女們的頹廢。那個財主在小說之初就死了，反抗或承襲他的子女這才開始各自與亡靈的對話。這是一本號召革命的作品，但寫來異常感傷自溺。四散飄流的子女，波折重重，終難脫離環境與意識形態加諸他們的限制。

路翎也許意在批判，但他的敍事卻一再以耽美的囈語，展現另一種青年與父執、新生代作家與前輩大師間的「影響的焦慮」。

就在此時，留日的台籍作家吳濁流正用日文銘刻戰後台籍知識分子的尷尬心情。徘徊在宗主國中國及殖民者日本間，旅日青年胡太明無所適從。他輾轉在各個社會，一再受挫，最後發瘋。吳濁流爲此書命名《亞細亞的孤兒》，道盡一代台灣人尋父的焦慮、無父的悽愴。我們論戰後台灣新文學的反抗傳統，當自此始。

三

中共於一九四九年解放大陸，人民當家作主，好不氣象一新。但曾幾何時，新政權證明其嚴酷殘苛處，較舊政權有過之而無不及。晚清、五四以來被抨擊的父權論述，家長建構，非但未能泯滅，反而變本加厲。既然大家都是革命之子之女，哪能不心向黨的大家庭？而爹親娘親，又哪有毛主席親？毛主席隱然成了神威難測的新政父。而由毛一手促成的毛語、毛文體，在以後三十年要形成最霸道、也最爸道的文學文化奇觀。

已有太多的歷史外證，說明這段文學史的劇變。但如前所述，我們如果重審五四一輩弒父卻又戀父的弔詭情結，那麼剛剛逃家叛父的新青年又匆匆以黨爲家，視主席如君父，也可思過半矣。別的不說，毛主席和他的從者也曾是「少年中國」的子民，但作之君作之父的魅力，顯然大過民主革命。

在文革期間大行其道的舞劇如《白毛女》及《紅色娘子軍》等，尤能因目前女性（主義）觀點，暴露毛文體的陽謀爸道。《白毛女》原是四〇年代陝甘一代的傳說，幾經改頭換面，成了最負盛名的文藝樣板。《白毛女》原作敷衍村姑喜兒被誘姦、產子後入山藏匿，以訛傳訛成爲鬼怪的傳說。在共產黨的調理下，喜兒剛烈純潔，哪容得下瑕疵？她的身體也許可爲惡霸侵辱，她的心卻要等到黨、等到政父的救援，才有所屬。學者孟悅對《白毛女》三十年間的蛻變，有極精采分析❼。文革版中的喜兒，已是不折不扣主席的純情女兒，等著黨的收用了。

楊沫一九五七年的暢銷小說《青春之歌》講的是女學生變化爲「黨的女兒」的故事。人物、情節與《白毛女》極其不同，但所依據的原型，無非亦是女兒脫離邪惡父親，投奔善良父親的神話。小說當年的一紙風行，多少說明了讀者的戀父愛黨的狂熱心情。我刻意以女作家或女性角色來簡論此一現象，意在點出毛文體及毛政父的威權下，男性作者及讀者其實更處在被閹割及被女性化的雙重焦慮下。魯迅的名言「救救孩子」如今以最詭異的方式實踐。這是個陽剛的社會，卻也是個去勢化的社會；充滿了躁鬱的騷動，卻居然強調「無性之性」❽。毛爸爸一人當家，大家都成了（女）孩子。無怪文革後白樺著名的劇本《苦戀》，基本是以怨女棄兒的姿態，寫出一代中國人與黨的糾結。

比起中共文藝的箝制作風，五、六〇年代的國民黨文工機器縱或有心效法，畢竟是小巫見大巫。各種擁護政父的八股如今早已風流雲散。令人回味的，反倒是有心作家將父子關係內向化、風格化的作法。奚淞〈封神榜裏的哪吒〉，就是一例。這是神話中的不良少年在父權擺布下，以血肉來交換救贖的故事。依循魯迅「故事新編」的傳統，奚淞賦予哪吒獨特歷史面貌。六〇年代政治的膠著、禁色情欲的悸動，以及虛無情懷以外的藝術嚮往，盡皆藉詩化敍述來到眼前。作兒子的總難遂父親的欲望，遁入神話中的死亡及重生成了唯一出路。同期的女作家歐陽子以一系列的〈魔女〉、〈花瓶〉等作，呈現女兒與母親仇視緊張的關係，是彼時一片「偉大母親」文學中少見的例外。恨母當然不一定就得戀父——那是佛洛依德公式的牙慧。但在歐陽子部分作品中，此一傾向倒是呼之欲出。

本土作家對政治定位及文化傳承的憂慮，也多少以父權中落的主題來表現。鍾理和自傳性作品中罹病而不事生產的父親(《笠山農場》)、黃春明筆下不在家、甚或不在戶籍上的父親(〈看海的日子〉)，或是王禎和塑造的甘心戴綠帽子的父親(〈嫁粧一牛車〉)，廖輝英描繪的無能又無德的父親(〈油蔴菜籽〉)都是例證。回顧吳濁流「亞細亞的孤兒」症候羣，這應是大可發揮的題材。但對八〇年代以來的女性主義者而言，反國民黨的政父權威及重溯台灣獨立的父系族譜，何嘗不是男性以爸易爸的圈內遊戲？這也成爲有心作家(如李昂等)近期致力思辨或嘲弄的對象。

不論政治及族羣的背景，七〇年代最引人側目的父子衝突小說，非王文興的《家變》莫屬。這部小說爲巴金的《家》作翻案文章，用意明顯。王文興刻畫父子成長中，權力易位的殘酷關係，一再使當年讀者憤憤然或戚戚焉。但如果王文興只說了個兒子長大，逼得老父出走的逆倫故事(或政治寓言)，並不足以凸顯《家變》的激進性。王文興的敍事方法及文字措辭是這樣的離經叛道，才令我們大開眼界。如果父權建構得力於龐大象徵體系一以貫之的運作，那麼打倒父權必得釜底抽薪，質疑所謂的「象徵」敘述究竟是怎麼回事。而王文興對文字符號象徵的謔戲實驗，不啻是他叛父的第一步：小說的形式就是內容。這樣的作法今天或許是見怪不怪了。但擺在彼時的環境中，依然有教科書式的示範意義。

四

八〇年代以降，大陸新文學療治傷痕、反思毛語。昔時政父威權儘管迴旋不去，作家讀者的想像空間畢竟擴大太多。但傷痕與反思文學的創作不能擺脫毛文體包袱，八〇中葉以來的尋根與先鋒運動，才算開出新局。這裏對父權最巧妙的控訴，首推韓少功的《爸爸爸》。這個中篇以湖南山鄉宗族對立、村俚械鬥爲背景，帶入文革前後的政治動亂。韓少功一反傷痕、反思文學涕淚飄零的老路數，安排了個白癡旁觀此起彼落的殺戮與鬥爭。白癡的名言只得兩句：「爸爸爸」、「×媽媽」。這幾乎是魯迅阿Q精神的回籠了。但韓少功別有用心，現代中國的一頁革命歷史，大話說盡，不如白癡兩句狂言正中要害：我們何曾遠離父系社會的爸道迷思，男權主義的性欲盲點？文化革命後，我們野蠻不文的面貌，盡在此揭露。

莫言的《紅高粱家族》之後，大陸作家一窩蜂寫家史小說。蘇童的《妻妾成羣》系列、李銳的《舊址》、劉恆的《伏羲伏羲》等，也都是佳例。作家的懷抱各有不同，但拿父親形象開刀的作法卻似如出一轍。暴虐的、猥瑣的、專斷的父親也許充斥字裏行間，與五四模式相異的，卻是種一代不如一代的喟嘆。往日的逆子鬥士如今安在哉？莫言的《紅高粱家族》遙想我爺爺我奶奶一代的輝煌傳奇，到了我爸爸已是無甚可觀，更不提敍述者「我」這輩的消極被動。蘇童〈妻妾成羣〉或〈一九三四年的逃亡〉裏，父親的淫威無所不在，兒子的反應是有心無力——不論是在性或政治上。而李銳《舊址》更寫當年弒父的一代，如何嘗盡歷史的反諷。被弒的父至少擔了封建或反動的堂皇罪名，最怕的是弒父的新青年自己日後成了父執，卻死得不明不白，或根本自生自滅。凋零的父權，潰裂的歷史，世紀末的魂魄已悄然降臨。

台灣作家藉父親形象的變異反觀政治的例子也所在多有。張大春的〈將軍碑〉、楊照的〈黯魂〉李昂的《迷園》，皆是常見討論的作品。尤其〈黯魂〉從父子三代共同承傳的原罪煎熬入手，寫台灣人夢魘般的歷史悲情，很可點出新世代本土作家的心聲。但比起彼岸作者的大塊文章，當代台灣作者最有力的表現並不在此，而是在方興未艾的同志文學。這一方面的突破者應是白先勇八〇年代中期的《孽子》。小說的題目已點出父與子間的張力。五四時代意識形態的孽子如今搖身一變，成爲身體／性別政治的孽子。但所帶來的衝擊較前只有過之。此無他，白先勇筆下孽子們的行徑不只爲害傳統政教倫理關係，更進一步威脅父系制度的身體、情欲範疇。傳宗接代只是枱面上的問題，由父與君、父與夫等形成的男權象徵連鎖遭到顛覆，才是關鍵所在。更何況孽子之外，還有「逆女」❾。當代酷兒文學的號手，有紀大偉到洪凌、陳雪到許佑生等。許多對抗父權的好戲，正等著他們演出。

就在兩岸一片批判爲「父」不仁的新浪潮裏，少數作者逆勢操作，因此特別引人注目。劉大任是六〇年代反抗政父的青年，卻在多年之後寫出《晚風習習》的思父之作。這篇小說裏，劉大任現身說法，追敍半生過程中與父親種種關係的消長，眞情流露、斂放有致。劉大任不爲尊者諱，但也不誇張父親的優缺點。從這篇小說中，讀者或能驚覺父親果眞不是牌位，他的七情六欲、成長衰頽一樣可觀可歎。無獨有偶的，以痞子文學走紅的大陸作家王朔，也在一九九二年推出《我是你爸爸》。書名看來痞味十足，內容卻是中規中矩的父子親情故事。一事無成的父親與將要成長的兒子會有什麼樣的誤會或默契？王朔細細寫來，竟令我們想起半個多世紀前老舍的《二馬》。

在世紀末小說中，莫言的《豐乳肥臀》以誇張筆法重寫大地之母的典型。他的這位母親有九個孩子，孩子的爹卻有八名。父親成了複數，父權也成了搖搖欲墜的神話。但莫言走得並不夠遠。余華的新作《許三觀賣血記》由父親與丈夫的觀點，描述血緣與血統關係，才是精采可觀。許三觀以賣血支持家庭，賺的眞是血汗錢。但他發現心上的妻子並沒爲自己獻出處女的血，生出的大兒子也未必是自己的骨血時，許三觀作爲一家之主的自信完全動搖。小說高潮迭起，終以父子相認結束——是妥協，也是開創。對父親的認同和對父權的認同，有了曖昧的交易。香港女作家鍾曉陽的《遺恨傳奇》則另闢蹊徑。全書望之像是煽情的豪門情仇故事，但鍾一路寫來，別有所得。由前半部的亂倫疑雲到後半部三個男人爭作一個孩子的父親，都似乎揶揄父親地位的合法合理性。鍾曉陽談不上是個有女性主義意識的作者，但她的新作卻不妨作如是觀。

回到本文的題目「叫父親，太沉重」。這是本（半）虛構的自傳，爲（據稱爲周恩來私生女的）旅美大陸作家艾蓓所作。由於茲事體大，中共不問眞假，先全力封殺。當台灣作家平路把我們「國」父的私密情事都寫成小說時（《行道天涯》），大陸官方還忙不迭的爲男性的爸權的歷史消毒呢。艾蓓的作品毀譽參半，也許原不足觀，但孤女尋父尋到前國家領導人的頭上，向親權及政權吆喝，難怪要讓她叫父親，太沉重。

這篇文章抽樣探討父權論述與百年來中國小說戲劇的對話，初無意作任何理論上的深入辯證。一些隨想，也許聊可作爲本文的結束。把父親與父權、夫權、男權以及社會不義不公合爲一談，民初已有之，於今爲烈，本文亦不能免俗。這樣的作法當然有助突出社會權力分配的偏頗，但也容易造成化繁爲簡的弊病。批判父權而落得自己也爸氣十足，過去的例子所在多有，今天部分性別主義者何嘗不然？父系歷史源遠流長，鑽研不同時期及層面中的父權架構，需要更多的耐心及知識。父親可以是父權的執行者，也可能是它的犧牲。如果父權想像的黑洞，在於它對內爍象徵的執著，對道統、陽謀（及陽物）的崇拜，任何反父權的策略都應避免同樣無限上綱式的心態。我們政教、宗法及倫理上的父權結構已在大幅改變，但一時塌台的可能顯然不大。對於文學作者及讀者評者，暫抛大家已然熟悉的反政父口號，轉而細思這一建構下各種各樣父親的變貌，而不定於一尊，應是更具批判性的作法。

❶孟悅、戴錦華《浮出歷史地表》（鄭州：河南人民出版社，一九八七），頁三。

❷周蕾《婦女與中國現代性》（台北：麥田，一九九五），第四章；孫隆基《中國文化的深層結構》（台北：結構羣，一九九〇）。

❸見拙作：David D. W. Wang, *Fin-de-Siècle Splendor: Repressed Modernities of Late Qing Fiction* (Stanford: Stanford UP, 1997), chap. 3。

❹「政父」一辭，原由孟悅、戴錦華所引用，見《浮出歷史地表》。

❺如 Leo Lee (李歐梵), *Vocies from the Iron House* (Bloomington: Indiana UP, 1987), chap. 1。

❻陳傳興〈子夜私語〉，台北張愛玲國際研討會會議論文，一九九六年五月二十七日。

❼見孟悅〈《白毛女》演變的啓示〉，唐小兵編《再解讀》（香港：牛津大學出版社，一九九三），頁一〇一——一二三。

❽孟悅、戴錦華《浮出歷史地表》，頁二一三。

❾這是杜修蘭的書名（台北：皇冠，一九九五）。

三個饑餓的女人

在中國現代文學對性別、物質與革命關係的鋪陳中，女性與饑餓的連鎖極其引人注目。食物的匱乏往往爲中國現代化進程帶來政治、經濟，甚至優生學方面的嚴重後果❶。當饑餓作爲一種文學表徵時，它也形成一套形式學(typology)，這套形式學內容包羅廣泛，從自然災害造成的饑荒到意識形式造成的「饑餓革命」，不一而足。對五四以來的作者而言，「沒有吃的」不僅反映了一個「以農立國」的古國的農業危機，「沒有吃的」也引起了一系列現代問題的爭辯：像是社會福利與文化滋養孰輕孰重？生存本能與身體政治孰先孰後❷？但無論如何，國家饑饉常藉一種女性意象重現。究其原因，可能是面臨天災人禍時，女性先天容易落入弱勢地位，但更可能的是在有關受苦受難的符號學裏，女性已被物化爲一近便的象徵。饑餓常在中國現代史中出現；饑餓的女人則常在中國現代小說中出現。

「饑餓的女人」在中國小說裏有個譜系，而且可以上溯到魯迅。我們都還記得〈祝福〉(一九二四)裏，敘事者魯迅與命運多舛的祥林嫂在除夕夜不期而遇。祥林嫂因爲災星高照，不能見容於魯鎮的人家，此時已淪落爲一個要飯的乞婦。當見到魯迅時，這個女人並不乞求食物，而是乞求

一個問題的答案：「究竟一個人死後有沒有魂靈？」敍事者魯迅被這樣的問題逮個正著，無從作答。他只好吶吶的說，「說不清。」❸

在一個闔家團圓、大吃大喝的年節時分，祥林嫂的饑餓卻另有原因，不能用食物來彌補。她硬生生吞下了敍述者魯迅不清不楚的回答，在除夕雪夜中默默死去。反諷的是，祥林嫂的苦況反引起了魯迅的食欲：他沒能回答那苦命女人的問題，但鎭上的魚翅羹既美味又實惠，應該會讓他的良心——還有肚皮——平安吧？當食物被需索，意義隨之而至。對敍事者魯迅而言，他的話語毫無意義，而這意義的空白竟可以食物來塡充。

在祥林嫂及敍事者魯迅間存在著一系列意象，指陳「口腔」(orality)的雙重功能：「吃」和「說」。祥林嫂雖然是個要飯的，但她不求食物，反而要求說出心中的困惑。敍事者魯迅既不能提供她可吃的，也不能提供她可思的。曾有批評者援引佛洛依德的理論，討論「吃」和「說」共有的動機結構：「語言無非是吃的功能轉嫁爲說的功能：兩者都是人類基本的聯繫功能，人藉此二功能攫獲並融入世界。」❹在〈祝福〉裏我們發現這兩項功能運作不良。當魯鎭居民吃年夜飯的時分，祥林嫂黯然死去。她是魯迅所謂的古中國人吃人的盛宴中，又一個犧牲。

魯迅的小說不缺以食物及食補爲題材的例子，最有名的首推〈狂人日記〉(一九一八)❺。當我們推崇此作中狂人對禮教吃人的控訴時，我們容易忘記祥林嫂的存在；她堪稱是狂人的女性對應。狂人雖然身居社會異端，但他飽讀詩書，而且能夠痛陳社會不義，以及「救救孩子」的必要。與狂人相比，祥林嫂既乏謀生能力，更不論思考乃至言說她個人境遇的機會。狂人畢竟來自一個禮教(吃人)的傳統;弔詭的是,他對「禮教吃人」的控訴反過來又吃定了下一輩中國人的現代想像。祥林嫂自始一無所有(沒有衣食的保障,沒有知識,沒有地位),因此只能權充一個象徵匱乏或被動的符號。她與敍事者魯迅的對立,實在是一個「無所有」的女人與「有所憑」的男人間的對立。

祥林嫂之後,有一長串饑餓的姊妹將隨之而來。譬如柔石(一九〇二—一九三一)〈為奴隸的母親〉中被丈夫賣掉的女人;汪靜之(一九〇二—?)〈人肉〉(一九二五?)中被一羣饑餓男人分吃的女人;吳組緗(一九〇八—一九九四)〈樊家鋪〉(一九三四)中因借貸不遂謀殺生母的女人;蕭紅(一九一一—一九四二)《生死場》(一九三五)中不願再忍受日軍壓迫,起而反抗的女人。到了四〇年代初期,小說中饑餓的女人已蔚為大觀,而以路翎(一九二三—一九九四)❻《饑餓的郭素娥》(一九四三)達到高潮。

對魯迅和他的從者,饑餓的女人成為吃人社會中弱勢者的最佳代言人。他們為無言及無食者所寫下的千言萬語,應當引領我們思考下列問題,這些問題都與現代中國文學女性主體性的建立息息相關。㈠女性找尋社會及經濟自我時,所被賦予的消費(consumptive)及言語(enunciative)能量;㈡在公衆及私人領域中,生理及性別資源的援引及分配;㈢男性面對現代中國種種匱乏的物質及精神現象時,對饑餓與女性關係(不無可議的)神祕化的處理。

這些問題如果置諸二〇年代以來中國左派的政治譜系下觀察,更具思辨的意義。我認為共產革命論述裏有關生理與意識形態的辯證,將上述饑餓問題的尖銳性暴露無遺。以下的論文將對三部小說中饑餓的女人作深入探討。她們是路翎《饑餓的郭素娥》中的郭素娥；張愛玲（一九二〇—一九九五）《秧歌》（一九五四）中的譚月香；以及陳映眞（一九三九—）〈山路〉（一九八三）中的蔡千惠。在每一部作品裏，作者見證饑餓如何左右女性的命運，而且更重要的，書寫饑餓如何引起了消化（digestive）與敍事（diegetic）、新陳代謝（metabolic）與符號引喩（metaphoric）間的緊張關係。我的探討將不限於這三部作品；在文末我將介紹近年有關女性與饑餓的新作品和新想像。

郭素娥

一九四二年，當毛澤東在延安發表他著名的文藝講話時，一位年僅十九的作者——路翎（徐嗣興）——正在重慶創作他自成一格的左翼小說。這本書書名《饑餓的郭素娥》，使路翎得到毀譽參半的反響。當它在一九四三年出版時，書中對戰時下層社會的描述、對性及非理性世界的探索，及近於自溺的風格化筆觸，在在引起辯論。一反以往「被侮辱及被損害者」的正面形象，書中人物的墮落、惡行及猥瑣使我們驚覺生命是如此不堪，活下去的代價竟是自甘暴棄。

故事的主人翁是郭素娥。因爲家鄉鬧饑饉，郭素娥被迫逃荒，卻終於落到一個大她二十四歲的鴉片煙鬼劉壽春的手裏。然而一旦有了幾天飽飯吃，郭素娥卻發覺她有了另一種饑餓——對男人的性饑餓。小說的名稱，《饑餓的郭素娥》，因此確有言外之意。郭素娥於是與地方上一個工人張振山私通。而另一個工人，也是她的遠親，魏海青則默默暗戀她。

要不了多久，郭的丈夫劉壽春發現了她的姦情。某夜他唆使族人及一羣無賴將郭逮個正著，然後押著她到一座破廟裏私刑拷打，無所不用其極。趁著郭昏迷不醒，一個無賴甚至強暴了她。之後郭被扔在破廟裏，三天三夜後，她死於缺乏醫治以及食物。但郭素娥之死發生在小說中間部分。下半部裏，張振山愧咎難當，居然一走了之。魏海青矢志追查強姦郭的兇手，最後雖抓著了人，卻死於與對方的鬥毆中。

讓郭素娥「饑餓」的神祕原因到底何在？通常我們在路翎自己的評論中找答案。對路翎而言，儘管郭素娥身陷苦難，她「不是內在地壓碎在舊社會裏的女人」；路翎所要「浪費地尋求」的，正是「人民的原始的強力，個性的積極解放」。但路翎也懷疑是否「古國的根本的一面」眞能輕易的改變，因此，「(在任何解放的希望發生前，)郭素娥會沉下去，暫時地又轉成賣淫的痲木，自私的昏倦。」[7]路翎最強的支持者胡風(一九〇二——一九八五)爲一九四三年版的《饑餓的郭素娥》寫下了如下的話：

> 郭素娥是這封建古國的又一種女人，肉體的饑餓不但不能從祖傳的禮教良方得到痲痺，倒是產生了更強的精神的饑餓。饑餓於徹底的解放，饑餓於堅強的人生。她用原始的強悍碰擊了社會的鐵壁，作爲代價，她悲慘的獻出了生命。[8]

我們當然知道，胡風是中國馬克思主義早期主體論的堅強號手。胡風不是本文的重點，但我們至少應了解，他及《七月》雜誌的從人自始提倡將受損傷的人性，自歷史非人的暴力中解放出來。而解放之道，首在重建個人始原的反抗力量。胡風的觀點與毛澤東的不同。毛及同夥也意識到人性在歷史中的斲傷，但認爲追求個人主體解放之前，歷史羣體的解放既是方法，也是最終的目的❾。

胡風對中國現代主體意識的追求，其實不乏他前輩魯迅的影子❿。但相較於魯迅的祥林嫂，胡風（及路翎）應會強調像郭素娥這樣的人物不只有肉體的饑餓，也更意識到「精神的饑餓」⓫。胡風的批評也在邵荃麟（一九〇六—一九七一）的書評中得到反響。邵認爲「正因爲他們被這生活的傳統東西壓得太殘酷了。這種壓迫，跟他們作爲一個人的要求已經在他們內心裏開始了強烈的矛盾和鬥爭。這個鬥爭，使他們更百倍痛苦於肉體上的饑餓」⓬。自八〇年代平反以來，胡風再一次被視爲馬克思主義人道主義的先鋒，而他對《饑餓的郭素娥》的論點，也由年輕一輩論者如楊義及錢理羣等發揚光大⓭。

有鑑於郭素娥被視爲苦難的象徵以及人性始原精神的追尋者，我們大可援引周蕾(Rey Chow)有關「原始激情」(primitive passions)的說法。周指出在社會、國家文化危機的當口，傳統的大敘述不再能壟斷意義系統，對「始原」的想像就應運而生。這些想像恆以文化初闢，自然無瑕的原初經驗爲著眼點，以其召喚一種失落的根源⓮。不僅此也，女性更常被用來表現這一原始的激情。一方面因爲她們是社會的弱勢者，一方面(弔詭的)因爲她們存在的「不文」及「不雅」(obscene)⓯。女性主義者更可就此辯論郭素娥的慘死，正印證了男性虐人／自虐的欲望，以及投射此一欲望的女性身體／屍體奇觀。郭畢竟是用來作爲「苦難」的意符，而她對情欲自主性的追求，與其說遙指女性的解放，更不如說反證了男性窺淫的癖好。

儘管《饑餓的郭素娥》的女主人翁造型引人思辨，路翎的敍述手法極見新意，這本小說卻並未引起(英語世界)讀者的太多注意。在少數的評論中，丹東(Kirk Denton)指陳小說中的神話母題以及道家思維[16]；劉康藉著拉崗(Lacan)式精神解析及巴赫汀(Bakhtin)的多聲複義論，描述郭素娥複雜的心理面貌[17]。舒允中則追溯小說如何體現了胡風的革命主體詩學，並因此成爲頡頏毛一九四二文學理論的重要聲音[18]。

我願意將《饑餓的郭素娥》放回左翼文化政治的身體論述中，提出一種不同的讀法。這本小說應爲中國共產主義的饑餓辯證，提供了最有原創性的回應與詮釋。史學家已一再告訴我們天災人禍所造成的饑荒，是導致共產革命坐大的主因之一，尤以鄉村爲甚[19]。早在一九二六年，毛澤東在〈中國社會階段的分析〉就提出社會階級的不平，首先反映在糧食分配的不均上。在他有名的〈湖南農民運動考察報告〉裏，毛更宣稱，「我們必須在所有的鄉村形成暴力控制。革命不是請客吃飯，繡花作文章……革命是暴動。」[20]毛更羅列了十四項與地主的抗爭手段，其中「吃大戶」的行動尤其饒富象徵意義[21]。自從二〇年代以來，中國左翼文學充斥以饑餓爲主題的作品。這些作品一方面記錄現實亂象、控訴社會不公，另一方面也成爲作家向「主義」輸誠的必要條件。從蔣光慈(一九〇一—一九三一)的《咆哮了的土地》(一九三二)，到丁玲(一九〇四—一九八六)的

〈水〉（一九三一）；從茅盾（一八九六—一九八一）的《農村三部曲》（〈春蠶〉、〈秋收〉、〈冬殘〉，一九三二—一九三四）到吳組緗的〈一千八百擔〉（一九三五），既窮又餓的農民一次次迫得鋌而走險；他們訴諸暴力，終釀成革命的種子。

一般而言，饑餓指證物質資源的匱乏——食物、養分，以及其生產供需機制的匱乏。但在共產論述裏，饑餓可以引申出別的意義。饑餓讓人們意識到社會資源分配所造成的不公，必須要憑非常手段來解決。但反過來說，饑餓卻每每可以成爲一種考驗，鍛鍊革命分子的道德勇氣。對那些爲歷史眞理而戰的共產鬥士們而言，饑餓不僅是革命的原因，更形成爲革命者堅此百忍，矢志信仰的具體表彰。毛澤東不是說過，革命「不是請客吃飯」麼？如果這樣的辯論聽來似曾相識，這是因爲革命的道德箴言居然與（封建的）儒家教訓相互呼應[22]。孟子曰：「天將降大任於斯人也，必先苦其心志，勞其筋骨，餓其體膚，空乏其身……增益其所不能……」

但弔詭的是，除了指涉物質的缺乏及（革命）身體的考驗外，毛及從者所構思的饑餓論述還有一層更形上的架構。相對於匱乏虛耗，饑餓竟可暗示豐饒放縱，一種永遠以多爲少，不知饜飽的欲望。饑餓可以是道德自制或控制的手段，也可以是道德逾越的開端。饑餓甚至也可以視爲一種原欲衝動，無休止的追求滿足。我們的身體也許撐不下太多物質食物，但對意識形態的胃口，總是猶有餘裕，不能自已。正因此，即使在一九四九革命後，毛仍把饑餓論述的想像層面玩得更上層樓。有時而盡的身體饑餓哪裏比得上無窮無限的精神需求？一種烏托邦式的欲力永遠要求更多的滿足——於是「繼續革命」。王斑曾以「毛式雄渾」（Maoist Sublime）來解析共產革命論述的美學特徵：「對一切有人味的事物，從食欲、感情、感受力、色欲、想像力、恐懼、激情、性欲到自我的興趣等，一概都在清除或壓抑之列。務求以暴力形式將所有基本人性的質素昇華到超人或非人的層面。」[23]

到了一九四○年，毛已欽定生產「文化食糧」爲補養「人民」所需的重要政策[24]。幾乎在同時，「精神食糧」一詞已出現在共黨機關刊物中[25]。以後的幾十年裏，毛治下的文人們將大量生產文化食糧，以應人民所需；而供需的指標則無限上升。四○年代末，「反饑餓」成爲城市知識分子喊得最津津有味的口號。他(她)們也許並未身歷饑荒之苦，但卻充滿精神饑餓。「反饑餓」意味確保物質食物的供應，更意味強化精神食物的追求。

對這樣一套饑餓論述，路翎的《饑餓的郭素娥》既表示致敬卻又時有扞格。也因此，小說戲劇化的演述了胡風的「精神饑餓」與毛澤東「精神食糧」間的緊張關係。路翎創造了郭素娥這一角色，似乎有意舉證胡風所見中國民族主體的饑餓危機；解決危機之道，在於燃起革命的憧憬及人性烏托邦的嚮往。但如今看來，路翎對師父的教誨也許拳拳服膺，他的小說創作卻是自成一格；他不僅遠離了毛的路線，甚至可能與胡風的期許都有出入。而我以爲路翎對饑餓極個人化的詮釋，正開啓了中國左翼現代主義的蹊徑。

在《饑餓的郭素娥》中，幾乎所有的人物都爲可望而不可即的欲念、臆想所煎熬。他們罹患種種精神官能症狀，從歇斯底里症到躁鬱症、自虐虐人症到花癡，不一而足。這些症狀可視爲他們對社會「怨懟」(resentment)的生理折射。但身心的病變只有更強化他們欲望的挫敗感。路翎對郭的丈夫劉壽春的描述，很可以適用於其他角色。透過他的卑鄙劣行，「與其說使人家覺得，劉壽春在自己假裝裏所經歷的痛苦比眞的痛苦還要勝過一倍，倒不如說使人家感到比面對著別人的眞的痛苦還要難堪。」[26]夏志清教授有關「露骨寫實」(hard-core realism)的看法，也可爲佐證[27]；故事中的人物受苦如此，任何文學及思想方面的描述解釋，似乎都於事無補了。値得注意的是，當路翎把筆下人物作最露骨的揭露後，他不把他(她)們的苦難等同爲一種不請自來的美德，而竟在其中看到同等的淫行劣跡。這些淫行劣跡儘管令人扼腕不齒，卻兀自散發一種蠱惑曖昧的吸引力。

就是在這個當口，郭素娥的性饑渴與她的精神饑餓撞個正著，從而賦予毛澤東式身體／饑餓論述相當混淆的詮釋。郭素娥狂熱的追逐肉欲滿足，卻越發覺得空虛。她陷在情緒的高潮與低潮的循環間，百難解脫。她哭，她笑，她挑釁、爭吵、欺騙、打鬧，有如中邪。當郭神祕的饑餓每下愈況，一種死亡的興奮感覺油然而生。我們在郭神經質的傾向中看出左拉(Zola)自然主義的線索之餘，也不能忽視羅曼・羅蘭(Romain Rolland)及勞倫斯(D. H. Lawrence)對路翎的影響。而在馬克思主義之側，路翎對佛洛依德一樣興趣盎然[28]。

當郭素娥周旋於天啓視景與精神官能幻覺，肉欲渴望與政治饑餓間，他將胡風「精神饑餓」的非理性潛能，暴露無遺。在愛人張振山的臂膀裏，郭「發出了痛苦的歡呼」[29]——

> 歡樂在消沉與絕望之後被激發，就會變得瘋狂。張振山又躺在她身邊了。雖然他並沒有給

予生活和逃亡的允諾，但他確切地給自己證明了在鮮麗的月光照耀下的這一瞬間，他除了像一個粗壯而倔強的男人，有著灼熱的呼吸和坦率的胸懷以外，並沒有頑劣地奔開，愚弄她，遁到自己的惡毒而淡漠的世界裏去。[30]

孫隆基對中國文化深層結構的研究，曾經引起不少爭議。他認爲中國(男)人執著口腔期的心理症候，難以應付完整成熟的性經驗或考驗[31]。孫的理論是否經得起辯證另當別論，倒是在《饑餓的郭素娥》中，他可發現絕佳素材。這本小說令左翼評者不安，原因之一應是路翎挑起了口腔(orality)與性(sexuality)的深層衝突，並將其投射到意識形態的層次上。當然，路翎之前已有不少左派作家寫性對革命的阻力或助力；茅盾就是其中的佼佼者[32]。但路翎之所以與衆不同，在於他有關性的情境，未必與革命有清楚的邏輯關係。只能說性成爲一個身體的徵兆，暗示未來革命不可測的暴力及快感潛能。

路翎與同期正統左派作家的差異，可以從像延安時期的經典名劇《白毛女》看出端倪。在四〇年代的版本中，「白毛女」楊喜兒原是天眞村姑，不幸被惡霸強暴懷孕，藏身山裏。爲了讓自己及新生的孩子活命，楊喜兒從附近廟裏偷竊鄉民的供品果腹，因此被誤認爲白毛仙姑顯靈。最後地方革命抗霸成功，喜兒終於獲救，並且成爲舊社會「把人變成鬼」的見證[33]。不論喜兒的饑餓作何解釋，她身體新陳代謝(metabolism)的匱缺很容易被看作是一隱喻(metaphor)，好凸顯封建淫威。而這一封建淫威從馬克思的形上玄學(metaphysics)來看，恰是促進「歷史」更迭、解放的前奏。

不論從人物造型或隱含其下的救贖時間表而言，郭素娥都像是楊喜兒的反面教材。楊喜兒的遭遇及解放印證一個古典的線性時間進程。如劇中最有名的說詞，她是新社會「把鬼變成人」的樣板㉞。《饑餓的郭素娥》就缺乏這樣一個熟悉、進步的意義。毛和追隨者企圖用文學突出一個物質、身體、革命、救贖的象徵鎖鍊，路翎卻提醒我們鎖鍊間的罅隙裂縫；毛將受苦受難的女性神化為共產解放的終極關懷，路翎最具誘惑性的女性卻注定在這個世界裏打滾。因此有了郭素娥如下的想法。

> 整整一年來，她整個地在渴求著從情欲所達到的新生活，而且這渴求大部分時間被鼓躍於一種要求叛逆，脫離錯誤的既往的夢想……她是有著黯淡的決心的，這就是：她已經急迫地站在面前的勞動大海的邊沿上了，不管這大海是怎樣地不可理解和令她惶恐，假若背後的風颳得愈急的話，她便要愈快地跳下去了。跳下去，伸出手來，抓住前面的隨便什麼罷。㉟

這段引文最獨特之處是路翎(或郭素娥)如何透過一系列隱喻置換，呈現像「勞動的大海」這樣的共產濫調。但郭想像她在大海解脫的方式，儼然像是追求下一次的情欲冒險。她的救贖竟形同她的墮落。她讓我們懷疑她究竟只是作意識隨想遊戲，不斷需要文字及情緒的置換，還是她受到了終極感召，超越了從修辭到個人情性的變數。

這種有關「欲望的語言」(language of desire)也必須由對「語言的欲望」(desire for language)

上，尋找出路。當郭素娥及其他角色的心理症狀浮現爲語言表達的脫序現象時，路翎似乎暗示他(她)們的問題已不再能循「理性」範疇內的再現技術來呈現。在文本的層次上，路翎也「浪費」的揮灑文字，狂野躁鬱的程度與他筆下的人物不相上下。他的意象、隱喻及其他修辭技巧，像是自由間接風格(free indirect style)、轉述的獨白(narrated monologue)等，充斥字裏行間——路翎的敘述本身就是一場傳達挫折的文字演出。路翎對文字的放縱意外的造成文體的腫脹多元，恰與毛澤東推廣的粗樸「經濟」的文本風格背道而馳。

毛的饑餓論述致力從食物物質及象徵的匱乏上，召喚出非言語及身體所能形容的「雄渾」效果[36]。相較之下，路翎探索一潛意識的閾域，在其中語言變形衍生，恰似原欲(libido)的波動嬗變[37]。我們可藉克莉絲緹娃(Kristeva)的「不堪論」(abjection)來了解這一隱晦的閾域。「不堪」意味著種種因身體無能超越食物、穢物或性/別差異，所引起的強烈拒斥、嫌惡的反應。如果毛的「雄渾」效應因語言、符號的象徵系統的昇華而光大，「不堪」則強調「門檻」(threshold)經驗。「門檻」尤其反映在身體各種銜接內與外、吸引或排斥、愛與死的「門徑」上。正如批評家所言，「界限因之穿刺、聯結因之破裂，其所造成的縫隙如此不可遏抑，以致有了吞噬整體的威脅。」[38]

識者也許更可繼續追蹤克莉絲緹娃的論點，但此說有助我們了解《饑餓的郭素娥》之處，在於「不堪」的位置總落在女性身上。更重要的，克莉絲緹娃將女性「不堪」的情境一方面與語言系統生成的條件相提並論，另一方面與她們身心狀態的處境合而觀之。如果說語言總是受制於父系的象徵秩序，那麼女性只能以外於此一秩序的語意力量作呈現，而這一語意力量是變化多端的。

男性的理性秩序基於語言與命名的象徵連鎖，女性則打破此連鎖。女性銘刻意義於身體各處，特別是那些混淆內與外的身體孔道，也因此混淆了人我之別㊴。

路翎兼跨「雄渾」與「不堪」的創作立場，得以使他將郭素娥置於所謂的「門檻」位置——一個共產版身體(somatic)與語意(semiotic)門檻的位置。郭苦痛的經驗恰巧投射了身體饑餓與精神饑餓間，難以跨越的隱晦地帶。附帶一記，魯迅〈祝福〉裏的祥林嫂走投無路時，聽人勸說到廟裏捐了條門檻贖罪。祥林嫂終於在封建禮教的門檻前倒下，郭素娥是在共產革命的關口上絕望的抗爭。她在小說中間就慘死，因此別有象徵意義。她的死既不能解決小說中的饑餓問題，也不能為情節帶來絕對的逆轉。

在小說中段，郭素娥被綁架到張飛廟。「不要碰我，我是個女人，」她嘶喊著，「你們是畜生……你們這批吃人不吐骨的東西。」她被拉到廟中一角，剝去衣衫。當劉壽春族中一個女人接近她——

> 突然，一個惡魔出現了。這惡魔甩著頭髮，噴著口沫，張牙舞爪地撲在婦人的頸子上，扼住她脆弱的喉管。㊵

郭的丈夫大怒，把她綁在凳上，掰開她的雙腿，用火鉗燒她，慘叫聲中郭昏死過去。

第三天，她蘇醒，向殿門外摸索走去。她走，因爲她覺得張振山在等她；因爲她覺得自己還可以活，最後，因爲她饑餓。但她剛摸到院子裏，便慘叫了一聲，腹部以下淌著膿水倒下去了。[41]

郭素娥一心要活下去，但卻被扔在廟中，以最緩慢而痛苦的方式死去。她求救的哭號沒人聽見，她饑餓的需要永難填飽。透過社會對女性兩大口腔功能——說與吃——的致命否定，路翎攻擊吃人的禮教，也(無意間)暗示了共產社會新禮教吃人的可能。郭素娥的屍體在封建的地盤上寸寸腐爛，但也引起了我們新的疑問。她是左派受苦女性「忠烈祠」上的新牌位？或更尖銳的，還是史達林、毛澤東主義中，身形(figural)與喻意(figurative)兩難辯證間的不堪犧牲？

我們現在可以回到《饑餓的郭素娥》，反思何以在一個以十九世紀寫實主義是尙的文學傳統中，這本小說顯得如此現代感十足？批評家總說因爲郭耽於肉欲，使她對精神解放的追求，功虧一簣。常被忽略的是，路翎自稱他要以「浪費的」方式，描寫郭的困境。這裏所謂「浪費」，可能意味路翎希望巨細靡遺的暴露郭及她周遭人物的種種。隱於其下的理由可以是，如果他不全程追蹤郭的墮落，不足以反證革命的必要與迫切。很反諷的，路翎越是要寫郭的饑餓與匱乏，他的風格卻越是飽滿與腫大。「消化不良」的句法，疊床架屋的內心獨白，滿溢四處的自由間接風格、饒富感官意象的象徵，充塞書中。換句話說，他的風格本身絕少「匱乏」的暗示。我們因此要問，在一個誇張堅忍苦行的共產敍事學裏，路翎如此的鋪張意味何在？他修辭上的浪費是否違反了文學形式的道德承擔？更重要的，如前所述，毛饑餓論述的極致也強調無限、豐饒的想像，路翎的「浪費」在此又作何解釋？

對形式與內容，文字與世界間嚴絲合縫的強調，是古典文學理論的重要一環。十九世紀歐洲的寫實主義再度將此發揚光大，儘管作家的表現不能完全以理論來涵蓋。當毛在一九四二年楬櫫「新」理論，用以反映並指導人民，其實毫無新意可言。他只不過是把前此流行的寫實論推到極致而已。延安文學刻意排比匹夫匹婦的質樸本色，運用俗辭俚語、地方色彩，務求反映現實的缺失，又同時承諾未來的「現實」必將與「現在」不同。文學是人生的延續，理論與實踐，生活與想像成爲二合一的事。

循著毛的邏輯，我們可說《饑餓的郭素娥》表、裏不一的問題，來自其生產模式的限制。路翎此書既然作於重慶，難免意識形態要受到汚染，遑論形式？我們甚至可說此書形式上的「浪費」，不正反映了自巴爾札克到左拉一脈（資本主義）寫實作家的消費情結？盧卡契(Lukács)曾指出這種情結固然使作家蒐羅現實問題，及於細微暗處，但反過來說，這樣述寫姿態的本身，也正是作家所欲批判的社會問題的一部分㊷。的確，路翎大事描繪他角色的卑下處境，在在提醒我們左拉自然主義對人及人性的看法。盧卡契視自然主義爲寫實傳統的末流。但盧氏未及論到的是，左拉的僞科學描寫的極致，竟衍生出相當印象主義的效果。過分細緻及豐富的語言解析處理像貧窮、疾病、犯罪、饑餓這些題材，竟可煥發一種詭異的魅力。其效果正如印象派大師如莫內(Monet)、雷諾瓦(Renoir)等作品。

這是路翎小說問題的起點。像左拉一樣，路翎把他的意識形態故事寫成了充滿個人色彩的奇觀。他的作法與左翼美學教條背道而馳。路翎也許可靠著胡風的理論，辯稱郭素娥的下場應產生「否定的辯證」(negative dialectic)效果，預言革命的到來。循此，郭素娥惡名昭彰的饑餓不妨視爲造成社會缺乏精神食糧的原因**以及**結果。但更進一步，如果路翎相信中國解放的**先決**歷史條件，是像郭素娥這樣女人的全面墮落，我們不禁要問，在最終極的革命扭轉乾坤前，是否歷史必須退化發展，而且每下愈況，好準備那天啟時刻的「大翻身」？隱含在《饑餓的郭素娥》中的史觀，幾乎像是個一鬆一緊，不斷迴旋的彈簧。由此類推，郭的墮落既是因爲歷史救贖沒有到來的結果，也成爲催促救贖的原因[43]。

以上的申論並不只在證明因爲路翎的創作背離了共產救贖／革命敘事學，所以他比其他同輩左翼作家更爲可觀。我們雖然可逆向操作盧卡契的理論，反諷的說路翎的吸引力來自他在現實與眞實，語言與理想間的不能自圓其說。但我們也必須認淸，路翎的小說哲學與其暗示了他意識形態的疏漏，不如更點明了他意識形態的信仰。這一無條件的信仰絕不預設任何報償——不論是敘事上的或現實經驗上的，恰似左拉當年完全投入他的自然主義科學信念一般。這當然是危險的信仰：爲了證明信仰的無所不在，它鋌而走險，甚至干犯信仰失落的終極誘惑。主流的共產主義敘述淸楚羅列善惡的分野，而且斤斤計較立即易懂的結局。路翎的小說遠較此激進，因爲它擺動在明白的信仰與荒謬的隨想，狂熱的政治激情與色情的欲望間，沒有具體結果。我卻以爲正因爲路翎的政治視野有如此駁雜的潛力，他可以在角色、情節、語言上作「浪費的投資」。這是毛的敘事學所不敢或不能作到的。

歷史的後見之明引導我們從郭素娥的饑餓中再讀出一則寓言。五〇年代中，路翎因胡風事件的牽連，與胡的其他從人同遭整肅，《饑餓的郭素娥》成了他的罪狀之一。在小說中，一個倨傲不馴的饑餓女人必須犧牲，好使解放後千萬男女享用毛的育民配方。五〇年代末期，當整個中國人民生吞活嚥毛的話語——他的精神食糧——時，一場空前的大饑饉已自展開[44]。成千上萬人將奉毛的名而餓死；爲了精神的眞理，人吃人眞成了活命的絕招[45]。當路翎在八〇年代平反後，他已是個精神分裂的龍鍾老人；他仍不斷寫著，寫著幾十年來強塞給他的各種標語口號[46]。今天談論或閱讀路翎的人已經不多，但他當年無意中開始的語言革命已暗自開花結果，體現在格非、北村、余華等年輕作家的身上。面對毛以後大陸氾濫的「精神饑餓」，這些作家所創造的文學，吞吐各種生命不確定性、傾洩歷史的憂疑，眞讓我們大吃一驚。路翎當年所未完成的，終由這些作家克竟全功。

譚月香

譚月香是張愛玲小說《秧歌》中的女主人翁。張的文名在今天已是衆所公認。諷刺的是，她大半生的時間多花在躲避大衆的追蹤或崇拜。一九四〇年代初她崛起上海文壇時，張被認爲是位鴛鴦蝴蝶派作家，也因此受到毀譽參半的反應。張對人性脆弱幽微面的觀察、對中國世路人情的精緻描繪，以及對歷史無常的「鑑賞」，使她與五四主流作者如魯迅、茅盾、丁玲等的風格，形成強烈對比。世紀如今接近尾聲，回首先塵，我們方才了解比起許多進步作家，張其實更掌握了中國現代歷史悲喜劇的要義。

四九年大陸解放之際，張原有意留居所摯愛的上海，卻終在三年之後遠走香港。她在香港期間（一九五二－一九五五），以英語寫出了《秧歌》及《赤地之戀》；二書皆由美國新聞處支持出版，也都有中文版先後問世。《秧歌》及《赤地之戀》明白傳布反共意旨，所以容易被視為冷戰期間西方的文宣伎倆。對「張迷」而言，這兩本小說從不是首選，因為張愛玲似乎放棄了她前此所擅長的世俗人生白描，代之以「史詩性」的題材。對那些堅信文學應該超越政治的評者，此二書也顯得過於貼近現實；有鑑於張過去對政治的冷淡態度，她甘為美新處效力，可能亦不無經濟考慮的因素。

我在他處曾經解析過，張愛玲對國家民族主義一向抱持犬儒態度；她是個人主義的信徒，又是世紀末美學的鑑賞家[47]，與毛的政權自然格格不入。「解放」後，她目睹共產黨對藝文界的控制一日緊過一日，也感受到自己創作力嚴重衰退。到了香港，她對右派的政治叫囂未必沒有戒心，但實地生活在共產「天堂」三年的經驗，必驅使她較為自發的吐出心中塊壘。而在政治小說的八股前提下，她竟能反將一軍。她寫出了教條的限制、八股的顢頇，左派右派其實如出一轍。論政治與文學的複雜交鋒，她的作品可見一斑。《秧歌》與《赤地之戀》因此不只反映新中國的情況，更反省了意識形態戰爭中新文學的情況。

《秧歌》主要寫五〇年代初期，華南農村「土改」後荒謬而恐怖的「成果」。解放之後的土地重新分配，原意味著讓多數農民得以翻身。但他們未蒙其利，先受其害。天災人禍接踵而至，韓戰的開始更使農村經濟雪上加霜。當地方農民再也受不了幹部的增產徵糧壓力，血腥的暴動發生了。暴動很快的被鎮壓住；小說最後，我們看到劫後的村民被強迫塗脂抹粉，扭著秧歌，迎接新春。

土改是早期中共最重要的農經政策，解放前就已開始在華北及東北實施。乍看之下，土改只是項土地政策，但除了改變農村的「下層」物質結構外，土改更意味對「上層」結構的挑戰。傳統中國社會的道德、律法及心態是土改的前因，也是土改的對象。四〇年代中期以後，像趙樹理（一九〇六—一九七〇）、周立波（一九〇八—一九七九）、丁玲等左翼作家都曾致力頌揚土改的勝利成果[48]。他（她）們的作品不僅描寫新中國改天換地的面貌，更觸及參與土改的人如何也歷經了精神改革，洗心革面。

《秧歌》重寫了左翼這一套土改論述。張似乎有意嘲仿土改文學那種樂觀喜氣的基調，讓《秧歌》也鑼鼓喧天一番。但細讀故事，我們明白她的喜慶式筆觸帶有一種陰慘慘的鬼氣。她描寫解放後農村糧食極度缺乏的怪現象——這裏原是魚米之鄉的。爲了活命，農民無所不用其極，終於造成悲劇。但另一方面，張對共黨幹部的批評帶有深刻同情、甚或好奇的成分。在她的道德尺度裏，惡棍之可惡不因爲他們沒有人性，而因爲他們顯露了人性：不過如此的人性。到頭來《秧歌》

中最值得我們同情的未必止於善良的農民，也及於那幾個共產壞蛋。

中國新文學運動的前驅胡適（一八九一——一九六二）是最早讚美《秧歌》的評者之一。他提到「此書從頭到尾，寫的是饑餓」，而且嘉許張愛玲「平淡而自然」的白描功夫，與傳統有血有淚的抗議小說，大異其趣[49]。順著胡適的說法，不少評者也都推崇張謙抑婉轉的筆法[50]，卻少有人提到此書是如何狀寫饑餓。事實上，在當年一片頌揚革命的氣氛中，張直指中國的苦難將由此更爲加深，應是別有先見之明。人口及糧食的分配差距，一直是中國現代化歷程的一大阻礙。毛在四〇年代進行土改，著眼點亦即在此。對國家經濟的病因，他下了猛藥。土改同時，「饑餓革命」的口號也喊得震天價響。

張的問題是：如果饑餓革命在四九年已大功告成，何以解放後農民的生活更困難，面臨饑餓的威脅更迫切？一九四九到五八年糧食生產的總計平均甚至低於一九三一到三七年的紀錄；而在一九二九到三三年間，農民每人每年的產糧量竟高過解放後的年月[51]。三〇年代左翼作家茅盾曾寫出有名的《農村三部曲》，其中最引人注目的弔詭是，農民越是辛勤的工作，所得越少；他們的稻米越是豐收，他們越沒飯可吃。藉此弔詭，茅盾意在諷刺革命前農業生產模式的非理性結構。《秧歌》卻似乎暗示，同類的弔詭何嘗不重現在「進步」的農業生產模式中？老的地主已經清算光了，但共產黨是否已成了新的大地主了呢？而且較前更貪婪，更有勢力。小說中的主角，譚金根和他的老婆月香，不論怎麼努力，總難達到幹部的指標；他們最後也明白了，辛苦了半天，他們其實是白忙一場。

當村中缺糧的情形越發明顯時，是月香，而不是金根，證明了她的能耐。土改之前，月香在上海幫傭，因此比丈夫及其他村人多見過世面。她聽從政府返鄉支援生產的號召，回了鄉後才發現情形大出所料。月香是個實際的女人，爲了挺過饑荒，她嚴格控制家中存糧，抵擋幹部的需索，迴避小姑的商借，甚至唯一的孩子要吃碗乾飯，她也忍心拒絕。但饒是月香這般算計，她沒能擋住丈夫金根參加暴動。金根被殺後，她憤而燒毀了村中穀倉，自己也以身殉。

如前所述，從魯迅的祥林嫂到路翎的郭素娥，饑餓的女人已成現代中國文學的原型人物。她們作爲弱勢的、被動的犧牲者，吃盡苦頭；她們幾乎成了一種「受苦學」(victimology)的代表。藉著饑餓的女人，作家鋪陳「匱乏」——食物、正義、人性與革命的匱乏。月香與此大不相同。在家中她最有能耐應付糧荒；丈夫死後，是她一把火燒了糧倉。郭素娥以過人的欲望，反寫了饑餓女人的原型；月香卻深諳收斂自保之道；她的精明與韌性由她在家中厲行節約，至於六親不認可見一斑。

夏志清教授評《秧歌》時，讚美月香堅忍不屈的個性及對丈夫的深情52。這樣的讀法把月香放在一個人道主義的傳統中觀照。我倒以爲《秧歌》的力量與其說來自張愛玲悲天憫人的情懷，更不如說是來自她對人性一向缺乏信心，以及她極獨特的個人主義信念上。對張愛玲而言，個人主義是人類粉飾自求多福的字眼。有的人稱此爲「自私」，張卻知道這是亂世苟存的唯一之道。是在這一個人主義前提下，張肆行她對物質世界的愛戀，對末世美學的賞析，還有她「參差對照」的修辭策略。她因此顛覆了看來天長地久的事物，包括她自己的文章在內。而更重要的是，張愛玲將這一獨家的「個人主義」與她對女性的看法，等同起來。

也只有按著張愛玲的定義，我們可把月香性格上的瑕疵——自私、實際、親戀物質——看作是女性可貴的特質。月香也許不如張筆下的上海仕女那麼世故摩登，但她絕對是張女人世界中的子民：「最普遍的，基本的，代表四季循環，土地，生老病死，飲食繁殖。」[53]與當紅的女性主義策略相比，張對女性的了解，顯得被動，甚或反動。我卻要說她能冷靜的爲自己保留了一塊方寸之地。她太明白不管是在什麼狀況下，人「不能」過分眞誠的必要。

在男女作家響應革命、國家號召，毫無保留的犧牲小我，完成大我的時代，張愛玲「自私」兼「女人氣」的寫作姿態，反而顯得叛逆性十足。就如在《秧歌》中，月香一眼看穿了「精神食糧」的虛僞，而且敢於自謀生路。我們不禁莞爾，和書中那些共黨分子比起來，誰才對物質世界的感受更爲敏銳？小說最終的反諷是，爲了確保共產精神世界的豐饒，月香必須被除掉，而且是和村中的穀倉一起消滅掉。

除了譚月香的故事外，《秧歌》的情節另有一條副線，一樣值得注意。當村中的農民日益困於饑餓的威脅時，電影編劇家顧岡被遣下鄉來「體驗生活」，好爲新作找材料。他的任務說穿了，不外是吹噓土改的成功及農村的富裕。然而在鄉下待了沒有多久，顧岡的創作有了難以爲繼之苦。這不僅因爲農村現實的苦況與他所應描繪的，大有不同，也更因爲他還有說不出口的窘境：儘管他的地位高人一等，顧岡也有吃不飽的問題。顧岡整日絞盡腦汁，不是爲了他的劇本，而是爲了他的肚皮。

顧岡這部分情節當然寫盡了張愛玲對毛「精神食糧」神話的嘲弄。在他能生產任何文化食糧前，顧岡必得先有物質食糧。由於月香曾在上海待過，顧岡與她有某種心靈相通之處。但即便如此，顧岡還是不能體會月香的需要。作爲黨忠誠的藝術家，顧對農村的狀況寧可視而不見，一心完成任務指標。於是有了小說最反諷的結局。月香放的那場穀倉大火，正好提供了顧岡百思不得的靈感，寫出了他劇本的高潮。

在顧岡的劇本裏，村民對土改的暴動被移花接木，成了地主國特的暴動。不僅此也，那萬惡的地主關起門來「大吃大喝」，還有一個相貌極似月香的姨太太隨侍左右，「她主要的功用是把她那美麗的身體斜倚在桌上，在那閃動的燈光裏，給那地主家裏的祕密會議造成一種魅豔的氣氛。她的面貌與打扮都和月香相仿。」[54]藉此安排，張愛玲尖刻點出顧岡如何向最八股、最封建的文學想像屈服：在現實中辛苦找尋食物的女人，在小說中被醜化成最傳統的蛇蠍美人。在想像女性原型上，共產黨的新招其實去古未遠！

由於月香所放的熊熊大火在視覺上是如此震撼，顧岡見「火」心喜，挪爲自己劇本所用——當然設定是國特的陰謀。從饑餓的女人到淫猥的女人，從食到色，顧岡的劇本也暗示中共文藝對女性的嫌惡。而在如此轉借月香形象的過程中，顧岡辜負了一位唯一曾給他精神慰藉的女人。

顧岡的故事再一次舉證了極權文藝政策與作家創作自由間的張力。而張愛玲給予這張力又一逆轉。當顧岡寫出與所聞所見相反的劇本時，他也許違背了自己的政治良心。但誰知道呢？他的藝術良心也許得到了少許滿足。因爲內容不論，他畢竟排比文字，堆砌象徵，營造了一個(他自以爲）空前的文字及視覺的傲人之作。顧岡的劇本到底是對意識形態頹廢的見證，還是最顢頇的政治宣言？在一個反對「爲藝術而藝術」的政權下，他的劇本是否弔詭的體現「爲藝術而藝術」，或只是政治機器的附庸？追根究柢，毛對意識形態理想的執著，棄現實於不顧，不是最恐怖的「爲藝術而藝術」，又是什麼？

在《秧歌》中文版的後記裏，張愛玲告訴我們《秧歌》取材於一位中共幹部的自我檢討，原文刊於《人民文學》。這位幹部遺憾執行土改時，未能有效制止農民的暴動。《秧歌》的另一靈感來源是部共產黨的制式電影，其中正有國民黨特務火燒穀倉的一節。張所作的，正是以其人之道還治其人之身，把親共題材作爲反共的基礎。但張與她小說中的顧岡也有相同之處吧？顧岡爲黨創作劇本，張爲了冷戰宣傳而創作小說。滯留在五〇年代的香港，張爲了生計，寫作她原本未必擅長的題材，是否也有不得已的苦衷？然而她畢竟寫出了本自成一格的反共小說。透過顧岡的故事及她自己的後記，《秧歌》可以看作是則寓言，點出現在政治紛爭中的中國作家，左支右絀的寫作命運。當國民黨及共產黨爲了**歷史**所有權爭執不休時，像張這樣看穿歷史的虛耗性及歷史**敍述**的虛構性的作家，可謂少之又少。

而在香港已經回歸，台灣及大陸頻繁交流的今天，張當年對任何政治眞理所持的懷疑態度，不禁更讓我們再思她的警醒與智慧。最後的反諷是，回顧五〇年代末的「自然」災害，小說中所描述的饑荒慘狀，竟意外的顯示先見之明。史家近年研究指出，在一九五八到六二年大躍進期間，中國大陸至少有三千萬人死於饑餓，這場浩劫不是源於天災，而是源於毛澤東意識形態虛矯的實踐[55]。大躍進的慘況從未完全披露，一半是因爲中共政權的新聞管制，一半也是因爲中共問題專家有意的視而不見。張寫《秧歌》，時在五〇年代中期，她既不可能有意圖，也不可能有證據，投射數年之後發生在中國大陸的浩劫。她不是「中國通」，但憑著「物質性」的本能與人情世故的常識，她隱約預感不祥之兆。「時代是倉卒的，已經在破壞中，還有更大的破壞要來。」[56]張一向是個末世學的傳播者，這句警語原作於四〇年代．不消十餘年，竟應驗得如此之快。當無數男性的史學專家惑於中國情況，而作出多少南轅北轍的分析時，一位女性的小說家——無論有意無意——卻看明白了一切，而且爲家國寫下了她將發生的命運。

蔡千惠

「我來你們家，是爲了喫苦的。」[57]五十歲的婦人蔡千惠對她的小叔李國木如是說。蔡千惠兩個月前突然身體崩潰，住院治療。但不論醫療補養的條件多好，她的情況每下愈況。她最後終於去世，病因仍然成謎。倒是身後留下了一封信，才解開了謎團。

蔡千惠是陳映眞小說〈山路〉的女主人翁，陳是台灣現當代文壇最重要的左翼作家。〈山路〉初刊於一九八三年，是陳映眞爲追念白色恐怖所寫的短篇小說三部曲中的第二篇。白色恐怖發生在五〇年代，曾有成千上百的台灣左翼分子因爲國民黨的血腥鎭壓，身陷囹圄或失去生命。

在〈山路〉中，我們對這段白色恐怖的背景一直蒙在鼓裏；到了小說最後，因爲蔡千惠所遺下的一封信才算眞相大白。小說前半部最引人注目的情境，毋寧是蔡千惠兩度所說的：「我來你們家，是爲了喫苦的。」「喫苦」當然是象徵的修辭，意味忍受艱苦。也的確如蔡的信中所示，她嫁到李家的前三十年眞是遍嘗辛酸，到頭來才扭轉了李家家業，從沒飯吃的窮戶一躍而爲富裕的中產家庭。我們不禁要問，躺在醫院頭等病房裏的蔡千惠，爲何還對當年吃苦的日子念念不忘？

與本文另外兩位饑餓的女人相比較，蔡千惠在一九八三年的台北時空中，顯然並沒有挨餓。自從（以未亡人的身分）「嫁」到李家，她一直受到李家上下的尊重；現在在醫院裏，她也享受最好的醫療照顧。但奇怪的是她致病的原因始終難解，「伊就是那樣地萎弱下去。好好的一個人，突然就那樣的萎弱下來了。」[58]當她死時，她最後的回憶竟可能是那些吃苦的日子。

也就是在這謎樣的角色上，陳映眞貫注了一則有關理想與背叛的政治寓言。但更重要的，這也是一則有關共產饑餓美學的寓言。作爲在台灣的左翼作家，陳映眞自身經歷的曲折，恐怕不下於他小說中的不少人物。六〇年代初露頭角時，陳以存在主義者的姿態、抒情的風格，以及基督原罪教義及象徵的鋪陳，廣受矚目[59]。他早期的小說像〈鄉村的教師〉、〈我的弟弟康雄〉等，常出現一個理想主義者的主角。這個角色立志爲「被侮辱與被損害者」獻身，自己往往卻先被現實所侮辱、損害，終於選擇了斷生命作爲解脫／贖罪的方式。

但即使從這些早期作品裏，我們已可得見陳與其他現代主義者的不同之處。他強烈的人道主義抱負以及對革命的憧憬，無不指向他的五四傳承。魯迅於他的影響，尤其歷歷可見——而我們知道魯迅所代表的五四傳統，是五〇年代台灣的文學禁忌。但儘管反共的巨輪輾壓多少年輕的理想社會主義者，陳映眞卻無怨無悔的「吶喊」與「徬徨」，甚至付出鉅大代價也在所不惜。然而就算陳在最教條、最激烈的時分，他作品中基督教及浪漫主義的特徵，依然如影隨形。蔣勳更曾指出，陳的馬克思理想其實飽含安那其主義成分，一方面嚮往無政府的烏托邦，一方面也惑於暴力手段，以求達到那個烏托邦[60]。折衝在理想的憧憬與(自我)毀滅的衝動間，陳的作品有個黑洞。他企圖藉用基督教的悲憫、存在主義的焦慮、人道主義的吶喊或虛無主義的頽廢輪番彌補這不可言說的黑洞，卻每每勞而無功。但也因此，他的作品較之平常左翼文學，反顯現了一種罕見深度。

一九六七年，陳映眞被控從事反政府活動下獄，在牢中度過七年歲月。一九七三年他獲釋後，重回寫作崗位，並將注意力轉移到台灣經濟起飛的背後原因。陳認爲七〇年代初的台灣經濟奇蹟裏，美日其實扮演了資本帝國入侵者的角色。在他抵制現實，堅持左翼理想主義的同時，大陸文革浩劫實情，逐步公之於世，這對他也許帶來相當震撼。而一九七五年台灣因蔣介石的去世引發連串政機改變，獨立運動的逐漸壯大，想來也使他不能無惑。置身歷史變遷中，陳面臨如下的挑戰：一個革命的理想在歷史鮮活的空氣裏，怎麼腐爛得如此之快？無私無我的奉獻怎麼滋生了虛僞、欺瞞與(自我)作孽？大陸的馬克思主義潰不成形，台灣的馬克思主義何去何從？像陳般的作者如何說服沉浸物質主義享受裏的台灣同胞，共產主義的理想仍值得奮鬥？最尖刻的是，當歷史、革命、文學似乎已失去彼此間契合的邏輯力量，作家仍能運用文學宣揚政治理想，等同革命行動麼？

〈山路〉因此必須看作是陳映眞針對上述問題，最重要的回應之一。從蔡千惠死後才披露的信中，我們知道少女時期她曾參與台灣北部一個共產組織，她的哥哥及未婚夫黃貞柏也是其中成員。透過這層關係，蔡得以認識組織領導人李國坤，並深深傾倒於他爲理想犧牲的精神。這個組織後來爲國民黨政權偵破；李國坤被處死刑，黃貞柏被判終身監禁。千惠的哥哥竟是向國民黨告密的內奸。爲了替哥哥贖罪，也爲了貫徹自己的理想，千惠毅然決然嫁入李國坤家——而不是未婚夫黃貞柏家。她佯裝成國坤在外的已婚妻子，以未亡人的身分來到貧窮不堪的「夫家」，並誓言與他們一同「喫苦」。

三十年後的蔡千惠，坐在小叔國木——國坤的弟弟——舒服的家中，從早報上得知黃貞柏已經獲釋。她爲背叛眞正的未婚夫羞愧難當，但更爲自身已漸淡忘當年革命的艱辛，痛不欲生。台灣資本主義式經濟的起飛，使她也罹患了意識形態失憶症，眞是情何以堪？

我花了不少篇幅敍述〈山路〉的故事，因爲它充滿了連續劇式的轉折。有人或要批評此一情節的造作，但陳映眞應不以爲然：白色恐怖下千百人家的恐怖遭遇，比起〈山路〉的故事，只怕有過之而無不及。同理，陳也應認爲既然革命意味著化不可能爲可能，它就得號召凡夫俗子作最不平凡的犧牲。蔡千惠這個人物之所以可信，正因爲她爲了革命作出不可思議的犧牲——她的故事亞賽一則小型的聖徒列傳。

我的詮釋將置蔡千惠於中國共產饑餓論述下，視她爲文化大革命後最重要的饑餓女性人物之一。陳映眞隔著台灣海峽，在文革浩劫之後創造了蔡千惠，無疑呼應著共產饑餓形上學與符號學，重塑又一(女性)血肉典範。比起在她之前的饑餓姊妹們，像祥林嫂、像郭素娥，蔡千惠眞是其生也晚。但蔡千惠與「前輩」最大不同之處是，她其實不缺吃的。如果不是她對食物及醫藥如此漠然，她大可予取予求。但躺在病床上她卻一點一點的消磨下去，藥「食」罔效。

從蔡千惠神祕的委靡而死，我們可以談論一種「厭食」邏輯。我所謂的厭食邏輯，指的不只是身心對食物的反感所引發的食序失調症狀，更指的是一種思維模式；這一模式驅使患者將身體當作是與世界現實溝通的管道，而食物的消耗成爲溝通的一大障礙。厭食邏輯的要害在於一個人對自己肉身的否定，以求取更神聖、崇高的存在。厭食症，不論是想像或是臨床的症狀或結果，這幾年頗引起學界注意。李斯莉・海華 (Leslie Haywood) 就曾討論厭食症如何曾被西方現代主義大師用來支持他們「骨感的」、「自我註銷的」美學，隱於其下的更是一種陽物崇拜的傾向[61]。瓊・布魯伯 (Joan Brumberg) 對維多利亞時期「斷食女子」(fasting girls) 現象的研究中，則區分兩類厭食症女子：「神蹟式厭食」(anorexia mirabils) 及「精神官能症式厭食」(anorexia nervosa)[62]。前者被視爲神召感應，因此促動宗教崇拜；後者則與歇斯底里症相關，必須醫藥診斷。布魯伯及其他學者認爲從「神蹟式厭食」到「精神官能症式厭食」，或從宗教顯靈到臨床病症，正代表了一種病理修辭學上的曖昧轉換過程。這一修辭學的曖昧轉換其實也暗示了世紀之交知識場域 (episteme) 及現代女性意象的蛻變[63]。

本文受到這些評論的啓發，但並不爲其所限。我注意到中國共產饑餓論述很奇怪的映照厭食症似的徵兆——一種強烈挨餓的衝動。這衝動也許源自歷史環境的不得已，但卻逐步爲意識形態目標強化、神聖化。這一徵兆甚至有其醫學及性別上的因素。如前所述，中共的饑餓論述其來有自：精神眞理需要肉體見證。理論上，共產式厭食與傳統宗教以斷食作爲濯罪及自我試鍊的手段，若合符節。行動上，它與儒家禮教克制身體以求彰顯道德修養的信念，似乎也頗有關聯[64]。從周初伯夷、叔齊的不食周粟，到明末劉宗周（一五七八—一六四五）絕食殉國，中國歷史上充滿食物與道德相互消長的例子。肉身成了道場。而談到女性、食物與道德的關係，有什麼比程頤（一〇三三—一一〇七）的教訓更怵目驚心：「餓死事極小，失節事極大」[65]！

蔡千惠的故事具有挑戰性，因爲乍看之下，蔡既不是西方醫學定義中的「斷食女子」，也不是傳統中國禮教中的絕食烈婦。在革命的高潮過後，她的死於（理論上）身體不再能吸收任何養分，似乎來得太遲，也於事無補。不僅此也，我們更發現蔡千惠的一生交織太多矛盾：她曾是僞裝烈士遺孀的處子，一個權充「革命之母」、「含辛茹苦」的姑娘，一個爲了共產同志手足之情，否定自己青春本色的女人。這一連串的矛盾以她的死亡達於高潮，因爲我們不再能分清究竟她是因爲醫學病灶還是政治狂熱而致命？她死得遺憾還是滿足？她死於營養不良還是精神虛耗？蔡千惠即使在病中也不曾排斥食物，但我們的重點正是她對身體已棄若敝屣，進食而非絕食，成爲一種她與世界不能溝通的基本象徵。吃與不吃已經沒有什麼兩樣，因爲她想要「吃」的，與她所被餵食的東西間，存在一道鴻溝。

有鑑於此，本節開頭所引的情節，就未必是巧合了。當蔡千惠小叔的妻子勸她喝點鱸魚湯時，她脫口而出：「我來你們家，是爲了喫苦的。」[66]陳映眞如是寫著：

大嫂來家的那個初夏，乞食嬸竟也好了一陣。但一入秋天……就顯得不支了。就那時，大嫂就像眼前的月香一樣，一匙一匙地餵著他的母親。不同的是，老大嫂躺在這特等病房裏，而他的母親卻躺在那陰暗、潮濕、瀰漫著從一隻大尿桶裏散發出來的尿味的房間……

他還記得，有這樣的一次，當大嫂餵下半匙稀飯，他的母親突然任意地吐了出來，弄髒了被窩和床角。

「這樣的命苦啊，別再讓我吃了罷，」伊無淚的哭嚎了起來，「死了罷，讓我，死——了罷……」[67]

在這一場景中，李家的過去與現在因爲這兩個老婦對食物的反應，串連一塊。蔡千惠的婆婆吐出口中稀飯，應是因爲她吃夠了苦，只求解脫；她也知道爲了她家中其他人就更沒得吃了。三十年後，蔡千惠也喪失了活下去的欲望，理由卻何其不同：她覺得她的苦還沒吃夠。她對自己被資本主義虛假的繁榮所「馴化」，深覺不值。而當沒有其他方式表達她的悔恨與抗議，她轉向自己身體作爲最後滌罪所在。

蔡千惠的死只能說是她一輩子自我犧牲的最後高潮。我們只要細看共產饑餓論述的厭食邏輯，就能了解蔡的一生就是活在棄絕肉體福分的考驗中。吃苦三十年，她經歷了所有艱辛，哪裏是一個富家少女當初所能想像的？就像她信中所述：「我狠狠地勞動，像苛毒地虐待著別人似地，役使著自己的肉體和精神……每一次心力交瘁的時候，我就想著和國坤大哥同時赴死的人，和像您一樣，被流放到據說是一個寸草不生的離島，去承受永遠沒有終期的苦刑的人們。每次，當我在洗浴時看見自己曾經像花朵一般年輕的身體，在日以繼夜的重勞動中枯萎下去，我就想起早已腐爛成一堆枯骨的、仆倒在馬場町的國坤大哥。」[68]

蔡千惠一向視她處女之身的消磨爲通往革命聖寵的不二法門。但在八〇年代的台灣，她不能理解爲什麼爲共產理想吃了這麼多苦，她竟然把李家變成了資本主義消費的所在。她也不能釐清，既然資本主義把她及家人馴化爲好逸惡勞的動物，她是否應將歷史的時鐘往回撥，重新找尋「正確的」共產烏托邦天堂。最後，如蔡千惠在信中所述：「如果大陸的革命墮落了，國坤大哥的赴死，和您的長久的囚錮，會不會終於成爲比死、比半生囚禁更爲殘酷的徒然……」[69]對蔡而言，保證生命意義的唯一方式，是棄絕身體，縮短生命（與時間），如此才能凍結自己的歷史，並將其結晶爲共產大歷史的一部分。

陳映眞對中國共產革命主義的再認識，當然不止於重寫饑餓的主題。在他作爲一個意識形態信徒之前，他更是一位優秀的藝術家。就像魯迅、路翎、張愛玲的例子一樣，陳對文學與政治間的微妙張力，從來保持警醒。有鑑於此，在什麼層次上〈山路〉不只是篇有關政治的小說，也是關於書寫政治小說的寓言？對一個土生土長的台灣作者，在「反共復國」基地上爲共產理想而寫作，又意味了什麼？最重要的，爲什麼一寫又寫的是個「饑餓的女人」？

魯迅與路翎以饑餓的女人一抒心中的政治塊壘。他們筆下的祥林嫂及郭素娥困厄重重，至少

「象徵」了一代文人對國家、革命的期望。〈山路〉的問題是，在革命已經（或暫時）潰敗的時刻，陳映眞要如何解釋革命的大業仍有憧憬，饑餓的鍛鍊仍有意義？如果《饑餓的郭素娥》銘刻了人民原欲的、無限的政治潛意識，〈山路〉則是以悼亡姿態，在革命廢墟中回顧已逝的激情。郭素娥擁有強勁的生命力，她追逐（革命）欲望，玉石俱焚在所不惜。陳映眞則在蔡千惠身上投注了深刻反諷。千惠的厭食姿態是對以往饑餓精神的詭異再現，而她的自毀衝動則不免出自歷史的後見之明。饑餓與革命**曾經**在她生命中發生過，但卻導致意外的結果。這也是爲什麼她信中感嘆：「我感到絕望性的、廢然的心懷。」⑩

蔡千惠引以爲憂的，不是一代台共菁英生命及理想的血腥「浪費」，而是回頭來看，這所有的「浪費」竟眞的是毫無意義。奇怪的是，爲了衞護已被荒廢的革命，蔡千惠先立志報廢自己的身體，彷佛放棄了身體，她才能淬鍊最純淨的革命我執。

有鑑於陳映眞的基督教背景，我們也不妨省思他政治狂熱後一股宗教受難者的抱負。女性主義者可以指責陳幻想女性的自我犧牲，以成全他男性至上的革命主義；女性由政治地位的無足輕重甚至被貶抑到身體的無足輕重。但我卻以爲陳的意識形態狂熱及嫌惡女性（misogyny）傾向，並不比他的現代主義情懷更來得重要。他的「現代」情懷往往沾染著荒謬英雄的色彩。蔡千惠在一個革命幻滅的年代爲革命而死，其實顯現強烈的理想主義執著。這種執著既是求全也是自毀，因此托出了相當荒謬的「絕望性的、廢然的心懷」⑪。

我們現在來到故事最尖刻的一點。蔡千惠並不在私下採取自殺手段以明志。她的死是種緩慢而且半公開的展覽——一場身體萎謝的奇觀。在這方面她讓我們想起了卡夫卡的〈饑餓的藝術家〉。卡夫卡故事中的饑餓藝術家把自己關在籠裏，他要展出的藝術品不是別的，正是他自己，展出的主題是藝術主體的死亡。換句話說，饑餓藝術家以他自己的消靡來見證一項消靡的藝術。批評家已經指出，藉著如此一個自我消靡、毀損的角色，卡夫卡宣告了現代主義的來臨[72]。另一方面，從猶太教神祕主義的觀點來看，這一自身消靡之舉，也可能是通往無限豐饒的神恩的必循之路。

陳映眞與〈饑餓的藝術家〉的關係，尚有待我進一步的考證。我的重點是，透過蔡千惠的藝術家兼革命者之死，陳映眞將現代主義美學及馬克思主義理念，作了複雜的綜合。但〈山路〉也許還告訴我們一些別的：歷史及銘刻歷史的藝術。假如寫作可以被視爲解構主義定義下的「痕跡」(trace)，被從語音、意義中心挪移開的書寫痕跡（當然所謂語音、意義中心本身也已是後設的），蔡千惠身後留言，就更添一層反諷意義。她的信柔情似水，充滿傷逝懷舊之姿，它是一件遺物，理論上能殘存於時間的腐蝕下，並說明蔡生前所不能說的一切。但作爲過往的斷簡殘片，遺物的存在其實不還原歷史，只證明了歷史的不可還原性。一種惘然之情終於席捲整篇小說，而小說本身，就像蔡的信一樣，原也應是一段逝去歷史的殘存紀錄。我們於是必須問，陳映眞難道不已成了往日革命光輝的幽靈見證？陳映眞的作品(corpus)難道不也成爲像蔡千惠的屍體(corpse)一樣，以抹銷自身的存在來堅持對**歷史**的承諾？

不僅如此，蔡的信是發給黃貞柏，一個已與社會隔絕三十年的政治犯，信中談的歷史祕密早已因時間的沖洗而意義蕩然。這封信意在溝通，卻已溝通無門。在詭譎的對比層次上，〈山路〉將蔡的信原文照錄作爲結束，似乎將陳映眞式馬克思主義的荒謬面推向極致。蔡千惠以一種緩慢卻堅決的姿態走向死亡，成就了終極荒謬（女）英雄的姿態，陳映眞藉〈山路〉傾吐自己被壓抑的記憶，往時往事似乎至此隨風而去。如果共產主義總有一個時間表，〈山路〉的故事恰是個時間／歷史被錯失及錯置的悲喜劇。

尾聲：饑餓的女兒們

以上我借用路翎、張愛玲、陳映眞三位作家所創造的「饑餓的女人」，討論現代中國文學的饑餓主題。透過這三個女人饑餓的原因，及對饑餓的應變，我認爲三位作家已凸顯中國現代革命論述的特別意義。在創作這些饑餓的女人同時，三位作家表露他(她)們自己亟圖了解饑餓美學政治的欲望——或饑餓。因此胡風的追隨者路翎在「浪費」的描述郭素娥及周遭人們的劣行墮落時，展現自己相當特異的陷溺。他華麗鋪陳的風格暗示一種書寫欲望，在在與毛的文宣八股相牴觸。張愛玲塑造爲求物質食物不惜一切的譚月香，以及爲求精神食物絞盡腦汁的顧岡。藉著兩相對比，她嘲弄一個信誓旦旦下層建築的霸權，如何執著上層建築而且周轉不靈。陳映眞則說了一則往事與記憶徒然的寓言，沉思文學如何可能爲喪逝的政治信念，起死回生。

這三位作家落筆之初，都採取了「露骨寫實」(hard-core realism)形式狀寫饑餓。但過程之中他們不約而同的面對書寫饑餓的美學考驗，而且往往因此得罪當道。饑餓不再只是一個主題而已，也是一種書寫形式的挑戰；是一種身體政治，也是一種文學政治。路翎對文字風格的「浪費」、張愛玲對後設小說的想像（一位作家寫一位劇作家寫饑餓的題材），還有陳映眞的書信懺悔錄，已爲中國作家在親共或反共路線與現代主義思緒間，畫下極耐人尋思的線索。

八〇年代以來，饑餓寫作一仍旣往，成爲作家不斷處理的對象。張賢亮（一九三九—）的《綠化樹》三部曲（一九八三）、《我的菩提樹》（一九九五），王若望（一九三七—）的《饑餓三部曲》（一九八三），都是毛治下以饑餓來壓制、淸除異議分子的實錄。陸文夫（一九二八—）的〈美食家〉（一九八四）、阿城（一九四九—）的〈棋王〉（一九八五）及蘇童（一九六三—）的《米》（一九九〇）則從反諷式回憶或抒情寫實的角度，描寫饑餓。劉震雲（一九四二—）的《溫故，一九四二》（一九九二）以新聞、報導文學及虛構交插形式，拼湊出一九四二年中國北方吞噬百萬生命的大饑荒史實；余華（一九六四—）的《活著》則寫共和國歷史儼然如一段段謀食求生的歷史[73]。莫言（一九五七—）的《酒國》（一九九二）反其道而行；他將當年魯迅的「吃人」控訴作了一百八十度逆轉。我們不再聽到狂人「救救孩子」的吶喊，而是老饕「吃吃孩子」的叫囂。

世紀末饑餓的女人又是怎樣的形象？最難忘的例子應是李昂（一九五二—）的《殺夫》（一九八三）。這本小說中的女主人翁林市遇人不淑，作屠夫的丈夫以控制食物爲手段，強迫她交歡，林市不堪凌辱，最後操刀把丈夫像豬樣的宰了。余華（一九六四—）的〈古典愛情〉（一九八七）反諷才子佳人故事。我們但見佳人在荒年裏被賣作「菜人」，四肢被節節砍下拍賣。李銳（一九五一—）的

《無風之樹》（一九九三）裏，饑餓的女人被賣到山裏作爲一羣畸零窮漢的「公妻」，而這已是一九六三年的新中國。跨過台灣海峽，譚中道（一九六四—）寫出同樣殘酷的〈滄海之粟〉（一九九四），講荒年裏一個女人惟恐被夫家的人吃了，逃回娘家，卻成了自己爹娘的俎上肉。

一個世紀長的饑餓女人行列，因爲虹影（一九六二—）新作《饑餓的女兒》出現，另創高峯。虹影來自四川，現定居倫敦，前此已經出版一系列作品，但沒有一本能如《饑餓的女兒》般如此引人注目。《饑餓的女兒》以自傳小說形式呈現，記述主人翁「我」——虹影——六〇到八〇年代的成長經驗。她生在大躍進的艱困時分，當時數千萬人因毛的錯誤政策在饑荒中喪命。更糟的是，她是個文盲母親的私生女。作爲饑餓的女兒，虹影是自然環境的犧牲，也是父系制度的犧牲。

截至目前爲止，《饑餓的女兒》是少數以大躍進時代爲背景的小說，揭露三年「自然災害」對中國人民所帶來的身心浩劫。事實上中共政權對浩劫的眞相到今天仍然諱莫如深。虹影寫她母親少年逃離「包辦」婚姻，卻逃不開一生厄運的追擊。「自然災害」期間她的丈夫在獄中，母親巧遇一個願意救她和一羣孩子的男人，並發生情愫。這段私情不久就被揭發，而母親這時已懷了男人的孩子，也就是後來的虹影。

對本文而言，虹影母親的故事與四十年前郭素娥的故事竟有驚人的相似性。這兩個饑餓的女人都身蘊複雜欲望，不是塡飽肚子就能算數。虹影母親的姦情公開後，經歷了非人待遇；有鑑於此，我們不難想像如果郭素娥回到了新中國，情況可能更等而下之。虹影自己則「幾乎」重複了母親的遭遇。她的養父不曾對她多表示關懷，她的生父到她十八歲才與女兒重逢，而且只此一次。

她初戀的情人——她的歷史(!)老師——比她歲數大一倍，引領她進入成人性的世界，卻爲了自己的「歷史」問題上吊自殺。「三個『父親』都負了我：生父爲我付出沉重的代價，卻只給我帶來羞辱；養父忍下恥辱，細心照料我長大，但從未親近過我的心；歷史老師，我情人般的父親，只顧自己離去，把我當作一樁應該忘掉的豔遇。」[74]當虹影發現懷了老師的孩子，她自己安排墮胎，從此永遠離開家鄉。

虹影這位「饑餓的女兒」雖身歷百劫，卻兀自成長。她記錄了那場禍害中國的大饑荒，也記錄了隨之而來的文化大革命。就像千萬和她同齡的女子一樣，虹影怎麼樣也不能擺脫饑餓的陰影：被文革精神食糧餵得倒盡胃口，她們亟需找尋另一種食糧——從一頓好飯到愛情到性的歡愉。饑荒多年之後，她們仍然困於饑荒、匱乏與荒涼的夢魘。在精神也在現實意義上，饑餓成爲女性經驗的代名詞。

但不像祥林嫂、郭素娥、譚月香，或甚至她自己的母親，虹影能夠寫下她的饑餓經驗。她的前輩不論如何呼喊自己切身的需要，總被蠻橫的社會消音。虹影寫著，寫出了又一代女子的欲望與恐懼、憂慮與嚮往。她的寫作事業始於她早期生命故事的結束。與多數男性教育成長小說(bildungsroman)不同，虹影的啓蒙使她棄絕而不是接受成規，使她自我放逐而不是進入社會。

「或許，我的寫作，早晚有一天能解救我生來饑餓的心靈。」[75]虹影在《饑餓的女兒》結尾如是寫著。我們不能確定寫作是否眞有助於驅逐她內心的饑餓魔障，但至少她證明女性可以自己生產所需的「精神食糧」。她以自己的方式回憶饑饉匱乏的年月，因此對官方行之多年的饑餓論述，作出有力回應。八十年前祥林嫂默默倒斃在魯鎮除夕的雪夜裏，八十年後的女作家終能寫出自己的故事，企圖回答一個世紀以來種種「人吃人」的問題。

---

❶論二十世紀初期糧食短缺及其經濟後果的研究，見Walter Mallory, *China, Land of Famine* (N. Y.: American Geographical Society, 1926); John Lossing Buck, *Food and Agriculture in Communist China* (Stanford: Hoover Institution Publications, 1966)。

❷見樂剛的研究，Gang Yue, "Hunger, Cannibalism, and the Politics of Eating: Alimentary Discourse in Chinese and Chinese American Literature," Ph. D. diss., Oregon U (1993)，特別是第一、四章。

❸魯迅〈祝福〉，《魯迅全集》（北京：人民文學，一九八一），頁八三。

❹James Brown, *Fictional Meals and Their Function in the French Novel* (Toronto: U of Toronto P, 1984), pp. 12-13; Yue, p.16; also see Louis Marin, *Food for Thought*, trans. Mette Hjort (Baltimore: Johns Hopkins UP), pp. 35-38.

❺見樂剛的討論，Yue, chap. 2。

❻路翎的本名是徐嗣興，有關路翎的生平資料，參見張煥、魏臨、李志遠、楊義編《路翎資料選編》（北京：北京文藝出版社，一九九三）。

❼路翎《饑餓的郭素娥》（北京：北京人民出版社，一九八八），頁一〇三。

❽胡風〈《饑餓的郭素娥》序〉，收於《路翎資料選編》，頁六〇。譯文引自Kirk Denton, "Mind and the Problematic of Self in Modern Chinese Literature: Hu Feng's Subjectivism and Lu Ling's PsychoLogical Fiction," Ph. D. diss., U of Toronto (1992), p. 235。

❾見舒允中的討論，Yunzhong Shu, "Buglers on the Home Front: The Literary Practice of the *Qiyue* School," Diss. of Columbia U (1994)。亦見夏志清，C. T. Hsia, *A History of Modern Chinese Fiction* (New Haven: Yale UP, 1971), pp. 326–360; Theodore Huters, "Hu Feng and the Critical Legacy of Lu Xun," in Leo Ou-fan Lee, ed., *Lu Xun and His Legacy* (Berkeley: U of California P, 1985), pp. 129–152。

❿我指的當然是魯迅《吶喊》自序的描述。

⓫胡風，頁六〇。

⓬邵荃麟〈饑餓的郭素娥〉，《路翎資料選編》，頁六六。

⓭楊義〈路翎：靈魂奧祕的探索者〉，《路翎資料選編》，頁一七五—二〇三；錢理羣〈探索者的得與失〉，《路翎資料選編》，頁一五六—一七二。

⓮Rey Chow, *Primitive Passions: Visuality, Sexuality, Ethnicity, and Contemporary Chinese Cinema* (N. Y.: Columbia UP, 1995)。周蕾的言論基於她將電影視覺經驗與文學文本經驗的對比，及對後者（不無疑議的）批判。本文將此「始原的激情」視爲一修辭象徵及情緒鋪陳。始原的激情被視爲現代性之所以缺失的原因。另見我對沈從文的討論，以「想像的鄉愁」(Imaginary Nostalgia) 指涉一種類似的情緒及述寫姿態，見*Fictional Realism in 20th-Century China: Mao Dun, Lao She, Shen Congwen* (N. Y.: Columbia UP, 1992), chap. 7。

⓯Chow, p. 21.

⓰見Kirk Denton, "Lu Ling's Literary Art: Myth and Symbol in Hungry Guo Su'e," *Modern Chinese Literature* 2.

2 (Fall, 1986): 197–209。亦見 Denton, "Mind," pp. 202–237。

⑰ Liu Kang, "The Language of Desire, Class, and Subjectivity in Lu Ling's Fiction," in Tongling Lu, ed., *Gender and Sexuality in Twentieth Century Chinese Literature and Society* (State U of New York P, 1993), pp. 67–84。

⑱ Shu, "Buglers on the Home Front," pp. 156–189.

⑲ 見註❶。

⑳ 中共中央文獻研究室編《毛澤東文集》（北京：人民出版社，一九七九），一：五—七、一五—一六、三三、四四—四五。

㉑ 見樂剛的討論，Yue, pp. 160–161。

㉒ Denton, "Mind," p. 129。儒家理學將佛教的救贖公案融入其話語中，而俄國馬克思主義者將正教的修辭意象融入其革命神聖想像中。

㉓ Ban Wang, *The Sublime Figure of History: Aesthetics and Politics in Twentieth-Century China* (Stanford: Stanford UP, 1997), p. 1.

㉔ 中共中央文獻研究室，二：七〇〇。

㉕ 見 Yue, p. 162；特別見論文第四章對延安文學饑餓主題的分析。

㉖ 路翎《饑餓的郭素娥》，頁三七。

㉗ C. T. Hsia, "Closing Remarks," in Jeannette Faurot, ed., *Chinese Fiction from Taiwan: Critical Perspectives* (Bloomington: Indiana UP, 1980), p. 240.

㉘ 施淑《理想主義者的剪影》（台北：新地出版社，一九九〇），頁一四九—一五〇。

㉙ 路翎《饑餓的郭素娥》，頁三七。

㉚同上，頁四八。

㉛孫隆基《中國文化的深層結構》（台北：結構羣，一九八九）。

㉜見我在 *Fictional Realism* 第三章的討論。

㉝見孟悅的討論，〈《白毛女》演變的啓示：論延安文藝的歷史多質性〉，唐小兵編《再解讀：大衆文藝與意識形態》（香港：牛津大學，一九九三），頁六八—八九。

㉞《白毛女》作者賀敬之的言論，引自孟悅，頁七六。

㉟路翎《饑餓的郭素娥》，頁二二。

㊱見 Wang, chap. 1。

㊲見 Liu, "The Language of Desire"。

㊳Robert Newman, *Transgressions of Reading: Narrative Engagement as Exile and Return* (Durham: Duke UP, 1993), p. 141; also see Julia Kristeva, *Powers of Horror: An Essay on Abjection*, trans. Leon S. Roudiez (N. Y.: Columbia UP, 1982), and Victor Burgin, *In/Different Spaces: Place and Memory in Visual Culture* (Berkeley: U of California P, 1996), pp. 47–56.

㊴Newman, p. 140.

㊵路翎《饑餓的郭素娥》，頁八一。

㊶同上，頁八九。

㊷György Lukács, *Studies in European Realism* (N. Y.: Grosset and Dunlup, 1964)。胡風深受盧卡契的影響，見 Shu, pp. 56–61。

㊸施淑《理想主義者的剪影》，頁一四二—一五九。

㊹我指的是「大躍進」（一九五九—一九六二）所造成千萬人餓死的悲劇。

㊺有關大躍進期間的吃人現象，見Jasper Becker, *Hungry Ghosts: Mao's Secret Famine* (N. Y.: The Free P, 1996), chap. 14。

㊻根據汪暉的轉述：路翎平反後再度執筆，產量雖大，但千言萬語都是重複「毛語」的陳腔濫調，這可能是他在多年監禁下心智失常的徵兆。

㊼見我爲張愛玲英文版《秧歌》寫的序言，*The Rice-Sprout Song* (Berkeley: U of California P, 1998)。

㊽趙樹理《李家莊的變遷》（一九四五）；周立波《暴風驟雨》（一九四九）；丁玲《太陽照在桑乾河上》（一九四九）。

㊾胡適給張愛玲的信，張愛玲《秧歌》，《張愛玲全集》（台北：皇冠，一九九五），一：三。

㊿Hsia, *A History*, pp. 357–67；龍應台《龍應台評小說》（台北：爾雅，一九八五），頁一〇八。

51 Becker, p. 53.

52 Hsia, *A History*, pp. 357–67.

53 張愛玲《流言》，《全集》，三：八七。

54 張愛玲《秧歌》，《全集》，一：一八九—一九〇。

55 Becker, chap. 1.

56 張愛玲《傳奇》序，《全集》，五：六。

57 陳映眞〈山路〉，《陳映眞作品集》（台北：人間出版社，一九九八），九：五三。

58 同上，頁三八。

59 論陳映眞受基督教象徵的影響，見Lewis Robinson，〈陳映眞的沉思文學〉，戴國立譯，《陳映眞作品集》，一五：

一三五—一八〇。

60 蔣勳〈從浪漫的理想到冷靜的諷刺〉，《陳映真作品集》，五：一八五—一九〇。亦見 Yomi Braester's discussion of "Mountain Path," in "Writing Terror: Crises of Historical Testimony in Twentieth-Century Chinese Literature and Film," Ph. D. diss., Yale U (1997), pp. 137-146。

61 Leslie Haywood, *Dedication to Hunger: The Anorexic Aesthetic in Modern Cultures* (Berkeley: U of California P, 1995), pp. 61-88; Mark Anderson, "Anorexia and Modernism, Or How I Learned to Diet in All Directions," *Discourse* 11.1 (1988-1989): 28-41.

62 Joan Brumberg, *Fasting Girls: The History of Anorexia Nervosa* (Cambridge, Mass.: Harvard UP, 1988), pp. 61-99; also see Haywood, pp. 72-73.

63 Brumberg, p. 99; Haywood, p. 73.

64 見 Denton 的分析，"Mind," p. 129。他指出了路翎與晚明理學間的可能思路關係。

65 見鍾彩鈞的論文，《二程聖人之學的研究》（國立台灣大學博士論文，一九九〇），頁二三四—二四三。

66 陳映真〈山路〉，頁九。

67 同上，頁九—一〇。

68 同上，頁二〇。

69 同上，頁二一。

70 同上。

71 施淑〈台灣的憂鬱：論陳映真早期小說的藝術〉，《兩岸文學論集》（台北：新地出版社，一九九七），頁一四九—一六五。

㉗ Manfred M. Fichter, "The Anorexia Nervosa of Franz Kafka," *The International Journal of Eating Disorders* 2 (1987): 367-377; Anderson, pp. 28-41.

㉘ 見周蕾，Rey Chow, "We Endure, Therefore We Are: Survival, Governance, and Zhang Yimou's To Live," *The South Atlantic Quarterly* 95.4(Fall, 1996): 1039-1064。

㉙ 虹影《饑餓的女兒》（台北：爾雅，一九九七），頁三三二。

㉚ 同上，頁三二九。

說來那話兒也長
——鳥瞰當代情色小說

在《小說中國》(台北：麥田，一九九三)的一篇論文〈華麗的世紀末〉裏，我曾以「新狎邪」一詞預測當代中文小說的一種走向。到了九〇年代末期，這股小說潮似乎愈演愈盛。藉著肉體想像的冒險，有的作家演義政治、道德寓言，有的重勘性愛風俗標準。她(他)們讓「欲望的敍述」與「敍述的欲望」交相衝擊，其露骨抵死處，在二十世紀前九十年的中文小說裏，實在少見。只是苦了有品味的讀者：這些日子看到動詞如插舔揉咬啃塞，名詞如毛唇莖乳舌肛，頻頻來襲，眞不由人不打從心裏發毛。

作爲讀者，我們要怎樣面對這波情欲寫作風潮呢？說這是末世的頹廢現象，人心不古的鐵證吧，難免要遭假道學之譏，更不談自我性壓抑的嫌疑。說這是後解嚴、後父權、後資本、後現代，後殖民時期的症候羣吧，又顯然犯了歷史短視症。只要我們把眼光放大，就可發現在古早的晚明，人心可能比現在還不古(王秋桂、陳慶浩教授合編的「思無邪」寶庫，重刊十七、八世紀的風月寫作，只是最近的一個實例)。而在現代、殖民、資本主義萌芽期的清末，狹邪小說即曾以妓院裏的無邊春色，傾倒一代中國(男)人的情欲想像。至於有志愛欲理論的學者及讀者，在擁抱西學之餘，也不妨遙想「性博士」張競生(一八八八—一九七〇)當年的鋒頭。早在一九二〇年代，張氏即以神交論、第三種水論、外婚論等，嚇煞了第一批五四開明分子。

我無意嘲諷當代的情欲述作少見多怪。在不同的歷史環境裏，愛欲行爲、政教制約及象徵符號產生不同的互動，原無是非先後之別。而在種種理性話語及實踐之外，情欲的周折流轉，尤其難以捉摸。我所關心的是，何以在中國(文學)現代化的過程中，有關情欲主體的探勘，發軔如此之早，發展卻如此的生澀緩慢。儘管張競生、張資平、葉靈鳳及新感覺派諸君子當年也曾驚世駭俗過，他們的成就到底不曾撼動主流。五四以來的作家以開發個人主義始，卻儼然把她(他)們的情欲想像都轉嫁到感時憂國的塊壘上：君不見，郁達夫寫留日學生嫖妓不成，就要自沉以明「愛」國不遂之恨麼(〈沉淪〉)？學者周蕾批評五四男作家的自虐／虐人政治情結，正以其情欲主權的位移爲焦點(《婦女與中國現代性》，一九九五)。而四九以後，大陸文學對毛主席欲仙欲死的崇拜，眞僞不論，不又是一種情欲昇華或壓抑的怪現狀？如今海峽兩岸作家競寫狎情孽愛，與其說是空前之舉，倒不如說是「終於」塡補了五四以來的一大空檔。

一

一九九四年《中國時報》百萬小說徵文獎的頭三名作品《荒人手記》、《沉默之島》、《行道天涯》，可以看作是當代台灣情欲創作的重要指標。這三部小說，一寫同性戀者的原罪與救贖、一寫女性靈欲之旅、一寫政治與性愛的轇轕，適足說明有心作家的三種寫作方向；在傳承與創新上皆具突破意義。朱天文的《荒人手記》可謂是她個人創作的高峯。寫同志世界的頽靡耽美，欲色劫毀，在在令人稱奇。其實同性題材在傳統小說中一直若隱若現的存在著，倒是五四文學革命後，反成了禁區。清代的陳森首以長篇形式，寫出男伶與恩客間的斷袖恩情（《品花寶鑑》，一八四九）。一個半世紀後，才有了朱天文用更繁複炫麗的技法，重寫欲望、文學、語言性別越界的奇詭可能。

識者或要反駁，在《荒人手記》之前，不是已有林懷民（〈安德烈·紀德的冬天〉）、白先勇（《孽子》）等人的開路之作？更不提像光泰、藍玉湖這型作者的文字。白先勇等現身說法的勇氣及成就，當然值得敬重，但從情欲與文字創作的觀點來看，朱天文的視野別有不同。《荒人手記》講的是同性相吸的故事，但它也是則有關創作欲力的寓言。這是個作者與自己想像力談戀愛的告白，是個藉文字播散而成的單性生殖狂想曲。文字、創作、生殖衝動在此相互糾結，自顧自的衍生意義，並隨即抹銷其意義。寫作成了最華麗的浪費，最抵死而又空虛的自慰。而朱以女性之筆，虛擬男性同志的愛欲色相，上通《品花寶鑑》男女易裝、顚鸞倒鳳的美學，猶其餘事。

基進的同志論者護盤心切，已一再指出《荒人手記》開高走低、虛張聲勢的性別意識。他（她）們認爲愛欲的力量摧枯拉朽，由不得人只玩紙上文章。邱妙津的《鱷魚手記》寫女同性戀情的痛苦、怵目驚心；而《蒙馬特遺書》中作者更以自己的生命，見證文字所不能及的欲望黑洞。問題是，邱的決絕畢竟少見，多數作者仍需在文字障中，參看及演出情色幻相。這就牽涉到情欲與寫作間種種眞假虛實生剋的問題。同性戀文學不比異性戀文學更能捕捉愛欲的極致，同志作家一樣得以不斷翻新的敍事行爲，來銘刻、裝點她（他）們的情色想像。用朱天文的話說，「我寫故我在」。

在《荒人手記》出版前，香港的李碧華已以《青蛇》、《霸王別姬》二作，分別描寫女、男同性的情愫。李的風格慵懶戲弄，談不上「言志」目的，但卻時有神來之筆。之後同爲香港出身的黃碧雲則以〈她是女子，我也是女子〉寫女同志的心事，下筆冷冽樸素，比邱妙津多了一分自恃。還有董啓章以《安卓珍妮》、〈雙身〉等作，碰觸雌雄同體、性錯置及變性等話題。放眼港台作者，堪稱獨樹一幟。

台灣的朱天心也曾搶在乃姊之先，僞託男性聲音探觸女同性戀的曖昧幽黯關係。她的中篇〈春風蝴蝶之事〉以議論文法寫似水柔情，不只試驗肉體欲望，更試驗文體、欲望的無限可能。相形之下，亦是出身「三三」集刊的林俊穎，就稍顯保守。林《是誰在唱歌》以及《日出在遠方》中的部分作品寫可望而不可得的男性愛戀，婉轉精緻，走的基本是白先勇式的路子。除此，蔣勳的部分短篇，像〈熱死鸚鵡〉、〈因爲孤獨的緣故〉等，力圖挖掘情欲壓抑下的性格變奏，如雙性戀、戀童癖等。惟淺嘗輒止，未多發揮。大陸的崔子恩在九〇年代末期異軍突起，已有《桃色嘴唇》及《三角城的故事》在港上市。崔的另類情愛故事結合不同的敍事文類，極具實驗風格，得失互見。但他的勇氣及想像力依然值得致敬。

年輕一輩作者的生猛表現，也極引人注目。邱妙津在《鱷魚手記》前已是頗受期待的作家：《手記》糅合劄記、告白、幻想等形式，凸顯敍事者爲感情尋找適當文字依歸的急切。全書仍乏剪裁，惟力道已處處可見。陳雪的《惡女書》，開宗明義，點出禁忌愛情的道德負擔。所收四篇小說算是大膽坦白。但這到底是同志作者刻骨銘心的吶喊，還只是新秀作者語不驚人死不休的姿態，還有待證明。過多的體液及生殖器官描寫，未必就達到色欲效果。陳的〈異色之屋〉實驗女性怪誕(female gothic)主題，反更有可讀性。但話說回來，相較於早有古典傳統的男色小說，陳雪及她的同志們面臨的挑戰，眞是前乏古人，也因此別具意義。曹麗娟的〈童女之舞〉，章緣的〈更衣室的女人〉，還有郝譽翔的小說如〈二三〇〇，洪荒〉等，都是不可錯過的實例。

另外兩位台大外文系培訓出的作者，紀大偉與洪凌，儼然成了酷兒文學的絕代雙驕。她(他)們努力創作及運動，興轟轟的好不熱鬧。兩人迄今最重要的突破，應是引介了科幻及荒誕小說模式，鋪陳同志的未來、酷異世界，這才是眞正的「航向色情烏托邦」：世界「大同」。科幻與情色的結合，西方小說行之有年；紀、洪的試驗，開拓了我們想像的空間，張系國輩應可再拉拔她(他)們一些。實際創作方面，洪凌的《肢解異獸》過於耽溺意象及宣言式文字，濃得化不開；《宇宙奧狄賽》的可讀性則大得多。紀的新作《感官世界》呈現了作者寫實及幻想的才情，後勢看好。但在此書每篇結尾，紀都忍不住自我詮釋一番。是缺乏自信，還是好爲人師？既要耍酷，就不須婆婆媽媽。中篇《膜》以生化複製人的傳奇，探討人性及人「性」的先後天之爭，則是相當可讀的科幻同志小說。看多了紀、洪的酷兒勵志科幻，又令人不禁發思古之幽情——讀者的欲望，就是這麼難測！新作家有一腔抱負，但對世路人情的觀察，畢竟嫌少。科幻是他(她)們的新文類，卻也可能成爲架空血肉現實的藉口。

二

女性小說家的情色文字，是台港文學的重要傳統。蘇偉貞的《沉默之島》頗有暫時總結她以往創作經驗的味道。此作不如《荒人手記》那麼炫目，但自女性自剖情欲的立場來看，成績依然可觀。書中的兩位霍晨勉輾轉天涯，各自找尋感情皈依的方式，又互相印證女性開啓愛欲新路的挫折與可能。蘇偉貞創造特立獨行，卻又深情似海的女性角色，一向博得好評。《沉默之島》的特徵，不在於她又推出了類似的角色，而在於她壓縮這些角色的戲劇性潛能，並以其作爲思考情欲美學的資本。橫亙全書沉思性的、辯證性的章節，與那些肉體徵逐的片段，相互流轉，形成蘇偉貞的新風格。這一風格在《夢書》中更上層樓，幾乎成了半哲思式絮語。對此轉變，我有所保留，但比起八〇年代一路行來的女作者，如廖輝英、蕭颯、袁瓊瓊等，蘇的求變心切，可記一功。

現代女性書寫自我情欲意識，當然非自今始。五四以來的馮沅君、盧隱、石評梅等，都曾留下動人紀錄。丁玲的一篇〈莎菲女士的日記〉，至今仍是不少海外女性主義者嘮嘮不休的對象。丁玲的左轉，及日後在毛政權的壓迫下，由修正到放棄她的女性堅持，無疑是那輩女作家自我犧牲的典型。唯有四〇年代的張愛玲曇花一現，以〈傾城之戀〉、〈金鎖記〉等故事，私語她的情色傳奇。蘇青的《結婚十年》，告白夫妻閨房眞相，也算勇氣可嘉。

相較於中共文學傳統，台灣的女作家基本維持了她們自我不斷定位的可能。但這條路走來也是何其忒艱！五〇年代郭良蕙《心鎖》的查禁事件，七〇年代聶華苓《桑青與桃紅》連載被腰斬事件，還有李昂自〈莫春〉、〈人間世〉到《殺夫》等所一向受到的「關切」，在在說明男性敍事霸權的顢頇干預。就此我不願輕忽由瓊瑤首領風騷的《皇冠》派女性作家。她們以妥協的方式，編織夢幻，虛擬情貞，為(女性?)讀者的情欲想像，找尋另一種出路或退路。而在可見的將來，希代、萬盛及禾林版的女(?)羅曼史作家們，也將依然有其存在意義。林芳玫教授對瓊瑤愛情小說的解析，是此類研究的重要文獻。

八〇年代初以〈自己的天空〉一鳴驚人的袁瓊瓊，曾是當時最被看好的女作家。沉寂了一段時間後，近年東山再起，嘲仿都市亂愛現象，筆法依舊冷雋老練。我已在不同的文章裏，強調袁調理黑色幽默的能力。鍾玲的《生死冤家》則回到古典世界，以輪迴還魂的主題，探討女性情欲生生不息的力量。故事新編，多所創意。另一位健將蕭颯的作品《皆大歡喜》，顯示出她漸走出婚變的悲情陰影，嘗試以喜劇形式處理女性婚姻情愛困境。惟蕭的改變，步調仍嫌太慢。當年寫《今夜微雨》等的廖輝英，如今已是著作等身；或許和她的寫作生涯規劃有關，目前的作品縱橫台灣歷史。女性角色仍是廖創作的重心，但她的敍事方式已露疲態——她需要像平路、李昂及朱天文般，顛覆一下她所習慣的文體及文類。

婦運前輩李元貞也嘗加入筆陣，推出《愛情私語》等作；露骨大膽處，固然跌破一堆眼鏡，但並未引起更多議論。或許理想及實踐間，還須多所溝通。朱天心的情色小說一向別具一格，八〇末期的〈佛滅〉、〈新黨十九日〉，一寫知識雅痞的欲望與偽善，一寫中年家庭婦女的感情大逆轉，都是言之有物型的作品。她的〈匈牙利之水〉等系列作品，從聽覺與嗅覺的角度，寫欲望的散布流盪，以及欲望之後的政治潛意識，十分可觀。朱天文的《世紀末的華麗》一書講後現代台北的曠男怨女，末世之戀，成績已有定論，毋須贅言。至於「野火」女士龍應台的短篇〈在海德堡墜入情網〉，寫天眞的台灣女子異鄉邂逅，之後被砍掉腦袋(?)的下場，說教的衝動已大過寫情欲的衝動了。

與這麼多女作家相比，男作家在寫男女情欲的表現實在相形失色。張啓疆早期《如花初綻的容顏》白描都市氛圍中高漲竄流的男性性意識，穠豔陰鬱，居然有三〇年代新感覺派小說的味道。惟張的興趣廣泛，未就此繼續發揮。林燿德在如《大東區》的作品中，繪影形聲的寫人欲橫流，從異性到同性，從S／M到屍戀，洋洋大觀，但這些文字除了顯示林的博聞多能外，尙乏一種挑逗的風格。如果閱讀也是一種欲望的騷動與完成，我要說我還沒有被《大東區》的作品「爽到」。類似的閱讀經驗，尤可印證在曾陽晴的小說上。曾前些年似乎有志作台灣的性學大師。他的小說從《母親的情人是女兒的情人》到《裸體上班族》，奇想連篇，林燿德或科幻酷兒們大概也要自嘆弗如。但看全國裸體上班，或作者從自己的肛門進入自己的身體再從自己的嘴裏「生出來」這些點子，可以思過半矣。曾及他的支持者大可說讀者的「技巧」不好或膽子太小，因此不能得到閱讀的快感。的確，曾的作品可謂是目前花樣最怪的情色文字實驗，也最具挑釁我們創作、閱讀尺度的野心。但我要「調戲」他雖色膽包天，但文字裝備不夠精良；花樣沒有玩完，就一洩如注。如他好生將養，寫出二十一世紀的《肉蒲團》或未可知。

不能不一提的還有三位男作家。陳裕盛的《實驗報告》及《暗骸殘夜》誇張最陰暗隱晦的性暴力及性異常想像，兩岸三地作家，難有人望其項背。台灣的兩性學者大談薩德(Sade)或巴他以(Bataille)的S／M美學，卻忽視陳裕盛的現象，不免可惜。蔣勳《因爲孤獨的緣故》解剖現代人躁鬱無著的原欲衝動與壓抑，頗能自成一格。此作每篇皆以一人體器官入手，鋪陳隱喻象徵，剔透婉轉，前述的龍應台若再寫「斷頭」故事，或可由此得到借鏡。李永平的《海東青》視野浩大；小說以台灣的幼齒墮落現象入手，又介紹一中年知識分子與年僅七歲的小女孩的愛慕關係，徘徊靈欲之間，很能觸動種種禁忌想像。

尚有數位男、女作者，企圖觀察新人類的情愛冒險，不妨併識於此。成英姝幾乎被包裝成寫小說的王靖雯。她的《公主徹夜未眠》及《好女孩不做》誇張後現代式慵懶甚或無厘頭愛欲遊戲，確有不同。王宣一的《懺情錄》嘲諷城市快餐式戀情，刻意求淡求無情，反而失去她稍早〈叢林感覺〉那類作品的自然。成、王兩人都難脫村上春樹的影響。另外朱國珍的《夜夜要喝長島冰茶的女人》及吳婉菱的《紅鶴》揭露女性情欲，大膽之處，果然不讓鬚眉。

男作者王文華的《舊金山下雨了》局限於華洋雅痞情事，極其流麗卻嫌自我耽溺了些；他已移師紐約，或能別有所見。至於出版《情幻色影》的吳鈞堯，又是一個「限級」新秀，只是這年頭大夥競相紙上脫衣，見怪不怪了。善於經營造勢的苦苓總結他數年來創作，推出《男人背叛》。其中部分指涉情色的作品，如〈我的小魔女〉、〈七小時之癢〉等，以自嘲訕笑取勝，也點出一個中年男子廁身新人類間的局促不安。苦苓老矣乎？

三

平路的《行道天涯》以宋慶齡、孫中山的情史爲主軸，自一女性政治人物角度，側寫現代中國一頁歷史。愛情加政治，原是文學取之不盡的題材。二十世紀中國小說的前例，亦所在多有。《行道天涯》的基本架構，因此有脈絡可尋。但平路是有心作家。但看她把國父、國母的床笫瑣事搬上台面，已經要讓人瞠目以對，更何況她鍥而不舍的要挖掘國母下半輩的風流韻事呢。爲歷史人物作翻案文章，很可譁衆取寵。平路卻用了極敬謹的筆法，揣摩一代偉人及其妻子的情欲心事。然而更重要的是，平路讓這一脈情欲心事凌駕於政治、歷史「大敍述」上。由此將傳統歷史小說的基調作了大翻轉。比諸京夫子《毛澤東和他的女人們》那種穢亂後宮的「內幕」炒作，眞是高下立判。

平路的創作企圖可圈可點，但作品本身不乏瑕疵。擺動在史實及心理敍述間，她需要一更有想像力的敍事點，帶出宋慶齡一生的浪漫歷程。即便如是，此書開展了政治／情欲寫作的又一可能。一言及此，我們不免想到清末《孽海花》之類的作品及傳說。一代中國（男）讀者曾熱情幻想名妓賽金花「捨身保國」，救民族危亡於床上，煞是奇觀；女性主義者可斥爲無稽，但賽金花神話仍不得不使我們驚訝性與政治、文化史的種種交鋒。反倒是五四以後，性解放與意識形態解放逐漸合爲一談。茅盾之輩的《蝕》及《虹》寫女性自革命中找尋情欲寄託，應是最明顯的例子。四九之後，舉國人民自願或被迫與毛主席「談戀愛」，《苦戀》一場，只落得傷痕纍纍。

與平路相輝映的作者，有李昂與施叔青姊妹。李昂一向是情欲寫作的鋒頭人物。這兩年新人類越寫越大膽，連老大姊都要瞠乎其後。但如前所述，年輕作家容或擅長羶色葷腥的場面，但A片作風未必保證作品的A級水準，李昂的《迷園》依然有其示範意義。小說中女性情欲的冒險與台灣政治、商業、情欲的冒險相互較勁，此消彼長，煞是動人。可惜此作後半急轉直下，成了民主進步的革命寓言，未免有點化繁爲簡。李的小說集《北港香爐人人插》更直接暴露當代台灣情欲與政治衝突的實況，迹近影射小說，引起了絕大爭論。小說是色情八卦，還是赤裸批判，一時之間人人有話要說，也算是小說政治的一景吧。

施叔青過去數年致力「香港三部曲」的寫作，趕在九七「回歸」之前，大功告成。她以一個妓女起落，來見證香港的百年繁華。這一技法上承《孽海花》式正宗法統，又能獨立開拓女性視野，難怪引來許多喝采。比起李昂，施的摹擬功夫更擅勝場。上個世紀末香港的紙醉金迷，襯在當時荒蕪的殖民山水下，更顯豔異詭媚。施曾是張愛玲的信徒，近年屢思突破。其實她大可鋪陳她早年超現實的筆觸，豐富她的小說世界。

無獨有偶的，旅美大陸女作者嚴歌苓的《扶桑》，也以妓女生涯，譬喻百年華人移民美國血淚。此作儼然可作爲學者論女性主義、東方主義、後殖民論的絕好教材，而嚴歌苓誇張色欲及異國情調的用心，本身也饒富意義。嚴的《人寰》狀寫一段歷經各種政治滄桑的不倫之戀，又獲大獎。小說中的女主人翁藉心理治療傾吐自己的情色經歷或欲望，似懺情又似遐想。語言欲望的糾結及其引來的空洞回聲，很可引人深思。

中青輩的作者除了前所提及的朱天心頗有斬獲外，仍有楊照必須一提。楊這兩年是台灣文壇政壇及論壇的新星，博學多能。但比較起來，還是寫小說的他最能獨樹一幟。楊照的中短篇常有大量色欲描寫，但細心讀者可以發覺，這些場面共有一陰鬱暴卒的基調：似乎不快樂不饜足的性，來自不快樂不饜足的政治潛意識。這兩者的傾軋，很少在他的作品中得到紓解，卻也是他小說可看性的根源。《暗巷迷夜》仿日本推理小說敍事，解讀一件神祕謀殺案。而牽涉其中的關係人卻要在情欲的癡迷裏，抗拒或碰觸歷史的殘暴眞相。至於最近戴文采的《在陌生的城市》，文字雖極流暢，所述性及政治（選舉）的糾纏，卻似乎是趕搭熱門話題快車。不如前面數位作家的野心遠矣。

四

大陸文學自八〇年代初期開始，逐步自意識形態枷鎖開放。在傷痕反思，尋根先鋒的熱潮中，作家重拾對情欲主體的描摹興趣，於是有了張賢亮《男人的一半是女人》、張潔〈愛是不能忘記的〉、《方舟》、張欣欣《這次你演那一半》等成績。八〇年代下期，所謂「性禁區」的解放，還眞熱鬧了一陣。但以前述台港小說所設下的標準，就未免是小巫見大巫了。個體欲望的解放，莫非眞是基於一個更包容的政治環境？即便如是，像王安憶的三戀小說〈小城之戀〉、〈荒山之戀〉、〈錦繡谷之戀〉、鐵凝的《玫瑰門》等作，寫階級所難遏阻的激情、禁欲社會裏的原欲，質樸洶湧，兀自有股台港小說中少有的氣勢。

九〇年代以來，兩位湖北作家，池莉與方方，曾先後被捧爲新式愛情小說的代言人。她們的作品，如《桃花燦爛》、〈不談愛情〉、〈煩惱人生〉等，狀情寫愛，倒也中規中矩。只是看多了台港小說，我們不禁要覺得兩位女士最「大膽」時，也不過是重拾當年於梨華、蘇雲菁的那個「老派」傳統。

年輕的女作家中，林白九〇年代中以一篇〈致命的飛翔〉聲名大噪。小說講露水姻緣下的血腥殺機，確能白描大陸劇變中的男女情欲想像。故事的高潮裏，女主角再難忍受沒有意義的肉體關係，竟然對愛人引刀成一快——這不啻有台灣李昂《殺夫》的靈感了。林白的作品豐富，惟品質參差；但她對性愛題材的挖掘與思考，很可使她未來更上層樓。另外一位陳染有《與往事乾杯》等作問市。陳與林白不同處，在於她專注都會的、知識階層的女性如何處理情欲問題，表面水波不興，其實暗潮洶湧。陳染輕輕點染女性角色的自戀與自嘲，在以煽情爲能事的小說潮中，頗能獨樹一格。

八〇年初以《芙蓉鎮》、《貞女》寫寡婦偷情，紅遍大陸的古華，近來也是不見起色。他在台灣出版的《色審》，速寫公安單位夜審野鴛鴦的偷歡細節，止於暴露性禁忌與懲罰的怪態而已。九三年兩位陝西作家的小說，賈平凹的《廢都》及陳忠實的《白鹿原》，先後成爲全國暢銷書。《廢都》更因涉及猥褻文字，遭到禁印，引起軒然大波。賈平凹原是極有才華的尋根派作家。《廢都》中他改弦易轍，以古都西安爲背景，描述一羣文人頹墮的聲色行當。主人翁莊之蝶與六位年紀、背景差距極大的女性，皆有床上情誼。其中蝕骨銷魂處，儼然有《金瓶梅》的影子——包括故作刪除狀的「潔本」印排方式。衞道之士的大驚小怪與廣大人民的趨之若鶩，恰恰浮現大陸社會情欲論述的窘困貧乏。實則《廢都》的另一基調，《儒林外史》式的悲涼與諷刺，才更應是賈平凹著墨的要點。陳忠實的《白鹿原》也有不少色情場面。但與《廢都》不同的是，《白鹿原》基本沿襲了中共早期革命歷史小說的傳統，而賦予九〇年代詮釋。個人情欲的徵逐與國家／歷史／革命愛欲的完成，居然在此書找到一巧妙的平衡點。讀者（及檢查者）大可以合法掩護非法，一遂閱讀的樂趣。《廢都》及《白鹿原》幸與不幸的際遇，我們隔岸觀之，不禁要對中共文藝尺度的自我矛盾處，感到莞爾。

來自蘇州的蘇童與來自南京的葉兆言八〇年末即被看好。蘇童的〈罌粟之家〉、〈妻妾成羣〉等作，已成西方院校裏的教材。蘇童寫頹唐綺麗的家族故事，詭祕陰鷙的情愛傳奇，的確膾炙人口。九〇以來，他的長篇如《米》也是循此路數，而以《我的帝王生涯》諧謔中國人荒淫飄忽的皇帝夢，達到高峯。但蘇童最近的小說，止於重複已然拿手的故事，雖說好看，未見突破。葉兆言曾是張愛玲的私淑者，而他的《夜泊秦淮》系列，重寫以往鴛鴦蝴蝶派那種猶抱琵琶，且新且舊的民國風月，堪稱一絕。可惜葉多角經營，未能對較擅長的題材，多作發揮。他的《花影》，算是他再次出發的仿古風月小說。此作原爲陳凱歌電影《風月》的小說版本，講民初江南大戶人家淫靡穢亂的風情，以及女性追尋情欲解放的試驗。鴉片春宮、亂倫變態，葉兆言寫得誇張過癮，但全作讀來彷彿是蘇童小說意境的延伸。倒是在處理故事中主角瘋狂殘絕的愛欲衝動上，葉兆言版的詮釋畢竟仍較陳凱歌電影更勝一籌。

我們最後回到上海王安憶。如前所述，王稍早的「三戀」小說，已爲她的情色想像打下基礎。九〇以來她寫女性情誼（〈弟兄們〉）、閨房恩怨（〈逐鹿中街〉）、露水情緣（《香港情與愛》），瑕瑜互見，卻都不斷顯示她的識見與野心。到了九五年她終於以《長恨歌》向我們證明，她是目前大陸文學談情說愛的高手。這本小說以三十萬字的篇幅，敍述當年上海的選美小姐，如何在解放前及解放後歷盡情孽，卻終不能超脫的故事。王承襲了張愛玲的海派傳統，卻要以更多的激情及悲憫，貫注在她角色身上。她失去了張的冷雋與嘲弄，卻成就另一種蒼涼：女性的愛怨情仇，千迴百轉，眞箇是此恨綿綿無絕期。台灣的作者中，施叔青的風格與王稍近，只是王敍事的綿密周折，已形成她的個人特色；她總需要有足夠的篇幅，才能鋪展她敍述的欲望。

本文綜論九〇年代以來，兩岸三地的寫作風潮。走馬看花，疏漏不免。但我的目的在於強調世紀末的中文小說，其實後勁十足。而作家終於有自信，也（多少）被容許面對情欲風景的無限曲折，代表中國文學想像現代化一項遲來的成果。我更要強調，這批情欲寫作凸顯了歷來寫作與閱讀本身內蘊的欲望糾結、壓制、錯位或昇華的可能。這裏面玄機處處，而且與時俱變。在批評各家作者之餘，我因此也得自問：我「想」看什麼？我「怕」看什麼？什麼是越怕越要看的？什麼又是越想卻越看不到的？這是文學的批評，也是文學的欲望。但願這篇介紹欲望文字的文字，能挑出更多愛戀文學者閱讀或創作的衝動。

輯四

小說、歷史與空間想像

輯四　小說、歷史與空間想像

小說與歷史(敘事)間的糾結對話，歷來已有許多中西評論觸及。但小說如何建構、擬仿空間，或小說如何在一特定文化、政治空間內被構思、完成，則尚應得到更多注意。俄國文評家巴赫汀(Bakhtin)早就告訴我們，小說中所呈現的時空交會定點，往往就是敘述動機的起源。

本輯中的前兩篇文章，〈文學的上海——一九三一〉，〈香港——一座城市的故事〉，分別以二十世紀中國兩大都會，上海與香港，爲重心，處理城市寫作、文學生產、歷史的空間想像等問題。上海是二十世紀上半期中國最繁華的都會，也成就了海派文學的旋風；香港則在世紀的下半期，聳立海隅，煥發出跨國的璀璨光彩。尤其「回歸」前後，香港的殖民歷史及商業傳奇，更平添一層寓言向度，也激發了又一波世紀末創作靈感。

本輯的第三篇論文〈泥河迷園暗巷，酒國浮城廢都——一種烏托邦想像的崩解〉則回歸文字虛構與烏托邦空間想像的生剋問題。烏托邦及「惡托邦」作品自覺暴露文本地理及歷史定點的虛幻，但以虛擊實，反能帶出二十世紀作家——從清末的梁啓超到當代的李昂、莫言——如何想像及呈現空間的試驗。從世紀初的「新中國」與「新紀元」到世紀末的「迷園」「泥河」、「酒國」「廢都」，因此形成最引人思辨的對照。

文學的上海——一九三一

一九三一年歲次辛未，是爲民國二十年。這一年地陷東北，潮湧華南。「九一八」事變暴露日本侵併東三省的野心，而中國共產黨十一月在江西瑞金召開全國代表大會，宣告中華蘇維埃共和國臨時中央政府的成立。就在政界山雨欲來的陰霾中，三〇年代文學的風雲變幻，即將開始。五四以來的新文學運動，多以北方爲根據地，十年以後，重心則由北而南。此時的舞台不是別處，正是號稱「國中之國」的上海。

一九三一年的上海人口超過三百三十萬，早已躋身爲亞洲第一大都會。一九二七年清黨（或第一次共黨革命）時，發生在上海的屠殺已漸成過去；租界勢力依然當道，種種文化事業或工業方興未艾。爲了政治及經濟的原因，北方文人紛紛南下，而海上名士求新思變的決心，較前此更爲熾烈。上海這十里洋場既是革命作家的發祥地，又是舊派文人的大本營。家國前途未卜，上海文壇卻初放異彩。海派祭酒張愛玲這年十一歲，正準備進入聖瑪利女校就讀。套句十數年後她要風靡一時的「張腔」，我們大約可說：誰知道呢？也許一個國家的危疑顛沛，正是爲了成就一座城市剎那的文學風華吧。

一

一九三一年的一月上旬，二十九歲的沈從文風塵僕僕的從武漢來到上海。這些年的努力已使他小有文名，但骨子裏那木訥的「鄉下人」本色，依舊不改。他是來探望老友丁玲、胡也頻的，也想在上海繼續文學之夢。沈、丁二人誼屬同鄉；他們加上胡也頻都是曾飄流北京的文藝青年。三人的關係一度被醜化爲二男事一女的桃色新聞。幾年之後，丁玲憑〈莎菲女士的日記〉一炮而紅，沈從文則要以湘西紀事贏得注目。一月十七日，胡也頻失蹤，之後證實他在與共產同志祕密會議時，被國民黨特務逮捕。沈不是丁、胡的同路人，卻能拔刀相助。是他來往京滬，向國民黨要人求情；是他陪著丁玲在嚴冬鵠立終日，爲了看獄中胡也頻一眼，二月九日，沈從文仍懵懂的找邵洵美關說，消息傳來，早一天胡也頻已在龍華監獄被槍決了。

在同一批被處決的共黨嫌疑分子中，還有四位也是文人：馮鏗(女性)、殷夫、柔石、李偉森。這五位左翼作家的死，幾經渲染，成爲國際聳動的「五烈士」事件。除了柔石，其他四人原是泛泛之輩；成了烈士後，他們的文名反而衆人皆知。求仁得仁，原是革命作家的宿願。何其不堪的是，日後資料顯示，五烈士之被捕犧牲，未必是因爲國民黨偵警神通廣大，而可能是源自左派人士的內訌及密告。

胡也頻逝後，丁玲在沈從文的陪同下，帶著幾個月大的嬰兒，返鄉探母託孤。爲了掩人耳目，他們佯裝成夫妻離開上海。沈從文的一腔恩義，將來更有《記丁玲》、《記胡也頻》等作爲證。然而故鄉歸來後，丁玲左傾心意更爲堅決。這年夏天，沈、胡兩人文學及政治的寄託，正式分道揚鑣。即在半世紀後，好奇的讀者要一探他們上海恩怨的始末，兩人亦皆諱莫如深。九月間，丁玲策劃的左派文學刊物《北斗》登場，她轉型的重要作品〈水〉，即刊於此雜誌。〈水〉以華中華南十六省水災慘況爲題，寫災民走投無路下的抗議活動，是聲援中共「饑餓革命」論述的樣板之一。而同時丁玲參與政治活動，愈益頻繁，到了年底她與其他作家聯名反帝抗日時，儼然已是左派女傑之一了。

與胡也頻同時赴死的「烈士」柔石年紀稍長，被槍斃時也不過三十一歲。柔石饒有文才，極得魯迅賞識。一篇〈爲奴隸的母親〉寫女性身體被剝削的痛苦，充滿人道主義深情。他的長篇《二月》以江南水鄉爲背景，娓娓敍述五四之後，知識分子在啓蒙熱情及傳統桎梏間的兩難，是早期寫實主義小說最佳示範之一。以教師爲業的柔石，削瘦謙和，胸中的革命憧憬卻使他視死如歸。當他從聚會的東方旅社被帶走時，他是否已然知道，他文學志業的最後一章是要以血水，而非墨水，來銘刻？

也同在一九三一年的上海，另一早期左派作家蔣光慈悄然而逝。蔣出道較柔石稍早，活動力則遠有過之。這位激進的作者，集濫情與熱情於一身，是「革命加戀愛」公式的始作俑者之一，與蘇聯「拉普」文藝政策也早有掛鉤。《少年飄泊者》、《短褲黨》、《衝出雲團的月亮》……一部部作品難得叫好，卻是意識形態文學的標準示範。蔣光慈儘管爲革命理想奔走吶喊，其人其文卻不脫小資本主義個人溫情的遺毒。他的行徑越激烈，也愈顯示他信仰及性情間的緊張，因此終而不能見容於左派同志。他被開除共產黨籍，一九三一年的六月因肺疾貧病而逝。與五烈士就義的「風光」相比，蔣光慈可眞算是齎志以歿了。

二

魯迅早在一九二七年就移居上海了。離開北平後，廈門、廣州一連串不愉快的人事經驗，使他更爲陰鬱尖誚。一九三〇年魯迅協助左翼作家聯盟的創立，也是當然的精神領袖。然而這個集團充滿政治使命，注定終要拂違魯迅的心意。三一年魯迅蟄居上海，繼續他的雜文及譯事。柔石的死訊曾給他很大打擊。柔石被捕的前夜，還到魯迅家中洽談事情；被捕時身上搜出魯迅的住址，一時危及大師的安全。爲此魯迅攜妻、子避難四十天，間又傳出他已遭刑訊及處死的謠言。三月間他寫出〈黑暗中國的文藝界的現狀〉，當是有感而發。魯迅此時五十歲了，健康心情都無起色，他對上海素乏好感，這年六月，更發表了有名的〈上海文藝之一瞥〉，鼓吹革命文學，痛斥上海文壇現象。原以創造社諸人爲箭靶的「才子加流氓」等語，即出於此。此文之後更得周作人「上海氣」、沈從文「海派」等批評的呼應，上海的形象，似乎每下愈況。

儘管魯迅把上海藝文界貶得一文不值，他卻要在這裏走完生命全程。原因無他，一九三一年的上海縱有千般不是，偌大中國還找不出一個地方，能包容如此龐雜的文藝聲音，或支援如此分歧的文藝社團及活動。與共產黨在二七年革命失去「聯絡」的茅盾已經自日本潛回，韜光養晦。他與秦德君的一段戀史已經告吹，轉而寄情社會觀察，並開始寫作《子夜》。上海的證券市場將在此扮演主要角色。四月十八日，時報開始連載四川青年作家巴金的新作《激流》。這位作家謹厚羞赧，下筆卻是澎湃昂揚。巴金在二八年結束了兩年的法國遊學生涯，返回上海，此時已是值得一提的新秀。在《激流》中，他以自己老家爲背景，寫一個四世同堂的大家庭如何在五四之後，敗象畢露，終而瓦解。高覺新、覺民、覺慧三兄弟各自的奮鬥，將要傾倒無數年輕讀者。這部《激流》即是後來「激流三部曲」的第一部——《家》。就在小說開始連載的次日，巴金接到故鄉噩耗：他的大哥李堯枚已經自殺而死。《家》中謙抑懦弱的大哥覺新正是以李堯枚爲藍本。他的自殺坐實了巴金對舊社會的控訴。《家》是獻給像堯枚那樣自苦的青年，但解決的辦法何其不同。小說最後，年輕的高覺慧離開了家，就像巴金一樣，遠赴上海。

上海也要成爲二〇年代三段文壇戀史的庇護所。郁達夫、王映霞各以婚約之身，陷入愛河。一番驚世駭俗的曲折後，他們結爲連理（一九二八）。三〇年代初，郁達夫暫由燦爛歸於平淡。他曾經是五四性解放文學的代言人，曾幾何時，更大膽更新潮的後生小輩已迎頭趕上。一九三一年的郁達夫是個平凡住家男人，即使對他曾參與的左聯或創造社活動，也要淡出。下一年爲了健康緣故，他即遷離上海，卻哪裏知道，更傳奇波折的生命，還在前面等著他呢。

三一年的秋天，女作家盧隱來到上海的工部局女中教書。同行的有她的第二任丈夫李唯建。盧隱是五四之後最重要的女作家之一；《海濱故人》等一連串敍述女性情誼的小說，纏綿奔放，兼而有之，十足衝破封建情關之作。但盧隱眞實生命中的愛情歷練，更有可觀。她的首任丈夫郭夢良一九二五年過世，四年之後她認識了年輕的清大學生李唯建，並開始熱戀。寡婦戀愛彼時也許已非新聞；寡婦下嫁小青年，依然要引起譁然的。盧、李二人則以行動證明他們的熱情，而上海的「人言」，比起其他地方，畢竟不那麼可畏。這年二月，他們還出版了《雲鷗情書集》公開二人的戀史。

但還有什麼樣的戀史比徐志摩、陸小曼的愛情更浪漫呢？詩壇才子與民國美人的不倫之戀，在當年曾引起多少豔羨、多少斥責。北方的前輩大老不能原諒他們的婚姻（一九二六），上海總沒問題吧！何況那裏的五光十色，更是小曼的最愛。爲了妻子，詩人南來北往的奔波著。錦繡華年其實不少舟車之苦。然後一九三一年十一月十九日，載著徐志摩由南京飛北平的班機，在山東上空轟然墜毀。詩人殞落，恰似彗星劃空而去。上海的一切——更自由的愛戀，更豐富的生命——成爲永遠的嚮往，還是詛咒？徐逝後，他所主導的新月派也就由盛而衰了。

三

瞿秋白在一九三一年自俄重返上海，以後兩年裏，他是左聯文藝政策的實際負責人。瞿是早期中共熱門人物；一九二七年陳獨秀被解除共黨書記職位後，瞿接任陳職，未幾亦下台。此番再度赴俄取經歸來，自然力圖有所作爲。左聯是一九三〇年三月成立的，雖名聯盟，內部路線之爭，從未或已。惟「文藝大衆化」的推動，卻是成立之初即通過的共同決議。魯迅、郭沫若、馮乃超都熱情參與其事。在瞿秋白的主導下，一九三一年十一月左聯執行委員會提出《中國無產階級革命文學的新任務》，進一步要求「執行徹底的正確的大衆化」，這是中共未來文藝政策的重要起始點。次年，瞿秋白發表〈大衆文藝的問題〉等文，更在理論上多所建言。他對語言革命、漢字拉丁化的意見亦引來不斷論戰。

左派作家如此大張旗鼓的幹著，右派作家又如何因應？三〇年左聯成立之後的三個月，國民黨也主催了「民族主義文藝運動」，網羅的文人包括王平陵、胡秋原、邵洵美等人，並出版了如《文藝月刊》等一系列機關刊物。但比起左翼作家的咄咄逼人，他們到底技遜一籌。何況「民族主義文藝」根本也是意識形態文學，無怪魯迅在三一年的〈黑暗中國的文藝界的現狀〉裏，輕易就將其貶斥得一文不值。

就在左、右二軍對峙，爲「民族」、爲「大衆」吵得不亦樂乎時，上海三百多萬的「民族」、「大衆」讀者，到底心有何屬？這時是鴛鴦蝴蝶派的盛世；《晶報》、《紅玫瑰》等報刊銷路暢旺，李涵秋、畢倚虹、周瘦鵑等人正應時當令。程小青的《霍桑探案》接續出版，孫了紅的《俠盜魯平》也絕不示弱。這一「青」一「紅」的「青紅幫」，鋒頭之健，到四〇年代仍不稍歇。市井的口味，顯然與啓蒙文人的預期頗有差距。

但一九三一年最走紅的通俗作者，非張恨水莫屬。張雖是南人，卻在北方起家。一部《春明外史》奠定江山，《金粉世家》乘勝追擊，等到三〇年《啼笑因緣》推出，張的文名已響遍大江南北。三〇年秋天張恨水載譽南歸，上海小報雜誌索稿之殷，張迷「大衆」愛戴之深，難怪魯迅、茅盾也要吃味兒。一九三一年不妨稱爲張恨水年：《啼笑因緣》中的沈鳳喜、何麗娜、關秀姑、樊家樹間的恩怨情仇，牽動無數男女的心思。小說出版後，電影話劇彈詞等種種媒介順勢改編，受歡迎的程度持續數十年而不墜。

另一型的新派「色情」小說家像張資平、葉靈鳳等此時也活躍上海。張資平二〇年代即以大膽情欲剖白廣受側目。一九三一年他的《苔莉》推出第九版，依舊是話題作品。有夫之婦愛上了有婦之夫，是宿命還是孽緣？愛得入骨後又要如何了斷？以《女媧氏之遺孽》讓人臉紅心跳的葉靈鳳這年出版了《靈鳳小說集》，精選新舊作品以饗讀者。其中的佳作如〈鳩綠媚〉，寫一個貫串古今的殉愛故事，亦眞亦幻，不只探勘情欲疆界而已，形式的試驗也在在透露葉的創作欲望，不同流俗。葉靈鳳另有其他藝術才華，與左派的關係也多有糾纏。三〇年代的文人多角發展，亦由此可見一斑。當我們專注主流作家表現時，容易忽略上海這塊地方還有不少能人掌握市場脈動，與讀者互通聲息。他們的存在，哪裏止於俚俗保守、或誨淫誨盜而已？他們或許更能反映一座城市的悸動與渴望呢。

四

一九三一年的上海文壇已是如此熙熙攘攘，但若無新感覺派作家點綴其中，仍必然失色不少。

劉吶鷗、穆時英、施蟄存、張若谷，乃至前已提及的葉靈鳳諸人，以他們豔異犀利的筆觸，流蕩跳躍的觀點，拼湊都市即景、洋場百態，無不炫人耳目。前述作家不論左右老少，派系儘管有別，所依違的敍事典範其實大抵相同——他們是各形各色寫實風格的實踐者。新感覺派作家以蒙太奇映象，帶入文字；又以曲折詭妙的文字，更新「感覺」。最重要的是，他們筆下的都會經驗，五花八門，是不折不扣的上海倒影。他們是城市消費遊戲的文化代言人。而中國新文學的現代主義，亦由此而起。

早在一九二八年，新感覺派作家即有《無軌列車》作爲代言刊物。顧名思義，速度的追求，機械都會文明的耽溺、逾越尺度的欲望、空虛慵懶的姿態，盡囊括在「無軌列車」四字之中。而他們的水沫書店，是否也暗含了浮光掠影的泡沫自覺（或自嘲）呢？佛洛依德、顯尼齊勒、保羅穆杭、橫光利一、堀口大學、片岡鐵兵，新感覺派是與日歐風潮同步流行的。劉吶鷗的《都市風景線》、張若谷的《都會交響曲》更道破他們強烈的都市心態。這眞是唯有上海才能成其大的文學了。

一九三一年新感覺派的大將施蟄存連續發表〈孔雀膽〉、〈石秀〉、〈在巴黎大戲院〉、〈魔道〉等作，前兩者是故事新編，充滿佛洛依德性暗示。〈在巴黎大戲院〉側寫一對男女在戲院的調情經過。神經質的男主角對情人患得患失；他不敢親近女伴，卻把她手帕中的痰也吸吮乾淨。而一腔欲火的女主角終亦一無所獲。小說眞是頹廢之至，也虛耗之至。原來摩登男女的楚楚衣冠下，藏著這許多的（性）幻想與挫折。至於〈魔道〉不啻重寫城市聊齋故事。三一年由上海開出的（無軌？）列車上，沒有豔遇，只有怪譚。被城市消耗得心神不寧的年輕乘客，只能在「魔道」上編織自己的妄想與罪惡感。

劉吶鷗與穆時英都擅以拼貼手法，累積意象，烘托出城市氛圍。劉的〈兩個時間不感症者〉一語道破他們的關懷所在。歷史暫停，意義渙散，生存的意義是玩玩——「白相」，「白相」罷了。穆時英最有名的〈上海的狐步舞〉要到一九三二年寫出，但內容正是一九三一的上海即景。狐步舞輕快狡猾，炫人欲醉。資本家姨太太黑白道、交際花投機客小市民全在這狐步中，舞著自己的韻律。歌舞昇平的人生哪，又有多少兇險殺機呼之欲出；上海可眞是取之不盡的好題材。而穆時英早就料到作家的花招了：「一九三一年是他的年代了……中國的悲劇到了這裏邊一定有小說資料。《東方小說》、《北斗》每月一篇，單行本、日譯本、俄譯本各國一本都出版，諾貝爾獎金又偉大又發財……。」管你是無產階級鴛鴦蝴蝶，還是肉欲哀感民族主義，無盡的文字，無盡的囈想，饒不過是幾支狐步過場，饒不過是上海的西洋景，饒不過是來去無蹤的一九三一。

一九三一年因此是無足爲奇的一年。種種文壇的啼笑因緣此起彼落，但就算有血有淚，作爲舞台的上海，什麼陣仗沒有見過？來年一月二十八日淞滬戰爭爆發，上海出版業龍頭商務印書館炸毀，《小說月報》停刊，《現代》創刊，「京派」與「海派」、「第三種人」的論爭，蓄勢待發……。三〇年代文學的連台好戲，正要上場。

香港

——一座城市的故事

虛構(fiction)，是維多利亞城，乃至所有城市的本質；而城市的地圖，亦必然是一部自我擴充、修改、掩飾、推翻的小説。

——董啓章❶

香港的故事？每個人都在説，説一個不同的故事，到頭來我們唯一可以肯定的，是那些不同的故事，不一定告訴我們關於香港的事，而是告訴了我們那個説故事的人，告訴了我們他站在什麼位置説話。

——也斯❷

一九九七年好歹總算過完了。這廂走了日不落國，那廂響起了「東方紅」。「大限」過後，太陽照樣升起，無限的日子還在前頭。這幾年來興興轟轟的香港熱潮，不管是懷舊傷逝，還是歡慶回歸，似乎也暫時由喧囂歸於平靜。選在此時此地談論香港文學，反而不無一種返璞歸眞的意義。

向前看或是向後看，我以爲香港在文學與歷史上的定位，終將與其千變萬化的城市形象息息相關。過去百年的變遷，使香港從無到有，成爲一個獨特的都會空間，在其中政治與商業，殖民勢力與國族主義，現代性與傳統性等力量交相衝擊。輾轉於無常的政經文化因素間，香港能屹立不變，正是因爲它的多變。不論是個小島、前殖民地，還是特區，香港最重要的意義在於它是座絕無僅有的城市——一座不斷重新琢磨其功能及國族屬性的都會。

香港從不以文學馳名，但文學卻的確構成這座島嶼／城市的重要的人文風景。歸根究柢，東方之珠的曲折歷史，不正就是頁頁傳奇？在這樣繁華至極的物質主義環境裏，偏就有人蝸居高樓一角，街肆深處，從事字字句句的手工業，而且居然能串成一個傳統。這大約是香港文學最大的弔詭之一了。這座城市兼容並蓄，無奇不有，甚至連「本不該有」的文學活動，也可占一隅之地。「文化沙漠」裏的小花，一旦開了，反而異常豔異。香港文學化不可能爲可能，竟折射了香港本身開埠以來，無中生有的想像力與韌性。

城市與文學的關係，是現代文學史家及論者最常觸及的關目之一。早期的侯爾(Irving Howe)探問城市如何影響文學形式，文學又如何反映城市內容，兩者互相爲用，形成城市文學[3]。又如威廉斯(Raymond Williams)將城市與鄉村相對立，視之爲資本主義想像及實踐的一大表徵[4]。兩位學者的立論都能言之成理，但擺在香港文學的視野下，卻顯有不足之處。文學與香港這座城市的關係，難以化約爲相輔相成的邏輯。城市可能激發作家的原創風格，但也往往抹煞他(她)們最基本的寫作條件。文學可能投射香江都會的眞實面貌，但也何嘗不是炮製其種種「神話」的根源。香港的作家與他(她)們的環境是在怎樣「既聯合又鬥爭」的情況下，開拓出俗雅並存的文學道路？

另一方面，威廉斯的專論以文學爲起點，在更深的論述(discursive)層次上，將城市與鄉村視景的消長，納入歷史進程中的必要階段。是在那「喧鬧、世故、野心」的城市建構裏，鄉村成爲歷史鄉愁的所在，另一波社羣及階級鬥爭的戲碼必將上演❺。然而與威廉斯的看法相對，我們可說香港的興盛，不僅來自生產文明、社羣聚落的演變，也來自殖民歷史的偶然。地理形勢的狹仄，更使香港很難產生傳統定義下城與鄉的辯證秩序。作爲曾被割讓的空間，香港不乏地方色彩❻，但又得如何銘刻對應的「土地」——不論是鄉土或是國土——傳承經驗？都會的流動變貌是香港的本命。

上述的兩種理論，不論意識形態立場，均不脫模擬主義的流風遺緒，講求文字與世界的呼應對照。但我以爲香港文學的特徵之一，恰在於對這一傳統的質疑背離。威廉斯的「鄉村／城市」空間意象，尤其值得細審。現代中國文學的興起，主要根於城市，但作家的想像恆以鄉村爲依歸。城市雖引進了摩登文明，城市之外，那廣袤的鄉土才是作家安身立命的所在。從二〇年代的鄉土文學到八〇年代的尋根文學，從共產延安文藝到反共懷鄉文學，中國現代文學的主流總召喚著原鄉情結。掩映在這原鄉情結之下的，則是國族政治的魅影。感時或是憂國，鄉土曾經幻化成各種面貌，投射文人政客的執念。四九年後，中國的政權一分爲二，但兩岸文工機器連鎖鄉土及國土的想像，往往如出一轍。時至今日，支持台灣獨立建國的作者，不仍汲汲營造又一套鄉土神話麼？相形之下，城市文學的衍生，不論是題材或形式，未曾受到應有的重視。箇中原因，下文當再討論。海派文學在半世紀後，終趁「上海學」的熱潮，才得鹹魚翻生。香港文學的命運如何，則尚未可知。

兩個對立的中國政權在提倡鄉土／國土文藝時，也都以寫實／現實主義是尙。仔細想來，這並非偶然。寫實／現實主義內蘊的模擬觀，原就強調主體與複製，本尊與再現間嚴絲合縫的契合對應。作家憑藉生花妙筆，企圖通透事物本然的面貌。寫實主義的鄉土，其實不乏追本溯源的烏托邦理想；原鄉姿態的背面，正是原道（道德、道統）的使命❼。而當鄉土被轉換成國土的符號時，模擬觀的意識形態因素，已經呼之欲出了。

是在這樣的中國現代文學脈絡裏，我以爲香港這一城市文學的出現及延續，意義非凡。香港充滿矛盾的歷史位置，這幾年已有極多論者關注。作爲殖民地，香港與母國的牽連從未嘗間斷；島上異國政經文化的影響隨處可見，華族傳統的色彩卻依然不絕如縷❽。而在兩個中國政權爲了土地與法統所有權爭執不休時，香港在租借來的時空裏兀自發展爲璀璨的東方之珠。形之於文學，我要說香港偏處於鄉土／國土的「大敍述」之外，卻營造了極有特色的城市文學。從金庸到李碧華、從西西到也斯；雅與俗、傳統與現代，各種文化象徵資本在這座城市裏快速流通❾。感時憂國的門檻外就是風花雪月，就是前衞實驗。恰與「兩個」中國的文學正統相反，寫實／現實主義從不能在香港取得主導地位；除了文學口味變換外，其中所暗示的政治、主義消長的玄機，在在發人深省。玩弄威廉斯「城／鄉」對比的理論，我們不妨視香港以一個城市的立場，與鄉土／國家（country/country）論述展開了近半世紀的拉鋸。

或有識者要指出，香港之外，上海的文學成就不正是另一個都市文化的成果？的確，上海文學在清末已首開其端。到了三〇年代，上海得到天時地利，外加域外投資與租界環境，使得各種藝文活動蓬勃發展[10]。鴛鴦蝴蝶與啓蒙救國，新感覺派與革命文學，共同創造一段短暫的奇觀。等到新中國建立，「鄉村包圍城市」，上海文學的特色也就銷聲匿跡了。乍看之下，香港與上海的政經文化環境確有相似之處，但誠如王宏志近作所論，較之上海，香港其實處於「化外之地，邊緣的邊緣」[11]。海派作家文人對香港的蔑視，其來有自[12]。儘管上海不中不西，豔異張狂，它到底是中國土地的城市，甚至有著「國中之國」的自豪。香港的殖民環境不容許這樣國家意識的想像；香港的作家下筆，也較他(她)們上海前輩更自覺他(她)們的「城籍」而非「國籍」。一九四九年後的上海光彩不再，是香港成爲二十世紀後半段(中國的？)城市想像的終極目標。

也許就是歷史的反諷吧。十九世紀西方國家擴張主義的肆虐，造就了香港的殖民情境。香江無祖國。一百五十年後的今天，香港(回歸後加後殖民)的城市身分是否對方興未艾的大中國主義有所借鏡呢？比起「內地」及台灣的城市，香港所代表的現代化意義早有定論。而晚近有關城市現代及後現代的空間、美學及文學觀念，也最能有效的在香港找到見證。從巴特(Roland Barthes)的「城市文本」(city as text)到布希亞(Jean Baudrillard)的「海市蜃樓」說(mirage; simulacrum)[13]，再到傅柯(Michel Foucault)的「駁雜地形」論(heterotopology)[14]，香港的空間布置、消費模式、媒體脈絡，以及都會視野，都指陳它與其他中國社會裏的城市，存在風格、效率及認知的時差。當上海在八〇年代復甦，香港反成爲效法的對象了。

明乎此，當我們想到香港(文學)「回歸」，不禁要思考回到哪裏，歸向何處。是回歸到國族主義的懷抱，現實／寫實的擬眞窠臼，革命歷史的時間表？還是回歸到城／邦(urbis/orbis)、鄉／國(country/country)交接的界限，德希達式不斷「書寫空間」的衝動⑮，以及時間衍異的無限可能？以下的小說都以想像城市香港爲出發點，也提供了不同藉虛構來建構香港的策略。

「傾城」、「我城」與「浮城」

一九四二年，年輕的港大學生張愛玲在日軍占領香港的炮火中飽受驚嚇，之後束裝返回上海。回顧香江的滿目瘡痍，她卻寫下了愛情故事〈傾城之戀〉，以及充滿嘲諷意味的戰爭告白〈燼餘錄〉。兩作日後都成爲「張學」研究的經典書目，也已招致太多的批評詮釋。純從城市與文學的關係來看，張愛玲必須回到上海才能書寫香港，還有她必須就「傾城」與「燼餘」的意象，想像香港的人事風華，仍然頗耐人尋味。

在散文〈到底是上海人〉裏，她談到她《傳奇》中的諸作，是「爲上海人寫了一本香港傳奇……我是試著用上海人的觀點來察看香港的。只有上海人能夠懂得我的文不達意的地方」⑯。張這裏的口氣不無「上海人」的矜持與驕傲；香港的一切只宜作爲上海人閱讀遐想的材料。但另一方面，張也流露一種對香港惺惺相惜的感覺。香港的繁華神祕，哪裏是中國多數地方所能體會，也許只有命運雷同的上海還能領略一二吧？張將創作事業中最絢爛，也最荒涼的愛情故事留給了香港，畢竟有其道理。然而更重要的，張在香港數月的烽火經驗，必曾更讓她對城市文明與人情的瞬息劫毀，有了刻骨銘心的領悟。從瓦礫堆裏回顧剎那喧鬧，從「蒼涼」裏見證「華麗」，張的香港去來竟提前爲她日後的上海寫作，立下基調。

評論家阿巴斯（Ackbar Abbas）有鑑於近年的香港大限情結，提出「消失」的政治學（politics of disappearance）來綜論香港史觀：當我們驀然預見香港即將「消失」，我們方才對香港的「存在」有了切身珍惜。但這懷舊憶往的努力（déjà vu）注定是尚未開始，已然錯失（déjà disparu）[17]。有關香港的歷史主體記憶因此是個弔詭：這是部關於主體缺席、記憶消失的歷史。阿巴斯對於香港過去與未來的觀察，應當引起繁複辯難。但回到半個世紀前張愛玲述寫香港的姿態，倒還眞令人覺得似曾相識。在另一個截然不同的時空裏，香港已經「消失」過一次了。香港的「傾城」，曾成全了一段曠世戀史。香港的記憶，是個上海小女子的生命傳奇。但張的慧黠使她明白，她「是爲上海人寫了一本香港傳奇」，也更可能是一本上海的預言或寓言。張對香港沒有理論，只有故事。而用也斯的話說，「香港的故事……不一定告訴我們關於香港的事，而是告訴了我們那個說故事的人，告訴了我們他站在什麼位置說話。」[18]對她自己的「說話位置」，張是有先見之明的，後之來者反倒缺乏這樣的自省了。

香港「傾城」後不過數年，黃谷柳的《蝦球傳》（一九四八）出版。故事中的主人翁蝦球出身貧苦，隻身闖蕩江湖，最後苦盡甘來。小說的「浪蕩漢式」（picaresque）情節隨著蝦球自香港、新界、九龍，甚至廣州的冒險而推進，不啻爲香港早期發展史作下記錄[19]。黃的敍事邏輯基本暗合十九世紀以來寫實主義說部的啓蒙過程。與張愛玲的視景相反，黃谷柳的香港並不消失，而早早指向了「前程遠大」(great expectations)的回歸之路。

五〇年代以來，由於國共政爭逆轉，香港的位置陡然敏感起來。南來作者、政治文人共在文壇熙來攘往，造就出另一番城市景觀。侶倫的《窮巷》(一九五二)、趙滋蕃的《半下流社會》(一九五三)、曹聚仁的《酒店》(一九五四)，或寫滯港難民的艱困生活，或寫高級華人的紙醉金迷，四九年之前大陸批判寫實主義風重起，莫此爲甚。一時之間，文學中的香港既是反共鬥爭的前哨，又是資本主義罪惡的深淵。這些作品當然反映了彼時港島社會的浮動狀態，但寫實大纛之下揮之不去的政治寄託，才更說明了一輩文人的國族情結[20]。

而與此同時，又一批作者已經在醞釀不同的香港情懷。崑南《地的門》一九六一年問世，其中的青年葉文海在都市叢林中討生活，一顆躁動的心爲種種刺激攪動得難有出處。疏離的生命，流蕩的身分，俱化爲詭異的象徵與漫漶的風格。當主人翁在九個四方型月亮的逼視下飛車迎向死亡時，現代主義的幽靈已悄然光臨香港文學[21]。劉以鬯的《酒徒》(一九六三)更上層樓，不只寫出在香港生活，更寫出在香港靠寫作生活的啼笑因緣。這本小說曾被譽爲現代中國第一部意識流長篇[22]，劉將城市欲望的流淌化爲酒徒醉後的囈語狂喧，迷亂的都會即景，洶湧的創作臆想，使《酒徒》遠離主流文學旗幟，反與三〇年代上海新感覺派作者遙通聲息。

當《地的門》與《酒徒》出現時，香港文學自覺的城市意識已然形成。彼時台灣的現代主義運動剛剛起步，而曾經培養出三〇年代現代文學風貌的上海，只落得像周而復輩《上海的早晨》(一九五七)這類作品充斥枱面。香港的生存環境是如此逼仄喧囂，迫得作家以非常的手筆爲文抗議——《地的門》及《酒徒》在題材上都是反香港的。但如今看來，香港卻反應以此兩作爲榮。現實經驗與文本呈現的齟齬可以如此，又哪裏是區區「文學反映人生」一語可以帶過?·董啓章論《酒徒》，指出它「不是道德教育的反面教材，反而是一個重新組合都市感官和體味都市存在的範例」㉓，誠哉斯言。文本不是靜態寫生，文本本身就是協調生活經驗的過程。

張愛玲原籍不是上海，卻自居爲上海人。西西生於上海，早年來港，執筆寫作的最愛也是香港㉔。自六〇年代起，西西創作不輟而且手法不斷翻新。識者稱她爲香港經驗三十年來最重要的記錄人之一，應非過譽。在西西衆多的作品中，城市是她念茲在茲的母題。早在一九六六年，她已發表了《東城故事》，以七個不同人物(包括西西自己)的視角，敍述一個叫馬利亞女孩的故事。西西對電影技巧的挪用，西方城市文學的謔仿，由此已可見端倪。一九七四年西西開始在《快報》連載長篇《我城》，既照顧大衆媒體的生產機制及趣味，又實驗高蹈形式創新的可能，圖文並茂、雅俗共賞，形成一次重要的城市文學實驗㉕。而故事中的主人翁阿果一次出遊，輾轉想到自己的身分歸屬，終於明白「你原來是一個只有城籍的人」㉖。當頭棒喝，這無異是香港文學自白的難忘一刻。

《我城》以一羣小人物阿果、妹妹阿髮及友人麥快樂等作爲敍事觀點。隨著他(她)們的作息起居、活動行止，香港的人事風貌盡入西西筆下。與以往搜奇獵豔，強調異國(鄉)風情的香港敍述習慣不同，《我城》是個出奇平淡的小說，西西拋開了任何「有意義的歷史時空座標，回歸童話般零度經驗」㉗，以求由平淡中見出「我城」的性情。於是浮光掠影、尋常人生，夾雜來到眼前。評者何福仁就《我城》移動的視野、拼貼集錦式敍述，將其比擬爲文字的「清明上河圖」[28]。的確，西西緩緩寫來，城的故事，若斷若續，最後攸然而止。「生活本身將會是個永不終結的大故事。這專屬於現代都市性的強制性的自由、開放，形成了一種擴散性的、大都會式的知覺結構。」[29]「我」與「城」最初似乎主客分立，但逐漸合而爲一。當故事中的阿傻到廟裏求籤，「天佑我城」時，城市共同體休戚與共的命運，不言自明[30]。

七〇年代末期，西西又有《美麗大廈》問世。如果《我城》縱覽香港人生百態，《美麗大廈》則集中描寫一棟老舊公寓內的上上下下，從而透露港人的生活點滴——這是一幅立體的、封閉的「上河圖」[31]。在有限的空間內，西西藉快速切割大廈即景，構成一齣齣聲色味俱全的好戲。大廈的命名原是一項「美麗」的錯誤，但人情之美，才是西西關心所在。比起台灣黃凡的《都市生活》或張大春的《公寓導遊》類的城市小說，西西的作品早了十年，而且現代或後現代的技巧已不動聲色的施展開來[32]。猶記小說最後，美麗大廈那久修不癒的電梯在暴風夜緩緩開啓它的閘門。電梯原來自有它的生命節奏，美麗大廈終於顯出自己的「性格」。這神祕的一刻，帶出西西對她的城市與建築的迷人感情，也爲當代都市神話，寫下註腳。

當九〇年代的學者批評家疾呼香港缺乏記憶，或只能在「消失」中匆匆回顧從不存在的主體時，西西恐怕要啞然失笑吧？《我城》早已默然矗立，理論家們視而不見，然後大作文章。後知後覺，此又一例。話雖如此，隨著八〇年代香港回歸的期限日益落實，西西也不免心有戚戚焉。在「肥土鎮」的系列寓言，〈浮城誌異〉（一九八六）的看圖說話裏，西西的文字依然充滿童趣，卻終難掩飾歷史蒼茫的皺褶。〈浮城誌異〉藉十二幅馬格里特(Margeritte)的繪畫，編織有關「神祕」浮城的異聞異事。這篇小說以城的命運作文章，當然可作為香港前途寓言來看。但張系國說得好，「浮城是香港嗎?我肯定告訴讀者它不是!……卻可能是地球上任何一個城市。」[33]藉著虛構，西西說著說也說不清的城市故事。以虛擊實，以小說的浮游衍異來揶揄所謂的歷史「大說」，她為香港的想像，到底又闢出一個空間。而我們記得德希達論空間，不正強調空間總是由言說而產生，總以空間以外的「異空間」——或我城以外的浮城——作為前提[34]?

飄浮的語言、空間、主體意象在西西的長篇《飛氈》(一九九六)達到另一個高潮。她開宗明義，指出「氈之為物，無經無緯，文非織非紝」[35]，恰與編織工整的「毯」相對，《飛氈》因此不妨釋為不明文字飛行志怪。西西這回要為香港百年殖民史寫傳記，卻明白哪裏能起承轉合，四平八穩的照章行事。她祭起文字的飛氈，翺翔筆下肥土鎮今昔，最後漸行漸遠，不知所終。小說包羅傳奇掌故、方志速寫，形式變化層出不窮——香港風土原來是可以這樣敍述的。在巨龍國南方的一角，肥土鎮上賣荷蘭水的花家，還有來往的葉家胡家，經歷了一場場奇遇冒險。傳統的家史演義在這裏化為零碎多樣的片段，沒有「涕淚飄零」，唯見莞爾嘲仿。但我仍以為西西寫來不無感傷。小說將盡，各家人物生老病死一場，煙消雲散於作者腦中。這一安排雖然後現代式趣味十足，還是顯出西西面對大限壓力，「權且」神馳於這文字想像的無奈。從「我城」到「浮城」，從城市主體的追尋建立到城市主體「不可承受之輕」的變形飄浮，很可以看作是西西與香港現代與後現代意識的一次對話。她的歷史感觸，因此不言自明。

「記憶的城市，虛構的城市」

在近年反思香港歷史時空蛻變的嘗試中，至少有施叔青、董啓章及也斯的作品必須一提。這三位作者背景及輩分各有不同，卻均諳小說創作的三昧，因此得以不同方式托出她(他)們的香港情懷。曾經定居香港十六年的施叔青野心最大，要爲香港百年滄桑造像，寫下「香港三部曲」(《她名叫蝴蝶》、《遍山洋紫荆》、《寂寞雲園》，一九九三至一九九七)。年輕的董啓章另闢蹊徑，專從香港都會空間想像入手。他的《地圖集》(一九九七)記錄／揑造島上的滄海桑田，儼然成了人文地理外一章。博才多能的也斯早於七〇年代已有意識的閱讀並書寫他的城市；他文類上的多元實驗一如香港的本身風貌的多變，而他的角色在穿梭城市內與外的所思所行，更引導我們思考香港人在時空中行動(agency)的抉擇及感悟。合而觀之，三位作者的關懷恰巧可以也斯的小說名涵蓋：她(他)們耽於「記憶的城市」，也更營造「虛構的城市」。

施叔青六〇年代崛起台灣，七〇年代末移居香港。她趕上了「大限」之前波濤洶湧的香江歲月，也立志要爲這繁華璀璨的港都打造身世。八〇年代以來，她一系列「香港的故事」描摹連串女性人物的香港遭遇，旖旎詭媚、頹廢豔異，十足的末世丰采。以此施不只重寫當年張愛玲的香港傳奇，也凸顯了香港作爲世紀末言情美學的位置。

而這只是施叔青小試身手而已。在九〇年代的「香港三部曲」外加中篇《維多利亞俱樂部》

（一九九三）中，她穿梭今昔，塑造了一個華麗的羅曼史[36]。她以妓女黃得雲爲中心人物，寫出她家族四代的愛欲傳奇。黃十三歲自故鄉東莞被綁架至香港，幾經調教，成了「灩淫巾釵、珠鏘玉搖」的名妓。黃傾倒華人，也傾倒洋人。她幾段豔史，貫串了整部小說。隨著情天欲海的浮沉，黃也見證了香港移山填海的奇蹟，而她連番經營，使子孫共蒙其利。黃在暮年已擁有萬貫家財，而她的後裔也早已躋身政商名流。遺憾的是，她自己的情愛追求卻餘恨悠悠。頹靡幽麗的情欲探險、吃盡穿絕的世情掃描、波譎雲詭的歷史際會、殺機處處的天災人禍，交織成施叔青的香江風雲：既淫逸又清冷，既喧嘩又荒涼。

施叔青藉一個妓女的發達史來參看香港命運，其實是個老套招數。清末《孽海花》中的賽金花捨身救國，在床上收伏八國聯軍的統帥，早是中國現代野史的重要題目[37]。而女性與城市的類比關係更是二十世紀中西文學中的常見母題。茅盾《子夜》的開場白不正是將上海比作水性楊花的女子[38]？更不提新感覺派作者如穆時英、劉吶鷗的貢獻[39]。即便如此，施的作品仍有獨到之處。就著當前的女性主義及後殖民主義來看，黃得雲的造型注定吹縐一池春水。施將黃得雲的身不由己、墜入煙花與香港殖民處境等量齊觀，政治寓意呼之欲出。但黃的情性及行徑都有曖昧之處。她雖肉身布施，卻往往出落得強於男性恩客；她淫逸縱情，卻常有一片冰心，更不乏商業、政治眼光。究竟施叔青爲她的女主角鳴不平，還是再度剝削了女性身體／政治的意涵[40]？由此類推，施對香港的摩挲撫弄，究竟寫出了殖民與被殖民者間的怨懟與糾纏、壓迫與共謀，還只是虛張異國情調，因之墮入雙重「東方主義」而不自知[41]？

李小良論「香港三部曲」，謂施寫香江風土，仔細渲染了殖民主義中雜交、雜種、雜文的恐懼與誘惑，可記一功㊷。但在回顧殖民史的來龍去脈時，我要說施不免仍受制於「三部曲」、「大河小說」這類敍事傳統，或更進一步，使這類傳統成爲可能的歷史思考、論述方式。九七大限成爲回顧香港的終點與起點，付諸小說，她三部曲的結束也是香港的結束。但我們要問，香港歷史就是這樣寫「完了」麼？一反前二部的線性敍述，小說第三部《寂寞雲園》迫於完結篇的必要，情節進程加速，時空的投射也變得跳躍多端。施祭起了「彈指神功」，固然是將計就計，卻無意中點出這原是她可考慮的歷史視景及寫作方式。或許度過九七，告別「三部曲」的大限，施鬆口氣後可以再接再厲。

董啓章是香港小說界的後起之秀，趕在九七之前，他推出了《地圖集》。這本書的體例混雜，集文獻圖錄、軼事新聞於一身；全書分爲四輯——地圖篇、城市篇、街道篇、符號篇——儼然又像冊史料或教材。然而誠如董啓章在字裏行間洩漏的痕跡所示，《地圖集》只宜作小說來讀。波赫斯(Borges)虛實眞假的對應遊戲，卡爾維諾(Calvino)的《看不見的城市》等，應是董的靈感來源，而西西從《我城》到〈浮城誌異〉的系列城市故事，以及葉靈鳳等早年有關香港的掌故叢談，也必對他多有啓發。看看「錯置地」(misplace)、「非地方」(nonplace)、「多元地」(multitopia)這類「專有名詞」的解析，或是裙帶路、雪廠街、愛秩序街等的來龍去脈，不禁要讓人莞爾香港的地方雖小，學問實大。

董啓章書寫香港的用心猶不止此。《地圖集》的副題，「一個想像的城市的考古學」，自然讓我們聯想到傅柯的名作《知識的考掘》(*The Archaeology of Knowledge*)。私淑大師，董啓章顯然有意把香港歷史空間化，試從不同斷層間穿刺這座城市的過去與現在。書內地圖、城市、街道、符號四輯與其看作是四種文本(texts)，也不妨看作是四層位置(sites)，或互相滲透、或互不相屬。由此建立的駁雜的立體史觀，自然與線狀的歷史大異其趣[43]。除此，董啓章發現或發明的各種香港地之圖形，從「對應地」到「共同地」，從「錯置地」到「取替地」，尤其點出傅柯「駁雜地形」論的要旨。對董而言，在衆多空間形貌的交錯中，香港的存在原就可疑，也就無所謂消失。它只是延伸，在權力配置圖中延伸，在建築藍圖上延伸，在文學天地中延伸。「永遠結合著現在時式、未來時式和過去時式……而且虛線一直在發展，像個永遠寫不完的故事。」[44]

《地圖集》的出現因此必須是自我解構的，有待讀者的擴充、修改、塗抹與推翻。但在玩弄種種多元後設理論之外，董啓章對香港的一往情深，仍躍然紙上。這使我想到隔海台灣作者朱天心的新作《古都》(一九九七)。朱對台北今昔的反思，一樣讓她把歷史換喻爲地理。董啓章描摹城市地圖，朱天心更徒步行走於層層想像與現實的廢墟間。《古都》的高潮，徒步旅客來到台北城畔的淡水河邊，卻愕然不知身在何處。記憶變調，史蹟蕩然。沉思香港作爲「轉易地」(transtopia)的董啓章何嘗不然?於是他寫道:「當你因爲任何原因而在轉換中獲得或失去地圖，你也未必能弄清楚，究竟你最後移走了的是地方本身，是主權、知識、夢想，還是回憶。」[45]

施叔青從香港歷史看到頹廢的末世傳奇，董啓章則考察香港地理後推出了系列(僞)知識論。也斯的近作反其道而行，希望從普通人物上，看他們「如何在傾側的時代自己探索標準，在混亂裏凝聚素質」[46]。一九九三年的《記憶的城市‧虛構的城市》其實很可視爲也斯多年從事香港研究及創作的總回顧。小說固然是感時應景之作，但更涵泳了他回首心路歷程的點滴。旅行——不論是地方、時間，還是文字記憶——是此書的重點。故事記述的是個香港文人的跨國之旅。香港紐約巴黎，幾度往返，旅人風塵僕僕所爲何來？各處的舊友新知，重逢分手，人世倥傯，總是驛動不已。而也斯自謂花了十年才得此書，寫作的過程本身也是幾番遷易。無怪他嘆道「好像在不斷跨過邊界，對以前的旅程思前想後，像奧德賽那樣再踏上歸程，又再面對新的問題」[47]。

路上客中、異鄉邊境，也斯的旅行者行行復行行。與此同時，他囊中的信簡、書稿、詩文、箚記增增減減，與旅人本身的遊徙經驗混而爲一。《記憶的城市‧虛構的城市》再次展現香港作家在「轉易」文類形式與生活體驗的成就。這不是一本「好看」的小說，不只因爲也斯拒絕情節性敍述，更因爲書的大部分其實看來與香港**無關**。而我以爲這反是全書最重要的冒險。有關香港的種種我們已經讀得寫得太多，也斯顯然要以「不在場」的文字敍述來反襯城市本身的無從敍述性；開宗明義，回到書名，「記憶」的城市，「虛構」的城市才是他鄉愁眞正的起點。紐約邂逅、巴黎徜徉，香港來的旅人且駐且走，以香港的眼界智慧收納別處城市的菁華。夢裏不知身是客，權把他鄉作己鄉。但在喧鬧的刹那、邊境的羈留時，旅人知道一個遙遠城市的影子，總是如影隨形的追蹤他。我們記得〈影城〉一題，也曾是也斯的詩作。

放眼當代書寫香港城市的作品，我還看不出其他像也斯這樣銘記旅行／越界／過境經驗的嘗試[48]。而他勇於裁減小說的故事性，突出一個不斷移動、思索、寫作的敍述主體，是成是敗，極富討論價值。前文所述的西西可以作爲參照的對象。但西西長於營造一種「永恆現在時態」的格局[49]，一種趨近童話寓言的超然風貌。比較起來，也斯的敘述者更顯得「入世」與自省些。《我城》裏的阿果對城中種種皆投以有情眼光，是他的福氣。也斯的旅人，我們記得，是帶著六個據說可消除煩惱的「煩惱娃娃」上路的。寫著寫著，也斯和他筆下的角色眞是一起步入哀樂中年。

熟悉巴特「城市如文本」論的讀者，也可在《記憶的城市》一書中找到最佳例證。此無他，八〇年代以來也斯自己就是自覺的實踐者。在《書與城市》序中，他就提出「現代主義興起於城市，每一個浪潮都跟一個特殊的城市有關，作品也與城市生活不可分」[50]。也斯前此的作品如《剪紙》（一九七七）也常被用爲舉證城市書寫的範本[51]。城市的變幻悸動，欲望起伏總是未有盡時；也斯提到作品總難定稿，不禁感喟「時代變了，城市變了，我自己也改變了」[52]。但「城市如文本」如今幾成濫調，我倒以爲也斯的城市文字更讓我想起巴特的《戀人絮語》（*Lover's Discourse: Fragments*）。有娓娓敘來的熱情，也有欲言又止的猶疑；且記且論，婉轉多姿。原來也斯是以無限愛戀的心情來寫香港的。患得患失卻又作盡平常姿態，道是無情卻有情，《記憶的城市‧虛構的城市》因此最終須以城市抒情小說來看待。

從「狂城」到「失城」

近年年輕作者爲香港說故事的方法層出不窮，其中心猿的《狂城亂馬》（一九九六）及黃碧雲

《其後》（一九九二）、《溫柔與暴烈》（一九九四）及《七宗罪》（一九九七）中的部分作品，尤其值得注意。「狂城」的出現，是「我城」、「浮城」、「影城」、「虛構的城」後，又一作家為香港命名的努力，而效果何其不同！一反其他作者的高蹈技法，心猿以嬉笑怒罵的方式，速寫九七前香江的狂亂怪現狀，不由人不大開眼界。

小說的兩個主要人物是潦倒的中年攝影記者老馬及八卦版記者小茜（紐約水）的冒險故事。兩人涉入一宗神祕綁架案，肉票小胖子可能是中共最高領導人的私生子，而他又有個同性戀情人……心猿扯淡瞎掰的功夫令人目瞪口呆。老馬及小茜既蹚渾水，我們也只有奉陪到底。偵探豔情槍戰政治懷舊搞笑，兩人既穿梭在一場又一場不可能的場景中，也陷身一種又一種不可靠的文類裏，不知伊於胡底。

我們當然可看出這是後現代的總匯式作品，在其中通俗與嚴肅的風格被攪得難分難解。但回顧香港文學幾十年的來時路，俗與雅儘管各有各的地盤，但涇渭從來不夠分明。羅貴祥早已指出大眾文化與前衛風格往往相互滲透；西西、也斯、劉以鬯等「純文學」作家其實並不貞那麼「純」[53]。也斯在論「都市文化、香港文學、文化評論」時，也曾指出消費媒體與純文學創作奇怪的共生關係[54]。後現代主義當道，像香港這樣混雜的文學、文化環境反倒得風氣之先了。也因此，《狂城亂馬》的出現不只是反映時尚所趨，也帶有向一段城市文化史致敬的意義：談顛覆、論逆反，香港不知早已經多打了幾個滾了。

《狂城亂馬》的觸角伸向各種可見的媒體文化管道。兩個主角以（攝影）記者的身分，上天下地，出生入死。吳宇森的英雄片集錦、葉玉卿的千嬌百媚、大佛開光、中英鬥法、艾慕杜華、日本漫畫、男扮女裝、性別越界、《叫父親太沉重》、〈血染的風采〉，甚至彭定康外加民主示威走馬燈般來到眼前。這眞是狂城亂馬，滿天神佛。心猿的無厘頭式操作顯然受到晚近香港電影及文化理論的影響，但就文學論文學，以笑謔嬲戲的方式迎接九七，眼前作者無出其右。

回過頭看，我們發覺《狂城亂馬》藉文化人遊走香港各個層面，發抒塊壘的情節布局，其實其來有自。當年崑南的《地的門》及劉以鬯的《酒徒》都可見類似構思。《地的門》中的葉文海在狂熱的追逐與幻滅下，飛車殞命；而《酒徒》中的職業文人則在醉鄉中找尋慰藉。到了九〇年代，老馬及小茜缺乏這樣決絕的姿態；香江文化的閃爍迷離，如電如影，一切都透露著布希亞所謂的虛擬、僞眞氣息。心猿的小說特重映象（電影、漫畫、攝影）象徵，因而算是用心良苦吧？當奇觀的政治（politics of spectacle）籠罩一切，地老天荒的時空早成開麥拉下的畫面。老馬因此有理由嘆道：「我對著一盤混雜的麻辣火鍋，或我對著影像的拼盤，一曲衆音紛陳的即興爵士樂色士風的演奏。歷史要作一個總結了，一雙巨大的手合上了帳簿。」[55]

《狂城亂馬》飽含騷動躁鬱的因子，非理性的行動思維每每一觸即發。但心猿的鬧劇視野把這一面向的衝動都化爲喧笑——歇斯底里的笑、訕然自嘲的笑。《狂城亂馬》所蘊積的暴力傾向在香港另一作者黃碧雲的筆下才突然宣洩出來，而且一發不可收拾。其中的〈失城〉，尤可作爲代表。黃碧雲的作品風格性強烈，從《其後》、《溫柔與暴烈》等選集不難窺知。而後者的題名「溫柔與暴烈」，似更點出她對生活及生命中二律悖反現象的好奇，在九七日益迫近的日分，黃觀察港人的棲惶焦慮、期望悵惘，怎能不心有所感？當多數作家輾轉在傷地悶透(sentimental)的溫柔陣中，黃卻意識到了她(他)們筆意不盡之處，竟是殺機重重的暴烈。她一篇篇有關失常、變態、兇死、謀殺的寫作，彷彿正是要爲逆來順受的九七文學，殺出一條血路。相對於《狂城》的鬼馬氣息，她的〈失城〉大肆渲染魑魅煞氣；歡樂與死亡竟成爲一體之兩面。劉紹銘教授在此中看到黃以毒攻毒的「驅魔」特色，亦頗言之成理[56]。

〈失城〉的情節分三線進行。一個逃離大限、移居海外的香港白領階級家庭，四處遷徙後又回到香港，而男女主人已是耗盡精神，終引發殺妻滅子的血案。以殯葬爲業的敍事者則猛靠死人謀生，居然守著白癡孩子過得心安理得。另一方面，英籍總督察在辦案之餘，不禁爲來日無多，家業兩空而頹唐不能自拔。黃碧雲以冷筆寫這一充滿恐怖暴力的小說，血腥之餘居然透著一分詼諧，難怪要讓讀者側目。也因此，她讓我們想起了大陸的余華、殘雪，以及台灣的陳裕盛。

但作爲香港作家，黃碧雲獨有一番懷抱。故事中的陳路遠舉家離港，恐懼回歸的心情，由惶惑到絕望，香港讀者看來應是心有戚戚焉吧？陳的妻子趙眉在異鄉逐步瘋狂的病灶，正是剪不斷、理還亂的「大限」情結。反諷的是，政治大限還沒到來，這戶人家已自先行了斷了；九七與死亡很遺憾的互爲表裏。然而黃碧雲如果只寫了這麼個聳人聽聞的故事，就不值得我們大作文章了。更有意義的是她巧爲運用形式語言，把大限與回歸的心理威脅作了最戲劇化的演繹，從而使〈失城〉成爲香港政治潛意識的一種寓言。

我以爲黃碧雲是營造「詭異」(uncanny)技巧的高手。在原有語境裏，uncanny或「詭異」並不只意味沒來由的驚悚；恰相反的，我們覺得驚悚，因爲面對的事物是如此陌生，可又是如此的似曾相識。uncanny 的德文 unheimlich 脫源自 heimlich，意指家裏熟悉的事物[57]。據此，評者多已指出「詭異」之所以讓人忐忑難安，正因爲它在最不可能的狀態下，激起了你我對家、對家園的鄉愁，並間接點出了我們無家或離家的現狀。在「詭異」的氛圍裏，誘惑與恐懼同時存在。

〈失城〉的詭異效果首先見於陳路遠一家離港／返港的糾結裏。他們離去，因爲知道家園即將失去；他們因思鄉歸來，卻又發現家園已非昔彼，甚或從未存在。地理空間的似非而是逐漸變成心理空間的似非而是——這家人「回來」了，卻一點點失去了他(她)們念之存之的地盤。除了死亡，那最後的「歸宿」，他們無以解脫。但不僅此也，黃碧雲的敍事方法迂迴纏繞，她的人物之間看似沒有瓜葛，但居然能搭上線來。莫非我們在陌生的對方，赫然發覺聲氣相通的奇詭共鳴？相逢何必曾相識，同是天涯淪落人。殺人犯陳路遠與伊雲絲督察的那點靈犀互通，讀來是要讓人發毛的。

而讀過黃碧雲其他作品，我們明白陳路遠、趙眉這些角色的名字，總是不斷用在各色人物的身上。小說家的創作自由成爲讀者的束縛，因爲我們不斷在新人物裏看到或想到她(他)們的前世今生。這些人物鬼魅似的現身、附身、複製、分化，而且不知所終。更進一步，黃碧雲甚至挪用、仿造其他文學名家的題材情境；她的〈雙城月〉裏主人翁叫曹七巧，所嫁的先生涓生，名字得自魯迅的《傷逝》。陰魂不散的情節、人物、文字可以看作是後現代的衍異重複，但更不妨視爲尼采式的「永劫**回歸**」——重複的重複，虛空的虛空。如〈失城〉中的讖語：「事情原來不得不如此。」

58而小說的結尾，「希望原來無所謂有，無所謂無的」59，正脫胎於魯迅的名作〈故鄉〉。這是魯迅的魂兮歸來嗎？故鄉／失城，有就是沒有，失去就是復歸；徒勞的循環哪，〈失城〉的回歸情結以此最爲令人無言以對。

從《我城》到《狂城》，作家筆下的香港故事與時俱變。頹靡或是抒情，狂亂或是純眞，無不引人入勝。出入這些故事間，我們也才明白賦予這些故事生命的城市，是怎樣的多彩多姿。故事以虛紀實，似眞又假的理論，已是老生常談。後現代的思潮又告訴我們生活實踐本不離意義播散的故事／虛構。但換個角度看，故事何嘗不是我們凝聚社會想像、演義文明活力的重要依據？如將班雅明(Benjamin)「說故事人」的說法稍加改動，我們更可強調爲香港說各式各樣的故事，是「說出」香港存在、延續意義的重要手段60。不同的故事，不同的版本，不同的可能，歷史的宿命未嘗不可因故事的又一「說法」而改換。

於是我們又回到了張愛玲的〈傾城之戀〉。這篇及其他有關香港的故事造就了張的上海文名。十年之間，張歷遍情感、政治浮沉；上海淪陷後她重回香港，眞是恍如隔世。張的國家信仰薄弱，城市才是她的依歸。海外漂流四十年，她終未回歸鄉土。與此同時，她〈傾城之戀〉中的香港城在抗戰後重生，繁華光彩，更勝往昔。那范柳原和白流蘇呢？傾城之後是傾國，這對癡男怨女哪裏能是新中國的子民。在熱愛香港的李歐梵的新小說《范柳原懺情錄》裏，解放後兩人離開中國，分道揚鑣。但天涯海角，他們舊情難忘。他們會重逢麼？鬼使神差，九七前夕，他們竟又都人在香港，而且數度擦身而過！傾城之戀，豈有盡時？這正是香港才有的傳奇，傳奇造就的香港。套句張腔，我於是要說香港的故事還沒講完，也完不了。

---

❶董啓章《地圖集：一個想像的城市的考古學》（台北：聯合文學，一九九七），頁七九。

❷也斯〈香港的故事：爲什麼這麼難說〉，《香港文化》（香港：香港藝術中心，一九九五・一），頁四。

❸Irving Howe, "The City in Literature," *The Critical Point* (N. Y.: Horizon P, 1973), p. 46.

❹Raymond Williams, *The Country and the City* (N. Y.: Oxford UP, 1973).

❺Ibid., p. 1.

❻這純就地緣政治及地理象徵而言。對生長於斯的香港人而言，香港當然是他(她)們的故鄉，見梁錫華〈香港文學中的地域色彩〉，收於張寶琴、邵玉銘、瘂弦編《四十年來中國文學》（台北：聯合文學，一九九五），頁四二三—四三六。

❼見David D. W. Wang(王德威), *Fictional Realism in 20th-Century China: Mao Dun, Lao She, Shen Congwen* (N. Y.: Columbia UP, 1992), chap. 7。

❽見鄭樹森〈談四十年來香港文學的生存狀態：殖民主義，冷戰年代，與邊緣空間〉，《四十年來中國文學》，頁五〇—五九。

❾見如羅貴祥〈幾篇香港小說中表現的大衆文化觀念〉，收於陳炳良編《香港文學探賞》（香港：三聯書店，一九

九二），頁一五—四二。

❿見如張英進的專著，Yingjing Zhang, *The City in Modern Chinese Literature and Film: Configurations of Space, Time, and Gender* (Stanford: Stanford UP, 1996), chaps. 5-8。

⓫李歐梵〈香港文化的「邊緣性」初探〉，《今天》二八期（一九九五），頁七八。

⓬王宏志、李小良、陳清僑（合著）《否想香港》（台北：麥田，一九九七），第一章，頁六二—六九。

⓭Roland Barthes, "Semiology and the Urban," in M. Gottdiener and Alexandros Lagepoulous, eds., *The City and the Sign* (N. Y.: Columbia UP, 1986), pp. 87-98.

⓮Michel Foucault, "Texts/Contexts of Other Spaces," *Diacritics* 16.1 (Spring, 1986): 22-27.

⓯Jacques Derrida, "Architetture ove il deiderio abitare," *Domus* (670) Aprile (1986), pp. 17-25；中譯〈超越安居慾望的建築——德希達與梅耶論建築與思想的對話〉，《島嶼邊緣》（一九九二‧四），頁四三—四九。

⓰張愛玲〈到底是上海人〉，《流言》（台北：皇冠，一九九五），頁五七。

⓱Ackbar Abbas, *Hong Kong: Culture and the Politics of Disappearance* (Minneapolis: U of Minnesota P, 1997), chaps. 1-2.

⓲同註❷。

⓳顏純鈎〈談《蝦球傳》的藝術特色〉，《香港文學》一三（一九八六），頁五〇—五三。

⓴見如黃繼持的討論，〈香港文學主體性的發展〉，《四十年來中國文學》，頁四一一—四二二。

㉑見葉維廉〈自覺之旅：由裸靈到死——初論崑南〉，《香港文學探賞》，頁一六一—一七二。

㉒見如董啓章〈城市的現實經驗與文本經驗——閱讀《酒徒》、《我城》和《剪紙》〉，收於董啓章編《說書人：閱讀與評論合集》（香港：香江出版，一九九六），頁二〇四—二〇八；羅貴祥，見註❾。

㉓董啓章〈城市的現實〉，頁二〇六。

㉔西西對香港認知、寫作的過程，見〈認知的過程〉，收於楊澤編《從四〇年代到九〇年代：兩岸三邊華文小說研討會論文集》（台北：中國時報，一九九四），頁一三七—一四二。又見西西半自傳性小說《候鳥》（台北：洪範，一九九一）。

㉕見陳清僑〈論都市的文化想像：並讀西西說香港〉，《四十年來中國文學》，頁四三七—四五五。又見羅貴祥，註❾。

㉖西西《我城》（台北：洪範，一九八九），頁一四三。

㉗董啓章〈城市的現實〉，頁二〇八。

㉘何福仁〈《我城》的一種讀法〉，收於何福仁編《西西卷》（香港：三聯，一九九二），頁四〇二。

㉙陳清僑，頁四四九。

㉚西西《我城》，頁一六〇。

㉛王德威〈評《美麗大廈》〉，《閱讀當代小說》（台北：遠流，一九九〇），頁二三九—二四三。

㉜鄭樹森〈讀西西小說隨想〉，《西西卷》，頁三七二—三七四。

㉝引自董啓章〈城市的現實〉，頁一四四。

㉞見註⓯。

㉟西西《飛氈》（台北：洪範，一九九六），頁一。

㊱王德威〈眼看他起朱樓，眼看他宴賓客，眼看他樓塌了〉，《小說中國》（台北：麥田，一九九三），頁一九三—二〇〇。

㊲見拙作〈寓教於惡〉的討論，《小說中國》，頁一〇五—一三六。

㊳ Wang, *Fictional Realism*, chap. 3.

㊴ Zhang, *The City*, chap. 7.

㊵ 王德威〈也是傾城之戀〉，《中時晚報》文藝版，一九九三年十月二十一日。

㊶ 見李小良的討論，《否想香港》，第四章。

㊷ 同上。

㊸ 見註⓮。

㊹ 董啓章《地圖集》，頁七九。類似觀點亦見李小良《否想香港》，第三章。

㊺ 同上，頁四九—五〇。

㊻ 也斯，《記憶的城市・虛構的城市》後記（香港：牛津，一九九三），頁二六一。

㊼ 同上，頁二六四。

㊽ Rey Chow, "Things, Common/Places, Passages of the Port City: On Hong Kong and Hong Kong Author Leung Ping-Kwan," *Differences*, 5.3 (1993): 197–200.

㊾ 董啓章〈城市的現實〉，頁二〇八。

㊿ 也斯《書與城市》代序（香港：香江，一九八五），頁七。

51 董啓章〈城市的現實〉，頁二一三—二一八；容世誠〈「本文互涉」和背景，細讀兩篇現代香港小說〉，《香港文學探賞》，頁二四九—二八四。

52 也斯《記憶的城市・虛構的城市》，頁二一五。

53 見註❾。

54 見註❷。

55 心猿《狂城亂馬》(香港：青文書屋，一九九六)，頁二〇四。

56 見劉紹銘未發表論文，Joseph Lau, "The Little Woman as Exorcist: A Note on the Fiction of Huang Biyun"。

57 見如 Anthony Vidler 的分析，*The Architectural Uncanny: Essays in the Modern Unhomely* (Cambridge: MIT P, 1992), chap. 1。

58 黃碧雲〈失城〉，《溫柔與暴烈》(香港：大地，一九九四)，頁一八三。關於〈失城〉的寫作背景，見〈失城檔案錄〉，收於黃念欣、董啓章《講話文章：訪問，閱讀十位香港作家》(香港：三人出版，一九九六)，頁四六—五四。

59 此句當然令我們想到魯迅小說〈故鄉〉最有名的結尾。

60 Walter Benjamin, "The Storyteller," *Illuminations* (N.Y.: Schocken, 1969), pp. 83–110。班雅明將 Novel 與 Story 對立，而強調後者的社會性及歷史感知，立論顯然有盧卡契(Lukács)的影子。本文則將故事與虛構等同，但並不完全視其爲紙上文章、無中生有。「虛構」的可能與歷史實踐息息相關，亦見陳清僑的討論，〈否想未來〉，《否想香港》，第七章。

泥河迷園暗巷，酒國浮城廢都

——一種烏托邦想像的崩解

在中國知識分子追求現代性的歷程中，文學的烏托邦想像曾提供了重要線索❶。一九〇二年，流亡日本的梁啓超推出《新中國未來記》，預言六十年後大中華民主國的猗歟盛況。這本小說有頭無尾，寫得實在不能算好，但比起傳統說部中的桃花源或烏有鄉，《新中國未來記》建構了——或虛構了——一種新的時空座標，在在趨近於西方文學定義下的烏托邦。梁啓超的靈感事實上也來自域外：日本末鐵廣腸的《雪中梅》，及美國貝勒彌(Edward Bellamy)的《百年一覺》(*Looking Backward*)。藉著這些模式，梁暢想未來中國如何已成爲一個政教昌明的世界強權。他的烏托邦是個不折不扣的空間化歷史寓言。

《新中國未來記》之後，烏托邦及反烏托邦的文學曾盛極一時。儼然滿清皇朝將亡的惡兆，反釋放出無限思辨未來的可能。可惜的是，隨著五四新文學的崛起，烏托邦文學倏然消失。在寫實主義的大纛下，作家競以反映、改革人生爲己任，雖然潛藏他(她)們字裏行間的烏托邦渴望，從未或已。當毛澤東建立了共和國時，現代中國的烏托邦美夢似乎已經成眞。但「成眞」以後的烏托邦是個什麼樣的面貌？融合政治欲望與政治實踐的代價，到底有多大？回顧百年中國書寫、追逐烏托邦的軌跡，世紀末的兩岸作家寫下一系列饒富空間意象的小說，台灣的《泥河》、《迷園》、《暗巷迷夜》；大陸的《酒國》、《浮城》、《廢都》，正可以作爲我們討論的焦點。

一

在《新中國未來記》裏，梁啓超想像一九六二年時中國的繁榮景況。經過一甲子的憲政改革，中國重又屹立世界。工商軍事，無一不強，百業俱興，萬國來朝。上海博覽會上，乃有孔子七十二世孫孔宏道大講儒法王道。梁的政治用心，可謂昭然若揭，而我們今天談論這部小說，與其說是欣賞它的意旨，不如說是重識它在時間經營上的創新。這是一部以「未來完成式」寫出的烏托邦小說。儘管小說裏中國是我們所熟悉的地理環境，但梁啓超顯然認爲時間的距離可以投射一種天啓的視景。小說以「未來」（一九六二年）的角度倒述前此「應已」發生的種種改革。一九〇二年的中國也許一無是處，但未來的好景爲何不可預先支用？藉著時空想像的大躍進，晚清作家企圖贖回歷史，典借將來。這類的小說至少還包括了陸士諤的《新中國》（又名《立憲四十後之中國》（一九一〇）），在其中女子參政、大學林立、工商發達，人民不知犯罪爲何物。而到了碧荷館主人的《新紀元》（一九一〇），一九九九年的中國更是人口三十億的超級強權，世界新黃禍的禍首。

如上所述，《新中國未來記》等小說大作未來世紀的美夢，但對時間如何由現在過渡到未來的步驟，卻殊乏解釋。晚清文士能談新中國，但對眼前的舊中國其實一籌莫展。他們於是回到文字陣中，繼續構築他們的願望或失望，而這一寫作的姿態，直指「烏托邦」作爲一種文類的特性。烏托邦似遠實近，自有其歷史根源。但不論如何，它總是文學想像的所在，紙上談兵的天地。它的「文本性」(textuality)是它的特色，也是它的限制。作爲現代中國文學的濫觴，《新中國未來記》以烏托邦形式出現，因此更有象徵意義：寫作創造烏托邦，寫作的本身也就是一種烏托邦式行動。文學與政治想像的結合，眞是莫此爲甚。而幾十年後，當革命家及政客匆匆要把烏托邦落實到中國土地中，他(她)所抱持的憧憬(或藉口)依然是未來完成式的。君不見，「大躍進」不必只是烏托邦小說家規避時間邏輯的敘事方法，也可成爲中國五〇年代末期的國家政策？但從虛構的烏托邦到實踐的烏在邦，代價是千萬人的身家性命。

晚清時期有更多的烏托邦作品亟欲遠離中國，找尋海外的洞天福地。蕭然鬱生的《烏托邦遊記》(一九〇六)記述一批冒險家駕著太空船到別的星球找出路。太空船的設備從圖書館到健身房，無一不備。可惜還沒飛到目的地，小說已自行腰斬了。同病可以相憐的是荒江釣叟的《月球殖民地》(一九〇四)。這回一羣中日志士乘氣球欲登月球。月亮上風光無限，孔子、釋迦牟尼、喬治·華盛頓共享一爐香火。可是除了少數有後門關係者，這批氣球探險家多半無法靠近目的地，而小說又突然至此中斷。如果敘述也是一種烏托邦欲望的追逐與完成，這些半途而廢的小說自廢武功，又說明了什麼？

既然不能飛到天外，就不如在地球上另謀出路。侶笙的《癡人說夢記》(一九〇五)，寫一羣改革者占領了落後的仙人島，興辦教育，勵行工業，發展科學，並推動君主立憲，終成就了一番事業。又像碧荷館主人的《黃金世界》（一九〇七），先暴露赴美華工的慘況，再寫這些華工如何飄流海上，找到一個螺島，建立了自給自足的小世界。除此，就算是不能大展鴻圖，也有像黃繡球（頤瑣，《黃繡球》，一九〇五）這般的奇女子，經營她心目中的自由村，在亂世中自成天地。與此同時，當然不乏作者構思反烏托邦的可能。最有名的例子包括陳天華《獅子吼》（一九〇五）中的華民島，以及曾樸《孽海花》（一九〇七）的奴樂島。這些島上的居民怠惰因循，苟且偷安。但他們竟在混亂中形成一種「秩序」——一種自甘墮落，見了棺材也不掉淚的秩序。

但晚清時期最應受到重視的烏托邦作品，當推吳趼人的《新石頭記》（一九〇五）及海天獨嘯子的《女媧石》（一九〇六）。顧名思義《新石頭記》改寫了曹雪芹的《石頭記》（《紅樓夢》）。吳趼人的賈寶玉在寶黛情史後，回歸大荒。過了幾世幾劫，他再下凡塵，先入野蠻世界，再訪文明境界。文明境界講武修文，科技發達。飛車潛艇，溫室農作只是最淺白的例子。全境依八德分為八區，故事的高潮，則是寶玉晉見文明境界的聖主，東方文明先生。東方一席話，將仁學與科學作了圓融連鎖，這眞是精神與物質文明雙效合一的最佳見證。無論就體裁或議論而言，《新石頭記》都極接近西方文學中的烏托邦原型，而吳趼人改寫中國神魔傳奇的貢獻，猶其餘事。另一部小說《女媧石》其實是以俠情爲骨幹。惟其中一重要情節描述了一個由女子組成的理想國，國中女性享盡科技利便措施，而在發明治學之外，她們專以暗殺男性貪官惡吏爲職志。一反男性社會中的三從四德，她們提倡袪四賊、尊三守。男性在此毫無地位，只能權充人工授精的工具罷了。古典小說自《西遊記》到《鏡花緣》都有女兒國的描寫，但論異端想像之奇詭，女性意識之激進，《女媧石》不愧具有現代性的突破意義。

二

五四以來烏托邦小說聲銷跡匿。在一片爲人生、爲革命而文學的熱潮裏，「寫實」成了通透歷史、改進社會現狀的法寶。我們今天最可注意的，只有兩本反烏托邦作品，沈從文的《阿麗思中國遊記》（一九二八）及老舍的《貓城記》（一九三二）。兩者或以童話、或以動物寓言形式，抨擊現實，撻伐不義。但就像多數晚清的前例一般，這些作品其實先已缺乏任何烏托邦的視野，即便要「反」，也流於對眼前事物的悲觀批判。

然而烏托邦作品的付諸闕如，並不代表這一時代作家缺乏烏托邦的欲望。恰相反的，對一種烏托邦實踐的憧憬，成爲三、四〇年代中國文學最不言自明的特色。換句話說，越是「露骨寫實」(hardcore realism)的作品，越可能成爲那缺席烏托邦的反證。而在延安，以共產爲名的烏托邦論述早已浩然展開。鄉村包圍城市，工農當家作主，寫出二十世紀中國最偉大烏托邦「作品」的，不是作家，而是毛澤東及他的吶喊者。但如前所述，烏托邦的魅力，來自它即眞即幻的文本性；烏托邦的弔詭，總在於它「完善」的言說或勾畫某一理想境界的不可呈現性(represent the unrepresentable)。所有烏托邦作品都預含自我解構的因素；所有烏托邦作品都以投射一個時間／地理座標始，卻以否定那座標的存在終。二十世紀中國烏托邦悲喜劇可能竟在於曾有段時間，毛主席及他的「人民」眞要在地上建築馬列天堂。他所要造的烏托邦結果證明也是個反烏托邦。

不論如何的反傳統，毛那一輩的作家及政客都是梁啓超《新中國未來記》的傳人。時序流轉到了世紀末，近百年的新中國未來建設又是什麼面貌？我們還有烏托邦的想像空間麼？就此兩岸作家已分自寫下了他(她)們的看法。在台灣，這近半世紀的反共聖地、文化寶島，曾幾何時成了後見之明的(反)烏托邦。後見之明，因爲對許多人而言，曾經走過的(國民黨版)歷史，不妨就是神話。而在神話消解的歲月，新烏托邦的建構，談何容易？於是在文學的地圖中，我們只看到陳燁的《泥河》(一九八七)，李昂的《迷園》(一九九〇)，還有楊照的《暗巷迷夜》(一九九三)。這些陰暗的、荒涼的人爲或自然地標，構成一廢墟式的視景，襯出那已然消逝的烏托邦梁柱，曾是如何森然龐大。

地形圖誌學者已一再告訴我們，任何地理景觀的構置，都不斷重述或重現人與空間／時間、人與人、人與建築的關係❷。烏托邦(建築、言說、圖像)的出現與消失，總已折射這重重關係。準此，沿著陳燁《泥河》中那條骯髒腐臭的台南運河，我們必須面對河裏岸上「所以如此」的前因後果。河流與城市的互動曾是傳統都市地理的要素。是什麼樣的人及非人因素，使一條河流淤積難行，一個家族埋冤積恨，一座城市由活潑變爲呆滯？當陳燁訴說河流兩岸的人事變遷，她也同時臆想一個家族及所在城市的歷史盛衰。

類似的空間象徵也成爲楊照《暗巷迷夜》的主題。在台北星羅棋布的巷弄中，千萬人家正演出著悲喜劇。這些巷弄的深處，無不潛藏一座城市的曲折記憶。離家不歸的父親，紅杏出牆的母親，寄人籬下的姊妹，還有巷口那神祕的兇殺……。楊照的角色行走在日漸消失的舊台北的街頭巷尾，也正是在記憶迷宮中艱難探索。由二二八到白色恐怖，由戒嚴到解嚴，這些角色忘掉原該想起的，想起不該記得的，而在迷離的夜霧中，台北還有多少條這樣的暗巷呢？

李昂的《迷園》以鹿港一座仕紳花園爲軸心，輻射台灣近百年歷史／地理的滄桑。台灣的歷史基於土地所有權不斷被轉讓的紀錄。荷蘭人與日本人，滿洲人與中國人，都曾依著他們的政治想法，建築台灣。小小一座花園，不知包含多少這歷史藍圖的駁雜線索。唐山到台灣，西洋到東洋，這精緻的花園如今荒蕪成公寓建築預定地了。而花園內的子民，早已貶落四方。《迷園》的烏托邦象徵呼之欲出，但也因此，全書病於過分淺白。小說以台灣民主進步工事／攻勢的展開，作爲迷園變爲樂園的象徵。弔詭的是，迷園如果從來不是烏托邦，又怎能襯托它失而復得的邏輯呢？

跨海到彼岸，莫言推出的《酒國》（一九九二），成爲中共革命建國神話最大的嘲諷。小說敍述一個偵探因爲追蹤一件謀殺案，來到神奇的酒國。地圖上未必容易找得著酒國，但闖進去的遊客卻覺得親切異常。這是個放肆吃喝拉撒奇觀的地方，恰與人民共和國禁欲式意識形態相對峙。國中最美的珍饈是嬰兒肉盛宴，外加醉人好酒。對胃口被吊了四十年的大陸讀者，《酒國》是個反烏托邦作品，也未嘗不可是個烏托邦作品。大量的吞吐，大量的排泄，酒國的污水處理工程想來是市政一大考驗。小說中的謀殺案終究未破，我們醉醺醺的幹探反一頭栽到糞坑裏，蒙主榮召——從糞坑到天堂，有什麼通往烏托邦之路，更比這色香味俱全？

梁曉聲的《浮城》寫中國南方的超級大城（上海？），某年開始鬆動，竟與大陸分離。浮動的城市上住滿浮躁的居民；這城市之島的異象未始不是人心浮沉的結果。浮城飄向東去，引來日本惶恐，再向東行，似乎朝著美洲而來。儘管前途未卜，浮城居民處變不驚。他們鉤心鬥角、作姦犯科，無日或已。外加一羣好像從希區考克電影《鳥》飛出來的怪鳥，這部小說是夠熱鬧的，但畢竟是泛泛之作。它的意義，在於使我們想起了清末《孽海花》、《獅子吼》中的那些罪惡之島。過了近一個世紀，浮城的子民莫非就是奴樂島、華民島上居民的後代？

一九九三年，陝西作家賈平凹憑一本《廢都》轟動全中國。截至目前為止，所有的批評都集中在小說大膽的性描寫，為中共文學歷來所僅見。但《廢都》一名所暗含的文化地理意義及空間象徵，卻被略而不提。事實上，小說中男女的淫逸濫交，不管是荒唐還是荒涼，都必須照映在他（她）們所身處的城市環境，才見深度。廢都應是以西安為雛形；時至今日，賈平凹認為這是座荒廢之都，也是座頹廢之都。大唐開國定都的氣派於今何在，一世英明的帝王將相早歸黃土。在推土機達達的聲中，古蹟作廢、歷史作廢。猥瑣的現代才子佳人局促在小樓一角、里弄深處，苟且的作一晌之歡，而且充滿後顧之憂。小說最該注意的，不是作愛的場面，而是作愛的場所。是由著些地緣位置，我們才赫然了解一種風流的潰散，一種文明的墮落，竟可至於斯。

巴赫汀（Bakhtin）早就告訴我們，小說中的時空交會定點（chronotope）往往是敘述動機的發源地❸。烏托邦或反烏托邦作品自覺暴露這一地理／歷史定點的虛構性，但是以虛擊實，它帶出更多我們如何想像及呈現空間的辯論。遙想當年作家構築「新紀元」的「新中國」遠景，站在世紀另一端的我們能不有所感慨？海峽兩岸的六位作家爲我們銘刻了不同的時空風景，也間接對百年的烏托邦／反烏托邦論述，暫作一了結。嚴格來說，這些作品不盡符合傳統烏托邦文學的格式。但在記錄一種烏托邦想像的崩解上，他(她)們也解脫了我們太多有關中國「現代性」必當如何的我執。誰知道呢？新世紀的烏托邦也許正在泥河迷園一側，酒國廢都之間，悄然興起。

---

❶坊間有關西方烏托邦文學的研究極多，最基本的烏托邦小說定義，可參見William Rose Bene't, *The Reader's Encyclopedia*, 2nd(N. Y.: Harpcr and Row, 1965), p. 1043。又見Krishan Kumar, *Utopia and Anti-Utopia in Modern Times*(Cambridge: Blackwell, 1991)。

❷見如James Duncan and David Ley, eds., *Place, Culture, Representation*(London: Routledge, 1993)。

❸Mikhail Bakhtin, *Dialogic Imagination*, Cary/Emerson and Michael Holquist, trans.(Austin: U of Texas P, 1983), pp. 366–432.

輯五

作者・流派・典律

輯五　作者·流派·典律

小說的流派研究總內蘊一項弔詭：當我們爲作者整理出風格、理念及活動關係的脈絡時，一方面建立了譜系傳統的秩序，一方面總已簡化文學流轉的變數。大師、流派、傑作的認定固然是文化生產的必要機制，卻也訴說著文本內外權力與閱讀欲望交投的故事。

本輯處理現代小說中「不入流」的流派——海派，以及自外於典範的典範作家——張愛玲。我的用意，不在誇張海派的淵博或張愛玲的影響；恰恰相反，我希望藉此凸顯經典大師、集團流派的隨機性。海派因張愛玲大放異彩，甚至向主流文學靠攏。張愛玲孤傲不羣，但卻因緣際會，被推向二十世紀宗師之一的位置。她拒絕傳人，但私淑者與她的對話，卻形成二十世紀後半期的奇觀。凡此皆說明文壇、流派與作者間的微妙互動。

本輯的四篇文章，〈從「海派」到「張派」〉勾畫「海派」的來龍去脈，及張愛玲的樞紐地位。〈重讀張愛玲的《秧歌》與《赤地之戀》〉及〈此怨綿綿無絕期——從〈金鎖記〉到《怨女》〉則細讀張愛玲兩類迥不相同的作品，並思考張如何面對不同的環境，詮釋她「華麗與蒼涼」的創作美學。部分對《秧歌》的討論，已曾出現於輯三〈三個饑餓的女人〉中，但在本輯不同文脈中，仍有重複的必要。〈海派文學，又見傳人〉介紹八〇年代後崛起的大陸作家王安憶，並藉她與張愛玲的對話，觀察海派文學風雲再起的契機。

從「海派」到「張派」

——張愛玲小說的淵源與傳承

嚴格來說，五〇年代中期張愛玲已寫完她最好的作品。以後的四十年，與其說張愛玲仍在創作，倒不如說她不斷的被創作：被學院裏的評家學者，學院外的作家讀者，一再重塑金身。張愛玲「神話」的發揚光大，妳我其實皆與有榮焉。一九九五年才女遽逝，我們悵然若失，也就不難理解了。

但張愛玲的成就，畢竟不是無中生有。她在四〇年代的上海崛起，其實代表「海派」小說發展半世紀的高潮。儘管一九五二年後，張出奔海外，滬上風華依然是她創作靈感的主要泉源。日後評者論「張派」特徵，其實應該以張與「海派」的關係始。

本文將分爲兩個部分。第一個部分追溯張愛玲與海派小說的淵源。我們要問，究竟上海有什麼樣的魅力，使張終生念之寫之；海派小說如何在張的調弄下，呈現新的面貌；更要緊的，究竟張的文字，又賦予上海什麼樣的魅力？第二個部分則試圖建立張愛玲及其追隨者的譜系關係，張派作家與「祖師奶奶」間的種種對話方式，尤其是討論重點。透過張愛玲爲輻輳點，一個世紀以來中國小說流變的現象之一，於焉浮現。

一

許多現代小說家，如魯迅、喬伊思(Joyce)、卡夫卡(Kafka)、福克納(Faulkner)等，對他們生長居住的地方絕少好感，卻又將其發展成爲作品的核心場景。張愛玲對上海則顯然情有獨鍾。嘈雜的市聲，昏黃的弄堂，陰濕的宅邸，庸俗的人情，無礙她的「中國夢」；是在這樣一個華洋雜處、新舊並陳的十里洋場裏，張愛玲找到一席安身所在，並編織一則又一則璀璨又荒涼的傳奇。

但張愛玲看上海寫上海的姿態並不孤獨。從文學史的角度看，她應算是「海派」文學的健將之一。順著這「海派」傳統推衍，她日後創作的特色與局限，也才更有可觀。但什麼又是「海派」呢？從清末以來，「海派」即成爲一稍帶貶意的形容詞，泛指這座黃浦江頭城市的生活情調、道德指標與寫作態度。海派是生猛多變、標奇立異；是五光十色、噱頭滑頭外加寃大頭；是玩票白相、瑣碎庸俗；是花花世界，「地獄裏的天堂」。在民初的菊壇，海派京劇即以連台本戲、機關布景，灑狗血賣花招大受小市民的歡迎。與故都四平八穩正宗演出，雅俗立判。但「海派」成爲文學的專有名詞，卻是肇因於三〇年代的一場筆仗。始作俑者，不是別人，正是大家熟悉的沈從文。

一九三三年十月，沈從文於天津《大公報》副刊爲文，批評上海一羣半職業性作家，「玩票白相」，「附庸風雅」與「平庸爲緣」。沈的文章立即招來上海蘇汶(杜衡)的攻擊。他在年底《現代》

雜誌上諷刺北方作家的自我陶醉，不知民生疾苦。海派作家也許良莠不齊、唯錢是問，但比起「京派」作家的自命清高，卻顯然誠實得多。這段筆戰日後被稱爲京派與海派之爭，在擾攘多事的三〇年代，不過是一則插曲。然而現代文學的兩種風格，卻由此得名。海派儼然機巧善變，相形之下，京派則素樸莊重得多。

但海派小說的面貌，遠較這樣的二分法複雜。早在一九三一年，魯迅在〈上海文壇之一瞥〉❶就痛責上海文人輕薄無聊，專以寫作「才子加流氓」的小說爲能事。魯迅的批判，意有所指，彼時崛起上海的革命文學，自然不在此列。魯迅要斥責的，是市民文學的大宗，鴛鴦蝴蝶派小說。對五四文人而言，鴛鴦蝴蝶派以誇張癡男怨女、羅愁綺恨爲能事。表面講的是時代故事，骨子裏賣的是才子佳人的老套。一般通俗大衆趨之若鶩，實是因爲這類作品譁衆媚俗，是典型「文化工業」中的消費品。

魯迅和同路人如茅盾、瞿秋白、錢杏邨等卻未注意到，在衆多鴛蝴說部中，有不少以上海爲背景的作品，已兀自對這十里洋場的瞬息風華，留下見證。這些作品可以上溯到清末時期。論諷刺怪誕有《何典》❷，論世情寫眞則有《海上花》❸。而《海上花》是影響張愛玲最重要的源頭之一。

張愛玲受教於《紅樓夢》，已是衆所周知的事實。《海上花》的意義卻別有不同。《海上花》寫妓院中的露水姻緣，本是清末狹邪小說的常見題材。但韓邦慶見人所不能見。他在苟且猥褻的關係中，看出男女最原始、最素樸的欲望掙扎；在聲色脂粉的陣仗裏，見證尋常夫婦的恩義和勃谿。

這本小說所透露的自然主義訊息，是如此了無奇特，卻也愈發讓人怵目驚心。小說的女主人翁之一趙二寶來上海尋親未果，日後墮落爲娼門名妓。二寶歷盡繁華風霜，最後以驚夢作結，小說亦戛然而止。張愛玲顯然深爲二寶及其他女子的遭遇感動。她筆下許多女主角的原型（如葛薇龍、白流蘇），皆脫胎於此。多年之後，張更將全書吳語部分，以白話還原；之後又將其翻爲英文，譯稿遲至九七年才失而復得。

《海上花》對上海歡場與情場的白描，眞切犀利；而作者寫這個新城市的張致做作，傯懶感傷的種種變貌，更有獨到之處。在這樣一個基礎上，鄒弢的《海上塵天影》（一八九六）、孫玉聲的《海上繁華夢》（一九〇八），乃至張春帆的《九尾龜》（一九一一），對上海的聲色犬馬，更有所發揮。唯有《海上花》所透露那種繁華中的平庸、喧囂外的淒涼，卻要等張愛玲重新發揮了。

民國以來，寫上海妓院的小說風光不再。誠如張愛玲所言，當戀愛「自由」後，妓院不再是唯一可以偷嘗禁果的樂園。寫自由戀愛與封建婚姻衝突的作品，成爲大宗。從徐枕亞的《玉梨魂》到吳雙熱的《孽冤鏡》，皆是最受歡迎的實例。而稍早吳趼人的《恨海》（一九〇九），則提供了種種哀頑幽豔的敍述模式。鴛蝴小說在言情以外，又對半新不舊的人際關係，別有所見。以細膩世故著稱的《歇浦潮》即是張愛玲最愛看的作品之一。

但海派既有造作保守，踵事增華的一面，更有趨時趕新，前衛摩登的一面。上海自清季以來，即是歐風美雨的薈萃之地。任何新的怪的事物，嚇不跑見多識廣的上海佬。而租界商埠的林立，也造就兼容並蓄的氛圍。就在遺老遺少、舊派文人大事鋪張鴛鴦蝴蝶之際，五四浪漫文人也在此悄然建立他們的大本營。郁達夫、郭沫若的西化濫情作品，都先在上海受到青睞；以後創造社成立，更標榜火辣辣的浪漫色彩。俟至魯迅等文人紛紛南下，鼓吹左翼文學，早期唯我唯美的風潮，又一躍變爲爲人民爲革命的號召。上海文壇的五花八門，左右逢源，由此可見一斑。

但這裏特別要強調的是在新舊陣營之間，縈繞不去的「第三種」聲音，這些作者論才學比不上舊派文人，論熱情遠遜於革命作家；然而遊走其間，他們發展出一套緊俏風流的創作與生活方式，反而與彼時大都會脈搏，互動互應——這才是海派的眞傳。從張資平《梅嶺之春》、《愛之焦點》、葉靈鳳《女媧氏之遺孽》這些早期作品，我們眞正得見海派小說誇張感傷、賣弄豔情的現代特徵。誇張與賣弄原不足取；但擺在上海那樣的人文環境裏，誇張與賣弄反而爲創作姿態的誠實表現，都會道德的不二法門。更有趣的是，儘管海派文人自命見多識廣，他們的沾沾自喜，透露著窮人乍富的小家子氣；儘管他們故作世故風流，他們字裏行間，總有除此別無所恃的感傷與徬徨。

等到三〇年代末新感覺派作家出現，海派「維新」一面的風格，算是發揮得淋漓盡致。劉吶鷗、穆時英、施蟄存、杜衡等這批文人，既汲取了歐洲現代主義寫作的流風遺緒，又兼採日本新感覺派作者如橫光利一、堀口大學的筆調風韻。發爲文章，果然是前無古人。試看劉吶鷗的《兩個時間不感症者》、或穆時英的《上海的狐步舞》，寫酒吧舞廳飯店馬場風情，十足酒色徵逐、紙醉金迷。他們對現代消費符號的敏銳感受，從汽車到好萊塢電影，從香水到巴黎春裝，在在令人拍案驚奇。而他們對肉體遊戲的好奇，對文體遊戲的實驗，其大膽處，至今仍不褪色。施蟄存的故事新編、劉吶鷗的尤物速寫、穆時英的歡場切片，一次次使讀者大開眼界。衞道者要說這是亂世的妖文孽字，我卻要說中國的現代主義，已首度在此登台候教。台灣不少學者著迷法蘭克福派的新馬學說。新舊海派現象其實正是一顯身手的對象。班雅明(Benjamin)的紈袴詩人論、商場論、阿多諾(Adorno)的文化工業論，均可由此找到似是而非或似非而是的討論空間。

我們現在終於可以回到張愛玲現象了。四〇年代淪陷區的上海，外弛內張，在烽火殺戮聲中，竟然散發無比豔異綺麗的光芒。升斗小民的日子並不好過，但是只要電車的叮噹聲仍然不輟、暖烘烘的太陽猶有餘暉，挽著籃子上市場買小菜就是每日的功課。這就是張愛玲的上海。大難下的從容、荒涼裏的喧嘩、一輩上海人怎樣既天眞又世故的過日子，是張寫之不盡的題材。過氣的遺老命婦，神經質的慘綠男女，猥瑣的娘姨相幫……穿梭在張的上海弄堂、公寓宅院裏。他們都是張所謂「時代的列車」裏的乘客，上得來下不去；列車匆匆的開著，從車窗裏，他們看著熟悉的舊日風景，瞬息退去，也看到自己窗中的倒影：怯懦而自私，張致又張皇。

張的作品，多半發在鴛鴦蝴蝶派的雜誌小報，如《紫羅蘭》、《萬象》等。而她也擅寫半新不舊人家裏的情事恨事，〈金鎖記〉、〈創世紀〉都是這類作品。但張卻又不是完全的鴛蝴派作家——她的五四訓練、西學背景，使她對新的怪的事物一樣好奇。由新感覺派作家一手炒作的那種浮華頹廢、遊戲人間的姿態，在張的書裏書外，於是翻出新的面貌。徘徊在新舊海派間，張確是她常自命的「不徹底」的實踐者。像〈紅玫瑰與白玫瑰〉那樣的作品，不妨也看作是她創作哲學的戲劇化告白。張的小說，狎暱與譏誚，耽溺與警醒相持不下。由此而生的張力，最爲可觀。她的海派前輩為她打造了一座庸俗紛擾的城市背景，並附贈形形色色的人物原型。在另一個歷史的夾縫裏，這位二十來歲的才女要為這座城市，寫下傳奇，並且身體力行。說張愛玲是集清末以來海派小說之大成者，應不為過。

在散文〈到底是上海人〉裏，張愛玲寫道，「上海人是傳統的中國人加上近代高壓生活的磨練，新舊文化種種畸形產物的交流，結果也許是不甚健康的，但是這裏有一種奇異的智慧。」❹上海人有獨特的「處世藝術」，他們「壞得有分寸」、「演得不過火」。描寫這樣獨特的處世藝術，是海派作家的拿手好戲。但值得注意的是，張愛玲及許多海派作家原籍並不是上海；如劉吶鷗其實是台灣台南人。「在地」的身分並不能保證純正地方風味的作品。而上海這樣一個由移動人口與進口文化形成的都會，尤其凸顯這層創作特色。是像張愛玲這樣的作者，既自覺是上海生命共同體的一部分，又不失外地人對上海的興味與好奇，反能對這城市賦予最深刻的禮讚。如張所謂，《傳奇》中的作品即使寫香港時，她也無時無刻不想到上海人。

大陸淪陷後，以鄉村為空間想像基礎的「解放」文學大行其道。上海成了資本主義墮落腐化象徵，何況海派文學。當張愛玲在《半生緣》原稿《十八春》裏，把女主角顧曼楨發配到東北為祖國建設，海派文學算是告一段落——上海人離開了上海，還有戲唱麼？五〇年代的《赤地之戀》張安排她的角色到農村繞了一趟後，兜回上海，但物是人非，眞是繁華不再。以後張在國外寫的《半生緣》、《怨女》及其他短篇，上海依然是她的靈感泉源；海派一絲命脈，也僅得續於此。

二

一九六一年夏志清教授的《現代中國小說史》❺以專章討論張愛玲；上海的通俗女作家首度與魯迅、茅盾等大師平起平坐。夏承續了當年迅雨（傅雷）、胡蘭成的眼光，肯定張不世出的才情，也為日後「張學」研究，奠下基石。但張愛玲的成就如果是評者及讀者的福氣，卻要成為創作者的負擔。六〇年代以來一輩輩的台港作家，怕有不少人是在與張愛玲「搏鬥」中，一步一步寫出自己的路來。時至九〇年代，連大陸頗具名氣的蘇童也曾嘆道，他「怕」張愛玲——怕到不敢多讀她的東西❻。

張愛玲到底有什麼可怕？是她清貞決絕的寫作及生活姿態，還是她凌厲細膩的筆下功夫？是她對照參差、「不徹底」的美學觀照，還是她蒼涼卻華麗的末世視野？在這些「惘惘的威脅」下，年輕的作家在紙上與張愛玲遙相對話（或喊話）。他（她）們的作品，成為見證張愛玲影響的重要文獻。但談「影響」是件弔詭的事。有的作者一心追隨大師，卻落得東施效顰；有的刻意迴避大師，反而越發逼近其人的風格。更有作者懵懂開筆，寫來寫去，才赫然發覺竟與「祖師奶奶」靈犀一點相通。不管是先見或後見之明，「影響的焦慮」還是影響的歡喜，張愛玲的魅力，可見一斑。

六〇年代私淑張愛玲而最有成就者，當推白先勇與施叔青。王禎和當年雖有幸陪同張愛玲訪遊花蓮，在創作脾胃上畢竟另有所好。白先勇與施叔青都以雕琢文字，模擬世情著稱。張是寫實主義的高手，生活中的點滴細節，手到擒來，無不能化腐朽為神奇。但這種對物質世界的依偎愛戀，其實建築在相當虛無的生命反思上。她追逐人情世路的瑣碎細節，因為她知道除此之外，我們別無所恃。「時代在破壞中，還有更大的破壞要來。」處在歷史的夾縫中，能抓住點什麼，管它庸俗零碎，總就對付過了下去。

白先勇的《台北人》寫大陸人流亡台灣的眾生相，極能照映張愛玲的蒼涼史觀。無論是寫繁華散盡的官場，或一晌貪歡的歡場，白先勇都貫注了無限感喟。重又聚集台北的大陸人，不論如何張致做作，踵事增華，掩飾不了他們的空虛。白筆下的女性是強者。尹雪豔、一把青、金大班這些人鬼魅似的飄蕩台北街頭，就像張愛玲寫的那蹦蹦戲的花旦，在世紀末的斷瓦殘垣裏，依然，也夷然的唱著前朝小曲，但風急天高，誰復與聞？

然而白先勇比張愛玲慈悲得多。看他現身說法的《孽子》，就可感覺出他難以割捨的情懷。寫同性戀者的寃孽及情孽，白先勇不無自渡渡人的心願，放在張愛玲的格局裏，這就未免顯得黏滯；當白先勇切切要為他的孽子們找救贖，張可顧不了她的人物，而這是她氣勢豔異凌厲的原因。

倒是施叔青中期以來的作品，抓住了這點特質。施從不避諱是張愛玲的忠實信徒，實則卻另有所長。她早期作品如《約伯的末裔》等，已經延伸張一手炮製的「女性鬼話」(female gothic)。三〇年代的白薇以《打出幽靈塔》首度將「女性鬼話」和盤托出：被幽閉的女性、家族的詛咒、陰濕古老的廳堂、詭魅的幻影……這些母題，一再烘托女性的恐懼與欲望、誘惑與陷阱。張愛玲從〈金鎖記〉以來即樂此不疲，而且精益求精。《半生緣》裏顧曼楨被幽閉、強暴、發狂的好戲，應是高峯。施叔青承續此一傳統，賦與超寫實興味，則又產生不同效果。

及至八〇年代，施憑藉旅居香港經驗，重新盤整她的張愛玲情結。其結果是一系列「香港的故事」。這些小說寫盡島上紙醉金迷的繽紛嘈雜，以及劫毀將近的末世憂思。與前述白先勇不同，施對她的角色下手絕不留情，反因此遙擬張愛玲那種大裂變、大悲憫的筆意。而她創造一系列的豔鬼型女性角色，尤得張派眞傳。試看〈愫細怨〉的結局，不是與〈沉香屑，第一爐香〉有異曲同工之妙？

更重要的是，施打造了一個世紀末的香港，算是對張當年香港經驗的敬禮。九〇年代以來她以《維多利亞俱樂部》、「香港三部曲」等作，爲香港百年盛衰作傳記——或是「傳奇」，而貫穿全局的正是一個女性，且是一個妓女。施似乎要讓張愛玲那蹦蹦戲花旦移駕到香港的情天恨海裏演出好戲，「香港三部曲」的高潮像煞九七版的〈傾城之戀〉。

八〇年代初，香港少女鍾曉陽以一部《停車暫借問》震動讀者。鍾年紀雖小，卻寫出本老辣滄桑的世情小說。烽火離亂，姻緣聚散；這不啻是當年張愛玲二十出頭，就寫出〈金鎖記〉的翻版。鍾以後的作品，皆能維持水準，卻似乎難有突破。八〇年代中期的《愛妻》，九〇年代初的《燃燒之後》（皆爲選集），以及九〇年代中的長篇《遺恨傳奇》，都有類似問題。《燃》書中的中篇〈腐朽與期待〉是篇力作，但非傑作。這裏張的陰魂不散，從〈金鎖記〉到《半生緣》、從〈鴻鸞禧〉到〈創世紀〉，都有案可考。全作講的是個時移事往、兩代情緣未了的故事。那種春夢了無痕的遺憾，以及遺憾以後的清明，是鍾全力要鋪陳的。平心而論，〈腐朽與期待〉並不比《停車暫借問》

差，只是鍾已經過十餘載的修爲，我們的「期待」自然要高於彼時。

七〇年代後期，台灣也有一輩年輕作家蓄勢待發，而其接觸張愛玲的影響，更別有門徑。這輩作者包括了朱天文、失天心、丁亞民、蔣曉雲等寫將，後來又有林燿德、林俊穎，以及(日後要努力畫清界限的)楊照等相互唱和。在「三三」的名頭下，他們日月山川，詩書禮樂起來。這裏的關鍵人物是與張愛玲有段情緣的胡蘭成。一九七四年，一向匿居日本的胡蘭成來台任教，並於七四、七六兩年重新出版《山河歲月》、《今生今世》兩作。胡後以「抗戰通敵」故，不見容於國府，但因緣際會，他成了「三三」的精神導師。胡蘭成是極具爭議性的人物，惟其人的才學識見，畢竟有所不同。《今生今世》中〈民國女子〉一章，把張胡之戀寫得迷離浪漫，即是一例，而《山河歲月》以抒情詩技法，重讀歷史，讚彈不論，眞要令人眼界一開。

胡派學說講的是天人革命，詩禮中國，儒釋兼備，卻又透露嫵媚嬌嬈之氣。有趣的是，儘管胡蘭成寫得天花亂墜，總有個呼之欲出的張愛玲權充他的繆思。「三三」諸子中，兼修張胡二家而出類拔萃者，當然是朱天文。且看她讀國父《倫敦蒙難記》的感想：「我也像看完了(張愛玲的)《赤地之戀》要爲劉荃、黃絹、爲張愛玲，大大立下志氣，把世上一切不平掃蕩。單爲了張愛玲喜歡上海天光裏的電車叮鈴鈴的開過去，我也要繼承國父未完成的革命志願，打出中國新的江山來。因爲她(張愛玲)就是傾國傾城佳人難再得。」(〈仙緣如花〉·《淡江記》)

用今天的眼光來看，這眞是後現代的絕妙好辭。但彼時的朱天文還太「正經」；要再等十年，她才終於把「張腔」與「胡說」鎔爲一爐，從而鍊出自己的風格，經歷了《最想念的季節》到《炎夏之都》，朱天文在九〇年代以《世紀末的華麗》大放異彩。有關這本小說選的評論已不少見，毋須重複。可以一提的是，講模特兒生活的〈世紀末的華麗〉，朱把張愛玲的「女人如衣服論」及「情婦論」挪到世紀末的台北，發揮得淋漓盡致；而張對物質世界的詠歎好奇，名正言順的成爲後現代的都市徵候。但〈柴師父〉才是全書的高潮。這篇講腐朽老人盼望青春女體的故事，極其肉感也極其傷感。胡蘭成大書特書的江山日月、王道正氣，終於九九還原，盡行流落到張愛玲式的、猥瑣荒涼的市井欲望中。

朱得到大獎的《荒人手記》早就引起注目。純從張愛玲、胡蘭成的傳統來看，我們還是可有不少心得。這本小說講男同性戀患得患失的禁色之愛，劫毀邊緣的無端邂逅，其實是張愛玲哲學的正宗法乳。但筆下流出的，卻有胡蘭成風情。大劫之下，荒人苟得片段眞情，惟盼「歲月靜好，現世安穩」。把驚險化成驚豔，前有胡的〈民國女子〉，而《荒人手記》正不妨視爲同志版的「民國男子」。

「三三」小集在八〇年代初風流雲散。蔣曉雲僅止曇花一現，未成氣候。朱天心則越寫越潑辣灑脫，逐漸自成一格。但張愛玲的光影仍不時返照她的作品中。她寫〈我記得〉或〈佛滅〉時，把張只能側寫的情愛兇險，欲望墮落，悍然全盤托出。而她寫〈預知死亡紀事〉時，就算打著賈西亞·馬奎斯的同名招牌，骨子裏呼應的應仍是張嘗引用的樂府，「來日大難，口燥唇乾；今日相樂，皆當歡喜」吧？莞爾的是，大難未至，朱天心居然以「口燥唇乾」的論文體，爲她小說另闢新境，反使讀者有意外的驚喜。

曾以《千江有水千江月》、《桂花巷》知名的蕭麗紅，其實也是學張能手。《桂花巷》活脫是個台灣鄉土版的《怨女》，而《千江》又有著胡蘭成的愛情觀。君不見，書中男女主角，大信及貞觀的名字，都是脫胎於《山河歲月》中的文字呢。寫《鹽田兒女》的蔡素芬當年以〈七夕琴〉見知文壇，則似遙擬〈金鎖記〉等的集錦之作。倒是有兩位較少與張愛玲引起聯想的女作家，蘇偉貞與袁瓊瓊，更值得一提。蘇偉貞自《陪他一段》以來，一直有一型女性角色，不斷出現。她們欲力強大，卻兀自有著冷凝寡歡的外表。她們一次又一次的為愛鋌而走險，玉石俱焚，在所不計；但她們又都是「清貞決絕」的剔透人物，尋常悲喜，近不得身。以無情的方式寫有情，蘇因此深得張愛玲的三昧。至於這些角色「女鬼」似的造型，前已有專文論及❼，則猶其餘事。

袁瓊瓊也未必意識到她有張腔，但我以為她對張愛玲最難學的一面——庸俗人的喜劇——重作詮釋。張的散文及短篇時有自嘲嘲人的幽默，而陷身都會陣仗中的男女，最是她要嘲弄的目標。最好的例子是〈封鎖〉及〈走到樓上去〉。袁瓊瓊早在《自己的天空》期間就有這樣的幽默感，她的長篇倒不見精采。最近幾年袁重新執筆寫出的一系列短篇，則越發能掌握妙要。人生尷尬無奈的片段，信手拈來，皆成文章。而在冷笑訕笑之餘表現的世故諷刺，較張有過之而無不及。

年輕男作者中，林裕翼以〈我愛張愛玲〉解構張愛玲神話，曾被看好。一九九五年他推出《今生已惘然》，集《半生緣》及其前身《惘然記》、《十八春》的大成，唯妙唯肖，是再度向張致敬之作。郭強生也有一段時期仿張腔頗有些意思。負笈美國後，所思所見，逐漸開朗，應可跳出前此的圈圈。至於目前最有力的接棒者，應是林俊穎。他的三部小說集，《大暑》、《是誰在唱歌》、《日出在遠方》出手皆不凡。後者尤有數篇佳作。林俊穎對文字的摩挲感悟，頗可稱道。只是他背著張愛玲式末世觀的十字架，顯得太任重而道遠。如果放輕鬆些，說不定他可寫出個男聲的，九〇年代版的〈傾城之戀〉。香港的鍾偉民亦曾以《水色》引起注意。一男三美式的故事雖不見新意，鍾鋪陳張腔的方式，畢竟尙有心得。

八〇年代以來，張愛玲的作品重新引進大陸，得到熱烈回響。相距當年她在上海一炮而紅，四十年已倏忽過去。作家之中，景仰張的風格者頗不乏人。寫《棋王、樹王、孩子王》的阿城，不止一次推崇張派藝術。但阿城除了推敲文字的態度可與張相提外，本身作品並不屬後者的路數。反倒是他九四年發表的《閑話閑說》一書，以作家之眼，看張作品中的強烈世俗取向，算是極有見地的觀察。

張的創作中，多以都市（上海、香港、南京）爲場景。就此她鋪張曠男怨女，俚俗悲歡。演義墮落與繁華、荒凉與頹廢畢竟得有城市作襯景，才能寫得有聲有色。幾十年來的工農兵文藝，把城市都寫「沒」了，還談什麼城市裏的聲色。無怪不少作家看著張的作品，只能發思古之幽情了。到八〇年代末期，小說中最能傳達「張味兒」的，是蘇童及葉兆言兩位男作家。兩位作者都出身城市（南京及蘇州），也不約而同的擅寫三、四〇年代風情，並不讓人意外。蘇童其實從未刻意學張，只是在他最好的作品裏，他所流露的懷舊情態，對世路人情的細膩拿捏，還有他耽美頹廢的視景，無法不讓我們聯想到張愛玲，像〈妻妾成羣〉、〈罌粟之家〉這類作品，白描沒落家族裏的姦情與兇險，大白天也要鬧鬼的陰濕環境，眞個是縟麗幽深，再現〈金鎖記〉、〈創世紀〉的風采。

葉兆言創作的題材並不獨沾一味，但他最耀眼的作品，首推《夜泊秦淮》系列。這四個中篇從清末講到四〇年代。南京城內小戶人家裏的傳奇喜劇，仕紳門第後的情色衝突，由葉以模擬鴛鴦蝴蝶派筆法，寫來絲絲入扣。而我們記得張愛玲即是自鴛蝴派汲取了大量養分。葉也不乏世故警醒的稟賦，因此在涕淚之外，別有所見。但葉兆言多角經營，像《夜泊秦淮》一類作品，已擱下好一陣子。直到最近，他才在《花影》中重行調理金粉世家的悲喜劇。葉的作品在台多已印行，但比起蘇童的走紅，好像寂寞了些。

時至九〇年代，張愛玲的影響並未稍歇，而且作家創作的場域，終於挪回了上海——張當年愛之寫之的第二故鄉。年輕的女作者須蘭以〈彷彿〉、〈閑情〉、〈石頭記〉等突然冒出文壇。她的兩樣寫作寶典，看來一是《紅樓夢》，一是張愛玲小說。以〈閑情〉來說吧，一男二女的故事有〈紅玫瑰與白玫瑰〉的影子，而此情可待成追憶的故事，不由人想起《半生緣》來。

以上所論的三位作家，虛擬民國氛圍，複製鴛蝴幻象，在把題材「由新翻舊」上，各擅勝場。但讀多了他們的東西，就像看仿製古董，總覺得形極似而神(尙)未似。是否有作家能突破限制，另譜張派新腔呢？我以爲女作家王安憶是首選。熟悉大陸文壇的讀者，對王安憶不會陌生。她寫作極勤，花樣也時常翻新。九二年的《紀實與虛構》縱寫母系家族歷史，上下三千年，堪稱鉅作。但是九五年的新長篇《長恨歌》才應算是好看動人的小說。

簡單的說，《長恨歌》是一個上海女人與男人糾纏一輩子，最後不得善終的恐怖「喜」劇。小說的背景是上海：三、四〇年代十里洋場的上海，五〇年代「人民」的上海，六〇年代文革的上海，八〇年代改革開放的上海。故事的結構略似張的〈連環套〉，野心則大得多。王安憶的筆鋒澎湃淺白，並不「像」張愛玲，但這無礙她鑽研張愛玲時代的上海，以及張愛玲走後的上海。這使她爲張的人世風景，眞正賦予當代意義。葛薇龍、王嬌蕊、白流蘇這些女人，「假如」解放後都在上海，四十年後會是個什麼樣子？王安憶深愛這座城市，她對它（或是她？）瞭若指掌。可是萬千細節——歷史的、空間的——最後都歸結到一個平凡女人一生的起落上，這又回到〈傾城之戀〉的模式上。當虛榮消逝，繁華老去，我們看到百孔千瘡的城市裏，這個女人仍在情欲堆中打滾。故事的結尾驚心動魄，暫且賣個關子。但誠如王安憶所謂，張愛玲「也許是生怕傷身，總是到好就收，不到大悲大慟之絕境」❽。王也許尚未參透張愛玲就是「不要徹底」的名言。但她的詮釋有其力道。《長恨歌》寫感情寫到那樣怵目驚心，荒涼而沒有救贖，豈眞就是張愛玲「因爲懂得，所以慈悲」的動機？

論述張愛玲過去數十年對台港大陸作家的影響，我原無意「對號入座」，強作解人。影響研究其實是極虛浮的論證方式。從依樣葫蘆到奪胎換骨，無不可謂影響。所要強調的是，在張愛玲這樣強大的影子下，一輩輩作家如何各取所需，各顯所長。她(他)們表現的多樣面貌，應當使她(他)們在大師走後，更有信心的說聲，誰怕張愛玲！

❶《魯迅全集》卷四（香港：香港文學研究社，一九七三），頁二二八—二四一。

❷張南莊作，一八二〇年以前已完成；一八七八年出版。

❸韓邦慶作，一八九二年出版。

❹張愛玲〈到底是上海人〉，《流言》（台北：皇冠，一九九五），頁五七。

❺C. T. Hsia, *A History of Modern Chinese Fiction* (New Haven: Yale UP, 1971).

❻九四年蘇童在哥倫比亞大學的談話。

❼〈「女」作家的現代「鬼」話——從張愛玲到蘇偉貞〉，《眾聲喧嘩——三〇與八〇年代的中國小說》（台北：遠流，一九八八），頁二二三—二三八。

❽王安憶與我的通信，一九九五年七月二十二日。

重讀張愛玲的《秧歌》與《赤地之戀》

一九五二年春天，張愛玲離開上海，經廣州、深圳到香港，從此告別了中國。香港曾是她留學之地，珍珠港事變後才匆匆撤離。返回上海後的那十年，豈不正像一場繁華春夢？淪陷時期最走紅的女作家、「最後的貴族」、胡蘭成的祕密妻子、著名電影編劇……，一切都來得急、去得快。新中國成立了，張躊躇不已，終於一走了之。重臨香港，她竟有「從陰間回到陽間之感」❶，而斯人已微近中年。

張愛玲在香港一共停留三年，除了少數友人支持外，她必須自謀生路。她與美國新聞處的合作關係，由此開始。在當時處長麥加錫(McArthy)的引薦下❷，她不僅翻譯數部美國文學名著，也重譯了陳紀瀅的反共小說《荻村傳》(一九五〇)❸。但張最重要的成績，當是兩部長篇創作：《秧歌》及《赤地之戀》。這兩部小說先後於一九五四年出版。次年，張即隻身離港赴美。

《秧歌》及《赤地之戀》寫中共當權後，推動土改、「三反」，至「抗美援朝」等運動的慘烈後果，反共動機，不言自明。而在韓戰的年月裏，兩書由美國海外文化機構策畫、資助、出版，又蒙上另一層國際「統戰」宣傳色彩❹。比起《傳奇》、《流言》時期，寫《秧歌》、《赤地之戀》的張愛玲似乎突然轉向，改與政治爲伍了。儘管《秧歌》曾受到胡適的盛讚，這兩本小說顯然不能列爲張迷心目中的首選。但張愛玲心中何嘗不無疙瘩？一九六八年皇冠出版社重印《秧歌》，卻因政治考量，壓下了《赤地之戀》❺。至於國民黨方面的文工機構，則從未對張或她的作品，另眼看待。

左派評者曾就張愛玲寫反共小說，爲美帝及國民黨助陣，大作文章。但就在她「反共」之前，張愛玲曾於一九五一及一九五二年，分別推出《十八春》及《小艾》❻。兩作都按照中共文藝政策，表達左傾訊息。再往前推，張又是上海淪陷時期「漢奸」文學裏的嫌疑分子，勝利後備受排擠❼。她一九四七年復出文壇的首篇作品，是發表在鴛鴦蝴蝶派雜誌《大家》上——這是她當年在《紫羅蘭》一炮而紅後，再度與「封建文人」合作❽。短短幾年裏左搖右擺，哪裏是張愛玲的本意。她的不斷改變敍事策略，無非反映彼時多數文人的艱難處境：生存在「歷史的夾縫中」，自由創作，談何容易。

張愛玲對左翼文學勢力的戒懼，其來有自。在〈憶胡適之〉一文中，她寫道：「自從一九三幾年起看書，我就感到左派的壓力，雖然本能的起反感，而且像一切潮流一樣，我永遠是在外面的，但是我知道它的影響不止於像西方的左派只限於一九三〇年代。」❾這裏的關鍵字眼是「本能」。衆所周知，張的創作觀建立在對人生參差對照的觀察上。她避寫戰爭與革命，因爲深知任何「大時代」裏，英雄兒女到底占少數。多數的男女還是跌跌撞撞的，「不徹底」的活了過來。「一般所說『時代的紀念碑』那樣的作品，我是寫不出來的，也不打算嘗試。」❿這一信條，即使在她日後耿耿於懷的應命左傾作品《十八春》及《小艾》中，也大抵維持著。

當張愛玲受邀撰寫《秧歌》及《赤地之戀》時，她又一次被推向銘刻「時代的紀念碑」的地位。累積了多年的恐左情結，外加「解放」後的實地生活經驗，張愛玲這一回寫反共小說，顯然有更多自發動機。但她必定深知右派文學的意識形態負擔，並不亞於左派文學。她要如何保持她的政治立場，而又不違反她極個人主義的創作良知呢？

其次，作爲四○年代上海「頽廢」文化的重要代言人[11]，張愛玲早已不按時令的傳播世紀末的福音。「亂世」是她的創作環境，「末世」是她創作的靈視。其極致處，亂世及末世都要化爲耽美的象徵，一個「美麗而蒼涼」的姿勢。「時代是倉卒的，已經在破壞中，還有更大的破壞要來。」[12]張有名的預言，數年之後竟眞因共產革命而實踐，而她自己也不能置身事外。歷史的兇暴究竟是印證了她頽廢美學的極點，還是揭露這一美學本身的虛矯？

而最引人深思的是，張愛玲崛起於戰時的上海，「以庸俗反當代」[13]，一言一行，俱是一種「市」民而非「國」民精神的寫照。她仿鴛鴦蝴蝶派的敍述姿態，世故而譏誚的生存哲學，無不與血淚交織的抗戰文藝大異其趣。她熱愛上海，宜乎成爲海派文風的最佳表演者。然而五○年代的國家文學敍述，因國共的對峙而更爲強化僵化。當「鄉村」已經包圍「城市」，上海的璀璨也要黯然失色。逃離上海的海派作者張愛玲如何向國家機器(左右不論)交代心事，成爲最艱鉅的挑戰。

這些問題引導我們重思《秧歌》與《赤地之戀》的重要性。這兩部小說不宜只視爲單純的教條文學而已；而是一位甘居主流之外、特立獨行的女作家，思辨政治與文藝轇轕的重要表徵。以下的討論將就前述三項議題：左、右意識形態的頡頏；歷史暴力與頹廢美學的辯證；城市與國家論述的對話，作初步觀察。本文的篇幅當然不足以圓滿回應這些問題。但藉著重讀《秧歌》及《赤地之戀》，或有助於我們多認識張愛玲現象的不同層面。

《秧歌》：饑餓・女性・創作

《秧歌》的背景是五〇年代初期中國南方的農村。此時「土改」運動方興未艾，韓戰威脅已接踵而至。民間生產秩序的紊亂，恰與官方的吹噓形成對比[14]。故事中的金根雖因土改分得土地，且當上勞模，卻並不能解決一家人的溫飽問題。在上海幫傭的妻子月香「回鄉生產」，赫然發現農村的困境。夫婦兩人節衣縮食，仍然窮於應付上級徵糧的召令。農民走投無路下，引發後來的暴動；金根一家家破人亡。《秧歌》情節尚有一重要副線——上海來的劇作家顧岡下鄉體驗生活，雖眼見饑荒與暴動的始末，卻無奈的發揮想像，創作了一個匪夷所思的「大時代」劇本。

胡適應是最早讚美《秧歌》的讀者之一。在一九五五年寫給張愛玲的信上，他提到「此書從頭到尾，寫的是『饑餓』——書名大可以題作『餓』字——寫得眞細緻、忠厚，可以說是寫到了『平淡而近自然』的境界」[15]。比起過去作品的穠麗繁複，張愛玲在《秧歌》中的白描功夫，確實有返璞歸眞的意味。循著胡適的讀法，夏志淸指出張愛玲對農民的悲憫，以及對共產制度邪惡本質的諷刺[16]；而龍應台則認爲《秧歌》側寫了人性曲折變貌，是一支「淡淡的哀歌」[17]。《秧歌》

的「細緻」「忠厚」處，既已屢屢見諸評論，毋庸在此贅述。倒是胡適首先點明的「饑餓」問題，值得我們思考。

饑餓是身體需求食物的制約反應。當養分不足以應付生理新陳代謝運作，饑餓成爲身體「抗議」的徵兆。而饑餓成爲一種大規模、社會性的現象時，則必然使我們意識到生理機能、生產供需、經濟管理、政治秩序以及自然週期間，所滋生的齟齬症狀。尤其在強調「國以農爲本、民以食爲天」的政治傳統裏，饑餓作爲一種「匱乏」的表徵，不只投射在生理物質的層面上，更投射在社會及文化想像的層面上。從「不食周粟」的傳說，到「餓其體膚，空乏其身」的修行，到魯迅「人吃人」的控訴，再到孫隆基對中國人「口腔」情結的研究[18]，餓與吃如何成爲我們身體與政教倫理論述的連鎖之一，可見一斑。

弔詭的是，除了指涉個人與社會身體的匱乏現象外，饑餓不乏相反涵義：一種亢奮的精神狀態，一種永遠以多爲少，不知饜飽的欲望[19]。饑餓象徵虛耗，但竟也能象徵放縱；可以是道德自制，或控制的手段，也可以是道德逾越的開端。我們只要再思「餓死事小，失節事大」這類古訓所暗含的種種解讀方法，可以思過半矣。至於魯迅一輩渲染的「禮教吃人」——四千年還散不了席的人肉盛宴，則早已成爲中國文學、文化現代化最重要的寓言。

左翼文學傳統把饑餓所帶出的各樣動機，尤其發揚光大。魯迅以降，有多少涕淚飄零的文字，是以描寫饑餓的生存狀態爲誘因。柔石〈爲奴隸的母親〉、蔣光慈《咆哮了的土地》、吳組緗〈官官的補品〉、〈一千八百擔〉等作品，不過是其中的佼佼者。早在一九二七年的湖南農民運動考察報告裏，毛澤東已經建立了以饑餓革命爲主軸的革命論述⑳。一九四〇年的〈新民主主義論〉更進一步說明革命羣衆在物質食糧外，吸取「文化食糧」的重要性㉑。饑餓的定義，已逐漸由生理層面過渡到意識形態層面；一種永不食傷的烏托邦欲望，於焉浮現。延安談話後的中共文藝，大量鋪陳饑餓題材。較著名的作品，如《王貴與李香香》、《白毛女》、〈呂站長〉㉒、《暴風驟雨》等，無不演繹饑餓—革命—解放三部曲。四〇年代後期，「饑餓」情結延伸至城市知識分子中。學生運動「反饑餓、反迫害、反內戰」的抗爭活動將「饑餓革命」的論述，帶向高峯。擺盪在經濟、道德及政治的命題間，饑餓是天災人禍，是修行鍛鍊，也是革命憧憬。而一九四七年以後的諸次土改運動，固是對應中國長久糧食分配問題而起，也必帶有強烈意識形態象徵色彩。

是在這樣一強大的左翼敍事傳統下，我們回過頭來看《秧歌》，才更能了解張愛玲的寫作用心，不宜以反映「永恆的人性」等語㉓，輕輕帶過。在彼時海外「控訴」中共禍國殃民的寫作潮下，她關懷的毋寧是更卑微的問題：政權改變之後，升斗小民怎樣繼續穿衣吃飯。這眞是生活的鬥爭，家常的政治。而從描寫這些瑣事的過程裏，她證明「人們只是感覺日常的一切都有點兒不對，不對到恐怖的程度」㉔。共產革命話語中的饑餓主題，終於顯露左支右絀。也因此，小說的主線（農民的饑餓與暴動）與副線（作家創作農民的饑餓與暴動），才能產生極諷刺的互動。

一九五〇年六月中共召開第七屆三中全會，通過《中華人民共和國土地改革法》。這是繼一九四七年的《土地法大綱》後，中共再一次落實糧食經濟的政策㉕。土改的終極目標，是平均分配地權，其立即效應，即表現在饑饉問題的解決上。按照官方的說法，解放後的三年，中國農業生產總值每年以百分之十四的比例增長[26]，農民生活大幅改善。然而張愛玲的《秧歌》告訴我們，土改後的農村，未蒙其利，反先受其害。金根與月香胼手胝足，經營農作。他們越是努力，所獲卻越是薄少。三〇年代茅盾的「農村三部曲」（〈春蠶〉、〈秋收〉、〈冬殘〉）也有類似的情節安排。但茅盾的時代，這生產邏輯的逆反可以歸咎到客觀歷史環境（國民黨當政；西方資本主義侵害；生產模式落後）上。換到了五〇年代，形勢一片大好，造成饑荒的根源變成一種「無以名狀的」（un-nameable）邪惡。難怪小說裏的搶糧暴動後，幹部王霖下了確切結論：「一定有間諜搗亂。不然羣衆絕不會好好的鬧起來的。」[27]

張愛玲的《秧歌》寫土改後遺症，對當時流行的土改樣本小說，不可能沒有印象。譬如丁玲的《太陽照在桑乾河上》（一九四八）和周立波的《暴風驟雨》（一九四九），寫的雖是上一梯次北方及東北土改實況，卻到五〇年代初期大紅大紫。一九五一年兩作分別獲得史達林文學獎[28]；我們還記得，此時張愛玲正窩居上海，寫她的《十八春》及《小艾》呢。丁玲和周立波的小說都是毛話語「饑餓革命」主題的正宗範本。藉著土改完成，「羣衆」不只解決了身體饑餓的危機，也啓發了精神饑餓的契機——對毛主席、共產黨的欲望，哪裏是塡得飽的？由身體資源的匱乏轉化爲無窮道德律令的渴望，饑餓這一現象其實已被異化。毛話毛文是如此重要的精神食糧，煮字的確應可療饑了[29]。

丁玲、周立波的小說飛揚跋扈，正是張愛玲要敬謝不敏的反面教材。在這方面，《秧歌》有深刻回應。村裏的譚大娘解放後成爲歌頌革命，憶苦思甜的能手。但譚大娘知道，這些話畢竟不能當飯吃。她積攢糧食，挨過饑荒的努力，絕不含糊。張愛玲寫她藏豬床上，逃避課徵的一章，讀者應當印象深刻。另一方面，金根及其他農民暴動搶糧，未必心懷反共大義。幹部王霖指他們爲間諜唆使，實在太抬舉他們了。張愛玲對物質的愛戀，未嘗或已。換了寫作時空，她必更深知物力維艱，一粥一飯來之不易的眞諦。這才眞是小老百姓安身立命的寄託。謂其反共，她應是最「唯物」的反共作家了。

但這一因唯物而反共的奇特觀點，需要一主體來負載。《秧歌》中的女性，尤其是月香，應是她著墨的焦點。回到鄉下之前，月香曾在上海幫傭三年。她對人事及金錢的看法，無疑已沾染了城市氣息。爲了荒年一家溫飽，她的精刮算計、小奸小詐，甚至及於最親之人。放在前述丁玲、周立波的標準下，月香這樣的女人當然不足爲法，她最後火燒糧倉，竟以身殉，也算罪有應得。然而從她的妥協與堅持裏，我們看到張愛玲如何將女性與饑餓，作了最發人深省的連鎖。

現代中國文學裏從不缺少饑餓的女人。魯迅〈祝福〉中要飯的婦人祥林嫂首開其端，柔石〈爲奴隸的母親〉，被夫出賣作爲生產工具的女人，曾是三〇年代重要的典型人物。在吳組緗的〈樊家鋪〉裏，饑餓的女人鋌而走險，手刃見死不救的生母。而又有哪本作品比得上路翎《饑餓的郭素娥》？這個被父遺棄的女子，填飽了肚子後又有了性饑渴。她蠻強而沒有目標的欲望，以及血腥恐怖的下場，成爲左翼文學裏最難詮釋的饑餓女人。但只要稍加端詳，我們可知這些女性所扮演的角色，不脫苦難的象徵。祥林嫂托鉢詢問死亡的意義，或郭素娥的縱情色欲，一再被塑造成環境的犧牲品，封建社會不公不義的見證。

張愛玲筆下的月香與此不同。比起周遭的男人，月香自知是生活中的強者，也以此爲傲。她拒絕了小姑的借貸，推延地方的苛徵，甚至丈夫要求吃一碗飯，也算計再三。月香勢利自私，胳膊肘只向內彎；她的眼見何其狹小。但值得注意的是，活動於她小小世界中，月香有她的自主權。她是村裏少數見過世面的人，也最懂應變救急之道。她比男人更能挨餓。傳統饑餓的女人像祥林嫂與郭素娥，以她們的「存在」反證一種「匱乏」：食物、欲望、正義的匱乏。更反諷的是，她們作爲女性的位置，也因此被吃掉了。張愛玲寫月香這樣饑餓的女人，反而意外的飽滿。她潑辣的生命力，不僅表露在一路張羅食物的韌性上，也表露在小說的高潮上。是她，而不是她的男人，最後一把火燒掉了農村最神聖的所在——糧倉。月香是張愛玲女子國度的子民：「最普遍的，基本的，代表四季循環，土地，生老病死，飲食繁殖。」㉚模仿張派警語，我們要說她的悲劇是落實在「女」爲食亡。

就在月香與糧食共存亡之際，二流男編劇家顧岡正絞盡腦汁，生產精神的食糧。顧岡來自上海，仍殘存小資本主義者的氣息，因而與曾在上海待過的月香，有種奇異的親切感。作爲革命作家，顧岡下鄉的任務是體驗生活，反映土改成就。但實地所聞所見，反使他再難下筆。別的不說，他吃不飽，哪裏還有精力想像飲食以外問題。幹部王霖不了解顧岡的煩惱：「現在這大時代，有多少可歌可泣的事情等著你們去寫。……到處都是現成的題材。……我不懂你爲什麼要去造個假的故事。」㉛張愛玲藉此調侃文藝八股政策，到了呼之欲出的地步。顧岡的苦惱，何嘗不就是她自己的苦惱？抗戰後張自己就是個出色的電影編劇家。《秧歌》中的農民在饑餓的恐懼下掙扎，寫農民的作家如顧岡者，卻面臨另外一種匱乏——想像力的匱乏。而這匱乏總也要埋藏在豐饒的假象下。

有心的讀者大可就此探勘《秧歌》的後設趣味。但這裏要著重的是，顧岡的劇本如何把饑餓這樣的民生問題，嫁接到中共國家論述上[32]。他的劇本裏出現了如水壩等公共建設；農民暴動及幹部王霖的「間諜」論給了顧岡亟需的靈感。村裏的倉庫「當然」應該是富農敗類，蔣幫國特陰謀燒毀的。富農的劣跡無他，就是關起門來「大吃大喝」。而那「大腹便便的老頭子仍舊有一個美麗的年輕女子陪伴著他……她主要的功用是把她那美麗的身體斜倚在桌上……給那地主家裏的祕密會議造成一種魅豔的氣氛。她的面貌與打扮都和月香相仿」[33]。饑餓的月香變成了淫邪的月香，爲另一種齷齪的男性政治、色情欲望所支配。新中國的敍事機器把月香熔鑄回傳統壞女人的軀殼中去。饑餓革命的終點，是再一次將女性的身體，挪爲「他」用。張愛玲對中共政治話語的嘲弄，以此爲最。

顧岡的劇本固然是遵命文學，但他畢竟是快樂的。原因無他，月香所放的一把熊熊烈火，印證了他心目中最理想的戲劇高潮。顧岡對政治實況作了違心之論，然而他堆砌文字意象，完成夢寐以求的戲劇幻想。百千農民捨棄身家性命的抗糧活動，僅僅化爲他作品中的精采演出。誰是誰非不再是顧岡關心所在；在暴力洪流中，他竟找到了一個耽美所在。他是毛革命話語的應聲蟲，但在八股公式下，他營造了私密的個人情節。政治掛帥的文宣使命與「爲藝術而藝術」的耽美姿態互相糾纏，使得《秧歌》的結尾更爲曖昧。這是進步，還是墮落？張愛玲對顧岡極反諷的描寫，不無自況之意。她看出了共產饑餓革命逐步被架空爲烏托邦文藝的「頹廢」因素，但另一方面卻也明白，這一頹廢因素很可以作爲反制任何「歷史大敘述」的種子。面對國共愈演愈烈的文藝對抗，張的個人主義式反共姿態，彌足珍貴。

《赤地之戀》：從「傾城」到「傾國」

張愛玲對《秧歌》情有所鍾，從她特選此書寄贈胡適之舉，即可看出。同年（一九五四）在港出版的《赤地之戀》，則有不同命運。張曾表示此小說是在「授權」情況下寫出，「非常不滿意」[34]；六〇年代末期皇冠出版社則因政治考慮，未能與《秧歌》一起重印。與《秧歌》比較，《赤地之戀》顯然多有斧鑿痕跡。五〇年代初期的中共歷史事件，如「土改」、「三反」及「抗美援朝」等全部搬上枱面，成爲故事的前景而非背景。《赤地之戀》的主人翁是大學生劉荃。他參與北方的土改，眼見農村的紊亂而無能爲力。同時，他又與同伴黃絹展開一見鍾情的戀愛。劉荃後被調往上海協助「抗美援朝」宣傳，成爲上司戈珊的入幕之賓。黃絹出現，而劉荃又捲入「三反」權力鬥爭，被捕下獄。戈珊安排黃絹「捨身」救劉。出獄後，劉萬念俱灰，志願參軍，終成美軍戰俘……。

這樣的情節堪稱高潮迭起，主角們走南闖北，尤屬奇觀。即使張愛玲對通俗劇式情境有特殊愛好，想來下筆亦覺突兀。而劉荃成爲戰俘後，不選擇去台灣，反折回大陸作顛覆工作，更是特別光明的尾巴。評者每每詬病如是的安排㉟。但只要想想《十八春》的結局，世鈞、慕瑾、曼楨等一干人馬同去東北「為祖國建設」，就可了解左右兩派的文藝想像，實有異曲同工之妙。《十八春》有幸被修整成《半生緣》，《赤地之戀》則依然維持原貌。在反共熱潮不再的今天，我們又要如何看待此書？

《赤地之戀》的結構明顯一分為二，前半段寫農村，後半段寫都市——上海。兩段分別以「土改」及「三反」/「抗美援朝」作為事件的動機。大抵而言，前半延續了《秧歌》的特色，極寫農村動盪，人事凋敝的苦況。與《秧歌》中的顧岡不同，劉荃與黃絹初出校門，充滿熱情，但更多了一份自覺及自省的能力。這是兩人與黨工機器衝突的開始。劉荃借住中農唐占魁家中，親口保證他的「成分」罪嫌輕微，卻終於自食其言，看著唐被槍決。唐是為權充村中的地主惡霸配額，必要的犧牲。另一方面，土改隊處死鄉紳韓廷榜及其妻的殘酷過程，應是彼時反共小說中，最令人難忘的場景之一。

張愛玲熟悉陳紀瀅的《荻村傳》，應對該作把農村革命寫作恐怖鬧劇的方法，印象深刻。《秧歌》中鬼魅也似的歡慶場面，及《赤地之戀》中邪惡的跳梁羣醜，走的是類似路數。但如前所述，《秧歌》怨而不怒，描摹土改產生的暴力與傷害，止於慨歎革命邏輯的非理性結果。主要人物，包括幹部王霖，都有值得寬宥之處。《赤地之戀》中則把善惡問題作戲劇化的凸顯：惡人當道，襯托出劉荃及黃絹的無助。夏志清指出小說的主題可用「出賣」二字概括：不論有意無意，所有角色都捲入鉤心鬥角的政治陰謀中，誰也難以全身而退㊱。也正因為人與人間的關係是如此奸險多變，劉荃和黃絹的愛情才更爲突出：

> 他也像一切人一樣，面對著極大的恐怖的時候，首先只想到自全。他擁抱著她，這時他知道，只有兩個人在一起的時候是有一種絕對的安全感，除此以外，在這種世界上，也根本沒有別的安全。[37]

生逢亂世，身不由己。大難將至，誰與憑依？如此蒼涼的愛情觀張迷應不陌生。早在一九四四年的〈傾城之戀〉裏，她已借范柳原、白流蘇患難見眞情的愛情故事，好好演義了一遍。白流蘇畢竟是幸運的，身邊要出賣她的小人，不過是姑嫂妯娌之輩。爲了成全她與范柳原的姻緣，「一座大城市在戰爭中傾圮了。」[38]戰爭過後，行走在中國的土地上，他們到底找了個安身立命的所在。到了劉荃、黃絹的時代，整個中國要成爲一個革命大家庭，等著出賣他們的兄弟姊妹，無所不在。最恐怖的是，出賣不再只是舊社會的私人恩怨問題，而是新國家重整人民情操的有機部分：整風、改造、檢討、坦白，種種自我及互相出賣技巧指向人間關係的重整，更高深的道德、「眞理」實踐[39]。夏志清教授還算低估了張愛玲的憂懼呢。

儘管多數評者都認爲《赤地之戀》的前半部——「土改」亂象——寫得較好，我倒覺得後半部才更爲可觀。這個部分以上海爲中心，有關農村的故事寫得再好，總非張愛玲所長。回到她熟悉的上海，張才算優以爲之吧。但怎麼會寫不好了呢？解放才幾年，張所熟悉的人事都銷聲匿跡了；

昔日的穿堂巷弄、豪宅闊路一下子有了今非昔比的滄桑。細細算來，幾乎所有《赤地之戀》的人物都是解放後進駐上海的；幾十萬老上海們只在第七章五一節傾巢出動，露面遊行（！）。更不堪的是，張從來認定自己的小說是爲「上海人」寫的[40]；即便左傾的《十八春》、《小艾》也曾是上海讀者捧場對象。但《赤地之戀》寫原非上海人的新市民，寫了上海讀者也未必能或願意看。這是女作家和她的城市間最奇怪的一次對話。在這樣情形下解讀前述的「出賣」或「傾城之戀」主題，才別有意義。張愛玲力不從心的敍述反成了她藉書寫告別上海的重要訊號。

劉荃被分配到上海，主要支援「抗美援朝」工作。這場戰爭是中共建國後第一場硬仗，攸關國家存亡。戰爭從一九五〇年六月打起，到一九五三年結束，勞民傷財，卻意義非凡。套句周恩來的話：「『抗美援朝』的偉大鬥爭對我們國家各個方面改造和恢復工作起了偉大的推動作用」，「保證並促進了我們社會改造和經濟恢復事業的早日勝利完成。」[41]劉荃、戈珊等參與其事，與有榮焉。劉到任的第一件差事，就是「修改」納粹暴行照片爲美軍暴行照片，好暴露帝國主義的「本質」。爲了國家正義，積非當然可以成是。

對如此蠻橫的國家論述，張愛玲的不滿可以想見。但她批判的方法，別出心裁。她選擇上海作爲「抗美援朝」運動的中心。這座解放前最走資、最洋化的城市，要如何應付新中國的保土抗洋活動？小說中劉荃、戈珊、崔平、趙楚等皆身負愛國愛黨的任務，進駐上海。但曾幾何時，他們全都墮落了。戈珊濫交，劉荃也成了面首之一；崔平、趙楚這對出生入死的革命夥伴，如今也衣帽光鮮，享受革命戰果。他們的老婆爲了接收的冰箱鋼琴、桌椅板凳，大打出手。行有餘力，他們還得惡補西洋禮節，好促進國際友誼。上海究竟有什麼樣的魔力，讓這羣外來的「土八路」一下如醉如癡，忘其所以？這座城市究竟有什麼樣的韌性，使她落魄後依然傲視她的國家？老上海張愛玲以悲涼的筆調寫新上海；但面對她的人物，我們好像聽到她嘿然的暗笑聲。

於是在「抗美援朝」的同時，又有了「三反」運動。如果「土改」的目標是農村，「三反」（反貪污、反浪費、反官僚主義）的目標便是城市。四〇年代末期以來，共產黨黨員幹部人數激增[42]，解放後他們接掌利益資源，發生嚴重腐化問題。而韓戰正如火如荼的進行，對國家經濟壓力尤大。一九五一年二月毛澤東規畫了整黨原則，十月在政協一屆三次會議上更點明「加強『抗美援朝』的工作，需要增加生產，厲行節約，以支持中國人民的志願軍」[43]。到了十一月「三反」已盛大展開，之後五反接踵而至，形成中共建國初期又一重大政治事件[44]。在《赤地之戀》裏，所有角色都受到「三反」波及，劉荃甚至因此幾乎送命。

歷史事件的複雜，當然遠過於歷史敘述。我們的焦點是張愛玲如何編織上述事件，形成自己的說法。她讓在上海宣傳「抗美援朝」的一干角色，同時成爲「三反」中被鬥爭批判的對象。此中的嘲諷，何其曲折；炮製國家神話的聖手，竟是走私布爾喬亞毒素的罪人。他們既前進又落後，既愛國又叛黨。但造成這樣價值混亂的禍首是城市。鄉村與城市的對比，是中共政治、文化及道德論述中的重要課題，而上海一向是左翼文學想像城市萬惡的最愛。正是因爲有了上海這樣的城市，才使共產革命更爲迫切；也正因爲城市滋生了貪污腐化，才使「抗美援朝」的國家戰爭更爲艱難[45]。「三反」與「抗美援朝」兩項運動，不妨視爲「城市」與「國家」兩種地理／政治象徵的對抗。

作爲海派文學的代言人，張愛玲原不須同情任何一路共產人馬。但當她描寫劉荃、戈珊、黃絹等在上海的情愛徵逐，她毋寧再度反證了這一城市的神祕的愛欲蠱惑。當她諷刺趙楚、崔平及他們的妻子張狂又張皇的醜態，她是在享受上海人最後的一點虛榮。但她的上海終是來日無多；國家霸權的力量日益坐大，城市／都會的生活和想像空間節節後退。「三反」的目的充滿道德潔癖，張愛玲必然明白它的後遺症不只是反貪污浪費而已。一九五二年「三反」剛剛落幕，她選擇離開上海，其間道理，可想而知。

然而上海還是張愛玲朝思暮想的地方。我們不難想像她避亂香港，寫作《赤地之戀》的上海部分時，是懷著怎樣的心情，拼湊著那城市逐漸凋零的聲影。上海成了她悼亡傷逝的對象，往事也是一種遺事。張愛玲小說從來不乏死亡象徵，現在上海更名正言順的成了鬼域。有名的樣板戲《白毛女》號稱「新社會把鬼變成人」，上海的都會的張愛玲要說新社會才把人變成鬼。電車裏啣著票的乘客「疲乏的蒼黃的臉；玫瑰紅的狹長的車票從嘴裏掛下來，像縊鬼的舌頭」[46]。三反裏賣了老夥伴的崔平，憫然淚下，但「如果有人在流淚，那是死去多年的一個男孩子」[47]。戈珊根本像是豔鬼，她端詳鏡中的自己，「像是在夜間的窗口看見了一個鬼，然而是一個熟悉的亡人的面影。」[48]整個上海「夜裏是毫無人煙，成爲一座廢棄的古城」[49]。

在劉荃被誣、捲入「三反」鬥爭的前一章（第八章），張愛玲安排他與黃絹在上海街頭遛達。兩人像遊魂一樣，走過上海往昔繁華所在：穿解放裝的顧客充塞百貨公司；商品櫥窗裏陳列史達林毛澤東玉照，外加機器和平鴿；電影院放著蘇聯傳記片，扮史達林的演員，「一回比一回漂亮……」[50]，他們穿街越巷，來到了跑馬廳——往昔殖民者的俱樂部，那裏正舉行土產展覽會[51]。

這一章不算《赤地之戀》的高潮，但卻是張愛玲透露她上海心事的關鍵。劉荃與黃絹都是外來客，不可能熟悉上海解放前的風光。隨著她的角色，是張愛玲自己懷著憑弔古蹟的心情，又走了一遍上海。散步的終點跑馬廳是上海租界全盛時期的指標，國際風情的總匯，如今倒堆滿了地方「土產」。東方的花都確實已成爲共和國的國貨倉庫了。劉、黃最後來到了「手工藝館」。迎牆上掛滿「粉紅繡花小圍涎」，中有：

> 一幅巨大的五彩絲繡人像，很像一個富泰的老太太的美術照，蛋形的頭，紅潤的臉面，額角微禿，兩鬢的頭髮留得長長地罩下來，下頦上生著一顆很大的肉痣。
>
> 「這哪兒是繡的，簡直是張相片，」有一個參觀者嘖嘖讚賞。「連一顆痣都繡出來了！」
>
> 「人家説毛主席就是這顆痣生得怪，」一個老婦人説。[52]

當手工藝土產、偉人肉身痣怪，還有國家圖騰想像連鎖在一塊時，張愛玲其實感受到新中國內蘊頹廢殘酷的潛質，何曾亞於古老的中國？前此的殖民勢力是退卻了，然後呢？

跑馬廳裏面的場地非常廣闊，燈光疏疏落落的，不甚明亮。遠遠近近無數播音器裏大聲播送著蘇聯樂曲……跑馬廳的一角矗立著鐘樓的黑影，草坪已變成禿禿的泥地……那廣場是那樣空曠而又不整潔，倒很有點蘇聯的情調。53

時間是怎樣的在流淌？她的上海「國度」是解放了，還是又一次淪陷了？張愛玲是該離去了。

藉著劉荃和黃絹的絕望戀愛故事，張愛玲也要再向她上海時代的文學經驗作告別式。如前所述，這兩人的感情模式脫胎自〈傾城之戀〉；在一切價值崩潰的年月裏，劉、黃對愛情素樸誠摯的信念，眞是彌足珍貴。但我們也看到張愛玲其他故事的影子。劉荃在充滿肉欲誘惑的戈珊及聖潔的黃絹間掙扎，豈不重演了〈紅玫瑰與白玫瑰〉裏的情境？戈珊爲了黨犧牲了青春與健康；當她設計把後進黃絹一起拉下火坑時，她使我們想起《十八春》裏，曼璐安排曼楨失身所下的毒手。而黃絹被迫放棄所愛之人的淒美姿態，是複習張愛玲最有名的「一步一步，走回沒有陽光的所在」了。

恰似劉荃和黃絹遊逛貌似而神非的上海城市風景，張愛玲由《赤地之戀》回顧她自己一度耽溺的文學風景。過去作品中的精采片段，像鬼魅一樣飄浮在這本小說中，但怎麼樣也難拼湊出完整的畫面來。《赤地之戀》眞沒寫好，但它散漫、不眞實的特徵也許事出有因。我要說這本小說記錄張愛玲在離開中國前，對上海最後的零星印象與回顧。小說充滿著悼亡的氣息，不只追記一個城市時代的結束，也追記一種文學生命的結束。

從這一觀點來看，《赤地之戀》最後一部分的反共宣傳文字，可以引申不同的解釋。劉荃獲釋，得知黃絹已爲己犧牲，萬念俱灰，乃志願參加韓戰。他的願望是在炮火中一死了之。但天不從人願，他被俘生還，而且成了美國與中共談判的籌碼，有了「投奔自由」，到台灣寶島反共的機會。歷來讀者對這段光明的尾巴，沒有好評。張愛玲彼時身處國際反共文化網絡，有不得不然的苦衷。但她畢竟給這樣的八股情節，作了花樣。比起千萬被徵「志願」參軍的戰士，劉荃眞是最情願赴死的，但動機是如此自私！「抗美援朝」、保衛中華，是多麼悲壯的社會主義國家聖戰，劉荃卻用河山血肉當作是終結自己愛情的代價。情場就是戰場；張愛玲讓劉荃把她最頹廢(或最素樸?)的歷史觀偷渡到了朝鮮半島，並將〈傾城之戀〉哲學更發揚光大。彷彿爲了劉荃一個人的愛情悲劇，千萬人——中國人、美國人、朝鮮人——要在戰爭中死去，國際政治的版圖都得一再翻覆。

但故事並不就此打住。在戰後遣俘偵訊過程中，劉荃竟放棄了將要到手的自由，再度志願返回大陸。「他要回大陸去，離開這裏的戰俘，回到另一個俘虜羣裏。只要有他這樣一個人在他們之間，共產黨就永遠不能放心。」[54] 張愛玲安排劉荃回大陸顛覆政治，共產黨當然不能放心。但聰明的國民黨文宣家其實也不該放心。畢竟劉荃不是爲了三民主義，而是黃絹，才反共的。而且憑他的紀錄，他哪裏作得好地下工作？繞了一大圈，張愛玲努力配合經營的冷戰、國家敘述又回到最個人主義的原點。而在社會主義天堂裏，陰魂不散的個人主義者才是最大的威脅。劉荃已經死過一次，「一個人可以學習與死亡一同生活，看慣了它的臉也就不覺得它可怕。」[55]

於是以一種「美麗而蒼涼」的姿勢，劉荃轉身一步步回到那沒有陽光的所在。他應不會孤獨的，倒不是因爲他要從事「英勇的反共地下工作」，而是因爲他大概會遇到張愛玲留在上海的人物吧？范柳原、佟振保、白流蘇……，這些自私的、不徹底的、「海派」的人，「解放」後要怎麼樣的轉入地下、相濡以沫呢？他們幽靈般的存在，是對共產制度，以及共產文學文化思想最重要的反擊。一九五五年張愛玲踏上克里夫蘭號郵輪，永遠離開中國，但她把創作生涯中最後一個重要人物送回大陸。三十年後，她的上海，她的上海人物，隨著《傳奇》等作品陸續出土，幽幽轉世還陽，傾倒新一代共和國的讀者、作者。張愛玲終以最獨特的方式，完成了她「自己的」反共大業。

---

❶引自張愛玲〈浮花浪蕊〉，《惘然記》，收於《張愛玲全集》（台北：皇冠，一九九五），頁五三。以下張愛玲作品頁數，皆引自本全集。〈浮花浪蕊〉初成於五〇年代，敍述年屆三十的女子洛貞解放後自上海逃至香港，再遠走海外的經驗，頗可與張愛玲個人經驗，相互印證。

❷余斌《張愛玲傳》（海口：海南島國際新聞中心，一九九四），頁二五七。

❸同上。

❹《秧歌》先於《今日世界》連載，一九五四年七月出版。見余斌，頁二五八；夏志清《中國現代小說史》，劉紹銘等譯（香港：友聯，一九七九），頁三五七—三五八。

❺《赤地之戀》遲至一九九一年方由皇冠在台重印。

❻余斌，頁二三〇—二五五；夏志清，頁三五七。

❼一九五〇年夏天，上海召開「第一次文學藝術界代表大會」，張愛玲應邀出席；而左派作家如夏衍也極器重張愛玲的才華。但她在上海淪陷時期的曖昧身分，顯然帶給她相當困擾。早在一九四六年年底，她已藉山河圖書公司出版《傳奇》增訂版機會，說明她辭去大東亞文學者大會代表的事實，並聲明她沒有向公衆說明私生活的義務，見余斌，頁二一八。

❽戰後張愛玲作品多發表於通俗刊物《大家》上；主持人龔之芳、唐雲旌均是典型鴛鴦蝴蝶派人物。《十八春》等連載於《亦報》，主持人即爲《大家》原班人馬。余斌，頁二三二—二三三。

❾張愛玲〈憶胡適之〉，《張看》，頁一四八。

❿張愛玲〈自己的文章〉，《流言》，頁二〇。

⓫李歐梵〈中國文學中的頹廢〉，《今天》，十一期（一九九三），頁三七—四六。

⓬張愛玲〈《傳奇》再版自序〉，《傾城之戀》，頁五。

⓭蔡美麗〈張愛玲以庸俗反當代〉，陳幸蕙編《七七年文學批評選》（台北：爾雅，一九八九），頁一五一—一五五。

⓮有關「解放」後至五〇年代中期中共經濟制度的劇烈轉變，可參看喬宗壽、王琪《毛澤東經濟思想發展史》（上海：上海人民出版社，一九九三），頁三〇一—三七二；陳明顯、張恆等《新中國四十年研究》（北京：北京理工大學出版社，一九八九），頁一—九五。

「關於中共建國初期的饑饉問題，我們應有如下認識。饑荒是現代中國史經常發生的現象。『解放』初期因爲政局不穩、農村經濟結構因『土改』劇變、以及糧食運銷困難等問題，饑荒情形一時變本加厲。一九四九年春季亢旱、夏秋霪雨，全中國受災面積達一億餘畝，災民約四千萬人，華東地區受災面積占一半以上。糧荒危機一直延續到次年。另外，由於連年戰亂，農民勞動力下降，亦是主因。總體而言，一九四九年糧食產量竟較抗戰之前低百分之二十一，甚至少於抗戰期間。」見中國社會科學院、中央檔案館合編《中華人民共和國經濟檔案資料選編：一九四九—一九五二》上卷（北京：中國城市經濟社會出版社，一九九〇），頁二五—三六、七一—七二。

⓯胡適與張愛玲的通信，見《秧歌》，頁四。

⓰夏志清《中國現代小說史》，頁三五七—三六七。

⓱龍應台〈一支淡淡的哀歌〉，《龍應台評小說》（台北：爾雅，一九八五），頁一〇八。

⓲孫隆基《中國文化的深層結構》（台北：結構羣，一九八九）。

⓳參見樂剛的討論：Gang Yue, *Hunger, Cannibalism, and the Politics of Eating: Alimentary Discourse in Chinese and Chinese American Literature*, Ph. D. diss. (Eugene: U of Oregon, 1993), pp. 54–56。

⓴早在一九二六年的〈中國社會階級的分析〉裏，毛澤東已引用食物分配多寡做為社會階級高下的標準。而在〈湖南農民運動考察報告〉裏，飢餓的佃農「吃大戶」的行爲更被毛推崇爲十四項偉大抗爭成就之一。「吃大戶」不僅是農民爭求溫飽的激烈手段，也是饒富政治意味的抗爭行爲。見中共中央文獻研究室編《毛澤東文集》（北京：北京人民出版社，一九七八），一：五—七，一五—一六，三三，四四—四五。亦見 Yue, pp. 160–161。

㉑毛澤東〈新民主主義論〉，《毛澤東文集》，二：七〇〇。四〇年代大量中共文宣及政治敍述指涉了此一「食糧」意象。見 Yue, p. 162。

㉒此三作的討論，見 Yue, chap. 3。

㉓龍應台語，見頁一〇八。亦見夏志清，頁三五八。

㉔張愛玲〈自己的文章〉，頁一九。

㉕見陳明顯、張恆《新中國四十年研究》，頁四七—六六。《大綱》與《改革法》之間的不同處，見頁五〇—五八；

喬宗壽、王琪《毛澤東經濟思想發展史》，頁三二一—三二七。

㉖見陳明顯等，頁九一。

㉗「解放」後初期，中國農業經濟逐步好轉是不爭之實。但由於運銷分配制度的尙待確立，農村人事的傾軋，及韓戰所帶來的經濟壓力，顯然對「良法」美意造成衝擊；更不提中國的饑饉問題是「解放」前即已長久存在的現象。另外「間諜」論是「解放」後鎭壓反革命運動的重要節目之一，見〈中共中央關於清理廠礦交通等企業中的反革命分子和在這些企業中開展民主改革的指示〉，《經濟檔案資料選編》，頁二三七—二四四。引言見張愛玲《秧歌》，頁一六〇。

㉘丁玲的《太陽照在桑乾河上》評爲二等獎；周立波的《暴風驟雨》評爲三等獎。見夏志淸，頁四一三。

㉙由飢餓延伸的「吃苦」及「吃人」欲望，說明了中共的文宣及政治鬥爭論述如何轉化國民身體及國民性問題。見拙作：David D. W. Wang, "Reinventing National History: Communist and Anti-Communist Fiction from 1946–1995," in William Kirby, ed., *China in Transitional Years: 1946–1955* (Cambridge, Mass.: Harvard UP, in print)。

㉚張愛玲〈談女人〉，《流言》，頁八七。

㉛張愛玲《秧歌》，頁九八—一〇〇。

㉜我對此論述的定義見 David Apter and Tony Saich, *Revolutionary Discourse in Mao's Republic* (Cambridge, Mass.: Harvard UP, 1994)。該書的論證又受了傅柯的影響。

㉝張愛玲《秧歌》，頁一八九—一九〇。

㉞余斌，頁二六八。

㉟同上。

㊱夏志清，頁三六八。

㊲張愛玲《赤地之戀》，頁九二。

㊳張愛玲〈傾城之戀〉，頁二三〇。

㊴參見 *Apter and Saich* 的討論，chaps. 3–5，出賣在此早已轉換成共產黨的精緻監控方式，其意義及運作難以用傳統道德方式衡量。

㊵張愛玲《傳奇》初版序。

㊶周恩來於一九五三年二月四日在中國人民政治協商會議第一屆第四次會議上的談話。引自陳明顯等，頁四七。

㊷一九五一年十二月十日左右，「三反」運動在黨、政、軍、人民團體和公營企業單位中迅速展開，糾舉幹部貪污浪費及官僚主義的行爲。此一運動約於一九五二年上半年結束。在此一大規模反腐敗的活動中，近六萬幹部被捕法辦。受到審查者則遠過於此數，達一百二十三萬人。四〇年代末共黨黨員數約爲七十萬人；「解放」後激增，達到四百五十萬人。見王朝彬《三反實錄》（北京：警官教育出版社，一九九二），陳明顯等，頁七六—九五。

㊸王朝彬《三反實錄》，頁四八。

㊹在展開「三反」的同時，毛澤東又展開了「五反」鬥爭：反對行賄，反對偷稅漏稅，反對盜騙國家財產，反對偷工減料，反對盜竊經濟情報。「五反」運動以私營企業的工人及職員爲主，並發動市民組織配合，打擊的對象是在解放後、韓戰期間投機牟取暴利的資本家；但運動對以往城市資本主義式經濟的深遠影響，不言可喻。見毛澤東〈關於「三反」和「五反」的鬥爭〉（一九五一年十一月—一九五二年三月），《毛澤東文集》，頁五四—五五；喬宗壽、王琪，頁三五七—三六一。

㊺抗美援朝、三反、五反中上海的經濟、政治局勢，可參看如《陳毅傳》（北京：當代中國出版社，一九九一），

第九章。陳毅當時爲上海市長，並間接出現於《赤地之戀》中。

46 張愛玲《赤地之戀》，頁一二八。

47 同上，頁一八八。

48 同上，頁一七三。

49 同上，頁一五九。

50 同上，頁一六四。

51 同上，頁一六七。土產會是中央推動「城鄉內外」物資交流的手段之一。見《經濟檔案資料選編》，頁二七九—二九八。

52 同上，頁一六七。

53 同上，頁一六八。

54 同上，頁二五三。

55 同上，頁二五四。

此怨綿綿無絕期

——從〈金鎖記〉到《怨女》

一九五〇及六〇年代，張愛玲曾經以英文創作過三部小說，並且先後翻譯爲中文發表。《秧歌》(*Rice Sprout Song*，一九五五)及《赤地之戀》(*Naked Earth*，一九五七)爲張愛玲五二至五五年滯港時，應美國新聞處之請而作，《怨女》(*The Rouge of the North*)則遲至一九六七年在英國推出。《秧歌》及《赤地之戀》暴露新中國治下的亂離現象。儘管張對人性的弱點及意識形態的狂縱，頗有發人深省的描繪，明火執杖的寫作政治小說畢竟不是她的所長。如果彼時她能有更多的選擇餘地，她未必會將《秧歌》或《赤地之戀》式的題材，作爲創作優先考慮的對象。

張愛玲於一九五五年離港赴美，希望能以英語創作在異鄉再露頭角。而《怨女》是她多年努力後的結果。與《秧歌》及《赤地之戀》相較，《怨女》更讓我們聯想到上海時代，張愛玲之所以爲張愛玲的風采。這部小說將焦點自國再轉回到家：，遠離夏志清所謂的「感時憂國」的正統[1]，《怨女》挖掘了老中國的陰暗面，在在動人心弦。

《怨女》的故事以女子銀娣的一生爲主線，敍述她如何自一個嬌嗔不羣的少女，變成一個惡毒尖誚的怨婦。隨著銀娣的墮落，我們也看到她嫁入的那個大家族逐步崩落瓦解，而晚清至抗戰期間的歷史動盪，則構成了故事的背景。張仔細點染一個末代世家的淫逸與敗德，幾乎像場頹廢慶典。銀娣被這樣的環境所摧毀，但何其反諷的是，這一環境是她當初「自願」加入的。她以她的青春美貌作爲晉身富宅豪門的賭注，卻沒料到她所嫁的夫婿佝僂畸形，雙目失明。再回首已是百年身，晚年的銀娣囂張乖戾，守她的兒子及一幢鬼宅似的老房子，在鴉片煙霧中度著綿綿無盡的餘生。

如果《怨女》的情節聽來似曾相識，這是因爲除了部分人物及情景的更動外，小說簡直就是張早年傑作〈金鎖記〉（一九四三）的翻版。〈金鎖記〉使張一夕成名，後來更親自譯成英文。同樣的，六〇年代張愛玲以英文創作《怨女》後，又把它譯回中文。當六七年英文版《怨女》在英國出書時，中文版的《怨女》已在台港連載，風行一時了❷。張愛玲中英文造詣俱佳，是衆所皆知的事實❸。但她對〈金鎖記〉到《怨女》這一系列作品，顯然情有獨鍾。在二十四年裏，她用兩種語言，把同樣的故事寫了四次。

一九六七年是張愛玲後半生事業及生活的轉捩點。這年秋天，她第二任丈夫賴雅（Ferdinand Reyher，一八九七—一九六七）在纏綿病榻多年後，終於去世。兩人自一九五六年結婚以來，經濟情況一直十分拮据，張多半時候其實是家庭收入的主要來源。如前所述，張在港時曾寫過兩本英文小說，但未成氣候。多年之後她捲土重來，《怨女》成爲她打入英美市場的最後希望。寄託之深，可以想見。

但《怨女》的出版正逢張喪偶前後的時日，更遺憾的，此書的書評及市場反應極其冷淡。相形之下，中文版的《怨女》在台港卻頗受讀者歡迎，不只爲「張愛玲熱」加溫，更奠定以後數十年張派小說的影響。經此一役，張愛玲放棄了成爲英語作家的期望，轉而專注（數量雖亦不多的）中文寫作。一九六九年，經由友人安排，她轉往柏克萊加州大學的中國研究中心任職。兩年之後，她離職南下洛杉磯，從此展開她生命最後二十五年的自我放逐生涯。

一

從〈金鎖記〉到《怨女》，從中文到英文，張愛玲爲什麼不斷寫著同一個故事？我們也許可以從客觀條件中找到解釋。由於前此的兩本英文小說都不成功，張亟需寫出一部有突破性的作品，好建立口碑。像〈金鎖記〉般的題材或許提供了最佳機會：故事所包羅的東方色彩、家族傳奇、女性人物等，對西方讀者應當都是「賣點」。除此，回顧多年前〈金鎖記〉在上海灘造成的轟動，張也必定希望如法炮製，再贏得西方讀者的青睞。這一想法或因夏志清《中國現代小說史》（一九七一）在美出版更獲肯定。在這本專論中，夏推崇張不世出的天才，更讚譽〈金鎖記〉爲中國文學僅見的中篇傑作[4]。

但這些臆測之外，應該還有更切身的原因，驅使張愛玲重複自己，並視翻譯與重寫爲藝術上的必然。我們可以想像離開上海——她創作靈感的泉源——多年後，張也許是想藉不斷書寫老上海，來救贖她日益模糊的記憶。上海的街頭巷尾，亭子間石庫門、中西夾雜的風情、日夜喧嚷的市聲、節慶儀式、青樓文化，混合麻油味兒、藥草味兒，及鴉片煙香的沒落家族……，都一一化爲《怨女》的背景。最重要的，銀娣的冒險是個上海小女人的冒險。張愛玲寫銀娣，兼亦寫出她所愛的城市——上海——的興盛與滄桑。

或從深層心理分析學的角度，我們可以推敲張愛玲一再「重寫」的衝動，在於爲她的始原創傷(trauma)，找尋自圓其說的解釋。〈金鎖記〉（或《怨女》）的四個中英文版本因此不妨代表她「家庭羅曼史」(family romance)的種種說法，每一種說法都顯出她與過去經驗角力的痕跡。比方說，《怨女》中的那個沒落世家姚府，就很容易讓我們聯想到張自己的家世。張不務正業、耽於鴉片妓女的父親，儒弱無能的弟弟，遠走高飛的母親，邪惡無行的繼母，似乎都爲她的小說人物提供了現成原型，更不提張少年被父親幽禁，幾乎喪命的經驗。張藉文本來銘刻生命的創傷，將被壓抑的欲望與恐懼改頭換面，重現字裏行間。如此這般，《怨女》等作簡直可以作爲心理分析的教材了。

但我的關懷並不僅止於此。文學世界千變萬化，不必總爲作家個人生命起伏的摹本。我們可以將〈金鎖記〉與《怨女》並列，找出張愛玲一再敍之述之的執念。但更有意義的是如何在看來雷同的作品中，找出**不同**，並以此推衍張「重複」自己的因由。換句話說，張藉小說鋪陳她過往生命的「情節主線」(master plot)時，也同時讓這一主線分歧化、複雜化，因此顚覆了主線。而張的重寫不只以中文，也以英文進行，使得問題更爲複雜。她彷彿不能再信任她的母語，切切的要找出一個替代的聲音——在她而言，英語——好一吐塊壘。她與她生存環境的隔膜既已如此，在傳達、翻譯人我關係的(不)可能性時，異國語言因此未必亞於母語。如果說寫實/模擬主義是二十世紀上半段中國小說的主要模式，張愛玲的重寫、跨語系翻譯的作法，已隱向寫實主義一對一式重現本眞、直言無礙的寫作信念，投下變數。這一寫作姿態也凸顯張愛玲獨特的女性創作立場，下文當再論及。

〈金鎖記〉敍述主人翁曹七巧一生坎坷的命運，還有她中年之後日趨瘋狂的行徑。小說顯現傳統家族制度對女性的箝制，而張愛玲的白描功夫確爲寫實主義技法作了最佳示範。魯迅的狂人(〈狂人日記〉)以次，曹七巧大概是中國現代小說最著名的「女」狂人了。禮教吃人的控訴在女性的身上演出，尤其令人怵目驚心。無怪夏志清教授將這一小說譽爲「中國文學史上最偉大的中篇」❺。

乍看之下，《怨女》的情節與〈金鎖記〉若合符節。仔細讀來，我們發覺銀娣雖如七巧一樣是封建家族的犧牲，但她的個性遠不如七巧極端。〈金鎖記〉受到篇幅限制，僅就七巧生命中的幾個時刻著墨，《怨女》則循著銀娣的每個轉折及墮落，細作描繪。結果是《怨女》一書充滿了瑣碎的細節。這些細節沖淡了故事的尖銳性，使各個角色少了扣人心弦的特色——卻也使他(她)們顯得較爲人性化。〈金鎖記〉中七巧與三少爺季澤的戀情，僅有數場衝突高潮。但《怨女》裏的銀娣不僅對三少爺夜半唱曲傳情，還差點與他在廟裏發生姦情。事後銀娣又羞又怕，企圖自殺，又被救了回來。七巧後半生親手毀了兒子及女兒的前途，晚年的她纏綿鴉片煙榻，偶爾警醒到自己一生的恐怖與徒然，爲之低迴不已。像七巧一樣，銀娣擺弄兒子的婚姻，逼死了媳婦，聽任兒子與丫鬟成其好事。何其反諷的是，她最後卻與庸碌嘈雜的兒孫輩共聚一堂，一點淸靜也沒有。

夏志清視曹七巧為環境的犧牲，一步一步被逼向瘋狂。這一論點也適用於銀娣。但評者也已指出銀娣缺乏七巧熾烈的復仇欲望及過人的精力，這些都是使七巧成為現代小說中最可惡的母親的要素❻。相形之下，銀娣的角色塑造似乎不如七巧有力成功。張愛玲對此或要不以為然。她的立場與她個人的寫實觀頗有關聯。在有名的散文〈自己的文章〉，她寫道：

> 極端病態與極端覺悟的人究竟不多。時代是這麼沉重，不容那麼容易就大徹大悟。這些年來，人類到底也這麼生活了下來，可見瘋狂是瘋狂，還是有分寸的。所以我的小說裏，除了〈金鎖記〉裏的曹七巧，全是些不徹底的人物。他們不是英雄，他們可是這時代的廣大的負荷者……他們沒有悲壯，只有蒼涼。❼

張寫此文的目的，是對那些攻擊她「不能『反映』時代精神」的評者，提出反駁。到了一九四〇年代，寫實主義已日益僵化為意識形態的標籤。如張所言，這類述作強調高蹈的文學理想，並處處與政治實踐掛鉤。張卻認為寫實主義的精髓不在標榜英雄人物、史詩題材，而在於探勘英雄主義後的人性弱點，史詩視野下的家常瑣事。「參差對照」既是她追求的修辭風格，也是她的創作哲學。

由是觀之，〈金鎖記〉的七巧那樣決絕乖戾，其實是張愛玲人像畫廊中的例外。反倒是銀娣，陷身於不清不楚的生命情境，才真正演出了人生的脆弱與寒涼。或有識者對這一看法不以為然。

但我的重點是強調在七巧的陰鷙及銀娣的怨懟間，仍存有相當大的感情空間，而張愛玲花了近二十年的時間試圖定義這一空間，終把七巧所內蘊的悲劇潛能化爲銀娣所代表的荒涼境遇。

但張的實驗不止於此。如果現代中國的寫實／現實主義總是講求純粹且唯一的反映、摹擬論，張的(重複)寫作手法——以雙語四寫同一題材——其實已隱含了對寫實主義的一種批判。張細膩的白描技巧，一向被視爲寫實的典範。我卻以爲她的成就不在於「維妙維肖」這類的讚美，而在於她展現又一種「反」寫實的層次。想想張的自述：

> 這時代，舊的東西在崩壞，新的在滋長中。但在時代的高潮來到之前，斬釘截鐵的事物不過是例外。人是生活於一個時代裏，可是這時代卻在影子似的沉沒下去……爲了要證實自己的存在，抓住一點眞實的，最基本的東西，不能不求助於古老的記憶，人類在一切時代之中生活過的記憶，這比瞭望將來要更明晰、親切。[8]

換句話說，當歷史已然崩解，現實四分五裂，任何要在歷史廢墟中建立現實眞相的努力，注定要喪失其合法及合理性。作家(如張愛玲者)的因應之道，不是與現實作硬碰硬的接觸，甚或開立未來的預言，而是託身於「古老的記憶」。當同輩作家大談歷史進程的必然與應然時，唯獨張愛玲求助於不由自主的回憶，而她有意識的重複(重寫)，也成爲對現實經驗不可逆性的挑戰。

德勒茲(Gilles Deleuze)曾經區分兩種文學再現(representation)的方式。「第一種是原封不動的拷貝現實，視現實爲聖像。相對於此，第二種視世界爲海市蜃樓，將其作幻影般呈現。」❾大部分讀者對張愛玲在摹擬寫實方面的造詣，也就是德勒茲所謂的第一種再現方法，都能欣賞。我獨認爲張愛玲與衆不同處，在於她發掘了第二種的虛擬寫實的世界。她告訴我們，我們居之不疑、信以爲眞的世界其實早已是幻象羅列，任何寫眞還原的作爲總是產生一連串買空賣空的文字交易。她嗜寫鬼氣森森的人物，似乎提醒我們生命其實是陰陽虛實難分。更重要的，張的風格總透露對「不能或忘的」或「難以再現」的事物，一種徒然的追求。很弔詭的，這使她對現實景物的愛戀依偎，反而更變本加厲。用她自己的話說：

> 於是〔人〕對於周圍的現實發生一種奇異的感覺，疑心這是個荒唐的、古代的世界，陰暗而明亮的。回憶與現實之間時時發現尷尬的不和諧，因而產生了鄭重而輕微的騷動，認眞而未有名目的鬥爭。❿

是在這一角度下，張愛玲藉《怨女》重寫〈金鎖記〉才更耐人深思。這兩部作品及其英譯互爲因果始末，也因此創造了多重路線，引領我們進入張愛玲的多重「現實」天地。班雅明（Walter Benjamin）有言：「對一位憑記憶寫作的作者，要緊的不是他經歷了什麼，而是他如何組織他的記憶。」⓫從四〇到六〇年代，絕大部分的中國作家隨著意識形態狂飆起舞，義無反顧的爲中國現實造像，並對中國的未來言之鑿鑿。張愛玲反其道而行，回歸過去，「重複」自己，一再拆解記憶，重新拼湊。五四的主流文學高唱啓蒙革命，何等清明激越，張愛玲的作品卻陰森森的鬼影幢幢。她對現實的獨特看法終於付諸自身的實踐，成爲後半生的功課。六〇年代中，張愛玲致力重寫〈金鎖記〉爲《怨女》時，她其實已不自覺的加入世界文學的「重寫」、「回憶」傳統，像是寫《夢浮橋》的谷崎潤一郎、寫《追憶似水年華》的普魯斯特，還有，寫《紅樓夢》的曹雪芹。

二

儘管《怨女》對亂世浮生以及上海風華多所描繪，張愛玲最花心思的部分，當然還是中國女性在傳統家庭制度中的處境。故事一開始，「麻油西施」銀娣決心排擋一切爲自己的婚事找出路。銀娣父母雙亡，寄居兄嫂家，有她不得不自作主張的苦衷。她與對門藥鋪的小劉互生情愫，卻早警覺就算兩人成其好事，擺在前頭的人生卻並不樂觀。這是爲什麼當姚府的媒人上門，銀娣幾經思考，終於作了最現實的決定：她不甘心吃一輩子苦。她萬未料到所嫁的丈夫畸形多病，雙目全盲，根本是個活死人。姚家的頹敗保守更不在話下。銀娣事與願違，她在姚家的卑下地位、慘淡的婚姻生活、沒有結果的偷情、盛年守寡……，使她的後半生一無是處。

女性主義讀者可能會視《怨女》爲一保守的作品，因爲它暴露中國婦女的怨苦之餘，並未探求解決之道。比起同輩或稍早的女作家如丁玲與蕭紅，張顯然無意爲她的女性提供任何「正面」出路。而銀娣的所作所爲，也不能贏得我們全然的同情。銀娣心思細密，嫁入姚家有她自己的算盤；她爲自己的前途作了**選擇**。中年以後的銀娣雖已吃足了苦頭，卻竟然決定恪守傳統——那毀了她自己幸福的傳統——操縱她的兒子及媳婦，使他（她）們絕難翻身。她投靠一個讓自己從被害者成爲施虐者的制度。用魯迅的意象，自己作了人吃人盛宴的俎上肉後，銀娣自己也有了吃人的欲望了。

銀娣身陷這一邪惡的傳統圈套，難以自拔，因此（對女性主義者）不妨看作是個反面教材；她證明男性社會機制對女性的壓迫利用，無孔不入。但仔細讀來，我們卻可能別有所見。張愛玲也許不是時下「正確」定義裏的女性主義者，但在《怨女》中，她從未停止對女性命運的嚴肅思考。對張而言，銀娣的悲劇應不在於她接受命運的擺弄，而在於她始終企圖超越她所受的束縛。她生就潑辣心性，不甘就此一生，總想能逃出環境的限制。她嫁入姚家，攀上高枝，簡直就是自然主義小說主角的寫照。但饒是她機關算盡，銀娣沒能逃出命運之輪的掌握。更進一步，張有意暗示，不論是嫁入姚家或與藥鋪小劉成婚，銀娣的選擇其實是個虛假的選擇。晚年的銀娣幻想當初跟了小劉，往後一生的日子將會多麼不同。但我們一開始就知道銀娣沒選擇的那條路，不過是通向其他形式的坎坷與挫折罷了。

批評者也可指稱銀娣是個弱者，輕易屈從於社會的壓力，害人害己。張愛玲卻明白掙脫禮教藩籬的新女性固然可敬，但放眼社會，畢竟絕大多數的女性既乏獨立生存技巧與資源，難以改變她們的命運。而這些女性的遭遇不也值得重視？我們可以想像，當銀娣最終加入禮教吃人的行列，她所經過的掙扎，未必亞於一個新女性衝破網羅的壯舉。銀娣的出身及背景原就低人一等；她苦澀的「成就」讓我們意識到：在一個傳統社會中作個新女性不容易，但在一個已經邁向現代化的社會中故步自封，堅持作個舊女性，不也需要相當的勇氣？當銀娣的親友都已經「文明」起來，唯有她擇善(惡？)固執，不願就範。她不近情理的保守作風已帶有些狂熱偏執的氣味。可是比起當時不顧一切，唯「新」是尙的革命女性，兩者的激烈性竟可能不相上下。銀娣的行徑讓我們想起明代話本中那些奇女子：她們厲行婦德，爲貞烈而貞烈，已跡近荒謬主義式的堅持。她們令我們刮目或側目相看，不是因爲她們的激進，而是因爲她們的保守[12]。

銀娣的故事蘊藏張愛玲獨特的女性主義立場。這一立場也許望之無足甚觀，但卻可讓我們重新省思，傳統女性在被壓制的前提下，是否仍有主動的力量？張當然視銀娣爲傳統女性墮落的表徵，但她並不因此就推論出一種女性「受難學」。無辜受苦不一定就自動轉化爲德行，女性卑屈的地位未必就得翻案成高貴的象徵。銀娣的故事告訴我們只要有機會，女性可以和男性一樣行凶使壞；女性也可以有能力壓迫男性，甚或女性自家人。如果沒有女性的參與、實踐及監控，男性中心的封建制度哪裏能夠得逞？於是張在〈談女人〉一文中寫道：

> 女人的活動範圍有限，所以完美的女人比完美的男人更完美。同時，一個壞女人往往比一個壞男人壞得更徹底。……一個惡毒的女人就惡得無孔不入。[13]

識者當然可以反駁，銀娣這樣的女子就是因爲被男性社會「收編」，才成爲其共謀，而她爲此付出了極大代價。張愛玲果若有知，也一定會同意此說。但她可能會追加一點：正因爲她太了解女性的不利位置，她才有必要同情那些能活過男權控制下的女子——不論她們的求存之道是如何的不擇手段。姚家的大家長是姚老太太。看看她控制家裏男丁的手腕，我們這才恍然銀娣的能耐比起來還差了一大截。通過與男權共謀的關係，這些女性攫取了權力，並以其人之道還治其人之身。換句話說，銀娣的浮沉暗示了女性如果不如男性一樣自私、殘酷或精力充沛，又怎能挺過數千年的男權專制，甚至不時壓迫那些壓迫她們的男人？更不提有能力揭起當前風起雲湧的女性主義運動了。張愛玲不說過：「幾千年來女人始終處於教化之外，焉知她們不在那裏培養元氣，徐圖大舉？」⓮銀娣的墮落使人怵目心驚，但卻顯示了女性驚人強勁的力量；憑著這股力量，在另一時空中，女人才能有了翻身作主的機會。

無可諱言的，張愛玲的女性主義觀沾染了馬基維利（Machiavelli）式的權術色彩，因此未必適合今天女性主義者爲傳統女性所打造的形象。五四後的人道主義者或當代部分激進女性主義者會覺得張筆下的女性「不夠」脆弱無助，因此不足以「象徵」她們的弱者境遇。但這也許正是張愛玲不以爲然之處。她的小說與散文已一再言明她的女性是現實狡猾的求生存者，而不是用來祭祀的活牌位。在男與女的戰爭中，沒有一方可以自我撇淸，也沒有一方可以全身而退。與銀娣一起活向生命暗角的還有一羣男人，結局都好不到哪裏去。銀娣的先生四肢不全，形同行屍走肉。她的小叔三爺年輕時是風流的敗家子，年老了靠兩個妓女從良的姨太太苟延殘喘。銀娣的獨子被母親調教得庸懦無能。銀娣既是受害者也是加害者，既有無限弱點又強悍頑固。藉著這一人物，張愛玲早早把性別政治複雜化，以她自己最犬儒的方式寫出女性的權力與欲望。

三

不論以上女性主義式的辯證多麼曲折，我們必須認知銀娣絕不是個快樂的女人，她苦悶扭曲的感情狀態是張愛玲最要探究的焦點。《怨女》的「怨」字對讀者應有豐富的含義，因爲它除了指涉一種鬱悶幽憤的情緒外，也是中國古典詩詞傳統中重要的母題之一，常與女性的造型連爲一氣。銀娣的故事因此不是她一個人的故事，而可延伸至千萬女性的遭遇。相對於男性化的「怒」或「憤」，張愛玲看出女性的「怨」是種小火慢燉式的煎熬：由於沒有適當發洩的管道，女性的「怨」常指向自我，使自己成爲最大的受害者。終其一生，銀娣不斷爲她的怨找出路——嫁個有錢的夫家，與小叔子暗通款曲，爭取家族遺產，馴養聽話的兒子，甚至上吊自殺。何其可「怨」的是，她每一步自求解脫之道只招致更多的空虛與憤恚：她陷在一個悶葫蘆式的循環中，難有救贖。

從事心理分析的評者很可以在銀娣的一生中，找到話題：從慢性憂鬱症、歇斯底里症、怨懟(resentment)到憂傷(melancholia)，不一而足。在這些診測中，克莉斯緹娃(Kristeva)的「不堪」(abjection)也許仍值得一提[15]。「不堪」指的是身心的厭惡及反動症候群，肇因於主體無法承受、超越來自外界的衝擊，這一衝擊常與生理現象如食物、廢棄物及性別連鎖在一起。(父系權威)的符號象徵系統講求意指與意符的「理性」連鎖，「不堪」的主體則在「門檻」(threshold)經驗中體會到另類的模糊經驗。所謂的「門檻」常由身體的孔道來顯現，這些孔道模糊了內外、愛憎、生死的界限。有心人當然可循此繼續追蹤克氏理論。我的重點是「不堪論」如何描寫了女性欲望與失望、越界與反挫交接時，那種曖昧抑鬱的生存經驗[16]。我以爲銀娣正是站在這一「門檻」位置上，爲自己的（性及社會）身分找出口，結果卻進退失據。她當年要自己選個有頭有臉夫家，卻與一個病包結成連理；年輕時芳心難奈寂寞，年老了又絕對見不得兒子與媳婦魚水和諧。她求愛不遂想要自盡，但到頭來比其他角色都活得長久。在生命的可能與不可能間，銀娣屢起屢仆，但總是事與願違；她越想突破，卻總是重複挫折。

銀娣的一生也許就這樣不了了之，但作爲作者，張愛玲卻知道有些改變還是發生了。銀娣在她的世界裏有苦難言，含怨以終，但張愛玲卻至少能代她解釋她的苦爲什麼不能說出來。如評者所言，在疆界被逾越，或統合的現象被打碎時，「不堪」的狀態「隨即出現」[17]。比照上述的「門檻論」，《怨女》的開場與結尾就更有看頭。小說開場時，年輕的銀娣一晚正待就寢，突然聽到不斷的敲門聲，有人呼喚「小姐！小姐」。這人是誰？半夜門外有什麼事？銀娣該把門開開麼？銀娣必須決定怎麼應付突如其來的上門者？彷彿在那一剎那，她毫無準備的就被推向生命的「門檻」。這敲門的一景又出現在故事結尾銀娣晚年的回憶中。這一「迴旋」式「重複」的場景就像遲來的靈光顯現(epiphany)一樣，終於使銀娣有了後見之明。張愛玲也許有意將敲門的象徵推而廣之，用之表現生命中任何一閃即過的**意義**契機。但另一方面如前所述，不論她所經過的挫折，銀娣其實不過重複太多她前輩的故事。故事開始的敲門聲也許**沒有**任何意義，只不過是千百年來觸動女性心扉的空洞回音吧。

藉著不同形式與語言重述一位女性不堪的際遇，張似乎以小說重演那夤夜敲門的行動；她要打開銀娣的天地，觀察女性曾被迫所作的選擇及後果。也是在這一層次，克莉絲緹娃的理論顯得特別有意思。如果語言是男性象徵系統詮釋世界的符號，女性只能以外緣的、游移的力量申述一己的語意地位。這一力量不斷攪擾(男性)象徵體系，隨時遭受被抹消或驅逐的威脅；不堪的感覺因此而起。由是觀之，女性寫作總是個不穩定而且權宜的舉動，需要與(男性)象徵不斷協調、對話、重新銘刻。

內蘊其中的緊張性，最能由《怨女》的高潮之一——銀娣與三爺的幽會——來表達。小說中銀娣隨家人到廟裏爲過世的姚老爺子作法會。懷抱著新生嬰兒，她走進了偏院，迎面矗立一口大香爐：

> 院心有一座大鐵香爐，安在白石座子上。香爐上刻著一行行螞蟻大的字，都是捐造香爐的施主，「陳王氏，吳趙氏，許李氏，吳何氏，馮陳氏……」都是故意叫人記不得的名字，密密的排成大隊，看著使人透不過氣來。這都是做好事的女人，把希望寄託在來世的女人。要是仔細看，也許會發現她自己的名字，已經牢鑄在這裏，鐵打的。也許已經看見了，自己不認識。⑱

這是一場關鍵戲，因爲隨後三爺就突然出現。在這個當兒，銀娣是屈從小叔子的情挑，紅杏出牆好呢？還是效法名姓鑄在香爐上的那些女子，淸心寡欲，有朝一日，捐足香火名留後世呢？銀娣選擇了前者；她隨三爺進了後殿，把嬰兒扔在蒲團上，準備就範。但三爺把銀娣撩撥得春心蕩漾後，又猛的緊急煞車。一場偷情就此打住。銀娣既羞且怕，回府後打算上吊，卻被救下，救她的是最使她活不下去的人——她的丈夫。

我們可以想像廟裏銅香爐所鐫的每個名字背後，都有一段不足爲外人道也的「怨女」故事；而每有一個女性能名留香爐，就有千百女性的生涯已被遺忘湮沒。但即使上得了香爐的女子，也都只冠夫姓，連個名字都沒有。銀娣看著香爐，幾乎覺得可以發現自己的名字。但隨之而來的情景把香爐所帶來的絕欲棄俗的意象，摧毀殆盡。我指的不只是她與三爺的偷情而已，因爲寓意太明顯了，而是銀娣在一切發生過後的漫漫生涯。年輕時候的她幾度想不顧禮法，尋求生路，但日後她奉(男性中心的)家法禮教之名，日益偏激狂熱。或許這正是所有「怨女」要名留於世的代價？

這使我們想到香爐所打造的不是功德而是積怨，不是信仰而是辛酸。更進一步，銀娣或是其他的女施主也好，既非傳統男性社會的共謀，亦非三貞九烈的殉道者。銀娣幾番出軌，老來全遮蓋下來。其他的女性是否也是如此呢？怨女的生涯把她們訓練得「看起來」淸操傲雪，骨子裏的淸白與否全是另一回事。男性社會傳統對她們歌之頌之的時候，怨女們未嘗不幽幽苦笑著呢！

張愛玲遊走在「怨女」的種種道德、情欲的尺度間，因而對女性的權力作了極不同的辯證。在描寫七巧或銀娣的同時，她對五四新女性論述已然投入變數。相對於家國想像，她看到女性無家棄國的孤絕(nation vs. alienation)；相對於人性至上的口號，她點明女性不能化約爲人性(humanity vs. femininity)，相對於革命的憧憬，她寫出革命「內捲」輪迴化的可能(revolution vs. involution)。最後，相對於鑄在香爐上，預備流傳百世的鐵畫銀鉤，張的敘事化金玉之聲爲似水流言。她爲自己的散文集命名《流言》，豈是偶然？

四

我們現在可以再回到篇首的話題，重新參看從〈金鎖記〉到《怨女》一系列回憶與重複、逾越與翻譯的敘事。銀娣、七巧和她們千百個前身的故事，有助於張愛玲重組自身及其他女性散落的記憶。而在敘述鬼魅也似的怨女情懷之餘，她瓦解了男性寫實主義的迷思。翻譯雖是跨越語言疆界、表情達意的手段，它傳達意義卻同時也阻礙意義的旅行。

想想張愛玲自己的背景：極老派的父親和極西化的母親，雙語及跨文化的教育，還有拒絕向簡單化的國族主義表態的立場。我們不禁要說「翻譯」是她生活的條件，也是她因應世事的手法，更不提曾是她謀生的技能了。翻譯未必是把原文、父系、祖國、眞理的意義發揚光大，反是承認其曖昧幽微的特質。折衝於語言、文化、性別、時間的領域間，張愛玲能夠藉翻譯發現一處「陰暗而明亮」的所在，「回憶與現實之間……發現尷尬的不和諧，因而產生了鄭重而輕微的騷動，認眞而未有名目的鬥爭。」是在這一領域，〈金鎖記〉到《怨女》的四個版本以不同的面貌，刻畫中國女子的過去與未來。

一九六〇年代，當早期婦女文學先鋒丁玲在政爭中敗下陣來，被發配到北大荒勞改，銷聲匿跡時，張愛玲選擇了自我放逐。雖然遠離中國，她未嘗忘情創作。而當一九六六年文革發生，以更尖銳的口氣號召破舊立新時，張卻幽幽的退向古中國的世界。撰寫《怨女》的日子裏，她想必神遊小說世界，浸淫在「古老的記憶」中。託身異鄉，《怨女》這樣的小說成為她想像力的最後歸宿。她也以最迂迴的方式，批判了故國的藝文喧囂。《怨女》是一本舊作新編，但比絕大多數的嶄新作品都能洞察新時代的舊病根。

在中國的文壇上，張愛玲一向自外於主流的文學及性別政治傳統，而且對此也不無一點犬儒的自得。但飄流在國外這些年，她或嘗也有「不堪」回首的時刻吧？六〇年代，張愛玲與她的丈夫賴雅居無定所，從一處搬到另一處，而張仍堅持她的最後一線希望，想以英文創作打入西方書市。與此同時，她的「中國夢」已經日益褪色了。我們不禁要問，她可曾莞爾失神，想到她的小說故事早已滲入她的生活經驗，寫作《怨女》的她自己已儼然成為了怨女了？

---

❶ C. T. Hsia (夏志清), "Obsession with China: The Moral Burden of Modern Chinese Fiction," in *A History of Modern Chinese Fiction* (New Haven: Yale UP, 1971), pp. 533–554.

❷《怨女》的英文原稿名爲 *Pink Tears*，於一九五八年即可能作出，爲張於 MacDowell 寫作營的作品。見司馬新，《張愛玲與賴雅》（台北：大地出版社，一九九六），頁八一、九八、一二六、一三八。

❸除了將《怨女》由英文版改爲中文外，張於六〇年代末並將兩本小說《十八春》（一九四九）及《小艾》（一九五一）改寫。這兩部作品初次發表時受制於共產言論尺度的壓力，一直是張耿耿於懷的事。

❹Hsia, pp. 398-407.

❺同上，p. 398。

❻見如胡辛的《最後的貴族》（台北：國際村，一九九五），頁四四二—四四九。

❼張愛玲〈自己的文章〉，《流言》，收於《張愛玲全集》（台北：皇冠，一九九五），頁一九。以下張愛玲作品頁數，皆引自本全集。

❽同上，頁一九—二〇。

❾Gilles Deleuze, *Logique du sens*, quoted from J. Hillis Miller, *Fiction and Repetition* (Cambridge, Mass.: Harvard UP, 1982), p. 4.

❿張愛玲〈自己的文章〉，頁二〇。

⓫Walter Benjamin, *Illuminations*, trans. Harry Zohn (N. Y.: Schocken, 1969), p. 202.

⓬有關明小說中個人意志與社會禮教的衝突，見 C. T. Hsia, "Society and Self in the Chinese Short Story," in *The Classic Chinese Novel* (N. Y.: Columbia UP, 1968), pp. 299-322。

⓭張愛玲〈談女人〉，《流言》，頁八八。

⓮同上，頁八七。

⓯Julia Kristeva, *Powers of Horror: An Essay on Abjection*, trans. Leon S. Roudiez (N. Y.: Columbia UP, 1982), pp. 3-4.

⑯ Robert Newman, *Transgressions of Reading* (Durham: Duke UP, 1993), p. 141.

⑰ 同上。

⑱ 張愛玲《怨女》，頁八四。

海派文學，又見傳人

——王安憶的小說

王安憶是八〇年代以來，大陸最重要的小說家之一。早在八〇前期，她就以《雨，沙沙沙》、〈阿蹺傳略〉等系列作品，贏得注意。這些作品白描文革以後大陸生活的變貌，平實細膩而又充滿感傷，很能體現又一輩年輕作家的心聲。但比起許多一鳴驚人的作者，王安憶的成績並不能使人眼界一開；尤其對照彼時台港作家的水準，她的作品至多得列入中上格。然而王安憶的潛力及韌力兩皆驚人。她寫作不輟而且勇於創新；及至九〇年代，終以〈叔叔的故事〉等作大放異彩。而隨後的《紀實與虛構》、《長恨歌》等，更證明她駕馭長篇說部、想像家國歷史的能力。

在政治及經濟的劇烈衝擊下，大陸「新時期」文學變動頻仍。從傷痕到反思、從尋根到先鋒、從新寫實到新歷史，在在令人眼花撩亂。從王安憶的作品可以看出，這些運動她都身與其役。像稍早的〈本次列車終點〉、《六九屆初中生》，以文革期間流放各地的知青爲主人翁，寫他們不堪回首的激情經驗，步步維艱的生存競爭，不脫感懷傷痕的基調。但王之後筆鋒一轉，推出了極具草根風味的《小鮑莊》。這部作品以半帶魔幻寫實的筆觸，刻畫農村人事滄桑，探討人性在自然及人為災害下的善惡分野，正呼應了應時當令的尋根文學精神。與此同時，王安憶也開始涉足「性禁區」，重新開拓情色文學的可能性。有名的「三戀」——〈小城之戀〉、〈荒山之戀〉、〈錦繡谷之戀〉——寫禁欲社會中的平凡男女，如何在強大欲力的驅使下，追逐情愛的滿足。粉身碎骨，在所不惜。

一

王安憶的文筆酣暢綿密，思路細膩圓轉；這些特徵已在上述作品裏可以得見。但大陸八〇年代中後期的小說界，百家爭鳴，一片旺象。與許多已然或正要走紅的作家，如阿城、韓少功、莫言、蘇童等相較，王安憶的小說善則善矣，但總好像缺了點什麼。《小鮑莊》那樣的道德寓言，感人有餘，卻不如韓少功〈爸爸爸〉、〈女女女〉來得更驚心動魄。「三戀」小說寫情欲荒原裏的男女掙扎，則又缺少了蘇童〈妻妾成羣〉、〈罌粟之家〉一類作品旖旎多姿、踵事增華的魅力。而其他的長篇，像《黃河故道人》、《流水三十章》等，千言萬語，竟遭到「寫實上的『流水賬』」之譏❶。

八九年前後躁鬱血腥的政治風氣，曾使不少作家偃旗息鼓。或流亡海外，或改行「下海」；以往文壇的喧嘩騷動，自此風流雲散。王安憶卻在蟄伏一年後，重新出發。十年磨劍，但看今朝。這一回王安憶的感傷多了自省意味；她的激情平添潑辣世故的風姿。九〇年秋天，她推出了〈叔叔的故事〉、〈妙妙〉、〈歌星日本來〉等中篇。這些作品依然留存王「有(太多)話要說」的姿態，但套句她自己的話，其中更有了要「總結、概括、反省與檢討」的衝動。

這「總結、概括、反省與檢討」的衝動，其實不脫以往毛文體的修辭特徵。然而王安憶終能證明，就算是毛文體有萬般不是，它已成爲「新中國」創作揮之不去的源泉之一。一反八〇年代尋根與先鋒運動時，老少作家告別革命文學的決絕立場，王沉潛下來，不僅寫毛政權加諸於當代作家的原罪，也要寫「新時期」所滋生的希望與虛惘。更重要的是，她不僅意在檢討她所置身的社會，同時也批判描寫或反映這一社會的作家——包括她自己在內。

〈叔叔的故事〉一作，因此特別値得一提。這篇小說中的叔叔可謂是王對前輩作家的虛擬暱稱。透過敍述者「我」——一個年輕的作家——對叔叔艱困生涯的追溯，王安憶其實鋪陳了中共文壇自反右到文革的一頁滄桑史。王筆下的叔叔曾是中共文藝下的犧牲，但風流水轉，叔叔的「傷痕」也成爲他重新崛起的資本。文學曾是像叔叔這樣作家所執著的理想，但小說一路寫來，這一理想的實踐卻顯現了種種齷齪動機：大自意識形態的取捨，小至卑微情欲的消長。叔叔終要喟嘆：「做一名徹底的、純粹的作家原來是一個妄想」，是一種「阿Q式的逃避」，一種「勝利大逃亡」。王運用了不少後設小說技巧，自我拆解、質疑種種預設立場；出入於有關「叔叔的故事」的不同版本間，她不得不喟嘆「叔叔的故事」沒有快樂的結尾，而講完了「叔叔的故事」的作家，也再講不出快樂的故事。

但不管快樂不快樂，故事還得講下去——這是作家的本命。九〇年代以來，王安憶創作的另兩項特徵：女性情欲的探勘，及「海派」市民意識的描摹，愈益凸顯。寫女性周遭的種種，也許是台港文學中的老生常談。但經過三十餘年情欲管制、性別中立的政策後，大陸文學的情色論述要到八〇年代中期，才得初具規模。而對女性身體、欲望及想像疆域的重新界定，更不是容易的事。王安憶的「三戀」小說，儘管已在濫情邊緣打轉，卻兀自散發強烈的女性自覺與抗爭意識。這幾篇小說中的女性，或出於無來由的欲望渴求、或出於「錯誤的」生命判斷，陷入一次次的情色試煉中。在那樣荒蕪嚴峻的政治背景下，她們卑屈卻無畏的找尋慰藉。偷情通姦、野合苟歡，她們以肉體片刻的震顫交換政治無窮的劫毀，其所顯現的淒絕精神，在台港女性意識文學中亦不多見。小說發表後引來的(男性中心)怒目或側目，因此並不令人意外。

「三戀」小說的大膽放肆自不待言，畢竟仍有濃濃的「宣示」意味。豪爽女人豪爽之後，還是有柴米油鹽的瑣碎人生，需要經營。王安憶後來的一些女性意識作品，對此更有露骨的觀察。〈弟兄們〉寫三個情同手足的女孩子，如何在校園內建立她們的友誼烏托邦，又如何見證了這烏托邦的土崩瓦解。當男性的誘惑、婚姻的考慮、經濟的壓力接踵而至時，這三個「弟兄」們方才意識到相濡以沫的女性情誼，哪裏敵得過媳婦們老婆們媽媽們這些標籤。小說的三個女性絕非完人；她們相互嘔氣徇私，卻又難分難捨，最後曲終人散，空留無限悵惘。三〇年代的廬隱，曾以五個女性朋友的悲歡離合，寫下了《海濱故人》；〈弟兄們〉應是王安憶對這一傳統的敬禮。

另一方面，王安憶也由〈逐鹿中街〉、〈歸去來兮〉、〈流逝〉等作，更進一步探討婚姻制度與兩性關係間的角力。這類作品側寫少年夫妻的生活面貌，由不識愁滋味到閨房勃谿，由天作之合到天作之禍，竟有不得不然的邏輯關係。是在這些作品中，王安憶顯現了她的寫實功夫。綿密不盡的日常生活其實早有十面埋伏；炊煙盡處，正是硝煙起時。千萬人家的啼笑姻緣，原來是如此令人哭笑不得。

但王安憶對婦女與生活的觀察，需要一地理環境的觀察，才更能顯出她的特色。女性情欲自主權的追逐、姊妹情仇的起落，不管如何具有話題性，還是得落實到一具體時空背景裏，才更能扣人心弦。在這一方面，王安憶其實得天獨厚。她所生長的上海，「解放前」曾是空前繁華複雜的花花世界。而從五〇到八〇年代，這座城市更遍歷政治紛爭、經濟榮枯。清末的上海，成就了《海上花列傳》這樣的狎邪小說。民國的上海，既是鴛鴦蝴蝶派的舞台，也是革命文學的焦點；既是新感覺派作家的靈感泉源，也是遺老遺少的述寫對象。更不提張愛玲、徐訏等作家對她的熱切擁抱。上海的文學，形成海派傳統——一種張致作狀的生活方式，一種純屬都會的，喧嘩又帶疲憊的，寫作姿態。然而隨著中共政治及文學視景的建立，鄉村壓倒了都市，海派傳統也就由盛而衰了。

王安憶八〇年代的作品中，已隱約托出她對上海的深切感情。流徙四方的知青，原來是無數上海穿堂弄巷出身的兒女。這座老舊陰濕的城市，包含——也包容——太多各等各色的故事。誠如評者指出，王安憶寫農村背景的《小鮑莊》時，其實離開了她安身立命的創作溫床；筆觸再好，也顯得扞格不入❷。九〇年代的王安憶，則越來越意識上海在她作品中的分量。她的女性是出入上海那嘈雜擁擠的街市時，才更意識到自己的孤獨與卑微；是輾轉於上海無限的虛榮與騷動間，才更理解反抗或妥協現實的艱難。

由於歷史變動使然，王安憶有關上海的小說，初讀並不「像」當年的海派作品。半世紀已過，不論是張愛玲加蘇青式的世故譏誚、鴛鴦蝴蝶派式的羅愁綺恨，或新感覺派式的豔異摩登，早已煙消瓦滅，落入尋常百姓家了。然而正是由這尋常百姓家中，王安憶重啓了我們對海派的記憶。在如此新舊夾纏、混亂迫仄的世界裏，上海的小市民以他們自己的風格戀愛吵架、起居行走。他們所思所做的一切，看來再平庸瑣屑不過，但合攏一塊，就是顯得與其他城市有所不同。這裏或許有「奇異的智慧」？套句張愛玲的名言：「到底是上海人！」❸

王安憶這一海派的、市民的寄託，可以附會到她的修辭風格上。大抵而言，王安憶並不是出色的文體家。她的句法冗長雜沓，不夠精謹；她的意象視野流於浮露平板；她的人物造型也太易顯出感傷的傾向。這些問題，在中短篇小說裏，尤易顯現。但越看王安憶近期的作品，越令人想到她的「風格」，也許正是她被所居住的城市所賦與的風格：誇張枝蔓、躁動不安，卻也充滿了固執的生命力。王安憶的敍事方式綿密飽滿，兼容並蓄，其極致處，可以形成重重疊疊的文字障——但也可以形成不可錯過文字的奇觀。長篇小說以其龐大的空間架構及歷史流程，豐富的人物活動訴求，眞是最適合王安憶的口味。張愛玲也擅寫庸俗的、市民的上海，但她其實是抱著反諷的心情來精雕細琢。王安憶失去了張那種有貴族氣息的反諷筆鋒，卻(有意無意的)藉小說實踐了一種更實在的海派生活「形式」。張愛玲的長篇不如短篇精采，其是偶然？

由此我們回顧王安憶有名的寫作四不政策，才更覺會心一笑：一不要特殊環境特殊人物；二不要材料太多；三不要語言的風格化；四不要獨特性❹。這是王安憶的自我期許，還是自我解嘲？

這些年來她的創作量驚人，有得意的時候，但也有失手的時候。生活在上海這座城市，看得太多，最特殊的事物也要變成尋常生活的插曲。而雞毛蒜皮的小事，是每天必得對付的陣仗。這樣大剌剌的四不政策，頗有點見怪不怪的自得，一種以退爲進的世故，也只有見過世面的作家有本錢說出。這是海派的眞傳了：王安憶是屬於上海的作家。

二

我前此描述了王安憶創作的三個特徵：對歷史（尤其是「共和國」史）與個人關係的檢討；對女性身體及意識的自覺；對「海派」市民風格的重新塑造。這幾項特徵在她作品中一再交錯出現，但一直要到九三年的《紀實與虛構》，才形成恢宏緊湊的對話關係。在這部長達四百六十二頁的小說裏（人民文學版），王安憶意圖爲自己家族的來歷，找尋根源。但與我們熟悉的「家史」小說不同，王安憶捨父系族裔命脈於不顧，轉而抽絲剝繭，探勘早已佚失的母系家譜。這使她的女性視野，陡然開朗。然而王安憶的野心尚不止於此。她創作及尋根活動的據點是上海，一個由外來戶匯聚而成的都會，一個不斷遷徙、變易、遺忘歷史的城市。

在《紀實與虛構》的〈跋〉裏，王安憶提起她對小說命名的躊躇。這本書最初被名爲「上海故事」；王對上海的依戀，不言自明。但基於它「有一股俗世的味道」，「容易使人墮入具體化的陷阱」，此書名終被放棄。王之後又擬用「茹家漊」——小說尋根的終點——爲名，同樣不覺滿意。

再如「詩」、「尋根」、「合圍」、「創世記」等可能，則更等而下之。幾經周折，王選定了《紀實與虛構》，作為書名。王的猶疑其實不難理解：這本小說本身講的就是個「命名」的故事。命名「命」「名」，名為物之始，意義流淌，自此發端。這裏有世界肇始的神祕契機，也有無中生有的創作衝動。王安憶要講的，正是她為自己、為母系家族、為上海尋根命名的經過。作為一個作家，命名是她的遊戲，也是她的志業。

王安憶對「我從哪裏來」這樣的問題，從來就有興趣：早在八〇年代，她就曾寫下像〈自己的來歷〉這樣的作品。不過那是點到為止，不當回事。這回她可是玩眞的。小說的結構浩浩蕩蕩，共分十章。單數章講述作者（敍述者）在上海成長的經過，從幼年遷入到求學、文革、流放、歸來、成婚，鉅細靡遺。雙數章則追蹤母系家族在中華民族史（！）上的來龍去脈，筆下三千年，好似彈指而過。第十章裏，家史在民族史中的線索，與個人在共和國史中的成長紀錄，終於合而為一，並歸結到作者對創作活動的反省與反思。紀實與虛構果然是創作一體之兩面，所有的歷史與回憶不過是書寫的一種變貌。

到了九〇年代末期來談歷史的虛構性或記憶的權宜感，好像已是昨日黃花的事。該講的、該寫的不早都已講完寫完了嗎？大陸重寫家史的風潮，從莫言的《紅高粱家族》一炮而紅後，歷經蘇童、李銳、余華、格非、葉兆言等推波助瀾，已經不再新鮮。這些人的作品敷衍傳奇、演義歷史，的確各有千秋。但讀多了《妻妾》《高粱》、《細雨》《迷舟》，難免令人不耐。王安憶搭的雖是家史小說的最後一班車，豈眞是又晚走一步？

與當年寫《小鮑莊》，亦步亦趨，複製尋根神話相比，王安憶現在從容多了。她是「又」寫了一部家史小說，但套句前引她寫〈叔叔的故事〉的話，《紀實與虛構》是部「總結、概括、反省與檢討」家史小說的作品。它誇大了前此作品的優缺點，也另有其他作家所不及的眼見。男作家(如莫言)只寫我爺爺、我奶奶，家史推到清末民初就得收攤打烊；王安憶豁了出去，「她的」族譜故事是要上溯到隋唐魏晉的。男作家(如蘇童)寫煙雨江南、頹靡世家，好不愁煞人也；王安憶大筆一揮，夾議夾敍，一派頭角崢嶸的面貌。她的「論說體」文字，已跡近台灣朱天心的風格。《紀實與虛構》那種冗長枝蔓、天南地北式的寫法，勢必要招致「好大喜功」之譏，但我們絕不應忽略作者的自信與跋扈。何況誰規定好看的小說就一定得精緻細膩的？

小說中最令人注目的部分，是雙數章的母系家族歷史。如前所述，王安憶刻意棄父從母，已是一種女性銘刻歷史策略。更爲有趣的是，她的「考證」顯示母親的血緣絕非漢室正統，而有北方蠻族淵源。王從母親——也是老牌作家茹志鵑——的姓，「茹」字下手，尋尋覓覓，查出這稀有姓氏原來起於北魏的蠕蠕族——這不僅是異族，簡直是異類了！由此開始，王自謂遍歷史書檔案，刻畫出一條家族興亡渙散的經過。由魏入唐，由唐入宋，一直到清末民國。這個民族曾有英雄美人，最後卻落入「墮民」之列。王安憶的想像馳騁在歷史荒原上，歷經木骨閭、車鹿會、成吉思汗、乃顏等輝煌時代，堪稱「考證」細密，臆想淋漓。但是在一個泥濘的雨季裏，王安憶來到一個平庸的江南小鎮——茹家漊，見證了家族最後的落腳點，最後的傳人。

賈西亞・馬奎斯《百年孤寂》式的歷史視景，當然可在此找到印證，但與絕大多數處理類似題材的大陸男作家不同，家族渙散、往事湮沒的現實並不是王安憶作品的結局。恰相反的，她心有不甘，從而有了寫作的衝動。與千百年前，那位開放茹家神話的母親相呼應，王安憶以女作家之筆，產生(或生產？)又一文字結晶。是她選擇、排比她的祖先故事，再「創造」了歷史。

如果玩弄解構主義一些性與符號的互換文字，我們更可以說，男作家念之喚之的意義播散(disseminate，射精)危機，到了王安憶手中，竟有了重行「孕育」(conceive，懷孕)的契機。更進一步，王安憶不僅寫作品如何再生歷史，還寫歷史如何滋生(conceptualize)抽象意念。由是類推，她滔滔不絕的議論，就算無甚高見，卻要以豐沛的字質意象，塡補男家史作家留下的空虛匱乏。

在評論《紀實與虛構》時，兩位大陸論者曾分別指出王安憶的這本小說缺乏「靈氣」，或沾染了過多「物質性」，不夠流轉易讀[5]。我倒以爲王安憶總算擺脫了以前的「靈氣」，變得潑辣實在，眞是謝天謝地。至於「物質性」，其實可能正是王所要努力的方向，如前所述，即是高蹈抽象的理念，王安憶寫來，也變成疊床架屋、厚厚實實的「東西」。這一傾向，自修辭至造境，無不可見，好像有了這些基礎，她才能夠占住地盤，把故事說下去。

所有的問題，越來越明確的指向王安憶自覺的新海派意識。《紀實與虛構》儘管虛構得天馬行空，基本講的是個上海女作家與她的城市的故事。雖然大半輩子在這裏度過，王安憶開宗明義的說，她的家庭是遷入上海的外來戶。她們沒有親友、沒有家族。這種無根的感覺，促使她萌生尋根的欲望。在小說雙數章節虛構家史、玄乎其技之際，單數章節卻是一步一印的白描一個女作家在上海生長、寫作的細節。百年來的滬上繁華滄桑，其實就是一頁頁的移民史。王安憶自謂是外來戶，但是落地生根，這座沒親沒故的城市早成為她的第二故鄉了。家史緲不可得，上海的一切卻是親暱自然的；在不斷藉想像捨棄上海的同時，小說家坐在上海家中的書桌前，感覺從沒有如此安穩實在。

更何況小說風格所顯現的小市民態度。前面所說王安憶的物質性傾向，不止限於她對所有看得到、摸得著的事物的興味好奇，更得見她「囤積」歷史材料及想像上，她是貪婪的，而且就算有自知之明，也絕不罷手。王安憶最為人詬病的地方，未嘗不就是她新風格的開始。她又是勢利的，寫家史既然是裝點門面，哪能不揀好樣兒的往自己框裏扔。小說最後寫到清代茹姓家族脈分二支，一榮一枯。雖然明知可能的線索來自敗落的一支，王安憶「禁不住」虛榮，硬把另一支也納入家譜。她「樣樣都捨不得放棄，每一種可能我都要」。這樣雜燴的結果，是否影響美學詮釋的要求，王不可能不理解。但她熱切的，而又不無自嘲的，擁抱一切。半世紀以前張愛玲看上海人，寫道：「這裏面有無可奈何，有容忍與放任——由疲乏而產生的放任，看不起人，也不大看得起自己，然而對於人與己依舊保留著親切感……結果也許是不甚健康的，但是這裏有一種奇異的智慧。」❻這用來轉述上海作家王安憶的現象，竟仍十分貼切。

《紀實與虛構》因此是王安憶寫上海，或上海「寫」王安憶的一個重要階段。這是本野心龐大的歷史小說，卻充滿瑣碎支離的個人告白；大量玩弄後設的趣味，卻總也擺脫不了寫實主義「原道」說教意味。在它駁雜百科全書式的架構下，兀自誇示著感傷的演出。但合而觀之，這本小說則以其強勁的(女性)敍述欲望，夾著千言萬語，一路揮灑到篇末。王安憶的創作潛力，不可小覷。

而《紀實與虛構》後，她的另一長篇——《長恨歌》——證明了這一點。

上海眞是不能想，想起就是心痛。那裏的日日夜夜，都是情義無限。……上海眞是不可思議，它的輝煌教人一生難忘，什麼都過去了，化泥化灰，化成爬牆虎，那輝煌的光卻在照耀。這照耀輻射廣大，穿透一切。從來没有它，倒也無所謂，曾經有過，便再也放不下了。

三

這段對上海的懷想，出自王琦瑤的意識。王琦瑤是王安憶新長篇《長恨歌》的主人翁。一九四六年，年僅十七歲的王琦瑤參加上海小姐選美，一舉攀上第三名。王琦瑤出身寒素，卻是天生麗質；她雖心無大志，卻也不甘平凡。誠如王安憶所謂，王琦瑤是上海千門萬戶、里巷弄堂中常見的女兒。她(或她們)生入平常人家，但既長於滬上，自然要吸取春申風月，黃浦菁華。一九四六年的上海由淪陷到復原，又是另外一種繁榮風貌。劇場戲院、歌台舞榭，說不盡的旖旎浪漫。但還有什麼比選拔「上海小姐」更能顯現這座城市的時髦與風情呢？王琦瑤因緣際會，飛上枝頭做了鳳凰。但是選美的風光剛剛落幕，這位上海小姐卻半推半就的成了國民政府某單位李主任的情婦。她入駐愛麗絲公寓，過起假鳳虛凰的生活。

王安憶的《長恨歌》出手便是與衆不同。小說開場白描王琦瑤的一切，以一喻百，用的是正宗十九世紀歐洲寫實主義的單一贅敍(iterative)模式：像王琦瑤這樣的女子，在上海有千千百百，她們的鋒頭與墮落，不止代表了個人的際遇抉擇，也代表了這座城市對她們的恩義與辜負。王琦瑤藉選美而成他人禁臠，除了演義了自然主義的道德邏輯外，更重複了一種儀式性的蠱惑與犧牲。王安憶細寫一位女子與一座城市的糾纏關係，歷數十年而不悔，竟有一種神祕的悲劇氣息。王琦瑤的情婦生活，在亂世何能安穩？她的李主任未幾空難喪生，而共黨已逼近上海。王避難鄔橋鄉下，痛定思痛，所想所念的卻仍是上海。前引的一段話，正道破了她的癥結。

現代中國小說寫上海與女性的關係，當然不始自王安憶。早在一八九二年，韓邦慶就以《海上花列傳》打造了上海／女性想像的基礎。韓的《海上花》寫彼時青樓女子，如何在十里洋場上遍歷風塵。她們的虛榮與怨懟，她們的機巧與蒙昧，令百年後的讀者，也要爲之動容。而《海上花》最精采處，在於點出了這些前來上海淘金的女子，終要以最素樸的愛欲癡嗔，來註解這一城市的虛矯與繁華。世故中有天眞，張狂裏見感傷，這該是海派精神的眞諦了。三〇年代左翼作家茅盾，曾以煙視媚行的女性喻上海，寫成《子夜》有名的開場白。同時的新感覺派作家更塑造了豔異妖嬈的「尤物」意象，附會上海的摩登魅力。而鴛鴦蝴蝶派的遺老遺少，則在上海現代化之際，就開始緬懷舊時風月了。這種種有關上海與女性的書寫，在四〇年代達到高潮。張愛玲、蘇青、潘柳黛、鳳子等，不止寫上海女性，更以女性寫上海。張愛玲受教半世紀前的《海上花》並發揚光大，不是偶然。

在這樣一個傳統下寫《長恨歌》，王安憶的抱負可想而知。王其生也晚（一九五四），沒能趕上上海最輝煌的那段歲月。但生於斯長於斯，她畢竟得天獨厚。即使是緬懷四〇年代的一晌繁華，也一樣要讓世紀末的上海人自嘆自喜的。王想像上海小姐選美，不啻是向《海上花》時代的排花榜、選花魁致敬；她鋪張當年影藝娛樂的魅豔風情，則又透露著一切聲光色相，無不稍縱即逝的先見(或後見？)之明。的確，今天的上海再怎麼妝點打扮，也不過承襲過去的流風遺緒罷了。

然而王安憶的努力，注定要面向前輩如張愛玲者的挑戰。張的精警尖誚、華麗蒼涼，早早成了三、四〇年代海派風格的註冊商標。《長恨歌》的第一部敍述早年王琦瑤的得意失意，其實不能脫出張愛玲的陰影。王琦瑤的曖昧身分，可以看作是張愛玲「情婦」觀點的新詮。但《長恨歌》既名「長恨」，王琦瑤的感情歷險這才剛剛開始。避亂暫居鄔橋鄉下，不過是她以退爲進的策略。就算政治變色，王琦瑤還是得回到上海，她的上海。一切得自於上海的創痕必須成爲她繼續在那城市存活的條件，愛恨交織，死而後已：

> 上海的雙妹牌花露水、老刀牌香煙，上海的申曲……這些零碎物件便都成了撩撥。王琦瑤的心，哪還經得起撩撥啊！她如今走到哪裏都聽見了上海的呼喚和回應。她這一顆上海的心，其實是有仇有怨，受了傷的。因此，這撩撥也是揭創口，刀絞一般地痛。可是那仇和怨是有光有色，痛是甘願受的。震動和驚嚇過去，如今回想，什麼都是應該，合情合理，這恩怨苦樂都是洗禮。她已經感覺到了上海的氣息……梔子花傳播的是上海夾竹桃的氣味，水鳥飛舞也是上海樓頂鴿羣的身姿……她聽著周璇的〈四季調〉，一季一季地吟嘆，分明是要她回家的

意思。

一九五二年，張愛玲倉皇辭離上海，以後寄居異鄉，創作亦由盛而衰，我們很難想像，張愛玲如果長留上海，下場如何。但藉著王安憶的《長恨歌》，我們倒可想像，張愛玲式的角色，如葛薇龍、白流蘇、賽姆生太太等，「解放」後繼續活在黃浦灘頭的一種「後事」或「遺事」的可能。小說的第二部及第三部分別描寫王琦瑤在五、六〇及八〇年代的幾段孽緣。她輾轉五個男人間，有的多情，有的寡義，但件件不得善終。王安憶儼然把張愛玲〈連環套〉似的故事，從民國的舞台搬到人民共和國的舞台，而其中的畸情與兇險，尤有過之。在一個誇張禁欲的政權裏，一羣曾經看過活過種種聲色的男女，是如何度過她（他）們的後半輩子？張愛玲不曾也不能寫出的，由王安憶作了一種了結。在這一意義上，《長恨歌》填補了《傳奇》、《半生緣》以後數十年海派小說的空白。

《長恨歌》的第二部應是全書的精華所在。解放後王琦瑤回到上海，寄居平安里。昔時的佳人就算落魄，也依然有無限風情。在弄堂深處、小樓一角，一幕幕的情欲徵逐竟在無私無我的社會主義大纛下，繼續上演。王琦瑤結識了也是貶落凡塵的富太太嚴師母，又由此認識了嚴的娘舅康明遜，及康的朋友，中俄混血兒薩沙。這四個男女局處在無產階級的天堂裏，卻是俗緣難了。外面的世界天翻地覆，這幾人卻能依偎在小酒精爐旁，葱烤鯽魚、蟶子炒蛋、擂沙湯圓，續溫往日情懷。五七年反右的高潮裏，他們在鋪著毛毯的桌上打麻將。窗外雨雪霏霏，窗內雀戰終宵。在這麼險惡的年月裏，上海人「奇異的智慧」更顯得頹靡詭妙。但他們哪裏是天眞無覺；謔笑之間，他們早已感到兇機處處了。

王安憶曾寫道：「張愛玲筆下的上海，是最易打動人心的圖畫，但眞懂的人其實不多。沒有多少人能從她所描寫的細節裏體會到這城市的虛無。正是因爲她是臨著虛無之深淵，她才必須要緊緊地用手用身子去貼住這些具有美感的細節，但人們只看見這些細節。」善哉斯言。而王顯然有意的承襲此一風格，以工筆描畫王琦瑤的生活點滴。《長恨歌》中的寫實筆觸，有極多可以徵引的片段。王的文字其實並不學張，但卻饒富其人三昧，關鍵即應在她能以寫實精神，經營一最虛無的人生情境。在一片頌揚新中國的「青春之歌」中，王的人物迅速退化凋零。

而又有什麼情境比追逐愛欲，更能凸顯王安憶筆下人物的虛無寄託呢？王琦瑤命犯桃花，首當其衝。她與康明遜交遊，由飲食而男女，幾次纏綿，竟懷有身孕。這樣的驚險，卻由小女子一人毅然，也夷然的扛負下來。與她有過恩情的男人，一一爲她所(利)用：這是上海女子的本能了。混血兒薩沙不明就裏的被套牢成爲禍首，四○年代的追求者程先生則適時出現，權充她及嬰兒的守護人。反倒是康明遜置身事外，漸行漸遠。愛其所不能愛、不當愛，這三男一女糾纏不休，鉤心鬥角，且啼且笑。殊不知文化革命的大禍已然掩至，一切恩恩怨怨，至此一筆勾銷。

王安憶處理王琦瑤及康明遜間由情生愛、由愛生怨的過程，極具功夫。如前所述，五○到六○年代的上海，飽經蛻變，何能容忍昔時遊龍戲鳳式的情愛苟合。王、康兩人卻要化不可能爲可能。剝奪了一切階級口號的僞裝，他們有了情愫。但這感情卻是極不安穩的；康向王承諾「我會對你好的」。「這話雖是難有什麼保證，卻是肺腑之言，可再是肺腑之言，也無甚前景可望。」這感情也是極自私的，「他們也不再想夫妻名分的事，夫妻名分說到底是為了別人，他們卻都是為自己。他們愛的是自己，怨的是自己，別人是插不進嘴去的。」張愛玲〈傾城之戀〉裏的愛情觀，於焉浮現。只是王安憶走得比張愛玲更遠。她儼然要以上海的緩慢傾圮，來襯托又一對亂世男女的苟且偷歡。而這一回，他們再無退路。王琦瑤愛過怨過，卻不能有白流蘇般的妥協結局。新社會絕容不下她這樣的行徑；她與所愛仳離，原是再自然不過的定理。王安憶對人世的大破壞大威脅，因而有了不同於張愛玲的見解。

王安憶自承多受張愛玲語言觀的教益：「張是將這語言當作是無性的材料，然而最終卻引起了意境。」但王對張的「不滿足是她的不徹底。她許是生怕傷身，總是到好就收，不到大悲大慟之絕境。所以她筆下的就只是傷感劇，而非悲劇。這也是中國人的圓通」。王安憶也許不能理解張愛玲「參差對照」的美學；對張而言，人生「就是」哭笑不得的傷感劇。她的不徹底，正是她以之與五四主流文學對話的利器。但王安憶對張愛玲的反駁，畢竟別有所獲。《長恨歌》第三部情節急轉直下，應與王探尋另一種情色關係有關，而且與書首的上海意象，遙相呼應。

八〇年代的上海又成繁華都會，遙望當年風貌，豈眞是春夢再生？像王琦瑤這樣的前朝「遺姥」，熬過三十年的波折，終得重現江湖。她既新且舊，不古不今，兀自成為小小奇觀。王安憶藉王琦瑤熱中時尚風潮，點出三十年風水輪流——政治的起落不過是服裝的幾進幾出罷了。張愛玲的服裝神話，依稀可見。然而王琦瑤儘管駐顏有術，到底敵不過時間：她亭亭玉立的女兒成了歲月殘酷的證人。而更可悲的是，上海的新一代女性幾乎失去了母親輩的鑑賞力與世派。她們趨時追新，無非是人云亦云；失去了深厚的底子，再怎麼裝模作樣，也顯得傖俗。王琦瑤是孤獨的。女兒的同學張永紅是她唯一的知音，這一對老少成了最奇特的組合。但張永紅有肺病——已經過時的「流行」病，而王琦瑤自己也逐漸散播著屍氣。

時序到了一九八五年，距離上海小姐選美已有四十年了。五十七歲的王琦瑤和她的忘年交張永紅依偎在人潮洶湧的上海街頭，是怎樣一幅景致？她倆的時髦是反時髦的時髦；她倆的勢利是最不勢利的勢利。但作爲四〇年代海派精神的守護神與接棒者，這兩人畢竟心餘力絀。八五年的上海喧嘩嘈雜，進退失據。王琦瑤饒是再精明算計，也有時不我予的感傷。而最「要命」的是，她又戀愛了，而且是愛上個歲數小她一半以上的男子。

《長恨歌》最後一部分寫王琦瑤的忘年之戀，貫徹了王安憶要「寫盡」上海情與愛的決心。王琦瑤一輩子所託非人，到了最後，不惜放手一搏。女兒早已結婚留洋，她再無所畏，唯願數年歡娛。這一回，她才是全盤皆輸。她一手調教的張永紅隱然成爲她的對手。她的患得患失哪裏敵得過對方的全無機心，當王安憶寫到王琦瑤捧出珍藏四十年的金飾盒——當年李主任的餽贈——收買（或譏諷）小情人的心意時，眞是情何以堪。這是王安憶不同於張愛玲之處了。張愛玲的人物，包括那視財如命的曹七巧，才是「更徹底」的悲劇人物。王安憶的王琦瑤闖不過情關，她所有的精括算計，透露著世俗男女的謹小慎微。而當她妥協時，沒有（如白流蘇者）看穿一切的犬儒，而有別無退路的尷尬。

我也要說，這樣的安排至少在《長恨歌》的架構中，有其作用。張愛玲小說的貴族氣至此悉由市井風格所取代。小說最後的關目，歸結到那金飾盒。這是王琦瑤生命最「實在」的部分，連她的女兒都無緣得享。《金鎖記》中的曹七巧靠累積財富來移轉她受挫的情欲；王琦瑤一輩子從未大富大貴過，只有出，沒有進，金錢的意義截然不同。金飾盒確是她的命根子，不能與她的情人相提並論。小說最後，王琦瑤為了保護錢財，而非愛情，死於非命。這場兇殺，驚心動魄。兇手是誰，在此賣個關子。要強調的是，在處理情欲與物欲的糾纏上，王安憶的路數與張愛玲起點相近，但結論頗有不同。所引生的「大悲大慟」其實更留給我們一絲不值的遺憾與悵惘。

《長恨歌》有個華麗卻淒涼的典故，王安憶一路寫來，無疑對白居易的視景，作了精緻的嘲弄。在上海這樣的大商場兼大歡場裏，多少蓬門碧玉才敷金粉，又墮煙塵。王琦瑤經選美會而崛起，是中國「文化工業」在一時一地過早來臨的訊號；但她的沉落，卻又似天長地久的古典警世寓言。是在巧妙的糅合了既舊且新的敍事技巧與人物造型中，王安憶有意證明自己作為「上海」「女」作家的自覺與自戀——她何嘗「不可能」成為又一個王琦瑤？出現在小說的開端與結局的一個意象，因此宜於作為我們討論的結束。

在小說的首部裏，王琦瑤曾受邀遊覽一個電影片廠。穿梭在數幢布景道具間，她赫然看見一具女屍，仰躺床上，頭上一盞燈搖曳不止。四十年後的那夜，當王琦瑤被勒死在床上，「在那最後的一秒鐘裏，思緒迅速穿越時光隧道，眼前出現了四十年前的片廠。對了，就是片廠，一間三面牆的房間裏，有一張大床，一個女人橫陳床上，屋頂上也是一盞電燈，搖曳不停……她這才明白，這床上的女人就是她自己，死於他殺。」這是文字向映象致意的時刻，也是幻想與回憶重逢的時刻。「上海小姐」的死亡是四十年前就演練好的宿命：上海一切的璀璨光華注定要墮入黑白膠片的滑動中，墜入永不醒來的死亡中。正逝去的王琦瑤「看」到了四十年前自己替身的死去。行年四十的王安憶選擇了王琦瑤作為自己的前身，向幻想／記憶中的上海告別。但這一切不是戲麼？但願這一切都是戲吧。海上一場繁華春夢，正是如電如影。浮花浪蕊的精魄，何所憑依？天長地久，此恨綿綿。

❶郜元寶〈人有病，天知否〉，《拯救大地》（上海：學林出版社，一九九四），頁一四六。
❷同上，頁一四二。
❸張愛玲〈到底是上海人〉，《流言》（台北：皇冠，一九九五），頁五五。
❹王安憶〈序〉，《故事和講故事》（浙江：浙江文藝出版社，一九九二），頁三。
❺張新穎〈堅硬的河岸流動的水〉，《棲居與游牧之地》（上海：學林出版社，一九九四），頁一四三；郜元寶，頁一五四。
❻張愛玲，頁五六。

輯六

小說創作與文化生產

輯六　小說創作與文化生產

文學創作從不是作家完滿自足的行爲，而必須與有形無形的創作傳統及環境產生互動關係。作爲一種「衆聲喧嘩」的文類，小說尤其體現了這一互動的頻繁與複雜。近年自彼埃·博迪厄(Pierre Bourdieu)「文化生產」的觀念受到重視以來，文本與文化互涉的研究更爲精緻多元。所謂的「文壇」、「品味」、「口碑」、「市場」等建構，可以指涉種種細密的文化、象徵、經濟「資本」的流通運作，文學的「價値」因此有了不同以往的鑑賞方式。

由於篇幅所限，本輯內的三篇文章並不能作博迪厄式的細膩辯證，但我仍有意藉此強調小說內緣及外沿的研究，總是相互爲用。〈一九八〇年代初期的台灣小說〉描述七、八〇年代之交台灣文壇政壇的轉折，對小說所引發的影響。以往「寫實」至上的創作版圖，已經產生位移，並在隱喻的層次，預告了更大的裂變即將到來。〈小說創作與文化生產——《聯副》中長篇小說二十年〉則記錄一種文類(中長篇小說)與一項媒體(報紙副刊)間，長期合作的因緣。〈典律的生成——小說爾雅三十年〉更進一步，討論民間出版、文學選集、批評尺度及典律權威的因應關係。

這三篇論文都是有所爲而爲：〈一九八〇〉爲牛津版台灣小說英譯選的前言；〈小說創作〉爲向瘂弦先生主編《聯副》二十年的致敬之作；〈典律的生成〉則是主編《爾雅年度小說選三十年精編》的導論。在討論文化生產的過程中，這些論文已經成爲台灣當代文化生產的一部分了。

一九八〇年代初期的台灣小說

一九八〇年代的台灣遭逢了自一九四九年以來最劇烈的改變。舊有的威權體制已漸趨瓦解，然而新的秩序卻尚待建立。受到中共當局新門戶開放政策的衝擊，以及台灣內部反對力量的挑戰，台灣正試圖重塑其政治結構。台灣的經濟奇蹟或許帶來了近代中國史上前所未有的繁榮，但也加速了傳統價值體系的解體。八〇年代的台灣可謂充滿了變化與動盪，也因此具有美麗新世界及失樂園的雙重形象。

以下的討論將以短篇小說爲例，說明八〇年代台灣在文化方面及政治方面的變化與動盪。這些故事不僅呈現了中國禮俗與道德價值在島上的蛻變；也質疑了寫實主義——中國現代小說的正統法則——的「模擬再現」神話。我們讀者可以用傳統的「寫實主義」一詞來描述這些故事形式及主題上的特色，但閱讀之後很快會發現，這些故事實在是鼓勵我們將「眞實」置於括弧之內，去重新思考「眞實」的條件。換句話說，表面上這些故事的作者仍陷於寫實主義的窠臼內，採用了讀者習以爲常的敍事模式，但在這些模式底下，許多跡象卻預示了「重塑／改造」現實或眞實的期望或嘗試。

以舒國治的〈村人遇難記〉爲例，故事從一個偏僻的小鄉村典型生活的某一天開始。悠閒的農夫、例行的工作、單調的景色，構成一幅看似平淡卻寧靜的畫面。然而，當一個陌生客出現在這鄉村偏僻的一隅時，田園牧歌式的寧靜被攪亂了。故事從頭到尾，村民都不曾和陌生客來往。但陌生客的存在卻足以干擾村民日常生活的步調，挑起他們種種的情緒，從好奇、猜疑、恐懼、冷漠，到狂想。陌生客最後飄然離去時，生活又恢復了正常。

表面看來，〈村人遇難記〉似乎延續了盛行於七○年代的台灣鄉土文學。其中村民與陌生客的接觸，理所當然地重述著式微的鄉村文化與入侵的外在世界之間的對峙。細讀之下，我們發現舒國治其實是在諧擬、揭露這種鄉土文學的局限性。陌生客的出現與其說使得傳統生活受到挑戰，不如說是使蘊藏在村人潛意識中的思變情懷受到撩撥、得到釋放。村民隱約感覺到，在他們平靜如水的日常工作下，一股騷動的心情有如暗潮洶湧。他們在追尋、在等待，希望能發生些什麼事情，但卻又無法靠自己達成這個願望。舒國治將彼時流行的二元對立價值，像純眞的鄉村與墮落的城市、靜謐的自然與騷動的文明等，重新定位。

七○年代鄉土文學通常習慣有個交代清楚的結局，〈村人遇難記〉卻不然。這個故事「不了了之」，它開放式的結局，令人迴思不已。陌生客在〈村人遇難記〉之末消失了，村落裏也似乎什麼事都沒發生。但村民會一如往昔，重拾起日常的工作嗎？也許吧！畢竟沒有人知道他是誰，從何而來，所欲爲何？然而村落表面的平靜，其實是努力重建下的產物，這個「什麼也沒發生」的故事正捕捉到了平靜表面底下那種非比尋常的騷動不安。這兒一定發生了什麼事情，雖然誰也無法具體名之。發生過的事也好，發生中的事也好，村民(以及敘述者)都無法言喻。而正是這種無法言喻——這種將眞實歷史化爲「適切意義」的欠缺——深切表達出故事所蘊藏的歷史與道德意義的曖昧。

舒國治的村民所深陷的困境也是這些故事的共同主題。它既說明了八〇年代初期台灣作家寫作情境的限制，又道出了他們寫作題材的對象。台灣作家是否因時地的影響，囿於其特殊的文化／歷史困境之中，值得我們反覆加以質疑。這些作者努力「質疑眞實」，他(她)們的表現方式可由以下三種方向探知：再現的歷史、性別化的主體、虛擬的現代化。

再現的歷史

陳映眞、劉大任、保眞、盧非易這四位作家在他們的故事中，觸及了海峽兩岸中國人蛻變中的政治及歷史意識。陳映眞的〈山路〉及劉大任的〈杜鵑啼血〉都借用了偵探小說的形式，企圖把縈繞數代中國人的歷史疑雲及威權謎團解開。在〈山路〉中，一名老婦離奇地罹患厭食症，消磨至死，連她的家人及醫生都不解病因。在〈杜鵑啼血〉裏，敘述者一直欲從蛛絲馬跡中找出阿姨心智失常的原因。故事到了最後，才透露出長輩當年如何涉入共黨活動——一場充滿狂熱、激情、專注與背叛的活動——而付出最大代價。

陳映眞和劉大任是六、七〇年代極出色又最有爭議性的政治小說家。由於被認定爲參與左派活動，在不同的情況下，陳繫獄多年，劉則被迫自我放逐。兩人也都在八〇年代重拾作家本行，參與或反思當代政治，且備受大衆矚目——由此亦可見台灣政治趨勢的轉變。

〈山路〉和〈杜鵑啼血〉紀念著一個過往的時代——那個數以千計的中國青年拋棄一切，爲政治理想而獻身的時代。對那令他們犧牲苦多的意識形態，陳和劉並不去爭論或辯解。身爲具有明確意識取向的藝術家，他們關切的焦點是：一度看似崇高的革命理想，爲什麼一暴露在歷史的新鮮空氣中，就快速變質腐敗了呢？毫無保留的熱情奉獻，爲什麼竟換來欺騙、背叛與自我毀滅？文化大革命之後，在藝術與政治、死寂與蒼老的奸濤險浪中，何處才是作家安身立命之地？套用〈山路〉中老婦人的話來說：「如果大陸的革命墮落了……您的長久的囚錮，會不會終於成爲比死、比半生囚禁更殘酷的徒然……」

意識形態將歷史流變神祕化神聖化。但那些眞實發生在歷史上的事情，往往可以作爲對意識形態最反諷的批判。就像故事中陷於理想與現實落差之中的老婦——冀望概念中的歷史能夠落實，卻不幸發現歷史的現貌——陳和劉也一樣苦苦追尋到了「意義」、「眞相」的終點，卻發現似乎永無止境的弔詭，而百難解脫。如果說〈山路〉是一個曾爲革命者的苦痛告白，〈杜鵑啼血〉就是對社會主義幻象的嚴厲指控。兩作的重要不在故事具有政治的時事性，而是在作者自省意識形態信仰的道德勇氣——即使他們不盡然確知孰幻孰眞。

陳及劉故事中的老婦唯有靠著縮短生命(以及時間)或喪失心智才能確保生命的意義，至少這種行爲能將他們自身的歷史凍結，融入歷史概念完整的敍事形式之中——有開始、有中間、有結局。陳和劉看出了這種行爲中殘存著自我蒙蔽的欲望。但對他們本身而言，要維持作家及革命者的風骨，唯一方法就是繼續寫作、繼續對政治、意識形態作懷想與重整，但同時又質疑自己筆下事物的妥當性。

另一方面，保眞的〈兩代之間〉和盧非易的〈人生〉，處理政治議題的手法則和〈山路〉及〈杜鵑啼血〉形成強烈對比。保眞批評部分大陸遷台者的難民心態；盧非易譴責兩個中國的對立造成了家庭悲劇。雖然他們的故事是從八〇年代初台灣政治「正確」的意識形態觀點出發，保眞和盧非易卻絕非天眞的愛國主義者。事實上，他們的故事最難能可貴之處，就在於他們能深思詭譎萬變的歷史脈絡中，愛國主義一詞如何的曖昧難定，因此進而顚覆了他們看似保守的言說。保眞在對中(華民)國命運抱持尖刻或悲觀態度的人身上，看出他們竟然對國家有種難以割捨的情懷；盧非易利用探親、闔家團聚這種賺人眼淚的通俗劇情節，暗示政治現況的荒謬。他們看似溫馨的故事其實饒具批判性與自我批判性。在這一方面，他們呼應了陳映眞和劉大任在修辭及概念方面的策略。

性別化的主體

近三十年來女性作家在台灣小說現代化上扮演了舉足輕重的角色。她們的聲音在八〇年代更加響亮也更富變化。女作家與勃興中的全球女性主義運動相呼應，紛紛以激烈的方式來檢視自己經驗及心理上的難題。對其中一些作家來說，女性主義並非終結目標，而是提供了一個新起點，讓男女都能探討公私領域的主體問題。這些作家所提出的問題可能遠多於她們所能解決的，然而當她們提出這些問題的時候，恰足以代表現代台灣文學最可貴的一面。

廖輝英的〈油麻菜籽〉處理一對母女之間愛恨交加的關係。故事中的母親是個傳統婚姻的犧牲者。三十年來她照顧著五個孩子，丈夫卻只管在外遊蕩，散盡家財。但〈油麻菜籽〉中的母親一反傳統文學中柔順、受苦的典型形象，是個強悍的女性。在那個婚姻多半要靠父母之命、媒妁之言來安排的年代，女主角自己選擇丈夫（因此她必須爲婚姻的失敗負部分責任），嚴厲教養孩子。藉由這個不盡完美的母親，廖輝英製造了一個女性主義理念的反諷例證。這個母親可以算是女性主義運動尚未發萌時的女性楷模，但她的力量不僅來自她的堅忍不拔或機智謀略，也來自於她的偏執、自私與火爆脾氣。而她的女兒，雖然才學習了現代婦解運動的種種價值，卻顯得保守古板。這難道是廖輝英在女性主義方興未艾之際，已預先解構了部分女性主義的樂觀論點？

類似的曖昧也出現在蘇偉貞的〈舊愛〉之中。故事中一名女子在人生三個不同階段與三名男子發生了無疾而終的戀曲。蘇偉貞並不追隨流行的女性主義公式，而是由傳統的鬼故事中得到靈感。她的女主角從一個男人身邊飄向另一個，因此更像是幽魂而不像人。蘇的敍事手法表面看來也許不合時尚，其實卻對正待迎接女性主義意識的中國女性做了巧妙的批判。在男人的世界裏，女人就如同沒有實質立足點的幽魂。但女人這種魅影般的地位反而形成了一種無所不在的力量，時時縈繞男人、「占有」男人。故事之末，蘇的女主角死了，留下她的追求者在塵世間，雖生猶死。

另一名女作家平路，則在歷史及國家命運的脈絡中討論性別化主體的問題，並另有所見。在她的〈玉米田之死〉中，一名台灣男子離奇地在美國的玉米田自殺。爲窮究其因，一名海外新聞特派員展開了持續但徒勞的探索。這個故事乍看起來好像是反映海外中國人困境的老套，充滿流放、疏離、失根者對故土的渴望等熟悉的母題。身爲旅居異鄉的作家，平路並未對許多中國作家處理過的「認同危機」找出簡單的解決之道。她的故事增添了女性主義的層面，因此提供了一個檢視（並期待能解決）國家危機的新契機。讀者在閱讀後會察覺，平路筆下的男性人物在追求個人生存意義時，其實與處於認同危機的中國頗爲類似。國家意識、男性主體性與男性雄風之間形成了一種交互作用關係，互爲饋補卻也互相損耗。

而這種政治與欲力的循環消耗，終將見證（男性中心的）家國意識的宿命。藉著玉米田裏的離奇死亡事件及特派員的無法找到解答，平路對傳統以男性中心出發的個人及國家認同追尋，提出深刻的質疑。

男作家黃凡則另闢蹊徑，以自嘲方式寫下詼諧小品〈晚間的遊戲〉，描繪一對年輕夫妻之間費解的愛恨關係。黃凡是八〇年代最多才多藝的作家之一。在〈晚間的遊戲〉中，黃嘲笑宗教及道德對愛情與婚姻的教條。明白地從兩性戰爭的發源地——閨房——檢視這場戰爭。他的這齣喜劇將女性主義的欲望與仇視女性的奇想共冶一爐。若將黃凡的故事和前三位女作家並置來看，就如同聽到了現代中國社會蛻變中的男女意識展開深具煽動性的對話。

虛擬的現代化

八〇年代的台灣在經濟生產力方面有傲人的統計數字，在政治民主化方面有穩定的進展，已被視爲躋身開發國家之列的新兵。然而在這個時期寫作的作家，卻有一連串現代的問題要問：雖然台灣已具備現代化的表象，但它是否確實已然現代化？中國道德及情感的現代化對道德及情感帶來了什麼樣的影響？如果台灣社會的其他層面已經現代化，作家是否也能吸引讀者透過小說一同探討這新的現實？更重要的是，作家要如何重新措辭，才能在敍述現代之際，使自己的修辭也顯得「現代」——甚至就是現代的代表？

黃凡和張系國代表了對八〇年代台灣現代化最具批判性的兩個聲音。而他們針對現代性所發的批評，也影響了敍事本身的形式。張系國在〈決策者〉這篇小說，看出台灣繁榮的高科技工業中已醞釀了新的論述典範，這典範不但轉變了社會關係，甚至本身也成爲一種敍事形式。故事的內容是一羣科學家的研究活動，而故事在形式技巧上亦相當切合地反映了主題。全作模製電腦化的問卷，把二十三個問題分列在婚姻、事業等七類主題中。每一類都標記著像電腦指令似的標題，等待張系國筆下主角立即——甚至自動——的回應。藉此，張系國將其對自動化社會的透悉，生動地延展至故事的敍述層次，以顯現文字特色如何受到現代科技觀念的影響。

儘管故事採用此種敍事設計，讀者在閱讀不久後會發現，事實上這個故事並非要強調電腦的力量，而是要彰顯從事電腦的科學家彼此間的權力鬥爭。故事乃攸關科技官僚政治而非攸關科技本身。小說看似「現代化」的修辭面具一旦揭開，讀者會發現其中故事異常熟悉。它其實是八十年代版的《官場現形記》——揭露並嘲諷科技新貴在浮華的官場或情場中，所流露出的野心及愚昧。計算機式的種種修辭不過是一層現代的壁紙，掩飾不住存在於故事企圖表現的與實際述說的兩者之間的裂縫。然而這種形式與內容間的裂縫或矛盾卻提供了張系國一個弔詭的視野，使他得以捕捉台灣現代化過程中的尷尬經驗，也觀察到在描述這些經驗時，現有寫實敍事典型的局限所在。

張系國在他的另一個故事〈陽羨書生〉中則又更進了一步。他重新書寫了古老的志怪傳奇，並自古典小說《紅樓夢》、現代女作家張愛玲的浪漫故事，以及當代科幻小說中自由取材。除了炫示電腦與機器人、江湖郎中與葫蘆祕方的交錯關係之外，張系國更極欲訴說一個寓言故事，他指出古老的煉金術與現代企業冒險其實只有一線之隔，而欲望與欺騙的鎖鍊更極易無休止地牽絆著世間男女。張的故事對道德及現代性提出了一種曖昧的觀照。

黃凡的〈人人需要秦德夫〉諷刺了商業化台灣社會中新階級的崛起。秦德夫是個白手起家的企業人士、商業鉅子、大慈善家、社會名流。但他也是個機會主義者、無恥的投標者、對家庭不負責任的人、丑角。秦德夫似乎是八〇年代台灣商業社會道德的化身：活力充沛、狡獪、善變。人人需要秦德夫。有秦德夫在身邊，人人都覺得異常地安適。但身爲作者／敍述者的黃凡卻知道秦德夫的性格弱點、他的自卑情結、還有他不光彩的過去。這使得秦德夫的廣受歡迎更爲有趣：

黃凡暗示，秦德夫之所以受歡迎不僅是因為他投射出人對名利的幻想，更因為他代替他們探試了禁忌的黑暗極限與未來不可知的領域。秦德夫不僅是庸俗的暴發戶；在社會亟欲建立一套新的信仰系統時，他更是一個代罪羔羊。故事之末，秦德夫的死是早已注定的，而他的葬禮之所以成為無言的慶典，也就不足為奇了。

但如果我們不提及時間性，現代性與現代化終究是無法被深刻感受到。雖然聽起來好像不太可能，懷舊之情或時間流逝之感確實是現代化效應每一烙印的部分。黃凡的〈東埔街〉並未碰觸到新鮮的社會層面。它描述台北變成大都會以前，一個小男孩在其中破敗一角裏成長的經驗。黃凡捨棄了他有名的黑色幽默及譏諷，在故事中注入了令人意想不到的抒情成分。即便如此，讀者依然會發現，故事中懷舊的心情一旦被喚起，很快就會以反諷的方式自我消解。〈東埔街〉不但是一作家對時間及歷史——包括現代化——自覺的見證，更是對似水年華的哀愁追憶；現代人要靠著積極「消費」歷史，才能持續感受到過往與現在之間舊有的差異。但這種差異又必須用一種現代的方式來感受。也就是說作者自覺到這種懷舊之情並不真是要回到過去；過去是我們站在現代的立場虛擬出來，以成為解釋乃至逃避現在的出路。

在試圖記錄八〇年代台灣轉變的經驗之際，上述的作者重新定義了歷史與歷史性創作間的界域、創造出男女有別的新的主體性，並試著以現代的形式描繪出現代化的輪廓。這些故事使作者在有意或無意間，重新省思了傳統典律對寫實(現實)信念的依賴，對文學道統的偏執。作家在八〇年代騷動思變的台灣寫作，傳達了他們的不安，卻無法確定不安的根源何在——正像〈村人遇難記〉中的村人一般。然而正由於這些作家能忠實地面對自身躁動的不確定感，他們才有力地虛構出他們的歷史性、他們的性別、他們的現代風格。

小說創作與文化生產

——《聯副》中長篇小說二十年

中長篇小說與報紙副刊的關係可謂源遠流長。一九二九年張恨水的《啼笑因緣》在上海《新聞報》副刊〈快活林〉開始連載，數月之間竟使舉城若狂。一九四一年秦瘦鷗的《秋海棠》出現於上海《申報》的〈春秋〉副刊，所引起的絕大轟動，日後難再一見。作爲一種現代都市文化媒介，三、四〇年代的副刊已巧爲利用中長篇小說的形式，吸引讀者日日追蹤。報紙的生命週期何其短暫，但小說連載卻取代傳統說書人似的魅力，拓展了副刊的時間向度。曾幾何時，傳播媒體蓬勃發展，資訊網絡快速轉型，副刊訴求的對象逐漸由大衆走向分衆，中長篇的連載也似乎失去昔日的勁頭。忙碌的、輕薄短小的後現代人哪，誰再有工夫天天期待「下回分解」呢？

《聯合報副刊》是台灣文學、文化傳播界的重鎮，也必然見證了過去幾十年中長篇小說的消長。小說菁英(如朱天心、黃凡)曾在此嶄露頭角，資深前輩(如無名氏、姜貴等)也由此再現功力。正因中長篇小說必以連載形式，經年累月的見諸副刊，它所能引起話題性的潛力，相對較短篇爲高。《聯副》舉辦多年的文學獎，恆以中長篇小說作爲創作野心的指標，應非偶然。然而只要看看過去二十年的成績，中篇小說還時見佳作，長篇則寥寥可數。隱含此一現象下讀者、編者與作者間相互期許的差距或變遷，不言可喻。

一

我願選擇一九七六年作為觀察的起點。這一年的《聯副》連載了六部中長篇小說。朱羽的《格殺》、《不速客》以較輕快的格調寫武俠小說，算是為已露疲態的臥龍生、諸葛青雲一派，殺出新路。瓊瑤的《人在天涯》持續她愛的呢喃；故事、人物雖不見新意，但對已涉足影劇圈的作家而言，報紙連載只是她連鎖產銷事業的初步而已。以《我愛黑眼珠》震驚文壇的七等生在《聯副》推出《沙河悲歌》，一仍以往枯澀的章句，突兀的視景，為台灣版的現代主義小說續作演練。相對於此，蕭麗紅則承襲了張愛玲式的寫實技法，以《桂花巷》描繪一個台灣女子的生命傳奇——活脫是《怨女》光臨寶島。命運多舛的老作家姜貴有中篇世情小說《蘇不纏的世界》問世。姜晚年亦趨哲理宗教沉思的傾向，隱然其中。而甫自鐵幕歸來的台灣女作家陳若曦，再以《老人》一作透露了文革內幕。

從武俠到言情，從寫實到前衛，這些中長篇小說先後出現在同一版面，角逐讀者的關愛眼神，儼然形成寫作及閱讀品味的大會串。而副刊編者兼容並蓄、面面俱到的用心，亦顯而易見。七○年代中期以來，副刊的機動性陡增，許多文學文化議題莫不由此展開。套用彼埃．博迪厄（Pierre

Bourdieu)的說法，此時的副刊正提供一種文化生產的場域，讓各種作者、文類、批評觀點、市場回應交相競爭。而副刊究竟該如何定義本身的立場、風貌，也成爲競爭的一部分。文學獎的大張旗鼓，尤有推波助瀾之功。經過獎及獎金的召喚及篩選，經過連載曝光的儀式，「好」的小說得以廣博注目。而副刊對文學界生態及口味的縱橫操作，也愈益積極。

七〇年代後期，金庸小說解禁，掀起閱讀熱潮；《聯副》一連刊載了《連城訣》及《書劍江山》兩部作品。另一方面，陳若曦再接再厲，寫下《歸》作爲對一代海外學人心向大陸、回歸祖國的交代。金庸與陳若曦的創作途徑迥不相同，由於政治原因，皆長期不能見諒於台灣的文宣機構。金庸的作品由地下轉入地上，基本代表一種檢查制度的鬆綁。而耐人尋味的是，這樣稍見活絡的氣氛，其實更有《歸》這類貌似反共的作品作後盾；聲討文革暴虐，是彼時文壇方興未艾的好戲。陳若曦的大陸去來當然不能化約爲簡單的反共公式，但她特殊的背景，以及第一手的文革經驗，不由她不成爲最重要的聲音。《歸》以數對由台留美、由美回歸的知識分子爲對象，寫他們的狂熱與謙卑、希望與虛惘。不事口號控訴，卻自有深情流露其間。然而遙想彼時讀者對金庸的迷戀，《歸》到底顯得寂寞了些。

這段期間的《聯副》，也刊載了林太乙的懷舊之作《金盤街》、華嚴載道式言情小說《鏡湖月》、《無河天》，還有老牌作家潘壘的《魔鬼樹》等。其中楊子以學人之筆寫兩性欲望的《慾神》，可以一提。這又是部講已婚男性外遇的故事，一反衛道傳統，楊子希望探討婚姻制度以外，一種「純純」的愛的可能。小說以沒有結局作結，曾經引起爭議，但比起八、九〇年代的兩性論述，《慾神》

未免要使人發思古之幽情了。

最值得矚目的，倒是無名氏的《死的巖層》。無名氏是四〇年代紅極一時的作家，以《北極風情畫》及《塔裏的女人》享譽。四九年之後他身陷大陸，終致下落不明。七〇年末隨著大陸開放，以及無名氏之兄、香港報人卜少夫的奔走，無名氏突然有名起來。《聯副》此時選刊《死的巖層》，一方面向老作家致敬，一方面也必有新聞時效的動機。無論如何，《死》書來頭不小。它使我們重窺三、四〇年代寫實小說狂潮外，浪漫及象徵主義創作的成就。《死》書是無名氏「無名書」系列中的一部，藉主人翁印蒂的肉體及精神探索，冥思宗教救贖的可能。行文華麗張致，或有讀者譏爲庸贅，但無礙一位特立獨行作家的修辭表徵。台灣與四九年以前的文學斷層久矣，無名氏其實可視爲重要過渡人物。《死的巖層》適時出現，不無歪打正著之功。

二

台灣文壇的風雲變幻，在在可見諸八〇年代的《聯副》中長篇。儘管這些年的連載仍包括了武俠小說(蕭逸《西風冷畫屏》、玉翎燕《尺八無情簫》等)，這一文類畢竟大勢已去。所謂的大陸(出走)作家文學，如遇羅錦的《愛的飢渴》、金兆的《絕唱》，及無名氏的《紅鯊》等，揭發共產現象，或可記一功，比起彼岸一波波的「傷痕」「反思」、「尋根」「先鋒」文學，則相形見絀多了。男性作者裏，王禎和的《玫瑰玫瑰我愛你》應是他晚期的傑作。這篇講花蓮的吧女立志補習英文，迎接越戰度假美軍的小說，觸及了我們國族經驗中的一段隱痛。而王禎和是以笑——而且是爆笑——而不是淚，來嘲弄或救贖這段庶民歷史遭遇。至於語言的多音雜義、人物的滑稽卑瑣，簡直像似學院內的嘉年華論、後殖民論的絕佳教材。另外黃凡的《慈悲的滋味》、子于的《芬妮•明德》等中篇，皆保持了作家一貫的道德省視、人情觀察。但相對他們其他作品，這些只是平平之作。

表現最傑出的當屬女作家。一九八〇年蕭麗紅憑《千江有水千江月》贏得《聯合報》長篇小說大獎。她以一對青年男女的癡嗔離合，托出台灣家族禮俗人情的精緻細膩，頗能引起讀者共鳴。蕭是胡蘭成的信徒，小說鋪陳的人生「貞觀」與「大信」，不啻是乃師哲學觀點的戲劇化。幽幽中原文化，渺渺唐山情懷，只是一片好水明月下，台灣島內的文學論述，已經暗潮洶湧。來年朱天心的《未了》探勘眷村兒女的心事，爲她十年後的傑作〈想我眷村的兄弟們〉，打下基礎。她有話要說的犀利筆鋒，夾著時移事往的早熟感傷，竟似向「三三」集刊時代告別，雖然她的「三三」情結終是未了。而許台英的《歲修》則另從人情世路中，打開宗教反思及救贖的出路。許的天主教義文學，以後將獨樹一格。

一九八二年香港的少女作家鍾曉陽以中篇《停車暫借問》參賽《聯副》小說獎，雖未拔得頭名，卻因《停車》成爲炙手可熱的才女作家。這部中篇講東北滿洲國時代一對男女的亂世情緣。故事也許無足爲奇，但十八歲的鍾筆法老練，興寄蒼涼，直可比擬剛出道的張愛玲。鍾以古典詩詞意境入小說，猶其餘事。作家如司馬中原及朱西甯交相讚美，「三三」諸子亦爲文背書，鍾曉陽現象兀自形成小小文壇奇觀。

八○年代初另有三位作者，蘇偉貞、李昂、廖輝英，把她們的筆鋒逼向傳統女性論述的盲點，而且因此引來陣陣對話聲音。蘇偉貞八二年以《世間女子》得到中篇小說獎，延續了前此〈陪他一段〉的聲勢。蘇以冷筆寫熱情，她的世間女子還沒談情說愛好像已經看透滄桑。但她們畢竟屬於塵世，情愛的劫毀，在數難逃。其極致處，她們樂與死亡共舞；世俗的禮法，又算得了什麼？八三年李昂憑《殺夫》再度成為文壇矚目——或側目——的目標，風風雨雨，至今如沐其中。《殺夫》的故事原本單薄，經過李昂點染，一躍成為女性主義文學在台灣的範本。被丈夫施以飢餓、性、肢體虐待的小女子林市，終於鋌而走險，把殺豬的丈夫當豬樣的宰了。李昂作品從不以文字取勝，她的敍述卻有力托出一則女性身體／政治的寓言。

同年另一位小說獎得主廖輝英的《不歸路》，一樣應受重視。廖以自然主義的筆觸，冷靜記錄一位年輕平凡的女性如何與有婦之夫糾纏，不能自拔的經過。比起當年楊子的《慾神》那樣的愛欲兩分烏托邦，廖輝英自女性觀點呈現極不同的說法。一樣是對婚姻、情欲制度提出質疑，廖更多了一分凜然的現實自覺。廖輝英沒有蘇偉貞的潔癖，也不如李昂跋扈，她以個體戶方式經營女性議題小說，成為通俗暢銷作家，本身就是一則女性創業故事。

八○年代的《聯副》也刊載了蕭颯的《小鎮醫生的愛情》、袁瓊瓊的《今生緣》，以及李黎的《雙城》。蕭颯長於銘刻中產階級種種感情的嫌隙、道德的僞善。她的風格較前三位女作家保守內斂，也似乎有意與已成主流的女性文學，保持距離。即便如是，她沉穩卻辛辣的風格，早有口碑。《小鎮》一作，適巧可為一例。《今生緣》是袁瓊瓊的長篇力作，追記大陸撤退年月，外省人重新在台安身立命的往事。此書氣魄雖大，可惜病在虎頭蛇尾。袁對中短篇格式及帶有黑色幽默的小品，顯然更爲得心應手。至於以《最後夜車》崛起的李黎，在不少有關中國「結」的小說後，回首檢視寓居海外的華人羣像，反別有所得。她以「城」爲系列小說定名，不無錢鍾書《圍城》的影子。《雙城》意味台北與洛杉磯間的城市、人事轇轕，惟此時(八八年)島內政治風起雲湧，李黎隔海觀陣，距離畢竟是遠了些。

在七、八〇年代連載小說風起雲湧的時期，不能不提歷史小說家高陽(一九二二—一九九二)的成就。高陽出身杭州世家，四九年隨軍來台，自五〇年代初即有小說問世。但高陽的文名建在六〇年代以後的歷史小說上。從《慈禧全傳》、《胡雪巖外傳》到晚期的《紅樓夢斷》系列，高陽一生作品近百部，逾二千五百萬字。他的小說縱橫晚清官場民間，細密綿長，營造皇朝由盛而衰的種種面相，不啻成爲歷史「民族誌學」(楊照語)的最佳材料。

高陽的文名與《聯合報》密不可分。當年他爲劉昌平先生賞識，以連載《李娃傳》一舉成名。七、八〇年代他的主要作品率皆發表與《聯副》。以小說談歷史，考證精實，眼光獨到，在在引起好評。更重要的，高陽以其才華見知於《聯合報》發行人王惕吾先生，所受創作及生活的禮遇，已遠超乎尋常作者與編者的來往。也因此，高陽得以致力寫作，成就台灣小說史上一頁傳奇。

三

從八〇年到九〇年代，《聯副》的中長篇小說佳作頻出，寫作題材多所開創。值得深思的是解嚴之後，政治一躍成爲文化生活的重點之一，相應而生的中長篇小說創作卻何其忒少。有才華的小說家也許多分心參加革命去了，但《聯副》作爲一個大衆媒體的版面，是否也已兀自形成了一種編審的機制及品味，使某些意識形態下的作者或讀者，望而卻步呢？我所謂的機制或品味，不必是必然的、自覺的結果，它可能來自媒體投射的形象，也可能是讀者一廂情願的想像；置身其中，我們卻都不免隨之參酌、定義自己的閱讀位置。

不僅此也，夾雜在各樣新興傳訊管道間——尤其是報界本身增張、分衆企畫的策略，盛極一時的副刊到了九〇年代居然也有了危機之說。九〇年代以來《聯副》選刊的中長篇作品減少，也似難再引起前此回響。以長篇而言，蕭颯的《單身薏蕙》適時發揮失婚女性主題，平實樸素，卻已近勵志小說的意味。蔡素芬的《鹽田兒女》是多年少見的長篇小說首獎之作，自然受到較多注意。平心而論，《鹽田兒女》流暢清新，可讀易懂。但蔡要寫的苦難女性加偉大母親的題材及方式，未免缺乏新意。在李昂《殺夫》、廖輝英走上《不歸路》的十年後，我們的女性作者仍然執著在一種鄉愁式的女性韌力與認命邏輯上，總是一種遺憾。蔡素芬是充滿潛力的作者，既已博文名，不妨大膽揮灑一番。

這一期間的大陸作家作品，也有乏善可陳之虞。《聯副》依賴小說獎甄選吸引大陸投稿者，所獲其實有限。台灣作者太忙太少，由彼岸作家以人海戰術叩關得獎，原無可厚非。但所見的作品，如王小波的《黃金時代》、《未來世界》、王東滿的《活人難》等，也許各有特色；但在決定取捨時，想來當年的評審委員必有無可不可之嘆。的確，相較於大陸當代知名的年輕作者，《聯副》所刊，竟是「二軍」之作。

本地作者中，李順興《廢五金少年的偉大夢想》是少見的少年啓蒙（或反啓蒙）小說，雖然頭緒稍嫌粗疏，不失可以注意之處。張大春的《大頭春》、《野孩子》反要算後之來者了。東年的《地藏菩薩本願寺》寫宗教世俗化下的信仰危機及轉機，取材獨特，卻頗爲應時當令。但全作止於說了個精緻的佛家教訓故事，是個輕量級嘗試。這倒使我們想起了無名氏的《死的巖層》，雖然龐大枝蔓，反更能敷衍罪的誘惑、救贖的艱難。有宗教意味的作品，現代小說史上少見。東年是資深作家，果若有心，應可再接再厲。

一九九五年《聯副》的中長篇突放異彩。嚴歌苓的《扶桑》縱寫百年前一位女子唐山過美洲的傳奇。這位被拐騙到金山的女子，肉身布施，居然在妓院色誘或點化了一位美國少年。嚴是說故事的好手，小說中的東西方地理、情欲及權力差異，還有男女間的性別糾纏，盡皆見諸筆墨。而嚴又以一嫁到西方的中國女性敍述者來看待自己的前身，饒有女性意識的設計。董啓章則更上層樓，寫雌雄同體的想像，也寫變性及性倒錯的冒險。文字不如《扶桑》流利易讀，卻是開創情欲版圖的野心之作。而紀大偉的中篇《膜》，以科幻模式顚覆我們對性、性別及人性的迷思，是他創作以來最好的成績之一。三部作品都圍繞在身體及性／別的題材打轉，並由此牽出複雜的政治論述。一時之間，《聯副》赫然成爲世紀末情欲主體想像的重要管道。

一種文類的興盛與衰頹，往往缺乏必然如此的因由。所謂的美學判斷、政治尺度，也總是有一時一地的限制。如前所述，中長篇的體制原與新聞報刊的時間訴求頗有不同。但藉文藝副刊的版面，兩者卻產生了微妙生態平衡。這一生態現象如今面臨考驗，也間接指涉了我們文化生產模式的裂變。從瓊瑤到嚴歌苓，從李昂到紀大偉，二十年來的中長篇小說改變不可謂不小，《聯副》版面不論是隨機應變，還是以不變應萬變，畢竟見證了一種文學書寫的高潮與低潮，一種文化建構的力量與方向。也因此，我們更了解文學創作原來不是圓滿自足的活動，而必須與種種傳播形式交相爲用。

典律的生成
——小說爾雅三十年

一九六八年，文學創作者兼編輯人隱地（柯青華）召集了四位志同道合的朋友（沈謙、鄭明娳、大山（徐承飛）、林青（鄭傑光）），構思一項年度小說選的計畫。在此之前，隱地已經獨立編選了《這一代的小說》（一九六七），評介一九五六至一九六七年間台灣小說佳作十九篇。有鑑於彼時創作的風潮方興未艾，隱地和他的同好決定一鼓作氣，將小說選的工作常態化，以期年年都能爲好的作品留下紀錄。《五十七年短篇小說選》（一九六九）於焉誕生❶。

這年隱地剛過三十歲（一九三七—）。憑著對文學工作的執著及文友的支持，他將年度小說選當作是種志業經營。除了連續扛下《五十七年》、《五十八年》、《五十九年》三年的編務外，也成爲選集出版行銷的負責人。以後的十二年，小說選歷經了仙人掌、大江、《書評書目》三家出版社，直至隱地創立爾雅，才算有了穩固地盤❷。其間的周折輾轉，想必有許多外人不足道也的辛苦。時光流逝，三十年一晃而過，而小說選的出版仍一如既往。在世事如此多變的年頭裏，這不能不說是項異數。「爾雅年度小說選」如今三十而立，隱地自己半生的心血結晶，可謂盡在於斯。

一九六八年前後的文化環境，未必有利於文學事業的推動。大陸的文化大革命正值高潮，斲喪多少作家的才華生命；台灣則隆重推出中華文化復興運動，力圖以官方的力量重塑文學（兼政治）正統。法國工潮、越南戰爭、美國學運，而台灣的經濟正因外資介入開始轉型。是在這樣的氛圍裏，隱地及他的文友意識到一種文類——短篇小說——已在民間自成氣候，一批青壯作家的努力正紛紛開花結果。王禎和白先勇，黃春明李永平，當年的新秀正是日後的名家。文學的發展或許從來就是逆流而行。如今看來，六〇年代末其實正是台灣又一文學世代的開始。隱地的小說選得其先機，而且一路未嘗中輟，自然成爲一段文學史的最佳見證。

當我們探勘現、當代台灣小說史時，爾雅三十年的小說選因此提供了極有利的角度，省思下列的問題：(一)文學典律的生成及文化生產的制約因素；(二)小說創作者與創作環境的互動關係；(三)作品與（文學）歷史書寫間的摩擦與對話；(四)小說文類與敍述模式的持續蛻變。

一

截至一九九七年，「爾雅年度小說選」已蒐集三百三十七篇作品，入選作家人數則超過兩百一十人。這些作品題材包羅廣闊，風格煥然多變。從鄉土寫實到情色魔幻，從感時憂國到愛情萬歲，適足以顯現台灣小說衆聲喧嘩的面貌。歷年負責小說選的主編陣容同樣不可忽視。從早期小說編委會隱地、沈謙、鄭明娳等核心分子，到近年張芬齡、廖咸浩、保眞等，三十年來共有二十三家擔綱。這些編者有職業編輯、有學者文人，也有現役作家，他(她)們各憑不同品味、訓練及史觀，年年爲選集注入新血。他(她)們之間以及與作品形成的對話關係，不啻構成一幅小說如何讀與寫的網絡；而他(她)們與作家間的唱和往還，正是所謂「文壇」活動的主要景觀❸，下文當再論及。

識者或要詢問，文章的編選輯注原就是文學史的尋常作業，二十世紀中國文學界裏亦頗有前例可循，何以我們要獨厚爾雅的成績？的確，自三〇年代《中國新文學大系》以來，有系統的編選計畫屢見不鮮。七〇年代後台灣所見《中華現代文學大系》(九歌)、《新世代小說大系》(希代)、《光復後台灣小說家選》(前衛)等，只是幾個最著名的例子。這些選集主題互異，但方法上恆以斷代爲座標，企圖以總其成的形態將某一運動、時期或文學社團的成果，分門別類，付諸公論。隱含其下的歷史抱負，不言可喩。

與此相較，「爾雅年度小說選」的規模其實小得許多。它以一年爲期，將文壇佳作篩選歸納，重予推薦。在具體而微的層次上，呼應前述「大系」型選集的作法。不同的是，既以「年度」爲名，「爾雅小說選」除了斷代之外，另有了時間延續的縱深。年年歲歲，不僅小說作品推陳出新，作者、編者本身也必然呈現接力傳承的現象。這樣漸進積累的編選方式，在初期看似小本經營，但經過相當時期後，竟顯出另一種史觀：創作風貌的改變、批評標準的推移、閱讀團體的替換，若斷若續，形成選集本身演化的有機因素，更不提文學創作、出版環境以外的種種歷史變遷力量。

也就是在這個層次上，「爾雅小說選」的存在別具意義。新文學運動以來，有心人希望逐年保留文學傑作的努力並不算少。但或短於機緣見識、或囿於財力智囊，多半半途而廢。更重要的，政爭戰亂引發的文禍，使得文壇本身也動盪不安，無從支持長遠的計畫。隱地和他的同好堅持理想三十年不輟，當然值得敬重。從另一個角度看，「爾雅小說選」的持續出版，不也反證了台灣文化環境相對的安定與活力——即使這環境必須不斷遭遇質疑或挑戰❹？面對彼岸文學半世紀的顛仆，爾雅小說三十年正說明台灣對當代中國文學的貢獻，不容忽視。

識者或許也要問，既然「爾雅小說選」屹立多年，而且編入極多名家傑作，它是否已成爲現當代台灣小說典律(canon)的指標之一呢？對文學與文化生產關係的研究，是學界近年的熱門話題，典律的生成，尤引起辯論。顧名思義，典律指稱一種衆望所歸的創作與閱讀標準；大師的認定、鉅作的傳誦、榮譽的歸屬，無不凸顯典律成就的公信力與權威。典律總以放諸四海而皆準的面貌出現，但只要仔細觀察，不難看出典律「著毋庸議」的法則下，太多由歷史左右的誘因。這至少包括了文學社團訴諸典律的權威性、典律透過教育、文宣管道所生產的普及或制約力量、文學批評界執行典律的意願及能力、創作者的自覺，以及出版、傳銷者對典律「象徵資本」的運用周轉❺。至於部分環境中政教機構介入的事實，無非更折射典律權力運作之一端。

「年度小說選」開創的那一年(一九六八)，中華文化復興委員會創立，第一次全國性「文藝會談」舉行，教育部、文化局、國防部等單位聯合展示「中華文藝創作獎勵成果」，「國軍戰鬥文藝工作隊」成立，官方《中央月刊》文藝版面擴大，而前國民黨文工權威張道藩(一八九七—一九六八)也於此時去世❻。與官方的活動相比，「年度小說選」初期同仁的、民間的性質益發明顯。隱地的編輯以創作是尙，盡量採取合而不流的方針，日後的接棒者也大抵都能維持。七〇年代的各種論戰，八〇年代解嚴前後的喧嘩叫囂，都與「小說選」保持某種距離。也因此，部分文化人必會覺得「小說選」力道不足，九〇年代強調本土的前衛版小說選出現，恰可作一對比。

除此，「爾雅小說選」也必須面臨文化成本不斷重新分配的挑戰。七〇年代末期，《聯合報》與《中國時報》的小說獎開辦（一九七六，一九七八）。兩報以其豐沛的獎金、強大的媒體勢力、以及廣博的批評人脈，赫然取代官方，成爲台灣文學資源的操盤者。爾雅名列文學出版業的「五小」❼，一方面分潤了這新氣象的成果，得在年度選集內收入不少得獎作品，但另一方面也必難超越報紙媒體所哄抬出的文學標準。爾雅所能仰仗的，是編者在強勢媒體外，爬梳較小的刊物，篩選那些被忽視的聲音。與此同時，文學的好景逐漸由榮轉枯。到了九〇年代前夕，文學創作的小衆、分衆導向浮出枱面，「小說選」如何因應這一資訊多元的環境而仍維持自己的權威，成爲又一課題。小說選外，隱地亦曾策畫「年度詩選」（一九八二—一九九二）、「年度評論選」（一九八四—一九八八），後二者在八、九〇年代之交叫停，多少也反映了文學市場及口味的消長。

基於以上因素的限制，「爾雅年度小說選」未必在台灣文學界占據主導的位置，每年的出版也不能產生煽風點火的聳動效應。但這無礙它作爲現行文學典律的重要參考。小說選少了些鋒芒，多了份安穩；也唯其如此，它能夠兼容並蓄，注視文學創新的每個高潮。以一個民間出版業者而言，隱地可以感到自豪。

一九三五年年輕的出版人趙家璧（一九〇八—一九九七）在良友公司的支持下，策畫了《現代中國文學大系》十卷，開下現代文學大型編選計畫的先河❽。趙家璧熱愛文學，但並不僅以文人自居。他作爲出版人的眼光及經營者的氣魄，使他得以在短時間內號召一流知識分子及作家共襄盛舉。《大系》的推出，原爲整編五四文學（一九一七—一九二七）的初期成果。多少年後，它終成爲學者縱觀中國文學現代化的門徑：趙家璧的「下游」工業反成我們今天追本溯源的指南。隱地也是熱愛文學的出版人，也有敏銳的市場眼光。如前所述，「爾雅年度小說選」以年年與讀者後會有期相約，代表另一型的投資——對時間的投資，對文學遠景的投資。三十年倏忽已過，三十册的「爾雅年度小說選」已自成爲台灣文學的重要史料。

二

回顧爾雅小說選的作家陣容，台灣文壇的風雲變幻，彷彿回到眼前。看看民國五十七年（一九六八）小說選第一集吧。黃春明的〈癬〉打頭陣，以一對貧賤夫妻面臨生理需要與生育計畫的兩難，寫出一個轉型社會的身、心尷尬。趙雲、段彩華遙念故鄉情事；李藍、曉風演述眼前世路人情。白先勇憑〈金大班的最後一夜〉入選，爲他的《台北人》系列再添一名傳奇角色；王禎和的〈三春記〉則將鄉土題材與現代主義修辭玩得更上層樓。大馬來的李永平藉〈拉子婦〉道盡馬華社會中的人倫悲劇，鹿港籍的女學生李昂寫出〈花季〉，糅和少女的性恐懼及幻想，在在引人思辨。

三十年後，我們才知道這份名單的分量何在。黃春明與王禎和在前一年（一九六七）各以〈看海的日子〉、〈嫁粧一牛車〉廣博好評，新作更奠定了他們在鄉土文學的位置。黃強烈的人文訴求日後以〈莎喲哪啦・再見〉達到高潮，而王禎和則在嬉笑怒罵中持續實驗他獨特文字風格。白先勇將因《台北人》風靡海峽兩岸；他八〇年代的《孽子》更成爲現代長篇同志小說的第一炮。李永平落籍台灣，以《吉陵春秋》、《海東青》彰顯形式主義美學極致。李昂一路寫來，題材緊扣情色、性別尺度邊緣，《殺夫》、《暗夜》、《迷園》莫不如此。時移事往，王禎和不幸英年早逝，黃春明竟有子傳其衣鉢（黃國峻）；白先勇、李永平依然埋頭苦幹，倒是李昂愈戰愈勇，一部《北港香爐人人插》重又把她推向了社會／文學新聞的頭條。

隨著小說選逐年推出，作家間的世代交替尤令人印象深刻。五十八年（一九六九）朱西甯憑〈冶金者〉入選。再過十幾年朱家有女長成，朱天文（〈炎夏之都〉）、朱天心（〈新黨十九日〉）成爲八、九〇年代文壇中堅。寫〈在室男〉、〈工等五等〉的楊青矗棄筆從政，屢起屢仆。如今他看到像楊照（〈疫癘〉）等在文壇政壇左右開弓，也不禁要嘆道後生可畏吧？黃凡在八〇年代曾是最被看好的作者，退隱十多年後復出，成了參禪念佛的行家；反是七等生、荊棘這些早期名家捲土重來時，依然猶有餘威。陳映眞曾在小說選的前身（《五十六年短篇小說選》）發表〈六月裏的玫瑰花〉，沒多久因思想問題鋃鐺入獄。七九年他的〈夜行貨車〉重現江湖，「思想問題」更見銳利，而彼時的台灣檢查機構到底較前容忍得多。也因此，六、七〇年代海外「左傾」作家如陳若曦（〈城裏城外〉〔一九七九〕）、劉大任（〈杜鵑啼血〉〔一九八四〕）的小說陸續推出，不僅使我們體悟文學尺度及品味的改變，也見證作家個人的筆墨滄桑。

在這許多作家的更迭浮沉之間，也有少數堅守本分，而且維持作品的質量於不墜。爾雅三十年，入選次數最多的首推鄭清文（八次）及張系國（七次），其他如白先勇、黃春明等也都名列前茅。鄭清文原非專業作家，他的小說清淡誠敬，記述本土社會裏匹夫匹婦的悲歡人生，每每有沈從文的意境。與鄭清文相較，張系國的風格銳利多變。從〈割禮〉（一九七二）到〈夜曲〉（一九八一）到〈征服者〉（一九八三），寫實科幻言情，張的關懷既廣，文字的鍛鍊亦勤。鄭清文的不變與張系國的多變，似乎說明了作家持續創作策略的兩極，但他們對文章事業的寄託，應是始終如一。這些年的文壇猶如政壇，人事倥傯，能有作家數十年如一日的寫作，益發難能可貴。

作者創作的動機、風格與時俱變，讀者據之判斷作品高下的尺度自然也因人因時而異。年度小說選的編者可謂是羣菁英讀者。他（她）們憑著專業素養，閱讀、評選每年的佳作，並盡量以平易的文字介紹給大衆。編者是專業讀者，但也更是「作者」。他（她）們在篩選作品、匯集成書的過程中，已兀自「寫出」了他們對年來小說譜系的看法，以及文壇動態的感觸。任何的選集都不免暗含一套敍事的章法。所謂的「見仁見智」、「遺珠之憾」等常見的編選用語，望之充滿偶然或不得已的因素，其實自有邏輯可循。

如前所述，隱地在邀請年度小說選的編者時，基本秉持兼容並蓄的態度，一旦選定則充分授權。學院派的評者或要抱怨缺乏明確編輯方向，但久而久之，我們仍可看出一些脈絡。早期的編者較具同仁性質，隱地自己就當家作主了三年。這個階段小說選對作品的要求主要落在繼往開來的意義、「文學性」的凸顯，以及廣義的作品與人生的互動上。較明顯的例子是，沈謙在五十九年(一九七〇)小說選的序中，以徐陵《玉臺新詠》、蕭統《昭明文選》以迄姚鼐《古文辭類纂》的傳統爲著眼點，期許隱地經營他自己的文選事業。他又強調好小說是「建立在文質彬彬、內容與形式並重的基礎上」。最令人注意的，隱地以次，鄭明娳、洪醒夫等編者都不約而同的感嘆，小說的質量一代不如一代❾。這種今不如昔的文學鄉愁其實很弔詭的成爲保存已有成績的動力。他們所作的正是救亡圖存。

七〇年代以來，小說選的編者包括了職業編輯人(如季季、周浩正、陳義芝)、作家(如李昂、愛亞、保眞)、學者(如鄭明娳、馬森、廖咸浩)，或廣義的文化人(如詹宏志、雷驤)等。其中不少因爲天時地利人和，推出精采選集。像四度擔綱的季季，憑著作家的直覺與編輯的經驗，頗能捕捉應時佳作。特別値得稱道的是，季季雖非科班出身，卻早在六十五年(一九七六)的序言中細細點出文學及政治、文化生產間的頻繁互動關係。二十年風水輪流，這樣的論評方式反成晚近學界的新寵。年輕的文化人詹宏志更曾將文學活動納入社會生態學的網絡中；他的歷史感喟尤其發人深省。在六十九年(一九八〇)的小說選序言中，他再度感嘆台灣文學的努力如果放在廣義的(中國文學)地理、歷史視野中，是否將成爲一場「徒然」的浪費：「如果三百年後有人在他中國文學史的末章，要以一百字來描寫這三十年的我們，他將會怎麼形容，提及哪幾個名字？」詹的反思曾引來軒然大波，卻不失爲兩岸文學的政治角力的先聲❿。

九〇年代則有編者如廖咸浩自學院以內出發，尋找雅俗共賞的文學交集。廖是近年評論界的健筆，他主催下的選集也顯出某種理論上的憧憬：「後現代思維扎根」，「後現代表達紛陳」。對照台灣文學急速的質變與量變，倒是十分貼切。將廖咸浩的編輯方針與早年如沈謙、詹宏志的相對照，由「事出於沉思，義歸於翰藻」，到「三百年後中國文學史的末章」，再到「複眼觀花，複音歌唱」，正是三十年台灣文學批評話語中西交會的實例。前輩編者對（文學史）歷史怎麼「寫」我們的憧憬或焦慮，在廖的選集架構中則為播散多元的史觀所取代。

三

有鑑於「爾雅小說選」三十年不曾間斷，持「文學反映人生」論的讀者自然可從入選小說中，編排出小說與社會、歷史的對應關係。如前所述，隱地的小說選崛起時，台灣的文化界的確正面臨又一次的盤整：官方的文化復興運動如火如荼，文壇本身的鄉土／現代主義之爭已經浮上枱面。黃春明的〈癬〉如今看來，真是觸及了下層人生既痛又癢的隱疾，楊海宴的〈暴發戶與風濕症〉則自又一角度揭發社會與生理的病恙。白先勇筆下的五四英雄，暮年在台北的冬夜重逢（〈冬夜〉（一九七〇）），鍾玲的純情男女則苦苦思索愛情與死亡的意義（〈輪迴〉（一九六九））。趙雲的〈沒有故鄉的人〉（一九六八）、邵僩的〈他鄉〉（一九七〇）一語道破一輩作家的彼岸鄉愁，而黃春明、王禎和、楊青矗、鄭清文等已為此岸的鄉土，扎下堅實的基礎。楊青矗（〈工等五等〉（一九七〇〕)、王拓〈吊人樹〉(一九七〇〕)等作更直接觸及一個經濟、政治資源分配不均的社會，如何蘊涵種種怨懟因素，一觸即發。

當爾雅小說邁入第二個十年時，台灣的政治、文化也發生結構性改變。一九七七年的鄉土文學論戰，肇始了文學界對國族、土地想像的新契機。接踵而至的美「匪」建交及高雄美麗島事件更一再衝擊寶島的政經生態。陳映眞的〈夜行貨車〉企圖揭發台灣第三世界殖民經濟體系的眞相，而來年黃凡的〈賴索〉(一九七九)更像則詭譎的寓言，預言了台灣的統獨政治戲碼。〈賴索〉中的主人翁賴索年輕時爲了政治運動甘願犧牲自由，多年後出獄才發現他所追隨的獨運領袖早成國民黨的座上客了。歷史的抱負轉瞬成了歷史的包袱，爲政治獻身何嘗不是爲政治陷身？〈賴索〉之後，劉大任的〈杜鵑啼血〉講述了左派激進主義者的希望與幻滅故事，主題竟有異曲同工之妙。

到了一九八六年，張大春寫出〈將軍碑〉，以魔幻寫實手法將我們銘刻歷史的合理合法性轟然粉碎。同年李渝的〈夜琴〉則暗示唯有透過藝術，歷史的創痕才稍得救贖。而藍博洲另闢蹊徑，在〈幌馬車之歌〉(一九八八)中糅合新聞、史錄、訪晤及虛構形式，重現歷史(白色恐怖)事件的「不可」重現性。張、李、藍對歷史詮釋的不同策略，適足以反映當年島內喧嘩騷動的氛圍。與此同時，解嚴令下，百無禁忌的年代將要來臨。

爾雅小說第三個十年也由此展開。政治解嚴加美學解構形成又一種文化「奇觀」，文學式微的呼聲再次不絕於耳。由於視聽媒體的蓬勃，小說家隨機應變，多角經營的例子屢見不鮮。但既然我們從不曾爲作家提供理想的環境，又何能獨在此時苛責他(她)們不再追求「純粹」文學事業？

弔詭的是，窮則變則通，令人耳目一新的創作往往是作家化不可能為可能的產品。朱天心獨創了論文體的〈想我眷村的兄弟們〉（一九九一），呼喚一個族羣逐漸消失的集體記憶。楊照的〈疫癘〉（一九九一）由一段苟且的情欲經驗，折射另一種羣體（軍隊）生活的荒涼及其意識形態機制的蠻橫。舞鶴的〈調查：敍述〉同〈幌馬車之歌〉一般，回溯歷史傷痕的現場，惟手法更見漫漶猶疑。黃錦樹的〈魚骸〉（一九九五）則將故國之情推衍至異國的土地上，終而喟嘆歷史的無常，記憶的虛耗。

與八〇年代的小說相比，九〇年代的作家似乎更意識到寫作的不可承受之輕。彷彿迎著世紀末的陰影及海峽政治的曖昧膠著，文學眞沿襲了一種戲擬的姿態，而且往往是「寂寞而蒼涼」的。只要看看其他文字媒體的誇張與勢派——從無所不在的銷售廣告到扒糞八卦雜誌到轟轟烈烈的新聞報導，我們應會驚覺文字表象與現實呈現，其間的落差何以如此之大？面對此一落差，我們要問，文學果然「反映」歷史、人生麼？即便如是，它是如何反映歷史、人生的？

就著這樣的問題，我們或許可以從爾雅三十年小說看出極不同的歷史痕跡。拋開建交斷交、戒嚴解嚴這些標準斷代敍事指標，我們發現小說家們的心思從來難測。當李昂〈花季〉中的女學生尾隨一個老花匠作了段冬日午後之旅；當楊青矗的〈在室男〉把他的第一次給了個妓女，台灣的小說正悄悄發掘另類歷史意識。不僅此也，奚淞〈封神榜裏的哪吒〉（一九七一）故事新編，藉神話寓意一種無從解脫的欲望騷動。多年之後，讀罷洪凌的電腦科幻偵探小說〈星光橫渡麗水街〉

（一九九五），東尼·十二月的〈亞當·下午四點鐘〉（一九九四），我們不禁懷疑，當代同志書寫的譜系是否早就有跡可循了呢？

如果政治主體的定位與重建成爲三十年來台灣「大敘述」的主軸，那麼在私密領域方面，性別、情色主體的定位與重建，一樣值得重視。子于的〈高粱地裏大麥熟〉（一九七二），寫賣身爲娼的妻子與丈夫在野地苟合，足以點明女男經濟、性別地位的顛倒。到了黃有德的〈嘯阿義，聖阿珠〉（一九八八）以及王宣一的〈叢林感覺〉（一九八九），場景由東北關外換到台灣市鎮，那男女之間一點素樸的欲望，依然能無視禮法，強韌的存在。袁瓊瓊在一九八〇年以〈自己的天空〉探觸女性與婚姻間不得不然的荒謬；十五年後的章緣更進一步，從充滿象徵意味的更衣室裏看到女性與自我、女性與女性間的情愫可能。而誰又能忘掉香港作者西西〈像我這樣的一個女子〉（一九八二）的震撼？故事裏女性的幽閉及自卑情結由戀屍症(necrophilia)間接表達出來，堪稱是當年性別敘述下最令人怵目心驚的告白。

政治與情色之外，現代台灣文學史敘述的另一大關目是鄉土與城市的對峙。「爾雅小說選」對是類作品的推介也不遺餘力，有洪醒夫、宋澤萊、履彊、廖蕾夫等的佳作爲證。但作家寫多了童年的往事、原鄉的召喚、都市經濟的腐敗，難免陷入窠臼。舒國治的〈村人遇難記〉反其道而行，反點出鄉與城想像間相生相剋的關係。一個平靜無聊的村落因一個陌生人的闖入而生變。訪客到底是誰？所爲何來？種種對「外鄉人」猜測、不安、疑惑成爲村民羣聚意識的根源。或許所謂的「鄉土」從來是在外來的、時差位移的誘因下，才產生的地緣象徵？而在我們忙不迭的演義城鄉差別的母題時，又將如何落實台灣鄉土文學的終極歸宿——原住民的土地、族羣？田雅各早在一九八三年推出〈拓拔斯・塔瑪匹瑪〉時，已然為尚待接續炒作的鄉土文學投下另一種變數。一羣坐著小巴士返鄉的原住民，談著部落的過去與未來，行行復行行，在暮色中回到山中。田雅各的敍述乍看平淡無奇，但藉著一羣小人物的對話，早把原鄉主義的盲點，做了動人透視。山上與山下，科技與鄉愁，部落與國家交織成重重象徵。究其極，田以「國語」來寫作原住民的原鄉經驗，也必成為最後弔詭。

這一切有關想像地理的歸屬之爭，到了駱以軍的〈降生十二星座〉（一九九三）又見新意。小說直搗電腦遊戲虛擬眞實(virtual reality)的世界，所謂的歷史興亡、人事升沉都在鍵盤起落下快速轉換；新新人類的故鄉正在另一時空座標裏無限延伸。相對於前輩作家經營綿長有致的鄉愁，或藉文字召喚「似曾相識」(déjà vu)的震顫，駱以軍一輩的作者提醒在我們對新事物尚待捕捉，熟悉之前，一種「已然錯失」(déjà disparu)的悵惘，竟已先一步而至⓫。

促生國族、地域、歷史、情色想像的最終關鍵是人的行動(human agency)。從鄉土「在室男」到「眷村兄弟」，從台灣史上的小人物賴索到電動玩具的女英雄「快打春麗」，爾雅小說家呈現了太多難以忘懷的人物。這些人物成為作家、讀者構思台灣及中國主體性的主要媒介。他(她)們身分各異、行止多端，適足以說明三十年來台灣各族裔是如何尋覓、琢磨一己的定位。〈冬夜〉裏的余欽磊、吳杜國半生漂泊，見證「感時憂國」的豪情與幻滅；〈我兒漢生〉裏的母子僵局，則不妨視為台灣新興中產家庭神話的告白。〈調查・敍述〉中的「敍述」反照一個時代台籍志士政治行動的慘烈後果——但前人的血淚只能化爲後人的喃喃傷逝，而另一方面〈黃昏之眼〉中的黃昏之戀，又暗示人間情義的細膩幽微處，哪裏能以浮面的政治族羣關係衡量。

在種種政治信仰、性別階級或族羣行業的象徵人物外，或許還有一型人物(或羣衆)常爲我們所忽略。我想到的是黃春明〈癬〉中偷看爸媽好事的孩子；鄭清文〈割墓草的女孩〉中深受性威脅的女孩；奚淞〈封神榜裏的哪吒〉中那神話叛逆少年；陳雨航〈去白雞彼日〉(一九七四)那個被家庭及老師委屈的男孩；王禎和〈香格里拉〉(一九七九)惡補準備考聯考的小學生；郭箏〈好個蹺課天〉(一九八四)中反叛制式教育的國中生；沙究最驚心動魄的〈童年〉(一九八六)告白；袁哲生〈送行〉(一九九四)那爲父爲兄送行的小兒子；還有阿城寫「教教」孩子的〈孩子王〉(一九八六)。作家歷來對他們的描寫並不算少，但很奇怪的評者的眼光總未及於此。孩子不是國家未來的主人翁麼？在那麼多有關國家論述、男女情色的大塊文章下，缺乏發言權的「主人翁」的所思所行，其實更加值得注意。一九一八年，魯迅的狂人〈狂人日記〉以「救救孩子」一語開啓了現代中國文學人文關懷的一端，三十年來台灣小說對這一羣孩子的觀察或想像，不妨看作是此一傳統的延伸與變奏。

四

爾雅小說三十年的成績也可藉以衡量台灣小說形式流變的指南。照著約定俗成的看法，五、六〇年代的台灣小說由寫實主義獨領風騷。六〇年代中另有學院出身的作家（主要如白先勇、王禎和、陳若曦等台大外文系的《現代文學》班底）開始實驗現代主義。寫實與現代的抗衡因此似乎也可以視爲早期爾雅小說的特色。黃春明白描小人物的悲喜，筆觸質樸，務使讀者覺得身歷其中。相形之下，李昂的〈花季〉、鍾玲的〈輪迴〉、邵僩的〈螞蟻上床〉（一九六九）等，或玩弄卡夫卡式荒謬寓言、或質疑主體存在的合理可信性、或製造如夢似幻的錯覺情境，顯然強調更激進的文字、敘事方法實驗，更細膩的閱讀功夫。六〇年代末以來，鄉土運動與寫實文學掛鉤；文學的形式沾染了意識形態色彩。寫實一詞一方面似乎成了通透社會實相的不二法門，一方面也成爲衡量作家道德立場的神奇標記，現代主義因此逐漸式微。

但小說美學發展果眞是如此簡單麼？有興趣現代主義形式者眞得與學院／西學掛鉤麼？朱西甯的〈冶金者〉（一九六九）講的是個人性貪鄙的道德故事，但在運用層層疊疊的敘事角度及口吻方面上，無疑打破了傳統寫實風格的束縛，使文本意義突然變得曖昧起來——而朱出身軍中，何曾刻意私淑西學？類似的例子也發生在本業爲數學老師的子于身上。他早期的作品如〈火燒雲〉、〈蒸籠〉（一九七四）等，敷衍瑣碎的人生參差。然而子于能在最平淡的對話、最偶然的際遇中，點出一種生命的荒涼現象，舉重若輕，現代主義的法乳自然貫注其中。

與此相對的例子是王禎和。出身外文系的他獨對鄉土題材情有所鍾。如何結合他對地方色彩、俚俗人情的懷想，及對文字、風格創新的熱中，成爲他寫作的一大挑戰。爾雅所選入王的作品，從〈三春記〉到〈素蘭要出嫁〉，再到〈香格里拉〉，俱足代表他不同階段的成績。他五花八門的語言雜拌，不啻爲以模擬是尚的寫實敘事語境帶來極大衝擊。而他以笑代淚，發現，甚或發明，生命中尷尬荒唐的情境，則是對五四以降，「涕淚飄零」公式的刻意揶揄。後之來者，以林宜澐最能得其三昧（〈抓鬼大隊〉（一九九七））。

上述的例子應可說明，文學史教材中排比的形式演進過程，從來不能視爲當然。一味奉行某種主義的作者與評者難免有畫地自限之虞。這也許是爲什麼七〇末期以來的鄉土寫實文學，儘管寫得中規中矩，而且逐漸融入（官方）主流敘事典範（如廖蕾夫〈竹仔花開〉（一九七九）；履彊〈楊桃樹〉（一九八一））等，畢竟難以再體現早期作者的銳利筆鋒。

更值得省思的是，在所謂主流的形式以外，有心作家所作的實驗。奚淞的神話改寫（〈封神榜裏的哪吒〉）、王璇的宗教寓言（〈塵海三色〉（一九八二））、沙究的即景式人生白描（〈山夜〉（一九八七））、李渝的抒情詩化語言（〈夜曲〉）、郭箏的武俠小說敘述（〈彈子王〉（一九八八））、郝譽翔的女性科幻傳奇（〈二三〇〇，洪荒〉（一九九七））、成英姝的城市狂想曲（〈三個女人對強暴犯的私刑〉（一九七七）），都一再讓讀者驚喜其新意。我們從而了解文學的推陳出新，從來若是。撇開達爾文式的進化觀，種種聲音無不競相喧嘩。結果卻是物競而天未必能擇，每個時期最好或最有創意的作品也許驚鴻一瞥，不再持續留存，成爲典範。唯有我們了解文學史這層隨機、偶然的層面，我們方不致墮入單線進化論般的解讀架構，厚今薄古，或以古非今。

據此我們觀看八〇年代以來小說的多元面貌，才更有不同於制式詮釋的體會。美麗島事件後的十年間，台灣文化、政治界的騷動當然對小說帶來極大衝擊。但從形式演變的層次來看，這也只是因勢利導的因素之一。小說家本身對文字的終極興趣，依然是促成其作品與衆不同的關鍵。比如袁瓊瓊以極反諷而慧黠的方式寫外遇與離婚中的女性（〈自己的天空〉），或郭箏擬仿江湖口氣一抒國中生蹺課的痛快與驚險，原無須套用任何模式。張大春的〈將軍碑〉（一九八六）如今成了評者不斷引用的早期「後現代」小說模範。藉著魔幻寫實的安排，張將中國現代史濃縮成一段時光隧道的探險，視各種意識形態的糾結如庸俗肥皂劇的橋段。惑於張筆下花招的讀者不妨再看看兩年後他的〈四喜憂國〉（一九八八）。在其中正宗寫實的筆觸逐漸化爲狂想曲，用以襯托一位漸與現實失去連繫的老兵悲劇（或喜劇？）。西西的作品像〈像我這樣一個女子〉、〈白髮阿娥與皇帝〉（一九九七）更將新舊中西文類信手拈來，隨意點染，所造成閱讀的創新效果，實不在話下。

與此同時，蕭颯的〈我兒漢生〉等作，依舊執著於正宗的寫實手法。但正因蕭的故事敘述一個「原不該有問題」的家庭問題，她的寫實筆觸反而讓我們反思「寫實敘述」本身的價值及意識形態底蘊。其他如朱天文的〈炎夏之都〉（一九八六）以最細膩的寫實之筆反寫我們無從分曉的人倫悲劇。點點滴滴的瑣碎人事俱化爲驚心動魄的證據，不是指證兇手的動機，而指證了旁觀者的對生命本質的惡信念(bad faith)。炎夏之都，荒蕪不明，沙塵盡處，一種誼屬「後現代」的生命蜃景撲面而來。小說一句「有身體好好」不正點明了對逝者的現實的、「靈肉合一」的、時光的鄉愁。朱的文字既不「後設」、也不「顚覆」，但我們知道寫實主義的內爆(implosion)，莫此爲甚。朱堪稱是台灣世紀末美學的主要代言人。她的〈世紀末的華麗〉等作，未曾選入爾雅系列，到底是個遺憾。

以對形式的琢磨論，爾雅小說選近年選入作者中，最看好的應推駱以軍及黃錦樹。駱的〈降生十二星座〉側寫台灣電玩史的一頁滄桑，出虛入實，果然是新人類作家的面貌。原來記憶的形式可以電腦遊戲化，歷史的感喟是可以累進積分的。但除了套用當紅電玩意象行話外，駱的文字竟透出一種不能自已的老練蒼涼。這是「樂極生悲」的最新註解了——能趨疲(entropy)的症狀怎麼就來得如此之快。黃錦樹則一頭栽進了遠在異國的「故國」歷史，尋尋覓覓，爲自己的血緣、文化、政治身分正名。但他正名的努力注定成爲一種自我抹銷的結果，而小說最後成爲對自身存在、對書寫形式的質疑。

這本選集是在「爾雅小說選」三十年成果的基礎上，所作的進一步編纂。這一取材範疇一方面成爲我建構台灣小說三十年譜系的依歸，一方面也必然促使我反思選集、譜系、典範這些概念本身的適切性。部分心儀作者的佳作當初未能選入，間接影響他(她)們在新選集的位置，而「名家」、「大師」的陰影也常使我的取捨有了躊躇考量。新人的實驗固有大破大立的意義，老牌作家的成績不也常存日新又日新的痕跡？只有擺在文學史不斷流變的前提下，我的憂疑才算暫時安頓：我的建構原也是虛構的延伸，典律的生成總已預期典律的修刪。

在「爾雅小說選」將邁入另一個(?)三十年的階段裏，我們不妨重回詹宏志十八年前的疑問：「如果三百年後有人在他中國文學史的末章，要以一百字來描寫這三十年的我們，他將會怎麼形容，提及哪幾個名字？」詹宏志的「三十年」是以一九四九年後爲歷史座標。如今看來，詹彼時能將「中國文學史」作爲典律的標誌，算是對「大歷史」的最後鄉愁吧。世紀末的台灣統獨交投，歷史前景尚待廓清，何況文學？時間洪流內的駁雜變異，從不稍息，只是我們寫作與想像歷史的努力，卻大多流於一廂情願、化繁爲簡的弊病。爾雅三十年的小說選成績斐然，未來就算一言堂版的中國——甚至台灣——文學史也該會容下可觀的褒貶。然而我更要說在這樣一個意義錯綜，不斷需要重寫的年頭裏，小說的千言萬語，而不是歷史政治所代表的一、二「大說」，才是我們參詳世事的起點。我們寫過小說，我們看過小說。明乎此，誰又在乎那從不可靠的「一百字」歷史眞言呢？

---

❶見隱地〈寫在《五十七年短篇小說選》之前〉，《年度小說選資料篇》（台北：爾雅，一九八三），頁三—八；陳月雲〈年度小說選〉，同前，頁一五一—一五四。亦見同書季季、彭作恆等的文章。

❷見陳月雲文。

❸我引用了彼埃・博迪厄對文化生產過程中，對文學界或文壇形成的看法。見 Pierre Bourdieu, *The Field of Cultural Production* (N. Y.: Columbia UP, 1993), pp. 161-176。

❹此一挑戰自然包括文學外在環境的蛻變（政經因素的衝擊只是最表面的原因之一），與文學形式的遞嬗。

❺晚近探討典律的資料極多，參見如 John Guillory, *Cultural Capital: The Production of Literary Canon Formation* (U of Chicago P, 1993); Hazard Adams, "Canons: Literary Criteria/Power Criteria," *Critial Inquiry* 14 (Summer, 1988): 748–764。

❻見行政院文化建設委員會編《光復後台灣文壇大事紀要》（增訂本）（台北：行政院文建會，一九九五），頁一五九—一六五。這一年文壇重要大事尚包括《大學雜誌》創刊，《中國時報》創刊（原《徵信新聞報》），司馬中原以《狂風沙》等獲教育部文藝獎金，瘂弦詩集《深淵》出版等。

❼鐘麗慧〈「五小」的崛起〉，《台灣文學出版》，《文訊雜誌》編（台北：行政院文建會，一九九六），頁一七七—一八九。

❽見 Lydia Liu, *Translingual Practice: Literature, National Culture and Translated Modernity, China, 1900–1937* (Stanford: Stanford UP, 1995)，第八章的討論。

❾見隱地〈寫在《五十七年短篇小說選》之前〉；鄭明娳〈《六十年短篇小說選》編序〉，頁二六；洪醒夫〈《六十四年短篇小說選》前言〉，頁四九；皆收於《年度小說選資料篇》內。

❿詹宏志在《兩種文學心靈》（台北：皇冠出版，一九八六）中亦說明此看法。見我的評論，〈評詹宏志著《兩種文學心靈》〉，《從劉鶚到王禎和》（台北：時報出版，一九八六），頁二三六—二四三。

⓫我引用了 Paul Virilio 的觀念，見 Philip Beitchman, trnas., *The Aesthetics of Disappearance* (N. Y.: Semiotext〔e〕, 1991)；亦見 Ackbar Abbas 對香港「消失」的文化及政治的討論，*Hong Kong: Culture and the Politics of Disappearance* (Minneapolis: U of Minnesota P, 1997)。

國家圖書館出版品預行編目資料

如何現代，怎樣文學？：十九、二十世紀中文小說新論＝The making of the modern, the making of a literature：new perspectives on 19th and 20th century Chinese fiction／王德威著. -- 初版. -- 臺北市：麥田出版；城邦文化發行, 1998 [民87]

面；　公分. -- (麥田人文；25)

ISBN 957-708-672-1(平裝)

1. 中國小說 - 歷史與批評

827.87　　　87011450